HEYNE <

Zum Buch

Anders als ihre Schwestern träumt Lilian Loring nicht unaufhörlich vom perfekten Kleid für den perfekten Ball, um damit den Mann ihrer Träume zu beeindrucken. Im Gegenteil: Von den Männern im Allgemeinen und der Ehe im Besondern hat die bezaubernde Lilian keine sehr hohe Meinung. Der überaus attraktive Heath Griffin, Marquess von Claybourne, verkörpert ihren ganz persönlichen Alptraum: Der charmante Draufgänger hat sich schon einen respektablen Ruf als Herzensbrecher erworben. Als Lilian erkennt, dass sie sein Interesse erregt hat, besteht ihre erste Reaktion darin, ihm entfliehen zu wollen. Denn zu ihrem großen Entsetzen lassen sie die feurigen Avancen des Marquess alles andere als kalt.
Und Heath Griffin erfährt das erste Mal in seinem Leben, wie es ist, sein Herz zu verlieren …

Pressestimmen

»Bei einer so prickelnden Story kann man nur hoffen, dass die Gefechte der Leidenschaft weitergehen!« *Romantic Times BOOKreviews*

Zum Autor

Nicole Jordan ist eine äußerst erfolgreiche Autorin historischer Liebesromane. Ihre Bücher erscheinen regelmäßig auf den amerikanischen Bestsellerlisten und wurden bereits mit zahlreichen Preisen ausgezeichnet. Nicole Jordan lebt in Utah.

NICOLE JORDAN

Sanfte Eroberung

Roman

Aus dem Englischen von
Sabine Schilasky

WILHELM HEYNE VERLAG
MÜNCHEN

Das Original TO SEDUCE A BRIDE erschien bei
Ballantine Books, New York.

FSC
Mix
Produktgruppe aus vorbildlich
bewirtschafteten Wäldern und
anderen kontrollierten Herkünften

Zert.-Nr. SGS-COC-1940
www.fsc.org
© 1996 Forest Stewardship Council

Verlagsgruppe Random House FSC–DEU–0100
Das für dieses Buch verwendete FSC–zertifizierte Papier
Holmen Book Cream liefert Holmen Paper, Hallstavik, Schweden.

Vollständige deutsche Erstausgabe 03/2010

Printed in Germany 2010
Umschlagillustration: © Pino Daeni via Agentur Schlück GmbH
Umschlaggestaltung: Nele Schütz Design, München
Dieses Werk wurde vermittelt durch die Agenturen:
Spencerhill Associates, Ltd. und Interpill Media GmbH, Hamburg
Satz: IBV Satz– und Datentechnik GmbH, Berlin
Druck und Bindung: GGP Media GmbH, Pößneck
ISBN: 978–3–453–77256–4

www.heyne.de

Meinen wundervollen Reiterfreunden Karen, Wyatt und Kari.

Danke für all die schöne gemeinsame Zeit und dafür, dass ihr euch so hervorragend um meine »Kleinen« gekümmert habt!

Erstes Kapitel

Lady Freemantles fortwährende Ehestiftungsversuche sind enervierend genug, um eine Heilige in den Wahn zu treiben, und du weißt, dass ich keine Heilige bin.

Miss Lily Loring an Fanny Irwin

Danvers Hall, Chiswick, England, im Juni 1817

»Ich begreife nicht, warum er mich so durcheinanderbringt«, flüsterte Lilian Loring mit zittriger Stimme der grauen Katze zu. »Kein Mann hat mich bisher in eine solche Verwirrung gestürzt.«

Ein leises Schnurren war alles, was Lily als Antwort erhielt.

»Es liegt ganz gewiss nicht an seinem guten Aussehen, denn gewöhnlich bin ich gutaussehenden Adligen gegenüber gleichgültig gestimmt.« Gleichgültig oder gar höchst ablehnend ihnen gegenüber. »Und sein Rang wie auch sein Vermögen sind mir ohnehin egal.«

Mit einem verärgerten Seufzen streckte Lily sich im Stroh aus, während sie weiter die Katze kraulte. Es fiel ihr schwer, zu verstehen, warum Heath Griffin, Marquess of Claybourne, diese Wirkung auf sie ausübte – umso mehr, als sie ihm heute Morgen bei der Vermählung ihrer Schwester erstmals begegnet war.

»Das Ärgerliche ist, dass er zu schar… *charmant* ist.« *Nicht zu vergessen männlich, lebendig und eindrucksvoll.*

Welches auch immer seine Eigenschaften sein mochten, sie riefen bei Lily eine absurde Kurzatmigkeit und Nervosität hervor.

»Sssum Teufel mit …«

Lily biss sich auf die Unterlippe und verstummte, weil ihr auffiel, dass sie ein wenig lallte. Was fraglos an den drei Gläsern Champagner lag, die sie getrunken hatte und die eindeutig zwei Gläser zu viel gewesen waren. Schließlich wusste sie doch, dass ihr Alkohol leicht zu Kopfe stieg. Andererseits waren die abendlichen Vorkommnisse auch verstörend genug gewesen, um sie dazu zu bewegen, dass sie ein bisschen über die Stränge schlug.

Momentan war sie zwar keineswegs angetrunken, doch war es wohl keine kluge Idee gewesen, in einem Ballkleid die Leiter zur Tenne hinaufzuklettern – in einem edlen maßgeschneiderten aus blassrosa Seide, mit leichten Tanzschühchen noch dazu. Der Aufstieg mitsamt einer Serviette voller kleiner Häppchen hatte sich für die ansonsten sportliche Lily als Herausforderung entpuppt, nur wollte sie Boots unbedingt ein Abendessen bringen, bevor sie die Hochzeitsfeierlichkeiten verließ.

Boots, die Stallkatze von Danvers Hall, hatte unlängst geworfen, und die kleinen Kätzchen lagen nun zusammengerollt in einem Karton, den Lily ihnen hier oben aufgestellt hatte, wo die Katzenmutter und ihre Jungen vor den Hunden des Anwesens sicher waren. Ihre Laterne hatte Lily an einem Haken unten hängen lassen, um die Kleinen nicht zu erschrecken. Hier oben kam lediglich ein schwach goldener Schein an, der die Frühsommernacht ruhig und warm wirken ließ.

Die drei Katzenkinder waren kleine Fellknäuel, ihre Augen noch kaum geöffnet, aber schon begannen sie, ganz eigene Persönlichkeiten zu zeigen – recht ähnlich den Loring–Schwestern, wie Lily fand. Beim Anblick der Katzenbabys, die schläfrig zu ihr aufblinzelten, regten sich zärtliche Gefühle in Lilys Brust, deren Herz immer schon für die Hilflosen und vom Schicksal weniger Begünstigten geschlagen hatte.

Wäre sie indessen ehrlich zu sich gewesen, hätte sie gestehen müssen, dass sie nicht bloß auf den Stallboden geklettert war, um die Katze zu füttern und in ihrem Selbstmitleid zu schwelgen, sondern mindestens ebenso sehr, um Lord Claybourne aus dem Weg zu gehen.

Während Boots genüsslich an einem Stück gerösteter Fasanenbrust knabberte, griff Lily in den Karton und hob eines der entzückenden Katzenbabys heraus.

»Weißt du eigentlich, wie niedlich du bist?«, murmelte sie und drückte ihre Nase in das seidenweiche schwarze Fell. Die winzige schwarze Katze war ein ziemlich freches kleines Ding, wie Lily selbst, und tapste mit den Krallen nach Lilys Nase.

Lily lachte leise, was gut gegen die Enge in ihrem Hals war und die melancholischen Gedanken vertrieb.

Die Vermählung morgens in der Dorfkirche war sehr schön gewesen. Lilys älteste Schwester hatte sich mit Marcus Pierce, dem neuen Earl of Danvers, vermählt. Danach folgten ein opulenter Hochzeitsempfang und ein Ball in Danvers Hall, zu dem an die sechshundert Gäste geladen waren. Alle Festlichkeiten verliefen harmonisch und angenehm, was in erster Linie Roslyn zu verdanken war, Lilys mittlerer Schwester, die es weder an Mühe noch an Talent als Gastgeberin missen ließ.

Der Ball würde noch mindestens ein bis zwei Stunden andauern, bis weit nach Mitternacht. Lily und Roslyn jedoch hatten sich bereits vor einer Weile in aller Abgeschiedenheit von Arabella verabschiedet, wobei einige Tränen geflossen waren.

Lily empfand es als überaus schmerzlich, Arabella an einen Ehemann zu verlieren, und leider war der Abend noch strapaziöser geworden, weil ihre freundliche Gönnerin, Lady Winifred Freemantle, sich nach Kräften bemühte, auch die anderen beiden Loring-Schwestern mit heiratswürdigen Kandidaten zu verkuppeln. Als die Schwestern vor einigen Jahren ohne einen Penny und auf sich allein gestellt hergekommen waren, hatte Winifred ihnen die Mittel zur Verfügung gestellt, um ihre eigene Akademie für junge Damen zu gründen, in der sie Töchter reicher Kaufleute auf das Leben in gehobenen Kreisen vorbereiteten. Heute aber hatte Winifred nichts unversucht gelassen, Lily dem guten Freund von Marcus aufzudrängen, dem Marquess of Claybourne.

Es war ihr schließlich, sehr zum Verdruss Lilys, gelungen, seine Lordschaft quasi zu nötigen, Lily zum Tanz aufzufordern.

»Sie werden entzückt sein, eine solch glänzende Tanzpartnerin wie Miss Lilian zu haben, My Lord, dessen bin ich gewiss«, hatte Winifred ihm versichert.

»Entzückt und geehrt«, erwiderte Claybourne, der Lily mit einem Lächeln bedachte.

Und leider hatte sie sogleich gefühlt, wie ihre Wangen heiß wurden. Während ihre verräterische Freundin sich mit einem selbstsicheren Lächeln abwandte, hatte Lily dagestanden und Claybourne angestarrt, gleichermaßen verwirrt wie wütend.

Der Marquess war ein großer beeindruckender Mann mit einer fesselnden Ausstrahlung. Sein Haar war hellbraun, seine Augen von einem goldgesprenkelten Haselnussbraun und sein Gesicht so atemberaubend männlich, dass unzählige Damenherzen ins Flattern gerieten.

Leider stellte Lily fest, dass sie sich von diesen Unzähligen nicht unterschied. Vielmehr war sie sich ihres ärgerlich beschleunigten Pulses überaus bewusst, als sie vor ihm stand und sich noch an ihre Wut über Winifreds Einmischung zu klammern versuchte. Es war so beschämend, dem sehr vermögenden, sehr begehrenswerten Marquess vorgeführt zu werden wie eine junge Stute auf der Pferdeauktion!

Also hatte Lily sich stumm von Lord Claybourne auf die Tanzfläche des Ballsaals führen lassen. Und als das Orchester die ersten Takte eines Walzers anstimmte, begab sie sich höchst widerwillig in Lord Claybournes Arme. Ihr war *nicht* wohl dabei, ihm so nahe zu sein, seine Wärme und seine Stärke zu spüren. Ebenso wenig behagte ihr, wie deutlich sie seinen Körper fühlte oder die elegante Geschmeidigkeit, mit der sie im Rhythmus der Musik über das Parkett schwebten. All das hatte sie noch bei keinem Mann zuvor wahrgenommen. Eigentlich hatte sie bisher an Männern nur bemerkt, welche Neigung zur Brutalität sie besaßen, wie groß ihre Fäuste waren …

»Missfällt Ihnen das Tanzen an sich, Miss Loring?«, hatte Claybourne schließlich das Schweigen zwischen ihnen gebrochen, »oder haben Sie etwas dagegen, mit mir zu tanzen?«

Lily war erschrocken. »Wie kommen Sie darauf, dass ich etwas gegen Sie haben könnte, My Lord?«, hatte sie gefragt.

»Nun, das mag an Ihrer angsteinflößenden Miene liegen.«

Wieder fühlte Lily, wie sie rot wurde, und sie rang sich ein höfliches Lächeln ab. »Verzeihen Sie. Tanzen gehört nicht zu meinen bevorzugten Zeitvertreiben.«

Seine Bernsteinaugen wurden halb von seinen zusammengezogenen Brauen beschattet. »Sie beherrschen es dennoch recht gut. Ich gestehe, dass ich überrascht bin, wie gut.«

Sie sah erstaunt zu ihm auf. »Warum überrascht es Sie?«

»Weil Marcus behauptet, Sie seien ein Hitzkopf und ein Wildfang. Soweit ich von ihm hörte, ist Ihnen ein rasanter Galopp über das freie Feld weit lieber als ein öder Abend im Ballsaal.«

Ob dieser sehr zutreffenden Bemerkung musste Lily unweigerlich lachen. »Reiten ist mir zweifellos lieber als Walzertanzen, My Lord, obwohl ich ›Hitzkopf‹ ein wenig übertrieben scharf finde. Marcus hält mich offenbar für einen, weil ich häufiger mit ihm stritt, als er um Arabella warb. Wie dem auch sei: Ich gestehe freimütig, ein Wildfang zu sein, ausgenommen ich lehre an unserer Akademie und gebe den jungen Damen ein gutes Beispiel. Oder bei Anlässen wie diesem, wenn es mir obliegt, um meiner Schwestern willen Wohlverhalten zu demonstrieren. Wenn ich hingegen ehrlich bin, muss ich gestehen, dass es mir sogar eine gewisse Freude bereitet, den besseren Kreisen ihre erwarteten Benimmformen zu verweigern.«

»Und ich gestehe, dass Rebellen schon immer meiner Bewunderung sicher waren«, entgegnete er in einem Tonfall, der unverkennbar widerspiegelte, dass er amüsiert war. »Sie unterscheiden sich von Ihren Schwestern, habe ich Recht?«

Misstrauisch beäugte sie Claybourne, konnte jedoch

nicht einschätzen, ob er schmeichelnd oder vorwurfsvoll sprach.

Nicht dass sie sein Urteil geschert hätte. Ebenso wenig kümmerte es sie, ob sie im Vergleich zu ihren Schwestern gut oder schlecht abschnitt. Sowohl Arabella als auch Roslyn waren beachtliche Schönheiten, groß und elegant mit hellem Haar, cremefarbenem Teint. Lily konnte weder mit deren Größe noch ihrer aristokratischen Haltung aufwarten, war überdies dunkelhaarig mit braunen Augen und einer rosigen Gesichtsfarbe, weshalb sie inmitten ihrer blonden, blauäugigen Verwandtschaft wie ein Wechselbalg erschien. Noch dazu waren ihre Schwestern der Inbegriff an Grazie und damenhafter Vornehmheit, wohingegen Lily ihre tiefe Abneigung gegen die absurd steifen Regeln der herrschenden Elite häufiger zum Ausdruck brachte und sich damit regelmäßig Schwierigkeiten einhandelte.

Dennoch war sie nicht gewillt, sich bei seiner Lordschaft für ihre subversiven Neigungen zu entschuldigen. Vielmehr galt für sie: je weniger Konversation, desto besser.

Bedauerlicherweise wollte oder konnte er ihren Wink nicht verstehen und schweigen. »Hat Ihnen die Trauung heute Morgen gefallen, Miss Loring?«

Dieses Thema war ein äußerst wunder Punkt bei Lily, auch wenn es ihr gelang, ihren Missmut nicht zu zeigen. »Arabella war eine wunderschöne Braut«, antwortete sie vorsichtig.

»Aber Sie stimmen der Heirat zwischen Ihrer Schwester und meinem Freund nicht zu.«

Stirnrunzelnd blickte Lily sich im Ballsaal nach dem Brautpaar um und entdeckte Arabella und Marcus, die lachend Walzer tanzten. »Ich fürchte, sie begeht mit dieser überstürzten Heirat einen Fehler. Braut und Bräutigam kennen sich kaum zwei Monate.«

»Und doch bekunden beide, über die Maßen ineinander verliebt zu sein.«

»Ja, ich weiß«, bestätigte Lily finster. Angesichts der zärtlichen Blicke, die Belle und Marcus wechselten, musste sie zugeben, dass sie fürwahr sehr verliebt wirkten. »Trotzdem mache ich mir Sorgen, dass es nicht von Dauer sein könnte.«

Claybourne lächelte. »Sie klingen ganz so wie mein Freund Arden.«

Wie Lily bereits wusste, war Drew Moncrief, der Duke of Arden, Marcus' anderer enger Freund. Die drei Adligen – Danvers, Arden und Claybourne – waren seit ihren Schultagen befreundet. »War seine Durchlaucht ebenfalls gegen die Heirat?«

»Ja – aus denselben Gründen wie Sie.«

»Wie steht es mit Ihnen, My Lord? Was halten Sie von der Verbindung?«

Claybournes Augen funkelten amüsiert. »Bis auf weiteres enthalte ich mich eines Urteils, bin jedoch geneigt, die Heirat zu bejahen. Ich würde sagen, das Brautpaar sieht bemerkenswert glücklich aus, denken Sie nicht?«

»Ja, und ich hoffe inständig, sie bleiben es. Ich möchte nicht, dass Arabella wehgetan wird.«

Hier merkte seine Lordschaft auf. »Fürchten Sie ernstlich, Marcus könnte Ihrer Schwester wehtun?«

»Durchaus, denn Adlige neigen gemeinhin dazu«, murmelte Lily vor sich hin, doch offenbar verstand er sie.

»Nicht alle Adligen sind Schurken, Miss Loring.«

»Nein, der Fairness halber sollte man einräumen, dass es auch Ausnahmen gibt.«

Sie betrachtete den Marquess prüfend. Er war ein kräftig gebauter Mann, breitschultrig und muskulös. Und er war so groß, dass Lilys Kopf kaum bis an seine Schulter reichte.

Grundsätzlich misstraute sie starken Männern und beurteilte sie ausschließlich danach, wie sie Frauen behandelten: eine Gewohnheit aus Kindertagen. Doch so seltsam es auch anmutete, weckte Lord Claybourne kein Misstrauen in ihr. Zumindest nicht aus den üblichen Gründen, nämlich weil er größer und stärker war als sie.

Er sah sogar sehr stark aus, und dennoch kam er ihr nicht wie ein Mann vor, der seine Kraft gegen Schwächere richtete.

Vielleicht lag es an seinem offenen Lächeln … oder an den Geschichten, die sie über ihn gehört hatte. Der Marquess of Claybourne wurde von vielen Frauen angebetet.

Und er stand in dem Ruf, die Bewunderung der Damen zu erwidern, wenn auch nicht hinreichend, um einer seiner zahlreichen Eroberungen einen Antrag zu machen. Gerade deshalb verwunderte Lily, dass er sich nicht gegen die unerwartete Heirat seines Freundes Marcus aussprach.

»Ich hoffe sehr, dass Sie mich nicht voreilig verdammen wollen«, unterbrach Claybourne Lilys Überlegungen, »wenigstens nicht, bevor wir uns besser kennengelernt haben.«

»Es ist unnötig, dass wir uns besser kennenlernen, My Lord«, erwiderte sie gelassen. »Wir bewegen uns nicht in denselben Kreisen, und nach den Hochzeitsfeierlichkeiten werde ich mich wieder gänzlich auf mein Wildfangdasein beschränken, was bedeutet, dass ich es tunlichst vermeiden werde, abermals einen Ballsaal zu betreten.«

Sein Lachen war rau und charmant, reichlich entwaffnend sogar. »Marcus warnte mich bereits, dass Sie einzigartig seien.«

Lily war fest entschlossen, seinem ungezwungenen Charme zu widerstehen.

Sie *wollte* nicht von Lord Claybourne fasziniert sein. Dieser Mann gab ihr das Gefühl, zart, zerbrechlich und feminin zu sein, was ihr ganz und gar nicht behagte. Ja, er strahlte eine geradezu überwältigende Macht und Männlichkeit aus.

Was Lily seltsam dünkte, war, dass es nicht allein sein gutes Aussehen und seine maskuline Gestalt waren, die es ihr angetan hatten. Vielmehr umgab ihn die Aura eines Abenteurers, eines kühnen Entdeckers, als sollte er ein Kapitän sein, der die sieben Weltmeere bereiste, oder eine Expedition anführen und die Geheimnisse unbekannter Länder ergründen.

Lily wusste nicht, ob er womöglich ein Schiff besaß, aber ihr war bekannt, dass er ein großer Sportsmann war. Seine sportlichen Erfolge waren in sämtlichen Salons legendär, und Winifred hatte den ganzen Tag über ein Loblied auf ihn gesungen, um Lilys Interesse zu wecken und ihn besonders begehrenswert für sie zu machen.

Nur hatte Lily keineswegs vor, den Marquess zu heiraten – weder ihn noch irgendeinen anderen. Obwohl sie gestehen musste, dass Claybourne der reizvollste Mann war, dem sie je begegnet war. Was wiederum einen umso triftigeren Grund darstellte, ihm weiträumig aus dem Weg zu gehen.

Das tat sie, sobald der Walzer endete.

Ohnehin hatte sie vor, den Ball frühzeitig zu verlassen und die Nacht bei ihrer guten Freundin Tess Blanchard zu verbringen, einer vornehmen jungen Dame, die ebenfalls an der Freemantle Academy unterrichtete.

Sie sagte Arabella Lebewohl und trank anschließend in kurzer Abfolge zwei weitere Gläser Champagner gegen die drohenden Tränen. Dann machte sie sich auf den Weg in die hinteren Stallungen, in denen ehedem die Zuchtstuten untergebracht gewesen waren, um Boots zu füttern und nach den Katzenbabys zu sehen. In diesem abgelegenen Winkel weit ab vom Hof war es herrlich ruhig.

Lilys Kopf schwirrte noch von zu viel Champagner und zu viel Lord Claybourne. Beim Walzertanzen war leider unvermeidlich gewesen, dass sie deutlich fühlte, wie stark er sich anfühlte – und wie geschmeidig er sich bewegte. Infolgedessen war sie nun reichlich durcheinander.

»Aber ich sehe ihn nicht mehr wieder«, murmelte Lily, während sie das schwarze Kätzchen in den Karton zurücklegte. »Oder sssu…*zu*mindest kann Winifred mich nie wieder so peinlich vorführen.«

In diesem Moment hörte Lily ein Geräusch von unten aus dem Stall, als würde jemand sich räuspern.

Lily fragte sich, wer dort in den Stall gekommen sein mochte, und lugte vorsichtig über den Rand des Heubodens. Ihr Herz setzte kurzfristig aus, als sie den breitschultrigen Marquess of Claybourne erkannte, der lässig an einem der Stützbalken lehnte, die Arme vor der Brust verschränkt und den Kopf leicht zur Seite geneigt.

Rasch zog sie sich wieder vom Rand zurück, weil

sich auf einmal alles drehte und ihr schwindlig wurde. *Gütiger Himmel!* Hatte er gehört, wie sie jammerte, er wäre zu charmant?

Sie hielt sich eine Hand an die Schläfe, um den Schwindel zu vertreiben, und blickte abermals vorsichtig über die Bodenkante. »M–My Lord, was tun Sie hier?«

»Ich sah, wie Sie den Ball verließen, und wunderte mich, was Sie in den Ställen wollen.«

»Sie sind mir gefolgt?«, erkundigte Lily sich entsetzt.

Claybourne nickte ruhig. »Ja, das bin ich.«

»Und Sie haben mich schamlos belauscht?«

»Zugegeben, ich war neugierig. Führen Sie häufig Selbstgespräche, Miss Loring?«

»Manchmal. In diesem Fall jedoch sprach ich mit der Katze oder, besser gesagt, mit *den Katzen*. Boots, unsere Stallkatze, hat unlängst Junge bekommen.«

»Möchten Sie mir vielleicht erklären, was Sie oben auf dem Heuboden machen?«

»Wenn Sie es ubbe…*un*bedingt wissen wollen: Ich füttere die Katze.«

»Sie sind hergekommen, um die Stallkatze zu füttern?«, wiederholte er ungläubig.

»Soll ich sie etwa verhungern lassen?« Das war eine rhetorische Frage. »Boots ist eine exzellente Mäusefängerin, aber im Augenblick hat sie Wichtigeres zu tun. Sie muss sich um ihre Jungen kümmern.«

Seine Mundwinkel zuckten. »Haben Sie vor, dort oben bei den Katzen zu bleiben?«

»Nein! Ich komme herunter, sobald mein Kopf wieder klar ist. Mir scheint, ich … hatte etwas zu viel Champagner.« Ärgerlicherweise war ihr momentan noch zu schwindlig, als dass sie die Leiter hinabsteigen und vor Lord Claybourne fliehen konnte.

»Dann macht es Ihnen gewiss nichts aus, wenn ich nach oben komme und Ihnen Gesellschaft leiste«, entschied er und setzte auch schon einen Fuß auf die unterste Leitersprosse.

Und ob es ihr etwas ausmachte! Lily machte sich abrupt gerade und überlegte nervös, wie sie ihn davon abhalten könnte, ihr seine Gesellschaft aufzudrängen. »Sie können nicht hier heraufklettern, My Lord!«, rief sie, was leider zwecklos war, denn fast gleichzeitig erschien sein Kopf oberhalb der Bodenkante.

»Doch, ich kann. Und ich beabsichtige, bei Ihnen zu bleiben.«

Kaum war sein gesamter Oberkörper zu sehen, hielt er inne und sah Lily interessiert an.

»Sie werden sich den Gehrock schmutzig machen«, versuchte Lily es hilflos erneut und betrachtete das elegante weinrote Kleidungsstück – Weston, keine Frage –, das seine breiten Schultern aufs Trefflichste betonte.

»Mein Gehrock wird es überleben«, entgegnete er, während er sie seinerseits musterte. »Aber was ist mit Ihnen? Sie tragen ein Ballkleid.«

»Das ist etwas anderes. Mir liegt nichts an Kleidung.«

Als er die Brauen hochzog, wurde Lily klar, dass ihre Antwort doppeldeutig war. »Ich … ich meine nicht, dass ich gern unbekleidet bin«, stammelte sie eilig und spürte, wie ihre Wangen glühten. »Ich meinte lediglich, dass mir nichts an voll… vornehmer Kleidung liegt … an Ballkleidern.«

»Wie ungewöhnlich!«, bemerkte er trocken, stieg die

letzten Leitersprossen hinauf und setzte sich leicht seitlich auf den Bodenrand. »Ich bin noch keiner Dame begegnet, die sich nicht für elegante Roben interessiert.«

»Sie sehen also, ich bin nicht normal, My Lord. Ich bin sogar sehr *anormal.*«

»Ach ja?«, sagte er und rutschte näher zu ihr.

Selbst im gedämpften Licht fiel ihr auf, dass seine braunen Augen funkelten. Er machte sich über sie lustig!

Lily öffnete den Mund, um ihn zurechtzuweisen, doch er kam ihr zuvor. »Was ist denn so anormal an Ihnen, mein Engel? Mir erscheinen Sie ausgesprochen normal.«

Als sein Blick über ihren Körper wanderte, bedeckte Lily ihre roten Wangen mit beiden Händen und zwang sich, ruhig zu bleiben. Was allerdings vergebens war, denn in seiner Lordschaft Nähe überkam sie ein höchst unangenehmes Kribbeln.

Sie richtete sich möglichst gerade auf, weil sie selbstsicher wirken wollte, und erklärte streng: »Ich *meinte,* dass ich nicht normal für eine *Frau* bin.«

»Daran zweifle ich nicht.«

Sie sah ihn verärgert an. »Im Grunde hätte ich als Junge auf die Welt kommen sollen. Dann wäre ich viel gück…glücklicher.«

»Ach, sind Sie denn so unglücklich?«

Beschwipst, wie sie war, arbeitete ihr Verstand merklich träger als sonst, und sie musste über die Frage nachdenken. »Nun … nein. Mir gefällt mein Leben recht gut. Aber Damen genießen so viel weniger Freiheiten als Herren.«

»Und welche Freiheiten würden Sie gern genießen, meine Liebe?«

Lily nagte an ihrer Lippe, denn sie hatte schon viel zu viel gesagt. Der Champagner hatte ihr gefährlich die Zunge gelöst. »Hören Sie gar nicht auf mich, My Lord. Ich rede Unsinn. Das muss am Champagner liegen.«

»Ja, könnte sein. Was veranlasste Sie, zu viel davon zu trinken?«

»Ich wollte meinen Kummer ertränken, wenn Sie es genau wissen wollen.«

»Welchen Kummer?«

»Den über den Verlust meiner Schwester. Der Abschied hat mich ein wenig melancholisch gemacht, was ich selbstverständlich nicht vor anderen zeigen wollte.« Als er schwieg, ergänzte sie: »Das war eine dezente Aufforderung an Sie, mich allein zu lassen, My Lord.«

Statt die Leiter wieder hinunterzuklettern, lehnte er sich lässig zurück, die flachen Händen hinter sich aufgestützt, und überkreuzte seine langen seidenverhüllten Beine vor sich, als machte er sich für einen längeren Aufenthalt bereit.

Lily seufzte gereizt. »Ich glaube, Sie begreifen nicht, in welcher Gefahr Sie sich befinden, Lord Claybourne. Es ist ein schwerwiegender Fehler, mit mir hier allein zu sein. Sollte Winifred davon erfahren, wäre sie vollkommen außer sich vor Freude.«

»Winifred?«

»Lady Freemantle. Sie ist der Hauptgrund, weshalb ich den Ball frühzeitig verließ. Ich wollte ihr entfliehen. Sie will mich mi…mit Ihnen verkuppeln. Das muss Ihnen doch aufgefallen sein.«

Er war nicht annähernd so erschrocken, wie er sein sollte. »Mag sein, jedoch bin ich derlei gewöhnt. Sagen wir, übereifrige Mamas, die mir ihre heiratsfähigen Töchter aufdrängen, sind mir nicht fremd.«

Lily rümpfte die Nase. »Auch wenn es Ihnen leichtfällt, Winifreds beschämendes Gebaren abzutun, störe ich mich dennoch daran. Ich bin keine Zuchtstute, die man vorführt, auf dass ein für geeignet befundener Gentleman meine Vorzüge wie meine Mängel prüft.«

Wieder funkelten seine Augen belustigt. »Mit einer solchen habe ich Sie auch nie verwechselt.«

Nun wurde Lily richtig verärgert. »Verstehen Sie denn nicht? Winifred möchte, dass ich *Sie* von meinen Vorzügen überzeuge!«

»Was Sie nicht beabsichtigen.«

»Ganz gewiss nicht! Mir liegt nichts an einer Heirat.«

»Was für eine außergewöhnliche Einstellung für eine junge Dame! Die meisten machen es sich zur Lebensaufgabe, einen Ehegatten zu finden.«

»Stimmt. Aber Sie brauchen keine Angst zu haben, dass ich Ihnen nachstellen könnte, Lord Claybourne. Nicht dass ich nicht wüsste, was für eine begehrte Partie Sie sind. Sie sind geradezu unanständig vermögend, besitzen einen angesehenen Titel, sehen nicht allzu schäbig aus und sind angeblich unwiderstehlich charmant.«

»Doch selbst die Summe dieser entzückenden Eigenschaften kann Sie nicht betören.«

»Nicht im Geringsten.« Lily lächelte, um die Schärfe ihrer Worte abzumildern. »Zweifellos verfügen Sie über einen ganzen Schwarm von Verehrerinnen, denen ich mich nicht anzuschließen gedenke. Ebenso wenig werde ich mich jemals wie all die anderen Ehegattenjägerinnen verhalten, die Sie kennen. Ich bin nicht interessiert.«

»Was mich ungemein erleichtert, Miss Loring, denn

es bereitet mir so gar kein Vergnügen, mir nachstellen zu lassen.« Seinem Tonfall nach zu urteilen, bereitete ihm dieses Gespräch hingegen viel zu viel Vergnügen. »Allerdings würde ich sehr gern wissen, woher Ihre profunde Ablehnung der Ehe rührt.«

Lily holte tief Luft. Wildfang hin oder her, normalerweise würde sie nicht im Traum erwägen, ihre persönlichen Angelegenheiten mit einem Fremden zu besprechen. In diesem Fall jedoch war ein bescheidenes Maß an Offenheit eventuell zweckdienlich.

»Meiner Erfahrung nach führt die Ehe zwangsläufig dazu, dass die Frau unglücklich wird«, offenbarte sie ihm.

»Sie sprechen aus persönlicher Erfahrung?«

Lily kniff die Lippen zusammen, bevor sie antwortete: »Leider ja. Die Feindseligkeit zwischen meinen Eltern lehrte mich, der Ehe gegenüber grundsätzlich abgeneigt zu sein.«

Das Funkeln in Claybournes Augen verschwand, als er sie ansah, und sein Ernst machte Lily noch nervöser als seine vorherige Belustigung.

»Ich brauche keinen Ehemann«, fügte sie eilig hinzu, »ungeachtet dessen, was die vornehme Gesellschaft von einer jungen Dame erwartet. Dank der großzügigen Regelung, die Marcus für uns traf, bin ich finanziell unabhängig und kann folglich ein erfüllendes Leben führen, ohne heiraten zu müssen.«

»Trotzdem deuteten Sie an, dass Sie sich mehr Freiheiten wünschten.«

Sie lächelte unsicher. »Das ist wahr.« Sie hatte sich immer ein Leben voller Freiheiten und Abenteuer erträumt. »Ich habe vor, meine Mittel zu nutzen, um zu reisen und neue, aufregende Orte zu besuchen.«

»Allein?«

»Lady Hester Stanhope hat es getan«, erwiderte Lily. Die abenteuerlustige Tochter eines Earls und Nichte von William Pitt dem Jüngeren war in den Mittleren Osten gesegelt und hatte sich dort einem arabischen Stamm angeschlossen.

»Ja, das hat sie. Nur war sie zum fraglichen Zeitpunkt erheblich älter als Sie.«

»Ich bin einundzwanzig – alt genug, um auf mich selbst aufzupassen.«

»Also ... Sie wollen nicht heiraten, weil Männer ihre Gattinnen oft unglücklich machen«, fasste Claybourne zusammen, als wäre er nicht sicher, ob er sie richtig verstanden hatte.

»Ja. Erst machen die Männer uns zu verliebt, als dass wir klar denken können, und wir überlassen ihnen die Kontrolle über unser Leben. Und dann verletzen sie uns.« Unwillkürlich knirschte Lily mit den Zähnen. »Ich halte es für abstoßend, dass Ehemänner das *Recht* besitzen, sich ihren Frauen gegenüber wie Schurken zu gebärden. Kein Mann wird je eine solche Macht über mich haben.«

Vollkommen unerwartet beugte Claybourne sich vor und hob eine Hand an Lilys Wange. »Wer hat Ihnen so wehgetan, mein Engel?«, fragte er sanft.

Lily wich zurück. »Niemand hat *mir* wehgetan. Meine Mutter war diejenige, die verletzt wurde. Und meine älteste Schwester übrigens auch.«

Einen Moment lang schwieg er. »Wie ich hörte, war Ihr Vater ein veritabler Schwerenöter.«

Lily wandte den Blick ab, denn sie wollte die schmerzlichen Erinnerungen nicht wieder wachrufen. »Ja, der war er. Und bei jeder Gelegenheit hat er meiner Mutter seine Mätressen vorgeführt. Es war furchtbar verletzend für sie. Arabellas erster Verlobter behandelte sie wenig besser. Belle *liebte* ihn, doch als der Skandal meiner Eltern öffentlich wurde, löste er die Verlobung kurzerhand.«

Lily war sicher, dass Lord Claybourne alles über die schrecklichen Skandale wusste, in die ihre Familie vor vier Jahren verwickelt gewesen war. Ihre Mutter hatte sich einen Geliebten genommen, weil sie ihre unglückliche Ehe nicht mehr ertrug. Darauf zwang ihr aufgebrachter Ehemann sie, auf den Kontinent zu fliehen, verspielte nur zwei Wochen später sein letztes Vermögen und kam bei einem Duell um eine seiner Mätressen ums Leben. Die Loring–Schwestern blieben mittel– und obdachlos zurück, der Gnade ihres geizigen Stiefonkels ausgeliefert, des Earl of Danvers, der sie höchst widerwillig bei sich aufnahm.

»Wollten Sie deshalb nicht, dass Marcus Ihre Schwester heiratet?«

»Größtenteils.«

»Sie scheinen eine ziemlich finstere Einstellung gegenüber Adligen zu hegen.«

»Das leugne ich nicht. Adlige können die schlimmsten Ehemänner abgeben.«

»Folglich darf ich annehmen, dass Ihre Aversion sich nicht gegen meine Person richtet?«

Sie runzelte die Stirn. »Nein, ich habe nichts gegen Sie *persönlich*, My Lord. Ich kenne Sie ja nicht einmal.« *Zum Glück*, fügte sie in Gedanken hinzu.

Claybourne blieb ungefähr zwölf Herzschläge lang stumm, ehe er sich seitlich drehte und in den Karton mit den Katzenbabys sah. »Ich schätze, das ist Boots«, murmelte er und kraulte die Katzenmutter hinter dem

Ohr. Zu Lilys Verwunderung hatte Boots nichts dagegen. Sie schnurrte sogar und rieb genüsslich ihren Kopf an Claybournes Fingern.

Wie gebannt schaute Lily auf die Hände seiner Lordschaft, die das seidige graue Fell streichelten. Er hatte außergewöhnlich elegante Hände.

»Ich glaube, Sie vergessen einen wichtigen Punkt«, sagte er schließlich.

Zunächst begriff sie gar nicht, dass Lord Claybourne mit ihr sprach. »Welchen?«

»Es ist wahr, dass manche Männer verletzend sein können, aber sie können Damen auch größte Freuden bereiten.«

Wieder einmal wurde Lilys Gesicht heiß. »Manche vielleicht, aber das tut nichts zur Sache.«

Ausgerechnet in diesem Moment krallte ein schwarzes Kätzchen sich in seine Manschette und begann, in seinen Fingerknöchel zu beißen.

»Du bist aber ein hungriger kleiner Bursche, was?«, raunte Claybourne schmunzelnd. »Und du anscheinend auch«, ergänzte er, als das graues Kätzchen sich auf seinen Daumen stürzte.

Behutsam hob er die beiden aus dem Karton und setzte sie sich auf den Schoß. Fast sofort kletterte das schwarze Katzenbaby an seiner Brust hinauf, wobei es seine winzigen Krallen in Claybournes Goldbrokatweste grub.

»Oh, entschuldigen Sie, My Lord!«

»Das macht nichts.« Als die kleine schwarze Katze immer höher kletterte, lachte Claybourne leise. Bei dem tiefen raspelnden Laut wurde Lily ganz seltsam zumute.

»Warten Sie, lassen Sie mich Ihnen helfen!«, bat sie.

Sie beugte sich vor und wollte ihm das Kätzchen

abnehmen, doch die krummen kleinen Krallen hingen in Claybournes Krawatte fest. Als Lily versuchte, sie aus dem edlen Stoff zu lösen, ohne ihn einzureißen, schaffte sie es, den Marquess stattdessen rücklings ins Stroh zu stoßen.

Da lag er und blickte zu ihr auf. Lily, die nun halb über ihm lehnte, erstarrte, als sie seinen Gesichtsausdruck bemerkte. Er war vollkommen ruhig, doch da loderte ein Feuer in seinen Augen, bei dem Lilys Herz schneller schlug.

»Es tut mir leid«, stammelte sie und klang auf einmal atemlos.

»Mir nicht.«

Sanft fasste er die kleinen schwarzen Krallen, befreite sie aus seiner Krawatte und setzte das Kätzchen neben sich ins Stroh. Sofort krabbelte es zu dem Karton zurück, und das kleine graue folgte ihm maunzend.

Immer noch konnte Lily nicht anders, als Claybourne anzusehen. Und kaum streckte er einen Arm nach oben und legte seine Hand in ihren Nacken, versagte ihre Atmung vollständig. Ihr blieb gar keine Zeit, schockiert zu sein, ehe er sie auch schon hinuntergezogen hatte und sein Mund federleicht den ihren streifte.

Auf die Flut von Empfindungen, die sie nun überkam, war Lily genauso wenig vorbereitet gewesen wie auf die zärtliche Geste. Seine Lippen fühlten sich warm und fest, zugleich aber auch verlockend weich an.

Lily unterdrückte ein Seufzen, stemmte ihre Hände auf Claybournes Brust und hob den Kopf, in dem sich abermals alles drehte. »W–warum haben Sie das getan?«, fragte sie zittrig.

»Ich wollte herausfinden, ob Ihre Lippen so einladend sind, wie sie aussehen.«

Seine Antwort fiel gänzlich anders aus, als Lily gedacht hatte. »Und – sind sie es?«

»Nein, sie sind noch einladender.«

Unfähig, sich zu rühren, sah Lily ihn an. Er hatte ein eindrucksvolles Gesicht, wunderschön im matten Lampenschein. Auch sein Mund war außerordentlich schön, die Lippen wie gemeißelt; und Letztere bogen sich nun zu einem trägen Lächeln.

»Ich vermute, Sie waren sich nicht gewahr, was Ihnen entging, meine Liebe. Die Leidenschaft zwischen Mann und Frau kann recht überwältigend sein.«

Lily räusperte sich, weil ihr Hals plötzlich wie ausgetrocknet war. »Selbst wenn, verzichte ich lieber auf jedwede Leidenschaft.«

»Wie viel wissen Sie über Sinnlichkeit? Sind Sie jemals richtig geküsst worden?«

Misstrauisch runzelte sie die Stirn. »Was meinen Sie mit ›richtig‹?«

Mit einem leisen Lachen zog er sie wieder zu sich hinab. »Wenn Sie fragen müssen, lautet die Antwort Nein. Ich denke, dieses Erfahrungsdefizit sollten wir beheben …«

Während sein warmer Atem über ihren Mund strich, wappnete Lily sich für einen weiteren Schrecken, doch sobald seine Lippen begannen, mit ihren zu spielen, fühlte sie, wie ihr Widerstand dahinschmolz.

Sein Kuss wirkte wie Magie und machte sie mindestens so schwindlig und leicht wie der Champagner.

Als er den Kuss beendete, strich er mit einem Finger über ihre Wange. »Gefiel Ihnen das, meine Süße?«

Sie konnte nicht verneinen, denn das wäre eine Lüge gewesen. Sein Kuss hatte sie atemlos gemacht und berauscht. Zudem fühlte sie ein ungekanntes Beben zwischen ihren Schenkeln, ein schmerzliches Begehren tief an ihren verborgensten weiblichen Körperstellen. »J–ja.«

»Sie klingen unsicher.«

»Es war … ziemlich angenehm.«

Seine Mundwinkel bogen sich leicht nach oben. »Lediglich angenehm? Darob sollte ich eigentlich betroffen sein.«

»Sie wissen sehr wohl, dass Sie es nicht sein müssen. Man sagt Ihnen nach, Sie seien ein Teufel bei den Damen und dürften bereits zahlreiche Eroberungen vorweisen …« Sie brach ab und schüttelte den Kopf, in dem sich der Nebel partout nicht lichten wollte. »Zumindest verstehe ich nun, warum man sich erzählt, dass die Damen sie anbeten.«

»Wer sagt das?«

»Fanny.«

»Fanny Irwin? Ach ja, ich entsinne mich, dass Ihre Schwester Arabella erwähnte, Miss Irwin sei eine Freundin aus Kindertagen.«

Fanny war eine der begehrtesten Kurtisanen in London. Als eine der teuersten Freundinnen der drei Loring–Schwestern, war sie heute auch zu Arabellas Hochzeit geladen gewesen, was bei manchen der standesbewussten Gäste für mehr oder minder stumme Empörung gesorgt hatte.

Lily wünschte sich sehnlichst, Fanny wäre jetzt hier, um ihr einen Rat zu geben. Wie hatte sie sich in eine solche Lage bringen können? Was tat sie mit einem höchst verführerischen Fremden auf dem abgeschiedenen Heuboden? Und wie kam es, dass sie buchstäblich auf Lord Claybourne ausgestreckt lag, gegen seinen muskulösen Körper gedrückt? Die Wärme seiner Brust machte ihre eigenen Brüste köstlich schwer.

Und das, *bevor* er anfing, die Vertiefung unten an ihrem Hals sachte mit einem Finger zu streicheln. »Ich denke, ich sollte es Ihnen demonstrieren.«

»Was demonstrieren?«, fragte sie ängstlich.

Er blickte sie lächelnd an. »Die Art Freuden, die ein Mann einer Frau bereiten kann.«

Ihr Herz begann, zu hämmern, kaum dass er seinen Worten Taten folgen ließ. Seine Hand lag in ihrem Nacken und zog sie näher zu ihm. Diesmal war sein Kuss sogar noch etwas dringlicher. Mühelos öffnete er ihre Lippen, worauf er mit seiner Zunge in ihren Mund glitt und eine intensive Sehnsucht in ihr erregte, die Lily erst recht berauschte.

Sie kämpfte gegen die überstarken Regungen in ihr. Immer noch trübte der Champagner ihre Wahrnehmung, was jedoch weder das überwältigende Verlangen erklärte noch die unangemessene Anziehung, die der Marquess auf sie ausübte.

Unmöglich konnte sie ihm widerstehen. Nicht, wenn er sie auf diese bezaubernde Weise liebkoste. All ihre Sinne waren wie entzündet von dem sinnlichen Tanz, zu dem seine Zunge ihre verführte.

Mit einem Laut, der zwischen einem Seufzen und einem Wimmern lag, gab Lily jede Gegenwehr auf.

Was seine Lordschaft zum Anlass nahm, den Kuss noch zu vertiefen.

Hilflos tauchte Lily ihre Hand in sein sonnengeküsstes Haar, das erstaunlich dicht und seidig war. Derweil wanderte seine Hand von ihrem Hals zu dem eckigen Dekolleté ihres Ballkleides hinab, das reichlich Haut entblößte.

Als seine Fingerknöchel über die Wölbungen ihrer Brüste strichen, rang Lily nach Atem. Doch Claybourne küsste sie weiter, streichelte ihre Zunge samtig–weich.

Lily spürte, wie eines seiner Knie zwischen ihre drang. Kurz darauf fühlte sie durch ihre Röcke, wie sein Schenkel auf ihre Weiblichkeit drückte. Gleichzeitig umfing seine Hand ihre eine Brust.

Unweigerlich stöhnte Lily vor Wonne, und als seine Fingerspitzen ihre Brustspitze unter dem Mieder fanden, hatte sie das Gefühl, innerlich Feuer zu fangen.

Niemals hatte sie etwas Vergleichbares empfunden. Er machte sie regelrecht wahnsinnig mit seinen Liebkosungen, neckte sie und sprach jene Wildheit in ihr an, die sie von jeher erfüllte.

Dennoch war es seine Zärtlichkeit, die sie am meisten verblüffte. Dass er sanft sein konnte, war offensichtlich. Momente zuvor waren zwei kleine Katzenbabys auf ihm herumgeklettert, maunzend und schnurrend, und hatten damit quasi schon Lilys Misstrauen gegenüber allen Männern im Mark erschüttert.

Diese winzigen Wesen hatten keinerlei Gefahr bei ihm wahrgenommen, was ihn ungleich gefährlich für Lily machte …

Gütiger Himmel, was tat sie nur? Sie musste das hier beenden, rief eine verzweifelte Stimme in ihrem Kopf. Nein, sie durfte es auf keinen Fall fortsetzen!

Energisch stemmte sie sich von seiner Brust ab und setzte sich auf. Ihr Atem ging in kurzen Stößen, während ihr Puls raste.

»Das war ein … eine eindrucksvolle Demonstration, My Lord«, hauchte sie und bemühte sich um einen gelassenen Tonfall. »Aber ich denke, die Wirkung des Champagners kam Ihnen zugute.« Sie hob eine Hand an ihre Schläfe. »Ich hätte nicht so viel trinken dürfen. Andererseits war ich nicht darauf vorbereitet, dass ich mich gegen Sie verteidigen müsste.«

Er antwortete nicht gleich. Stattdessen sah er ihr stumm in die Augen und stützte sich langsam auf einen Ellbogen auf.

Lily musste sich von seinem forschenden Blick abwenden. Zum Teufel mit ihm! Sie musste umgehend weg, denn sie traute sich selbst nicht, sollte sie länger allein mit Lord Claybourne sein.

In diesem Moment hörte sie Geräusche aus dem vorderen Hof. Das waren Kutschen, die vorgefahren wurden. Einige der Hochzeitsgäste verließen das Fest beizeiten, um ins mehrere Meilen entfernte London zurückzukehren.

»Ich muss gehen«, erklärte Lily hastig. Sie war froh, einen Vorwand zu haben.

»Schaffen Sie es sicher die Leiter hinunter?«

»Ich … denke schon. Ich bin jetzt beinahe wieder nüchtern.«

Lord Claybourne hob vorsichtig die beiden Kätzchen hoch und legte sie in den Karton zurück zu ihrer Mutter und den anderen. Während die Kleinen sich eilig zur Quelle ihres Abendessens begaben, rutschte Lily zur Leiter.

Doch anscheinend war Lord Claybourne noch nicht fertig mit ihr.

»Warten Sie! Da ist Stroh in Ihrem Haar. Sie können schlecht auf den Ball zurückgehen, solange Sie aussehen, als hätten Sie ein Stelldichein in einem Stall gehabt.«

Lily schüttelte den Kopf, als er näher kam. »Das

ist gleich, denn ich gehe nicht in den Ballsaal zurück. Ich fahre in Kürze mit meiner Freundin, Miss Tess Blanchard, zu ihr nach Hause. Meine Schwester Roslyn und ich verbringen die Nacht in ihrem Haus.«

»Sie möchten doch aber nicht, dass Miss Blanchard Sie verdächtigt, mich geküsst zu haben, nicht wahr?«

»Nun … nein.«

»Dann halten Sie still, solange ich die Zofe spiele.«

Widerwillig gehorchte Lily und ließ sich von ihm das Stroh aus ihrer Frisur zupfen. Leider fühlte sie dabei deutlich seine Finger und spürte seinen Blick.

»Ich sollte mich beeilen«, ermahnte sie sich. »Tess wartet gewiss schon.«

Er legte eine Hand auf ihren Arm. »Erlauben Sie mir, zuerst hinunterzusteigen, damit ich Sie auffangen kann, falls nötig. Ich wäre untröstlich, sollten Sie sich verletzen.«

Dem konnte sie ebenfalls nicht widersprechen. Wie ärgerlich! »Ich danke Ihnen, My Lord«, murmelte sie und ließ ihn an sich vorbei.

Lord Claybourne stieg als Erster hinunter, und Lily folgte ihm. Sie hielt sich oben fest, drehte sich um und kletterte rücklings die Leiter hinab.

Ein paar Sprossen schaffte sie, doch dann verfehlte sie eine. Es war ein Glück, dass Claybourne unter ihr stand, denn als sie wegrutschte, fing er sie ab, indem er ihre Taille umfasste. Ihr stummer Aufschrei indessen war eher seiner Berührung als der Angst vor dem Fall geschuldet.

»Langsam!«, raunte er ihr zu und führte ihren Fuß auf die Leitersprosse zurück.

Wie warm seine Finger sich auf ihrem Knöchel anfühlten, dachte Lily nervös und stieg die restlichen Sprossen so schnell hinunter, wie sie konnte.

»I–ich danke Ihnen«, wiederholte sie, als sie wieder festen Boden unter sich spürte.

Leicht schwankend blieb sie einen Moment stehen. Sie zitterte noch von seinen Küssen.

Sie erwartete, dass Lord Claybourne sich entfernte, der sich aber nicht vom Fleck rührte. Immer noch stand er hinter ihr, seine Hände an ihrer Taille. Sie fühlte ihn heiß und hart in ihrem Rücken, was sie natürlich an seine verführerischen Zärtlichkeiten erinnerte.

Ihr Atem stockte, als er noch näher kam und seine Hüften gegen sie presste.

Lily erschauderte. Sie wusste, was diese männliche Härte bedeutete. Er war erregt von dem, was sie oben auf dem Heuboden getan hatten.

Leider musste sie zugeben, dass sie gleichfalls sehr erregt war. Ein Kribbeln durchfuhr ihren Körper in Wellen, während ein heißes Begehren zwischen ihren Beinen pochte.

»Sie dürfen mich jetzt loslassen, My Lord«, flüsterte sie. »Ich bin sicher, dass ich nicht mehr fallen kann.«

Er lachte leise. »Glauben Sie allen Ernstes, Sie seien sicher?«

Schon wieder wurde ihr Hals unschön trocken. »Bitte, Lord Claybourne …«

»Bitte was, Lily?« Er sprach ihren Namen in einem rauen Flüstern aus und neigte dabei seinen Mund zu ihrem Ohr.

Sie schrak auf. »Sie dürfen mich nicht wieder küssen!«, rief sie aus, wobei ihre Stimme schrill klang.

Sein Ausatmen glich beinahe einem Seufzen. »Ich weiß. Nichts täte ich lieber, als mit Ihnen auf den Heuboden zurückzuklettern und den Rest der Nacht darauf zu verwenden, Ihnen Freuden zu eröffnen, von denen Sie nicht einmal träumen. Aber es wäre unehrenhaft, Ihren geschwächten Zustand auszunutzen … und Marcus ließe sich mein Haupt auf einem Silbertablett präsentieren, sollte ich es auch nur versuchen.«

Lily war nicht sicher, ob Marcus seine Rolle als ihr Beschützer gar so ernst nahm. Immerhin war ihr Vormund von Anfang an wenig angetan gewesen, die Verantwortung für drei bettelarme Schwestern übernehmen zu müssen, und überdies war er nur wenige Monate lang ihr Vormund gewesen, nachdem er zum neuen Earl of Danvers geworden war. Zudem galt Marcus nach dem Gesetz nicht mehr als ihr Vormund, hatte er seinen drei Mündeln doch gesetzliche wie finanzielle Freiheit angedeihen lassen, als Arabella die Wette gegen ihn gewann. Dennoch hielt Lily es für klug, ihre Zweifel nicht gegenüber Lord Claybourne zu äußern.

»Ja, das würde er«, pflichtete sie ihm bei.

Nach einem kurzen Moment trat Claybourne zurück und gab ihr den Weg zur Stalltür frei.

Erleichtert wandte Lily sich von ihm ab. Ohne sich noch einmal umzudrehen, eilte sie zur Tür, wo sie jedoch abrupt stehen blieb, als ihr einfiel, was sie überhaupt in den Stall getrieben hatte.

Verdrossen blickte sie sich nun doch zu seiner Lordschaft um, die sie mit dunkel glühenden Augen betrachtete. »Sie müssen mir versprechen, dass Sie Lady Freemantle nichts von dem erzählen, was hier vorfiel. Sollte sie es erfahren, würde sie umgehend unsere Vermählung planen.«

Was immer in ihm vorgehen mochte, sie konnte es an seiner Miene nicht erkennen, obwohl er im hellen Laternenlicht stand. Und er zögerte etwas zu lange mit seiner Antwort. »Nun gut, ich verrate ihr nichts.«

Lily brachte ein mattes Lächeln zustande, ehe sie ihre Röcke lüpfte und floh. Den ganzen Weg zurück zum Herrenhaus schalt sie sich im Stillen. Niemals hätte sie zulassen dürfen, dass Lord Claybourne sie küsste! Er war eine viel zu große Gefahr für ihre Willenskraft.

Aber von jetzt an, schwor Lily sich feierlich, würde sie ihn meiden.

Sie hatte gar keine andere Wahl. Zum ersten Mal in ihrem Leben war sie einem Mann begegnet, der sich als unwiderstehlich erweisen könnte. Und das Klügste, was sie fortan tun konnte, war, sich so weit weg von dem gutaussehenden, betörenden, verführerischen Marquess of Claybourne zu halten wie möglich.

Zweites Kapitel

Ich wäre dir auf ewig dankbar, würdest du mir erlauben, Zuflucht in deiner Privatpension zu nehmen, Fanny, ist es doch mein innigster Wunsch, dass Lord Claybourne mich nicht findet.

Lily Loring an Fanny Irwin

Nachdem sie gegangen war, blieb Heath noch einige Zeit im Stall und wartete darauf, dass sein Gemüt sich hinreichend abgekühlt hatte, um in den Ballsaal zurückzukehren. Erregt, wie er war, konnte er sich unmöglich in die feine Gesellschaft begeben, denn die edle Seidenhose würde seine Verfassung allzu deutlich sichtbar machen.

Heaths Mund krümmte sich zu einem Lächeln, das schnell wieder verschwand.

Er hatte nicht beabsichtigt, was mit Lilian Loring und ihm geschehen war. Bevor sie ihn aufgehalten hatte, war er bereits drauf und dran gewesen, sie zu kompromittieren. Aber er war von ihrem Feuer verführt worden, und nun konnte er nur sich allein vorwerfen, dass er heiß und schmerzlich erregt war.

Ihn wunderte nicht, dass sie ihn anzog, obgleich er Lily heute Morgen erstmals begegnet war. Seit Monaten hörte er Berichte über die drei Loring-Schwestern, und ihn hatte nie abgestoßen, dass Marcus die jüngste als Wildfang und Hitzkopf beschrieb. Ganz im Gegenteil: Selbst die reizvollsten Damen, um die er sich bisher beworben hatte, schienen so tödlich langweilig, dass er sogleich Feuer fing, als er sich der geistreichen, unkonventionellen Lily gegenüber fand.

Marcus hatte Recht. Sie war eine Schönheit. Und

fraglos einzigartig. Auch wenn Heath es nicht erwartet hatte, war er verzaubert.

Nach längerer Zeit konnte er den Stall verlassen, aber seine Gedanken blieben bei Lilian Loring, als er den Hof überquerte und sich auf das Herrenhaus von Danvers Hall zubewegte.

Sie war ebenso beeindruckend wie ihre älteste Schwester und doch ganz anders. Ihre klaren dunklen Augen und ihr dichtes kastanienbraunes Haar sowie ihre Grazie, die an ein ungezähmtes Fohlen erinnerte, verliehen Lily eine Lebendigkeit, die seine Sinne entfachte.

Wunderschöne Augen hatte sie, dachte Heath, als er sich zur hinteren Terrasse aufmachte, von der aus er direkt in den Ballsaal zurückgelangte.

Und ihr Mund war reinste Sünde. Er wusste sehr wohl, wie ihr Körper sich unter dem Ballkleid anfühlen würde …

Bei der Erinnerung daran überkam Heath prompt eine neue Welle der Erregung.

»Verflucht noch eins!«, brummte er, während er die Stufen zur Terrasse hinaufstieg. »Du solltest deine Lust zähmen, ehe du noch etwas Unangemessenes mit ihr anstellst!«

Teufel nochmal, er konnte nicht leugnen, dass er Lilian Loring begehrte!

Zugegeben, was ihn am meisten zu ihr hingezogen hatte, war ihr Lachen gewesen. Er hatte er erstmals am Morgen gehört, als er mit Marcus und Drew vor der Kirche auf die Brautfamilie wartete.

Mit ihren Schwestern war sie in der offenen Barouche vorgefahren, und gleich war ihm ihr warmes wunderschönes Lachen aufgefallen; auch später beim

Hochzeitsempfang war es während ihrer lebhaften Unterhaltung mit ihren Freundinnen Fanny Irwin und Miss Tess Blanchard häufiger melodisch erklungen. Und vor kurzem dann hatte er ihr verzücktes leises Lachen gehört, als sie mit den Katzenjungen sprach.

Lachen war Heath wichtig. Es hatte seine Kindheit geprägt, den besten, wesentlichen Teil von ihr bestimmt – bis er mit zehn Jahren seine Mutter verlor. Seither hatten seine Freunde Marcus und Drew in der gemeinsamen Zeit in Eton und Oxford sowie in den Jahren danach Heaths Leben mit Lachen erfüllt. Nun jedoch war Marcus verheiratet, wodurch sich alles ändern würde …

Heath verdrängte den finsteren Gedanken und dachte lieber wieder an Lily Loring, während er über die Terrasse ging. Es war nur natürlich, dass er ihr Lachen mochte. Außerdem gefiel ihm ihre Offenheit.

Seiner Erfahrung nach war eine solche Ehrlichkeit bei Damen jeder Couleur eher ungewöhnlich. Nach all den mal mehr, mal weniger gezierten Annäherungsversuchen von Debütantinnen, denen Heath bereits ausgesetzt gewesen war, hatte Lilys direkte Art etwas herrlich Erfrischendes.

Ihre Ablehnung hingegen war vollkommen unerwartet gekommen. Weibliche Gleichgültigkeit war Heath bisher fremd. Kühne Verführung und hartnäckiges Nachstellen waren ihm weit geläufiger.

Sein offenkundiges Desinteresse an der Ehe hatte die Damen nie davon abhalten können, sich in ihn zu verlieben. Vielmehr stellten sie ihm in Scharen nach, was größtenteils seinem Talent geschuldet sein durfte, ihre Sehnsüchte zu befriedigen …

Seine Gedanken wurden naturgemäß unterbrochen,

sobald er durch eine der hinteren Flügelglastüren in den Ballsaal trat. Und beinahe sofort rief eine weibliche Stimme seinen Namen.

Zu Heaths Überraschung war es Fanny Irwin, die auf ihn zukam, als hätte sie schon auf ihn gewartet.

Sie wirkte alles andere als froh. »My Lord Claybourne«, begann sie leise und eindringlich, »wären Sie bitte so freundlich, mir einen Moment Ihrer Zeit zu gewähren?«

»Selbstverständlich, Miss Irwin ...«, antwortete er, bevor sie ihm ins Wort fiel.

»Unter vier Augen, My Lord, wenn Sie gestatten.«

Obgleich ihre Bitte ihn wunderte, hatte Heath nichts dagegen, ihr hinter ein paar große Grünpflanzen zu folgen, die sie vom Rest des Saals abschirmten. Von Marcus wusste er, dass Fanny und die Loring-Schwestern in ihren Kindertagen in Hampshire direkte Nachbarn gewesen und seither enge Freundinnen waren. Ihm war überdies bekannt, dass Fanny einst eine respektable junge Dame gewesen war, die mit sechzehn Jahren ihr Zuhause verlassen hatte, um eine der berühmtesten Kurtisanen Londons zu werden. Ihre Erfolge standen der sagenumwobensten Freudendame von allen, Harriet Wilson, in nichts nach. Heath hatte Fannys Dienste noch nie in Anspruch genommen, sie aber bei zahlreichen Anlässen gesehen.

Die schwarzhaarige, beachtlich gebaute Fanny war witzig, wunderschön, anregend, aufmerksam und angeblich eine Expertin darin, ihre Liebhaber im Bett zufriedenzustellen, kurz: die ideale Mätresse.

Momentan war von ihrem verführerischen Charme allerdings nichts zu merken. Stattdessen sah sie Heath sehr besorgt an.

»Ich sah, wie Sie Lily aus dem Ballsaal folgten, My Lord – und leugnen Sie nicht!«

Stirnrunzelnd überlegte er, was er entgegnen sollte. »Nun gut, ich leugne nicht, Miss Irwin. Aber ist das denn ein Verbrechen?«

»Es wäre eines, sollten Sie Lily verführt haben.«

»Meine Begegnung mit Miss Loring geht nur mich und sie etwas an, doch wenn Sie es unbedingt wissen wollen: Ich habe sie nicht verführt.«

»Nein?«, fragte Fanny säuerlich. »Es ist jedoch offensichtlich, dass Sie Ihre Verführungskünste bei *irgendjemandem* eingesetzt haben. Ihr Haar ist zerzaust und voller Stroh, als hätten Sie sich soeben mit einer Milchmagd vergnügt.«

Sie zupfte ihm die verräterischen Halme aus dem Haar. »Gewöhnlich würde ich nicht einmal davon träumen, mich in Ihre Eroberungen einzumischen, Lord Claybourne, aber ich bin Lilys Freundin, und ich werde nicht stillschweigend zusehen, wie Sie ihre Unschuld zum Spaß ausnutzen.«

Heath atmete tief durch, um seinen Ärger zu bändigen. »Sosehr ich Ihre Sorge um Ihre Freundin achte, Miss Irwin, möchte ich Ihnen versichern, dass sie gänzlich unbegründet ist.«

»Und warum sollte ich Ihren Beteuerungen glauben?«

Es gefiel ihm nicht, dass sie seinem Wort misstraute. Andererseits schien Fanny wirklich besorgt, also sah Heath es ihr nach.

»Was würden Sie sagen, wenn ich Ihnen erzähle, dass ich Danvers versprach, im nächsten Monat ein Auge auf Miss Loring zu haben, solange er auf Hochzeitsreise ist?«

Das war nicht gelogen, denn als Drew und Heath auf das Ende von Marcus' Junggesellenleben anstießen, hatte Marcus ihnen beiden aufgetragen, sich der beiden jüngeren Schwestern anzunehmen, während er fort war.

Fanny jedoch beruhigte dies anscheinend nicht. »Und *so* haben Sie ein Auge auf Lily?«, erwiderte sie ein wenig sarkastisch. »Indem Sie sich allein mit ihr im Stall treffen?«

»Wir wurden nicht gesehen, falls Ihnen das ein Trost ist.«

»Es könnte Sie aber durchaus jemand entdeckt haben. Bei Ihrem Ruf genügt es, dass Sie allein mit ihr waren, um Lilys Reputation erheblichen Schaden zuzufügen. Angesichts ihrer familiären Vergangenheit ist sie angreifbarer für unschönen Klatsch als andere junge Damen der Gesellschaft. Sie und ihre Schwestern haben sich endlich von den früheren Skandalen erholt, nachdem Lord Danvers sich solche Mühe gab, sie wieder in die feinen Kreise einzuführen. Nach wie vor ist ihre Stellung kaum gefestigt, und Sie könnten Lily leicht ruinieren.«

»Ich beabsichtige gewiss nicht, sie zu ruinieren.«

»Worin genau bestehen dann Ihre Absichten in Bezug auf Lily, My Lord?«

Diese Frage war impertinent, um es milde auszudrücken. Und Heath hatte keine Antwort parat, weil er sich selbst nicht sicher war, welche Absichten er bezüglich Lily hegte. Vor Stunden noch hätte er gesagt, gar keine, aber nun, da er sie geküsst und in den Armen gehalten hatte …

Gestehe, Mann, du willst sie nicht aufgeben! Ein beunruhigender Gedanke.

Als er nur schweigend auf die Topfpalmen blickte, fuhr Fanny fort: »Sie dürfen sie nicht verführen, My Lord! Es würde jede Hoffnung für Lily zunichtemachen. Sollten Sie sie kompromittieren, kann nur noch eine Heirat sie vor der Schande bewahren. Und ich kenne Lily recht gut. Sie würde niemals einer Ehe mit Ihnen zustimmen – oder mit einem anderen.«

Erst jetzt sah er Fanny wieder an. »Und wenn ich sage, dass meine Absichten vollkommen ehrenhaft sind?«

Fanny war eindeutig verwundert. »Ehrenhaft? *Sie*? Sie sind der übelste Herzensbrecher Englands, Lord Claybourne, und haben nicht das geringste Interesse, sich zu vermählen. Oder irre ich mich?«

Ihr Staunen brachte Heath beinahe zum Lachen. Es stimmte, dass er in diesem Ruf stand. Doch konnte man nicht ihm allein die Schuld geben, wenn Damen sich in ihn verliebten, während sein Herz unbeteiligt blieb. Zwar mochte er das schöne Geschlecht und genoss die Aufmerksamkeit, aber ihm war noch keine Frau begegnet, die ihn zähmen und veranlassen konnte, willentlich seine kostbare Freiheit gegen den Ehestand einzutauschen.

Bisher war er eben auch noch nie einer Frau wie Lily begegnet.

»Ich möchte nicht andeuten, dass ich noch heute um sie anhalten werden«, antwortete Heath nachdenklich, »aber sollte ich ihr offiziell den Hof machen, würde das wohl kaum Klatsch oder gar einen Skandal verursachen.«

»Vermutlich nicht. Doch Sie können nicht ernsthaft erwägen, Lily zu heiraten.«

»Sie wäre mir zweifellos eine gute Marquise.«

Fanny lachte unsicher. »Ohne Frage besitzt sie den passenden Rang und verfügt über die entsprechende Bildung, nur übersehen Sie ein wesentliches Detail. Lily würde Sie niemals nahe genug an sich heranlassen, dass Sie ihr den Hof machen könnten. Vergessen wir nicht, wie sie zu Männern und der Ehe steht.«

Bei dem Gedanken an Lilys inbrünstige Erklärung, sie wäre der Ehe gegenüber generell abgeneigt, musste Heath schmunzeln. »Ihre Haltung ist fürwahr recht ablehnend, wie ich im Laufe unserer kurzen Bekanntschaft feststellen konnte.«

»Das ist sie.« Fanny schüttelte den Kopf. »Nein, My Lord, vergessen Sie Ihr absurdes Ansinnen besser gleich!«, beharrte sie und musterte ihn. »Ich glaube kaum, dass Sie deshalb in tiefe Trauer verfallen, schließlich haben Sie die freie Wahl unter unzähligen verliebten jungen Damen.«

Sein Mundwinkel zuckte. »Aber leider interessiert mich keine von ihnen.«

»Ich hoffe, Sie haben nicht vor, Lily nur deshalb zu umwerben, weil Sie die Herausforderung lieben.«

Heath musste zugeben, dass ihn die Herausforderung sehr wohl reizte. Von den drei Freunden war Heath stets der abenteuerlustigste und wagemutigste gewesen, allzeit bereit, sich ungekannten Gefahren zu stellen. Seine Vorliebe für Nervenkitzel und Aufregung hatte ihnen allen schon mehr Eskapaden und Schwierigkeiten eingehandelt, als er zählen konnte. Die Herausforderung aber, die Lily darstellte, war nicht das, was ihn am meisten an ihr faszinierte.

»Nur teils«, gestand er ehrlich. »Mein Interesse an Miss Loring gilt sehr viel mehr ihrer Einzigartigkeit. Ich finde sie erfrischend.«

»Ja, mir ist begreiflich, warum eine unkonventionelle Dame wie Lily Sie anspricht«, gab Fanny zurück, nachdem sie kurz überlegt hatte. »Sie kennt keine Hemmungen, die Nase ob der gesellschaftlichen Beschränkungen zu rümpfen, welche jungen Damen guter Herkunft auferlegt sind. Oft benimmt sie sich beinahe wie ein Mann, besonders wenn man ihre Freude an sportlichen Aktivitäten wie Reiten und Bogenschießen miteinbezieht. Von den drei Schwestern dürfte Lily zweifellos die leidenschaftlichste und ausdrucksstärkste sein. Dennoch …«, Fanny senkte ihre Stimme, »sie ist auch die sensibelste. Lily wurde schrecklich verletzt, als ihre Mutter sie verließ, um ihrem Herzen zu folgen, ganz zu schweigen von dem Skandal, den dies nach sich zog. Und Lilys Argwohn gegenüber Männern wurzelt tief in ihrer Kindheit.«

Heath war ihre Verwundbarkeit nicht entgangen, und sie hatte ihn seltsam berührt, ein Gefühl in ihm geweckt, das ihm vollends fremd war. Mitleid war es nicht, eher eine ungekannte Zärtlichkeit, gepaart mit einer Lust, wie er sie seit langem nicht mehr empfunden hatte.

Fanny unterbrach seine Gedanken. »Ich könnte mir vorstellen, dass Lily eher Ihrem Geschmack entspricht als die herkömmliche Debütantin, möglicherweise sogar genug, dass Sie in Betracht ziehen, um sie zu werben. Doch ist es Ihnen wirklich ernst, My Lord?«

»Eine Frau wie sie könnte mich zum Heiraten verleiten«, antwortete er versonnen.

Fanny musterte ihn sorgenvoll. »Mag sein. Trotzdem bitte ich Sie, denken Sie nicht einmal daran, ihr den Hof zu machen, sofern Sie nicht willens sind, es mit allen Konsequenzen zu tun!«

»Das kann ich Ihnen versprechen«, erwiderte Heath entschlossen.

Zunächst zögerte Fanny noch. »Ich danke Ihnen, My Lord. Und ich hoffe, Sie vergeben mir meine unerwünschte Einmischung, die einzig meiner Zuneigung zu Lily entspringt. Ich möchte nicht, dass ihr wehgetan wird.«

»Ihre Sorge nehme ich zur Kenntnis, Miss Irwin«, erwiderte Heath bemüht ruhig. »Aber Sie können beruhigt sein. Es gehört nicht zu meinen Gepflogenheiten, Damen zu verletzen.«

Ein Lächeln huschte über ihre Lippen. »Nicht absichtlich, ich weiß. Immerhin eilt Ihnen der Ruf voraus, ihnen vor allem Freuden zu bereiten. Aber unabsichtlich? Bitte ... geben Sie auf Lily acht, My Lord!«

»Das werde ich.«

Fanny vollführte einen vornehmen Knicks und ließ ihn stehen.

Auch Heath trat hinter den Palmen hervor und begab sich an den Rand des Ballsaals, von wo aus er gedankenverloren den Tanzenden zuschaute. Der Danvers-Hochzeitsball war das gesellschaftliche Ereigniss schlechthin, und die vielen parfümierten Gäste sowie die Kerzen, die in den zahlreichen Kronleuchtern brannten, machten die Wärme im Saal geradezu erdrückend. Doch alle amüsierten sich bestens.

Heath hingegen achtete kaum auf den Lärm und die Fröhlichkeit, denn er war in Gedanken noch bei dem Gespräch über seine Absichten.

War es ihm tatsächlich ernst damit, um Lily Loring zu werben?

Fannys düstere Prophezeiungen fochten ihn nicht weiter an. Immerhin hatte er bisher jede Dame gewinnen können, die er wollte. Und er wollte eindeutig Lily. Hatte er sich erst in den Kopf gesetzt, sie zu erobern, würde es ihm auch gelingen.

Natürlich würde es bedeuten, dass er sie heiraten musste. Sie zu verführen, kam überhaupt nicht infrage. Das erlaubte sein Ehrgefühl nicht, und außerdem würde Marcus ihm die Hölle heiß machen.

Vor Marcus' Verlobung hatte Heath nie näher über die Ehe nachgedacht, es sogar gemieden, einen Gedanken daran zu verschwenden. Allen Bemühungen eifriger Mamas und ihrer raffgierigen jungen Lieblinge war er geschickt aus dem Weg gegangen.

Er mochte die Frauen sehr, nur wollte er an keine bestimmte von ihnen gebunden sein, bis dass der Tod sie schied.

Aber vielleicht war es an der Zeit, dass er die Ehe für sich in Betracht zog. Irgendwann musste er sich so oder so binden und einen Erben zeugen, der seinen illustren Titel übernahm. Genau wie Marcus.

Dass Marcus der Erste wäre, der den Sprung ins kalte Wasser wagte, hatte Heath nicht erwartet. Bevor er den Grafentitel und mit ihm die Vormundschaft für die drei verarmten Loring-Schwestern geerbt hatte, hatte Marcus keinerlei Neigung gezeigt, sein kostbares Junggesellenleben aufzugeben. Anfangs hatte er sogar vorgehabt, sich seiner Mündel zu entledigen, indem er sie an passende Verehrer verheiratete, wogegen alle drei Schwestern heftig protestierten. Dann aber hatte ihn Arabella, die Älteste, vom ersten Moment an verzaubert. Er schloss eine Wette mit ihr ab, dass er sie dazu bringen könnte, seinen Antrag anzunehmen. Und Arabella war grimmig entschlossen gewesen, ihn die Wette verlieren zu lassen. Nach mehreren bewegten Wochen waren beide hoffnungslos ineinander verliebt.

Heath freute sich aufrichtig für seinen Freund, war es doch nicht selbstverständlich, dass ein Adliger Liebe und Glück in der Ehe fand. In ihren Kreisen waren Vernunftehen die Regel, die vornehmlich dem Zweck dienten, die passenden Vermögen und Familien zusammenzuführen.

Das hatten Heaths Eltern getan und Generationen vor ihnen ebenfalls.

Er selbst jedoch hatte es nicht vor. Die Ehe seiner Eltern war alles andere als glücklich gewesen, weil sie weder im Wesen noch in ihren Interessen harmonierten.

Deshalb hatte Heath sich geschworen, nur eine Frau zu heiraten, die wesentliche Eigenschaften mit ihm teilte. Wenn er schon heiraten musste, dann nur eine junge Dame, die es an Esprit, Leidenschaft und Abenteuerlust mit ihm aufnehmen konnte.

Lily Loring könnte die Richtige sein.

Selbst ihr trotziges Beharren auf Unabhängigkeit sprach ihn an, und er konnte es sehr gut verstehen, teilte er dieses Bedürfnis doch mit ihr.

Überdies war Lily Loring auch in manch anderer Hinsicht eine geeignete Kandidatin. Da waren zum einen ihre Herkunft und Erziehung. Zum anderen und noch wichtiger aber war, dass sie ihn wohl selten langweilen dürfte.

Nicht zu vergessen, dass er sie äußerst begehrenswert fand. Ihre dunklen Augen, ihr wohlgerundeter Mund, ihre vollen Brüste und ihr seidiges Haar, das rostbraun und golden schimmerte, verliehen ihr ein bezauberndes Aussehen. Und noch etwas an ihr betörte ihn, etwas, das weniger greifbar war: ihre pulsierende

Lebendigkeit. Er spürte ein inneres Feuer in ihr, das jenes in ihm entfachte.

Darüber hinaus war sie mitfühlend. Wie viele Damen ihres Standes würden sich um eine Stallkatze und deren Junge scheren?

Ja, Lily war geeignet und allemal faszinierend genug, um ihr den Hof zu machen. Ohne Frage müsste er alles aufbieten, was er an Charme und Fertigkeiten besaß, wollte er ihre Scheu besiegen. Sie hatte Angst, sich mit irgendeinem Mann zu vermählen, weil sie keinem traute, dass er sie nicht verletzen würde.

Immerhin kam ihm zugute, dass sie ganz und gar nicht kalt war. Ihre Sinnlichkeit musste lediglich geweckt werden. Das hatte Heath deutlich in ihren unschuldigen Küssen gefühlt. Lily hatte auf seine Umarmung reagiert, als hätte sie noch nie zuvor begehrt.

Der erotische Kitzel zwischen ihnen hatte sie erschreckt, wie ihre geröteten Wangen und glänzenden Augen ihm verrieten. Und ihn selbst hatte ein wenig überrascht, wie vehement seine eigene Reaktion ausgefallen war.

Er entsann sich nicht, jemals eine solche Begierde empfunden zu haben. Lily Loring stellte eine veritable Bedrohung für seine Ausgeglichenheit dar.

Bei diesem Gedanken stieß Heath einen leisen Fluch aus. Allein die Erinnerung an das leidenschaftliche Zwischenspiel auf dem Heuboden reichte aus, um ihn zu erregen, und er musste sich zwangsläufig von den Ballgästen abwenden, um die Folgen zu verbergen.

Dennoch bedauerte er die Wirkung nicht, die Lily auf ihn ausübte. Es war sehr lange her, seit er den Rausch der Vorfreude gefühlt hatte, der ihn nun durchflutete. Und noch länger war es her, seit sein Puls sich zuletzt bei der bloßen Vorstellung beschleunigt hatte, eine Dame näher kennenzulernen.

In dem Moment, in dem Heath auf die Terrasse hinaustrat, damit die kühlere Nachtluft seine Lust zähmte, war seine Entscheidung gefällt: Er würde die bezaubernde Lily umwerben.

Und wenn sie ihn am Ende wirklich heiratete? Nun, diese Aussicht schien ihm gar nicht mehr so beängstigend.

Nein, erstaunlicherweise flößte sie ihm überhaupt keine Furcht ein.

»Vielleicht sollte ich noch kurz hineingehen«, sagte Tess Blanchard am nächsten Morgen, als sie ihr Gig vor Danvers Hall zum Stehen brachte.

»Nein«, entgegnete Lily, »du bist schon viel zu spät für deine Verabredung, und ich bin sicher, dass meine Schwester wohlauf ist.«

Mit einem bemühten Lächeln stieg Lily aus der kleinen Kutsche. Sie war unsagbar froh, zu Hause zu sein, und das aus mehreren Gründen. Der erste war, dass sie vom Champagner gestern Abend Kopfschmerzen hatte. Der zweite, dass sie ein furchtbar schlechtes Gewissen quälte, weil sie sich die letzte Nacht schlaflos im Bett gewälzt hatte, während sie unablässig an den Marquess of Claybourne dachte, der sie geküsst und dessen atemberaubende Küsse sie auf das Schamloseste erwidert hatte.

Und der dritte Grund schließlich war die schreckliche Nachricht heute Morgen, dass ihre Schwester Roslyn und ihre Freundin Winifred auf dem Heimweg vom Ball von einem Straßenräuber überfallen worden waren.

Roslyn war nicht wie geplant zu Tess gekommen und hatte morgens den kurzen Brief geschickt, der ihre Abwesenheit erklärte. Lily und Tess waren sofort nach Freemantle Park gefahren, wo sie erfuhren, dass Roslyn bereits nach Danvers Hall zurückgekehrt war. Winifred hatte ihnen alles ausführlich geschildert und behauptet, dass Roslyn keinen bleibenden Schaden davongetragen hatte, aber Lily wollte lieber selbst nach ihrer Schwester sehen.

Ihren Koffer holte sie selbst aus dem Fach hinten in dem kleinen Einspänner, da weder ein Diener noch der Butler kam, um ihr zu helfen. Sicher waren noch alle mit dem Aufräumen drinnen beschäftigt.

Das Brautpaar war inzwischen abgereist. Roslyn wollte nicht, dass Arabella und Marcus von dem Überfall erfuhren, die sonst womöglich ihre Hochzeitsreise verschoben hätten.

Lily blickte zu Tess auf und sagte lächelnd: »Vielen Dank, dass ich die Nacht bei dir verbringen durfte und du mich hergefahren hast.«

»Du weißt, dass du mir jederzeit willkommen bist«, erwiderte Tess freundlich und nahm ihre Zügel in die Hand. »Ich komme bald zurück, um mich nach Roslyn zu erkundigen. Was immer Winifred auch sagt, es muss ein furchtbares Erlebnis für sie gewesen sein.«

»Gut, ich werde ihr ausrichten, dass wir dich zum Lunch erwarten.«

Tess wollte ihr Pferd gerade antreiben, als sie in der Ferne eine Kutsche hörten. Gleich darauf sah Lily einen zweispännigen Wagen, der den Kiesweg hinaufkam, gelenkt von einem einzelnen Gentleman in modernem Gehrock und einem großen Kastorhut.

Ihr Herz geriet aus dem Takt, als sie die breiten

Schultern erkannte, und sie hauchte: »Was zum Teufel tut *er* hier?«

»Das ist Lord Claybourne, nicht wahr?«, fragte Tess.

»Leider ja.«

Seine Lordschaft war der allerletzte Mensch, den sie jetzt sehen wollte, dachte Lily, die ihr Pech verfluchte. Wäre sie doch fünf Minuten früher gekommen, dann hätte sie sich vom Butler verleugnen lassen können! Aber nun musste sie Lord Claybourne gegenübertreten, obwohl sie noch von der Erinnerung an seine Küsse gequält wurde. Auf keinen Fall durfte sie mit ihm allein sein!

»Kannst du bitte noch einen Moment bleiben, Tess? Lass mich nicht mit ihm allein!«

Ihre Freundin sah sie verwundert an. »Willst du ihn nicht sehen?«

Ihr blieb keine Zeit mehr, um zu antworten, denn der Marquess lenkte seinen Wagen bereits gekonnt neben Lily und hielt ihn an.

Sie atmete tief ein, bevor sie ihn ansah. Heute Morgen war sie mehr sie selbst und bei klarem Verstand. Nun ja, zumindest war sie nüchtern. Und solange sich in ihrem Kopf nicht alles drehte, konnte sie ihm ungleich leichter widerstehen.

Ließ man außer Acht, dass Lord Claybourne im kalten Tageslicht genauso umwerfend aussah wie im dämmrigen Laternenschein letzte Nacht. Und bei seinem Lächeln schmolz sie heute nicht minder dahin als gestern.

Er verneigte sich. »Guten Morgen, meine Damen.«

Lily ignorierte ihren Bauch, der sich merkwürdig gebärdete, konnte jedoch nichts gegen ihre Atemlosigkeit tun. »Was führt Sie her, My Lord?«

»Ich statte Ihnen einen Höflichkeitsbesuch ab.«

»Sie kommen den ganzen Weg von London, um mir einen Höflichkeitsbesuch abzustatten?«

Er zuckte lässig mit den Schultern. »Mit einem schnellen Gespann dauert es kaum mehr als eine halbe Stunde. Und diese beiden Schönheiten«, er zeigte auf die beiden Grauschimmel vor ihm, »sind blitzschnell.«

Das Gespann war wirklich ausgesprochen schön, stellte Lily bewundernd fest. Die beiden Pferde wirkten lebhaft und waren gut genug trainiert, um geduldig dazustehen und auf die Befehle ihres Herrn zu warten.

Was dennoch nicht erklärte, warum Claybourne glaubte, sie besuchen zu müssen. »Sie haben sich trotzdem zu viel der Mühe gemacht, My Lord.«

»Das war keine Mühe. Ich habe Ihnen einen Korb von meinem Koch mitgebracht.«

Sie sah ihn verständnislos an. »Von Ihrem Koch?«

»Ein paar Köstlichkeiten für Boots und ein Mittel gegen Ihre Kopfschmerzen. Ich denke mir, nach gestern Abend fühlt er sich an, als habe sich darin ein Trommler eingerichtet.«

Natürlich war Lily von seiner Fürsorge beeindruckt, was sie ihn allerdings nicht wissen ließ.

»Ich vermute, Sie sprechen aus Erfahrung«, gab sie stattdessen zurück.

»Selbstverständlich.«

Mit einem Grinsen, bei dem Lily weiche Knie bekam, hielt er den Korb in die Höhe. Um ihn zu nehmen, musste Lily ihren Koffer abstellen, was sie ungern tat.

»Sie sind zu freundlich«, sagte sie angestrengt höflich und nahm den Korb entgegen. »Boots wird Ihre

Großzügigkeit sehr zu schätzen wissen. Doch Sie hätten nicht eigens die Fahrt unternehmen müssen, My Lord, und erst recht sollten Sie mir keine Geschenke bringen.«

»Warum nicht, Miss Loring?«

Lilys Verärgerung wuchs, denn Lord Claybourne gab sich willentlich ahnungslos. Immerhin hatte sie ihn gestern schon vor Winifreds Ehestiftungsplänen gewarnt. »Sie kennen den Grund sehr wohl. Oder haben Sie kein Wort von dem gehört, was ich gestern Abend sagte?«

»Weit gefehlt! Ich habe jedes Wort vernommen.«

Als Tess, der die Spannung zwischen ihnen nicht entging, von Lily zu Lord Claybourne und wieder zu Lily sah, milderte Lily ihren Ton. Es stünde ihr besser an, Gleichgültigkeit zu demonstrieren.

»Dann haben Sie meine Warnung nicht beachtet«, folgerte sie ruhiger. »Sie können mir keine Geschenke bringen, ohne dass es Anlass zu Spekulationen gibt. Lady Freemantle wird verzückt sein.«

»Ich gestehe, dass es nicht Lady Freemantle war, der meine Gedanken galten.«

»Sie wird glauben, dass Sie mir den Hof machen.«

»Und?«

Seine ungerührte Frage machte Lily fassungslos. »Und«, begann sie, verstummte aber gleich wieder, weil ihr plötzlich die Bedeutung seiner Gelassenheit klar wurde. »Sie können unmöglich andeuten wollen, dass Sie um mich werben!«

»Erlauben Sie mir, Ihnen zu widersprechen.«

Seiner Miene nach zu urteilen, machte er sich nicht über sie lustig, wenngleich er es doch nicht ernst meinen konnte.

»Lord Claybourne ... das ist grotesk! Sie möchten mich nicht heiraten, und ich Sie ganz sicher auch nicht.«

Seine braunen Augen blieben vollkommen ruhig, als er sie ansah. »Wie können wir das wissen, solange wir der Frage nicht auf den Grund gegangen sind? Was wiederum zur Voraussetzung hat, dass wir unsere Bekanntschaft vertiefen.«

Allmählich wurde sie nervös, ja, sogar verstört. Lily beäugte ihn streng. »Ich weiß nicht, was für eine Art Spiel Sie hier aufführen, My Lord, aber ich werde mich nicht daran beteiligen.«

»Es ist kein Spiel, mein Engel.«

Lily biss die Zähne zusammen. »Die höfliche Antwort wäre, Ihnen zu danken, Lord Claybourne, aber ...«

»Aber Sie halten nichts von Höflichkeit«, fiel er ihr ins Wort, und ein amüsiertes Funkeln leuchtete in seinen Augen auf.

»Nein, das tue ich nicht!«

Sie bemerkte, dass Tess ob ihrer schroffen Worte die Stirn runzelte. Zwar fehlte Lily häufiger die Geduld für Nettigkeiten, aber offen unhöflich war sie nie. Andererseits wusste sie beim besten Willen nicht, wie sie einem verführerischen Adligen begegnen sollte, der ihr solch übertriebene Aufmerksamkeit angedeihen ließ.

Besagter Adliger lächelte bloß. »Es macht mir nichts aus, Ihre vorübergehende Gereiztheit hinzunehmen, Miss Loring, weiß ich doch um deren eigentliche Ursache.«

Sie sind die eigentliche *Ursache!*, dachte Lily wütend. *Nicht die Nachwirkung des Champagners.*

Sie musste den provozierenden Marquess loswerden und zum Glück besaß sie einen perfekten Vorwand. Nachdem sie noch einmal tief Luft geholt hatte, erklärte sie mit einem kühlen Lächeln: »Ich würde Sie ja auf eine Erfrischung hereinbitten, My Lord, aber leider fehlt mir heute Morgen die Zeit für Besuche. Ich muss dringend nach meiner Schwester Roslyn sehen. Und ich fürchte, sie wird nach dem Überfall letzte Nacht nicht in der Verfassung sein, Gäste zu empfangen.«

Lord Claybourne stutzte. »Welcher Überfall?«

»Ach, hörten Sie nichts davon?« Lily fühlte sich gleich sicherer. »Letzte Nacht blieb Roslyn länger, weil sie mit dem Personal besprechen wollte, wie sie Danvers Hall nach der Feier wiederherzurichten hätten. Anschließend bot Lady Freemantle sich an, sie zu Miss Blanchard zu fahren. Auf dem Weg wurden sie von einem Straßenräuber überfallen, der sie mit einer Pistole bedrohte – keine Meile von hier.«

Lord Claybourne zog die Brauen zusammen. »Wurde jemand von ihnen verletzt?«

»Gott sei Dank nicht. Allem Anschein nach wurde allerdings der Schurke verwundet. Der Duke of Arden kam zufällig rechtzeitig vorbei, um den Überfall zu vereiteln, und schoss auf den fliehenden Übeltäter. Zurzeit suchen alle nach ihm.«

»Wo ist Arden jetzt?«

»In Freemantle Park. Er blieb die Nacht über dort, um Lady Freemantle und meine Schwester zu beruhigen. Vielleicht möchten Sie hinfahren und mit ihm sprechen.«

Claybourne antwortete nicht gleich, und Lily bemerkte, dass ihr Blick unwillkürlich zu seinem Mund wanderte. Sogleich spürte sie, wie sie errötete, als ihr aufs Neue die Küsse einfielen …

Jäh vertrieb sie ihre unangebrachten Gedanken und sagte: »Ich bin gewiss, dass Sie sich nicht unnötig hier aufhalten wollen, Lord Claybourne.«

Nun glätteten sich die Falten auf seiner Stirn, während er eine Braue nach oben zog. »Schicken Sie mich fort, Miss Loring?«

Lily konnte nicht umhin, zu lächeln. »Die Deutung meiner Worte liegt ganz bei Ihnen, doch erscheinen Sie mir nicht wie ein Mann, der mühsam begreift.«

Seine Mundwinkel bewegten sich, auch wenn er ernst blieb. »Vielleicht haben Sie Recht. Ich sollte mit Arden sprechen und fragen, ob ich helfen kann. Dessen ungeachtet sollten Sie nicht vorschnell annehmen, ich würde meine ursprünglichen Besuchsabsichten aufgeben. Ich werde zu passenderer Gelegenheit wiederkommen, denn es bleibt mir ein Anliegen, dass wir einander besser kennenlernen.«

Lily hätte zu gern die Augen verdreht. »Eine passende Gelegenheit wird es nicht geben.«

»In diesem Fall muss ich Sie vom Gegenteil überzeugen.«

Sein Lächeln war umwerfend, und das war noch untertrieben ausgedrückt. Lily gefiel ihre Reaktion darauf gar nicht. Noch dazu war ihr klar, dass er sehr wohl um seine Wirkung auf Damen wusste. Ihm dürfte hinlänglich bekannt sein, dass er unwiderstehlich war.

Als er seine Zügel aufnahm und seine Grauschimmel in Schritt befahl, hielt Lily den Atem an, bis seine Lordschaft davonfuhr. Sie war unsagbar erleichtert, dass er fort war, zugleich aber auch voller Furcht, dass er wie versprochen wiederkäme.

»Hast du vor, mir zu erzählen, was das alles zu bedeuten hatte, Lily? Ich hoffe, du hattest einen triftigen Grund, so unhöflich zu sein.«

Erschrocken blickte Lily zu ihrer Freundin auf, denn sie hatte vollkommen vergessen, dass Tess noch hier war. »Ich hatte einen überaus guten Grund, warnte ich ihn doch erst gestern Abend, dass Winifred sich nach Kräften bemühte, uns zu verkuppeln. Und er hat meine Warnung geflissentlich in den Wind geschlagen!«

»Was ist gestern zwischen euch vorgefallen?«

»Nun …« Lily zögerte. Am liebsten hätte sie kein Wort über ihr gestriges liederliches Verhalten in dem Stall verloren, aber sie wollte keine Geheimnisse vor ihrer teuren Freundin haben. »Ich begegnete seiner Lordschaft, kurz bevor ich den Ball mit dir verließ. Ich hatte drei Gläser Champagner getrunken, weil ich so traurig war, Arabella zu verlieren, und fürchte daher, dass ich recht durcheinander war, als er mich fand.«

Tess betrachtete sie prüfend. »Er hat doch nicht versucht, deinen Zustand auszunutzen?«

»Nein … nein, eigentlich nicht. Aber ich könnte versucht haben, *ihn* auszunutzen.« Sie verzog reumütig den Mund. »Ich konnte zur fraglichen Zeit nicht klar denken. Folglich sorge ich mich nun, dass ich mich ziemlich liederlich betragen und Claybourne den Eindruck vermittelt haben könnte, mir mangelte es an moralischen Grundsätzen. Das Resultat jedenfalls hast du eben gesehen. Ich möchte nicht, dass er glaubt, mich der langen Liste seiner Eroberungen hinzufügen zu können.«

»Wie ich dem Austausch entnahm, sind seine Absichten ehrbarer als das«, entgegnete Tess mit einem trockenen Schmunzeln. »Er ist den ganzen Weg gefahren, um dir einen formellen Morgenbesuch abzustatten. Ein Gentleman mit ruchlosen Intentionen tut das nicht.«

»Ruchlos sind seine Intentionen durchaus!«, konterte Lily. »Du hast ihn doch selbst gehört. Er will mir den Hof machen!«

Tess sah aus, als müsste sie ein Lachen unterdrücken. »Lily, es ist nichts Verwerfliches an seinem Wunsch, dich besser kennenzulernen.«

»Ist es sehr wohl, sofern er der irrigen Annahme aufsitzt, unsere Bekanntschaft könnte in eine Heirat münden!«

Nun lachte Tess laut, was Lily ganz und gar nicht erfreute. »Das ist nicht komisch, Tess!«

»Ist es eigentlich schon, meine Liebe. Alle Welt würde beteuern, dass Claybourne nicht für eine Heirat zur Verfügung steht, und doch scheint er willens, *dich* als Ehefrau in Betracht zu ziehen. Sollte er von deiner Haltung zur Ehe erfahren …«

»Er *kennt* meine Haltung, denn ich habe sie ihm gestern Abend unmissverständlich dargelegt.«

Tess wurde schlagartig ernst. »Wäre es denn so furchtbar, sich für eine Weile von ihm umwerben zu lassen? Du beraubst dich entscheidender Zukunftsperspektiven, indem du die Möglichkeit einer Heirat kategorisch ausschließt.«

Lily verzog das Gesicht. »So denkst du bloß, weil du hoffnungslos romantisch veranlagt bist – was ich nicht bin.«

»Er erscheint mir überaus charmant.«

»Das ist er.« *Und viel zu verführerisch*, fügte Lily in Gedanken hinzu. Trotzdem beinhalteten ihre Zukunftspläne keine Ehe. Darin war nicht vorgesehen, dass sie zum festen Mobiliar eines Ehegatten wurde, der rechtmäßig über sie verfügte. Und so charmant, verführerisch oder gutaussehend besagter Gentleman oberflächlich erscheinen mochte, wusste sie doch aus schmerzlicher Erfahrung, wie trügerisch der äußere Schein sein konnte. Das hatte ihr eigener Vater ihr hinlänglich bewiesen.

»Lord Claybournes Charme tut hier nichts zur Sache«, erklärte Lily darum bestimmt. »Nichts könnte mich in Versuchung führen, ihn zu heiraten. Somit ergibt sich für ihn keinerlei Anlass, mich zu umwerben.«

»Was gedenkst du also zu unternehmen? Ich würde ernstlich bezweifeln, dass ein Mann wie Claybourne sich leicht dazu bewegen ließe, aufzugeben.«

Eine fürwahr beklemmende Frage! »Ich weiß es nicht«, seufzte Lily. In einer solchen Lage hatte sie sich noch nie befunden. Bisher war sie mit keinem Adligen konfrontiert gewesen, der sie ernstlich ehelichen wollte.

»Nun«, sagte Tess bedächtig, »ich muss fürs Erste fort, Lily. Aber ich komme später zurück und werde mit dir beraten.«

»Ja, bitte. Und nun fahr zu deiner Verabredung!«

Tess verbrachte den Großteil ihrer Zeit mit wohltätiger Arbeit, hauptsächlich für die Familien gefallener Soldaten, seit sie vor zwei Jahren in der Schlacht bei Waterloo ihren Verlobten verloren hatte. Und gegenwärtig war sie damit befasst, den örtlichen Landadel um Spenden für die gute Sache zu bitten.

Als Tess fort war, packte Lily ihren Koffer sowie den Korb seiner Lordschaft und stieg die Stufen zum Herrenhaus hinauf.

Sie schüttelte den Kopf ob dessen, was ihre Freundin zu der Ankündigung Claybournes gesagt hatte, dass er um sie werben würde.

Blieb sie in Danvers Hall, wäre sie ein zu leichtes Opfer seines Charmes, solange Arabella und Marcus sich auf Hochzeitsreise befanden. Um einem Adligen wie Claybourne die Stirn zu bieten, war sie schlicht zu unerfahren. Mit seinem trägen Lächeln, seinem umwerfenden Charme und seiner atemberaubenden Sinnlichkeit war er gefährlich anders als alle Männer, die ihr je begegnet waren.

Doch sie würde nicht hier sitzen und ein willfähriges Opfer seines Werbens abgeben! Nein, sie würde handeln – und wäre es auch nur, um zu beweisen, dass sie immer noch selbst über ihr Schicksal bestimmte!

Na, komm schon, sei ehrlich!, ermahnte eine enervierende Stimme in ihrem Kopf sie. *Du hast Angst, dass deine zügellose Natur dich auf Abwege führt. Dass du seinen Reizen erliegst.*

Ja, die leidige Wahrheit war, dass sie sich nicht zutraute, Lord Claybourne zu widerstehen, sollte er tatsächlich um sie werben.

Unter den gegebenen Umständen war es eventuell das Beste, sie würde ihr Zuhause für eine Weile fliehen. Aber wohin? Nachdem sie neuerdings über hinreichend Mittel verfügte, könnte sie ihre früheren Nachbarn und Freunde in Hampshire besuchen, aber sie verspürte wenig Neigung, fernab von daheim wie eine Flüchtige auszuharren.

Könnte sie nicht zu Fanny nach London? Nicht in Fannys Haus, wo sie ihrem Kurtisanengeschäft nachging, natürlich. Aber Fanny besaß eine Privatpension in London … zufällig hatten sie darüber erst gestern Abend auf dem Hochzeitsball gesprochen.

Lily überlegte noch, während sie mit dem Schlüssel die Vordertür öffnete. Fanny war auf dem Ball nicht so munter gewesen wie sonst, und als Lily nachfragte, hatte Fanny gestanden, dass sie sich um zwei enge Freundinnen sorgte, die in finanziellen Schwierigkeiten steckten.

Lily hatte über deren Probleme unter anderem nachgedacht, als sie sich die letzte Nacht schlaflos im Bett wälzte. Bedauerlicherweise waren ihr keine bahnbrechenden Einfälle gekommen, wie man die beinahe dreißigtausend Pfund verdienen könnte.

Vielleicht könnte sie Fanny helfen, indem sie nach London ging. Und im gleichen Zuge wäre ihr geholfen, weil sie Lord Claybourne auswich.

Es wäre eine Möglichkeit, beschloss Lily, als sie ihren Koffer und den Korb einem Diener übergab, bevor sie sich auf die Suche nach ihrer Schwester Roslyn machte.

Roslyn hielt sich im Morgensalon auf, wo sie die unzähligen Hochzeitsgeschenke katalogisierte, die dem Earl of Danvers und seiner neuen Komtesse, Arabella, geschickt worden waren. Roslyn beteuerte, dass es ihr trotz des entsetzlichen Vorkommnisses letzte Nacht gut ginge.

Dennoch wünschte Lily, sie hätte ihrer Schwester letzte Nacht beistehen können, vor allem weil sie gewiss eher imstande gewesen wäre, einen bewaffneten Straßenräuber in die Flucht zu schlagen. Immerhin wusste sie, wie man eine Pistole abfeuerte. Andererseits war ihr ebenfalls klar, dass Roslyns zarte Züge trügerisch waren. Ihre so überaus aristokratisch und vornehm wirkende Schwester war innerlich sehr stark, und wie Lily von Winifred erfuhr, hatte Roslyn enorme Courage bewiesen und ihre Ladyschaft davor bewahrt, dass ihr das kostbarste Schmuckstück geraubt wurde.

»Es hört sich an, als wärst du sehr mutig gewesen«, sagte Lily, nachdem sie sich Roslyns verkürzte Version der Geschichte angehört hatte.

»Ich war halb von Sinnen vor Angst«, erwiderte Roslyn trocken. »Aber wenigstens kam niemand zu Schaden.«

»Abgesehen von dem Schurken. Sie sagten, Hickings hätte bereits veranlasst, dass nach einem Verwundeten gesucht wird.«

Roslyn nickte. »Ja, obwohl wir keine große Hoffnung haben, dass man ihn findet.« Sie sah Lily prüfend an. »Bist du sicher, dass es dir gut geht? Du siehst aus, als hätte dich irgendetwas sehr aufgebracht.«

Auch wenn Lily fühlte, dass ihre Wangen von der Begegnung mit Lord Claybourne noch gerötet waren, wollte sie den Grund lieber nicht nennen. Schließlich musste die arme Roslyn sich von einem Überfall erholen, bei dem um Haaresbreite auf sie geschossen worden wäre. Und außerdem hatte sie über Wochen die Hochzeitsfeierlichkeiten vorbereitet.

Überdies musste Lily mit einem Anflug von Schuldbewusstsein zugeben, dass sie ihren Lapsus von gestern Abend ungern eingestehen würde. Nach all ihren Schwüren, sich nie und nimmer mit begehrten Adligen einzulassen, mutete es heuchlerisch an, dass sie Lord Claybournes Küsse so sehr genossen hatte.

»Ich bin nicht aufgebracht«, entgegnete sie deshalb. »Ich habe bloß leichte Kopfschmerzen, und die Fahrt in Tess' Gig hat sie nicht unbedingt gelindert.«

Sie erzählte ihrer Schwester, dass sie etwas zu viel Champagner getrunken hatte, ließ den Teil auf dem Stallboden allerdings aus.

Natürlich entging Roslyn dennoch nichts. »Ist das alles, Lily?«

Sie unterdrückte einen Seufzer, während sie überlegte, welche überzeugende Erklärung sie ihrer Schwester liefern konnte. »Nun ja, vielleicht nicht *alles*. Winifred treibt mich immer noch zur Verzweiflung mit ihren aberwitzigen Versuchen, Ehen zu stiften.«

»Ich weiß«, pflichtete Roslyn ihr aus tiefstem Herzen bei. »Gestern Abend und auch heute Morgen hatte sie mich zum Ziel erkoren. Du hattest Recht, sie will mich unbedingt mit Arden verkuppeln, was unsagbar peinlich war.«

»Oh ja, und ich habe nicht die Absicht, hierzubleiben und länger Winifreds wehrloses Opfer zu mimen«, verkündete Lily. »Ich plane, nach London zu reisen und in Fannys Gästehaus zu bleiben. Sie hat dort ein Zimmer für mich und bat mich, ihre beiden Freundinnen zu beraten, die das Haus führen. Zwar weiß ich nicht, ob ich ihnen helfen kann, aber ich würde es gern versuchen.«

Roslyn sah Lily überrascht an. »Du willst dich in London verstecken, um Winifred zu entkommen? Ist das nicht ein wenig übertrieben?«

Lily verzog das Gesicht. »So mutet es an, aber ich halte es dennoch für unumgänglich. Und wenn ich nicht aufzufinden bin, brauche ich mich auch nicht vor unerwünschten Verehrern zu fürchten, nicht wahr? In Chiswick jedenfalls kann ich nicht bleiben. Und bei Fanny wird mich niemand vermuten, nicht einmal Marcus, zum Glück. Er wäre gewiss nicht angetan …«

Und Lord Claybourne findet mich dort ebenfalls nicht. Dieser Gedanke war unendlich beruhigend, und plötzlich fiel Lily ein, wie sie den Marquess noch verlässlicher von ihrer Spur ablenken könnte. »Ich hab's! Du kannst Winifred und allen anderen, die fragen, erzählen, ich wäre nach Hampshire gereist, um Freunde in unserer alten Heimat zu besuchen.«

Verwundert kräuselte Roslyn die Stirn. »Warum willst du sie glauben machen ...«

Doch Lily unterbrach ihre Schwester, der sie schlecht eingestehen konnte, wie unwiderstehlich sie den Marquess fand. »Bitte, Roslyn, tu es für mich!«

»Lily ... verheimlichst du mir etwas?«

»Nein, natürlich nicht! Mach dir keine Sorgen um mich, meine Liebe! Es ist nichts, was ich nicht selbst regeln könnte«, versicherte Lily lächelnd und fügte leiser hinzu: »Ich will einfach um jeden Preis verhindern, dass mir irgendein Mann den Hof macht, geschweige denn, mich heiratet.«

Seit ihrem sechzehnten Lebensjahr war sie eine erklärte Gegnerin des Ehestandes, ging es Lily durch den Kopf, als sie ihre Schwester verließ und sich nach oben in ihr Zimmer begab, um ihren Koffer auszupacken und gleich neu für die Reise nach London zu packen.

Sie hatte sich geschworen, sich niemals derart verwundbar zu machen: gefangen in der Ehe, den Launen eines Gatten ausgeliefert, dem sie nicht entkommen konnte. Wenn eine Dame heiratete, galt sie vor dem Gesetz als *Besitz* ihres Ehemannes, mit dem er so grausam verfahren durfte, wie er wollte. Eine solche Macht würde Lily keinem Mann über sich gewähren.

Ebenso wenig würde sie ihr Herz verschenken, um

jemanden darauf herumtrampeln zu lassen, wie es ihre Mutter in ihrer ersten Ehe und Arabella bei ihrer ersten, kurzen Verlobung getan hatten.

Dem Himmel sei Dank, dass Arabella nun Glück und Liebe bei Marcus vergönnt waren. Denn Lily musste zugeben, dass ihre Schwester allem Anschein nach beides gefunden hatte, woran die zärtlichen Blicke und sanften Berührungen des jungen Paares keine Zweifel ließen. Und auch Lilys Mutter beteuerte, in der Ehe mit ihrem französischen Geliebten, Henri Vachel, endlich wahres Glück zu genießen.

Was Lily betraf, blieb eine Heirat ausgeschlossen, denn sie würde ihr mangelndes Vertrauen in die Männer wohl nie überwinden.

Und sie brauchte niemanden außer ihren Schwestern und ihren Freundinnen, um glücklich zu sein. Sie bestimmte selbst über ihr Leben, und so sollte es bleiben. Sie wusste, was sie sich von der Zukunft erhoffte, und das war *nicht*, an einen Ehemann gekettet zu sein, der sie verletzen und betrügen, seine Macht gegen sie benutzen und sie so elend machen konnte, dass sie Abend für Abend in ihr Kissen weinte, wie es ihre Mutter getan hatte.

Und nachdem sie im Besitz eines passablen Vermögens war, konnte Lily sich sogar einige langgehegte Träume erfüllen. Seit sie lesen konnte, vergrub sie sich in dicken Geschichtsbüchern, geologischen Kartenwerken und Expeditionsberichten. Teils hatte sie darin Zuflucht vor den Streitereien ihrer Eltern gesucht. Wie hatte sie sich nach dem Tag gesehnt, an dem sie ihr Leben selbst in die Hand nehmen durfte! Sie wollte die Welt bereisen, unbekannte Länder erkunden und Abenteuer erleben.

Sollte sie eines Tages Kinder wollen, die sie lieben und verwöhnen konnte, würde sie es Arabella oder Roslyn überlassen, sie zu gebären. Lily selbst war zufrieden damit, an der Freemantle-Akademie für junge Damen zu unterrichten, wo sie heranwachsenden Mädchen beibrachte, wie sie als Kaufmannstöchter niederer Herkunft in den feinen Kreisen bestanden.

Über den Sommer hatte sie nur wenige Pflichten an der Akademie, waren die meisten Schülerinnen doch zu ihren Familien gefahren. Somit war der Zeitpunkt für eine Reise nach London ideal, und das in mehr als einer Hinsicht.

Besonders froh war sie, Lord Claybournes unerwünschter Aufmerksamkeit zu entfliehen. Zudem würde es ihr höchste Befriedigung bereiten, könnte sie Fannys Freundinnen helfen, ihre finanziellen Probleme zu lösen.

Vor allem aber empfand Lily ein freudiges Kribbeln bei dem Gedanken, ein brandneues Lebenskapitel aufzuschlagen. Nachdem die Hochzeitsfeierlichkeiten vorbei waren, stand ihr der Weg zu großen Abenteuern frei.

Als Tess nach Danvers Hall zurückkehrte, wo sie sich zu Lily gesellte, hatte diese bereits eine Nachricht an Fanny geschrieben, die ein Bote nach London bringen würde, und beinahe fertig gepackt.

»Dem Himmel sei Dank, dass Roslyn den entsetzlichen Überfall recht gut überstanden hat!«, seufzte Tess, die sich in einen Sessel setzte. »Wie sie sagt, planst du einen Ausflug nach London.«

»Ja«, antwortete Lily, die ein paar letzte Stücke für den längeren Aufenthalt aus dem Kleiderschrank suchte. »Ich reise heute Nachmittag ab.«

»Mir erscheint es überzogen, von zu Hause zu fliehen, um Lord Claybourne auszuweichen.«

»Ganz und gar nicht. Allerdings habe ich noch einen anderen sehr guten Grund. Fanny hat finanzielle Schwierigkeiten.«

»Was für Schwierigkeiten?«

»Es handelt sich um Spielschulden, wenn auch nicht Fannys. Im letzten Frühjahr haben zwei ihrer ältesten Kurtisanenfreundinnen eine beträchtliche Summe am Faro–Tisch verloren, und der Besitzer des Spielclubs fordert nun, dass die Schulden beglichen werden. Fanny muss folglich alles tun, um ihre Freundinnen vor dem Schuldnergefängnis oder Schlimmerem zu bewahren.«

»Sprichst du von Fleur und Chantel?«

»Ja. Sie nahmen Fanny unter ihre Fittiche, als sie vor acht Jahren nach London kam, also will sie ihnen unbedingt beistehen.« Lily sah sich zu Tess um. »Ich wollte die Sache Roslyn gegenüber nicht erwähnen, weil sie sich sonst verpflichtet fühlen würde zu helfen, und nach all ihrer Arbeit braucht sie dringend Ruhe. Ich hoffe, dass ich etwas für Fanny tun kann.«

Tess wirkte besorgt. »Dann beabsichtigst du, in Fannys Privatpension zu wohnen? Lily, beinahe ebenso gut könntest du in einem Freudenhaus absteigen!«

»Ja, vermutlich.«

Fleur Delee und Chantel Amour waren in ihren besten Tagen gefeierte Kurtisanen gewesen, mittlerweile jedoch beide in den späten Fünfzigern. Als ihre Karrieren sich dem Ende zuneigten, kaufte Fanny ihnen das große Herrenhaus, damit sie ein Heim hatten, und die beiden, die Fanny nicht allzu sehr zur Last fallen wollten, vermieteten einzelne Zimmer, meist an Damen aus der Halbwelt.

»Genau deshalb ist die Privatpension ein ideales Versteck für mich«, erklärte Lily. »Claybourne wird mich dort nicht finden, und sollte er zufällig erfahren, wo ich bin, wird er gewiss entsetzt sein und mich nicht länger als seine künftige Marquise in Erwägung ziehen.«

Tess schüttelte den Kopf. »Du könntest dir damit eine Menge Probleme einhandeln.«

Daraufhin musste Lily nur lachen. »Ich hätte nichts gegen ein paar Schwierigkeiten, die etwas Farbe in mein Leben bringen. Im Grunde genommen macht diese Aussicht sogar den besonderen Reiz meines Plans aus. Ich betrachte ihn als ein Abenteuer ... das erste von vielen, wie ich hoffe.«

»Könntest du dir nicht ein angemesseneres Abenteuer suchen, als ausgerechnet bei Fannys berüchtigten Freundinnen Quartier zu nehmen?«

Lily sah sie verwundert an. »Ja, glaubst du denn, mich kann Prüderie davon abhalten, es zu tun?«

»Oh nein«, antwortete Tess. »Prüderie, meine Liebe, ist dir gänzlich fremd. Doch solltest du nicht um deine Reputation besorgt sein?«

»Nein, nicht sonderlich, denn ich bezweifle, dass man mich dort erkennt. Und ich habe vor, mich so unauffällig wie möglich zu verhalten.«

»Das hoffe ich inständig. Falls deine Anwesenheit dort bekannt wird, könnte sich das ungünstig auf deine Schwestern auswirken, nicht zu vergessen auf deine zukünftige Laufbahn an der Akademie.«

»Du hast Recht, und daher werde ich meinen Aufenthaltsort geheim halten. Offiziell wird es heißen, ich sei in Hampshire, um Freunde von früher zu besuchen. Einzig du und Roslyn wisst, wo ich mich wirklich aufhalte. Winifred aber darf es um keinen Preis erfahren!«

»Du willst sie täuschen?«, fragte Tess überrascht.

Lily lächelte reumütig. »Ich fürchte, mir bleibt keine andere Wahl. Andernfalls würde sie umgehend dem Marquess erzählen, wo ich bin, und dann sucht er mich auf. Ich verlasse mich darauf, dass du mir hilfst, Winifred und ihn in die Irre zu führen.«

Nun lachte Tess. »Na schön, wenn du willst. Aber vergiss nicht, dass ich dich gewarnt habe! Kann ich dir bei den Vorbereitungen zur Hand gehen?«

»Nein, vielen Dank. Ich müsste Roslyn und dich jedoch bitten, für mich ein paar Unterrichtsstunden an der Akademie zu übernehmen, falls es euch nichts ausmacht.«

»Selbstverständlich macht es mir nichts aus. Du hast es immerhin schon häufig genug für mich getan.«

Lily war froh, dass mit dieser Frage alles für ihre Abwesenheit geregelt war. Den ältlichen Butler Simpkin hatte sie bereits gebeten, sich um Boots und deren Junge zu kümmern, von denen sie sich noch verabschieden würde, bevor sie am Nachmittag nach London aufbrach.

Sie freute sich so sehr auf die Reise, dass sie ein Kribbeln im Bauch spürte. Gewiss würde es ein spannendes Abenteuer, bei Fannys Freundinnen zu wohnen.

Und währenddessen brauchte sie sich nicht von einem gutaussehenden, schrecklich charmanten Adligen verwirren zu lassen oder sich darum zu sorgen, wie sie sich dessen unerwünschtem und gänzlich unverständlichem Werben erwehrte.

Drittes Kapitel

Ich kann nicht glauben, dass Lord Claybourne mich gefunden hat und – schlimmer noch – er immer noch entschlossen ist, mir den Hof zu machen!

Lily an Fanny

London, zwei Tage später

»Ich wünschte, wir könnten diesen ekelhaften Schurken zum Hades jagen!«, murmelte Chantel Amour, die vornehm an ihrem Tee nippte.

»Nun, ein Schurke ist er eigentlich nicht«, erwiderte Fanny, »sondern eher ein Geschäftsmann. Er fordert die Schulden ein, die ihr beide in seinem Spielclub gemacht habt.«

Fleur Delee rümpfte damenhaft die Nase. »Du kannst Mick O'Rourke unmöglich nicht für abscheulich halten, Fanny. Bedenke doch nur, dass er dich unter der Androhung, uns in den Schuldenturm sperren zu lassen, dazu bringen will, für uns zu zahlen!«

»Ich habe nie behauptet, er wäre nicht abscheulich. Doch dürfen wir nicht vergessen, dass wir in dieser Lage sind, weil ihr ein Vermögen verspielt habt, das ihr nicht besessen habt.«

»Aber O'Rourke hat uns zu viel Brandy gegeben und uns ermuntert, um zu hohe Einsätze am Faro–Tisch zu spielen«, jammerte Chantel. »Ich bin sicher, dass er all das um deinetwillen arrangiert hat, Fanny. Er will dich nötigen, seine *chère amie* zu werden.«

Fanny kniff die Lippen zusammen. »Ich *weiß*, was Mick möchte, aber er wird es nicht bekommen. Wir müssen uns eben überlegen, wie wir ihn bezahlen.«

Lily betrachtete die drei Freundinnen. Als sie vor zwei Tagen vor Fannys Londoner Pension erschienen war und berichtet hatte, dass sie auf der Flucht vor Lord Claybourne wäre, hatte man sie gleich willkommen geheißen.

Zu Lilys Erstaunen war das Herrenhaus recht groß und bemerkenswert elegant. Sie hatte ein eigenes Schlafzimmer im zweiten Stock bekommen und durfte frei über den Privatsalon im Stockwerk darunter verfügen. Außerdem konnte sie sich jederzeit im großen Gemeinschaftssalon und den beiden kleineren im Erdgeschoss aufhalten.

Heute Nachmittag saßen alle vier Damen in Fleurs und Chantels Salon, wo sie gemeinsam diskutierten, wie sie hinreichend Geld auftrieben, um die enormen Spielschulden zu begleichen.

Es war offensichtlich, welche große Zuneigung Fanny für die alternden Kurtisanen hegte. Wie Lily wusste, hatten sie Fanny alles gelehrt, was sie über ihr Gewerbe wissen musste, als sie vor acht Jahren herkam, und nun war Fanny entschlossen, ihnen zu helfen.

Lily konnte gut verstehen, warum die früheren Freudendamen einst in ganz London bewundert worden waren. Auch wenn Fleurs rotbraune Locken inzwischen hennagefärbt und Chantels blondes Haar geschickt über die grauen Strähnen drapiert war, handelte es sich nach wie vor um faszinierend schöne Frauen. Darüber hinaus empfand Lily beide als ausgesprochen warmherzig und charmant, obgleich ihr nicht entging, dass sie ein wenig zu verträumt und fahrig waren. Auch fiel ihr auf, dass sie die meiste Zeit damit zuzubringen schienen, ihre verlorenen Reize zu beklagen und jenen glorreichen Tagen nachzutrauern, als sie die Königinnen der Londoner Halbwelt gewesen waren.

Während der letzten zwei Tage hatte Lily unzählige Geschichten über ihre früheren Eroberungen gehört und in allen Einzelheiten erfahren, wie sie in ihre verdrießliche Lage geraten waren: An den Faro–Tischen in Mick O'Rourkes Club hatten sie an einem einzigen Abend *vierzigtausend* Pfund verloren.

Natürlich war Fanny umgehend zu ihrer Rettung herbeigeeilt und hatte ein Viertel der Schulden bezahlt – zehntausend Pfund, fast ihre gesamten Ersparnisse –, womit aber immer noch dreißigtausend übrig blieben. Und nun waren sie in großer Sorge, weil O'Rourke angedroht hatte, sie ins Gefängnis zu bringen.

Er wollte ihnen die Schuld erlassen, sollte Fanny ihm im Gegenzug ihre exklusiven Dienste als seine Mätresse anbieten, doch sträubte sie sich, das Angebot zu akzeptieren. Fanny kannte O'Rourke bereits näher, war er doch einer ihrer ersten Gönner zu Beginn ihrer Kurtisanenkarriere gewesen. Doch obgleich sie ehedem seine Geliebte war und er inzwischen ein gewaltiges Vermögen mit seinen erfolgreichen Spielclubs gemacht hatte, weigerte er sich, nachsichtig mit ihren Freundinnen zu sein.

Was in Chantels Augen einer unverzeihlichen Sünde gleichkam. Sie hatte O'Rourke stets als ungehobelt und flegelhaft bezeichnet, doch nun galt er für sie als ausgemachter Halunke.

»Ich würde meinen«, überlegte Chantel laut, »dass du einen deiner gegenwärtigen Gönner um das Geld bitten könntest.«

Fanny schüttelte den Kopf. »Selbst wenn einer der

Herren zu solch einer Freigebigkeit geneigt wäre, was ich bezweifle, wäre ich ihm fortan unangenehm verpflichtet.«

Lily war Fannys Einstellung bekannt. Sie gestattete keinem ihrer Gönner exklusive Privilegien, da sie nicht wollte, dass einer von ihnen Macht über sie besaß. Auf diese Weise mied sie das Risiko, einer ihrer Geliebten könnte das Arrangement abrupt beenden und sie ohne einen Penny dastehen.

Diese Haltung verstand Lily sehr gut.

»Es gibt noch eine andere Möglichkeit, Fanny«, meldete Fleur sich zu Wort, bevor sie in einen Keks biss. »Du könntest deine Memoiren verkaufen.«

»Nein, das ist ausgeschlossen.«

»Welche Memoiren?«, erkundigte Lily sich neugierig.

Fanny winkte ab. »Ich möchte nicht darüber sprechen.«

Fleur beugte sich vor und flüsterte Lily verschwörerisch zu: »Ein Verleger hat Fanny sehr viel Geld geboten, falls sie ein paar pikante Geschichten über ihre illustre Klientel schreibt.«

»So verzweifelt sind wir noch nicht«, entgegnete Fanny.

»Ich begreife nicht, warum du es nicht wenigstens in Erwägung ziehst«, sagte Chantel vorwurfsvoll.

»Weil der Verkauf nur einen Teil eurer Schulden abdecken würde. Und selbst wenn ich gewillt wäre, meine früheren Gönner auf derart geschmacklose Weise bloßzustellen – was ich nicht bin –, brauchte es Zeit, meine Memoiren zu schreiben. Mick hat uns jedoch nur einen Monat gegeben, und selbst diese Frist räumte er uns erst ein, nachdem ich ihn buchstäblich anflehte.«

»Aber hast du bedacht«, mischte Fleur sich wieder ein, »als wie lukrativ es sich erweisen könnte, solltest du entscheiden, deine Liebhaber *nicht* bloßzustellen? Es dürfte einige Herren geben, die dir beträchtliche Summen zahlen würden, um *nicht* in deinen Memoiren zu erscheinen.«

Fanny sah die ältere Kurtisane schockiert an. »Redest du gar von Erpressung, Fleur? Dazu wäre ich niemals bereit! Nicht bloß ist sie höchst unmoralisch, ich würde mir damit auch Feinde in Londons besten Kreisen machen. Sollte ich das tun, dürfte es für mich schwierig werden, künftig meinen Unterhalt zu bestreiten.«

Diesen Einwand quittierte Fleur mit einem eleganten Schulterzucken. »Nun, ich weiß nicht, wie wir zurechtkommen wollen, wenn du unbedingt tugendhaft sein musst. Wer Not leidet, darf nicht wählerisch sein, Fanny.«

»Noch muss ich nicht betteln«, entgegnete sie spitz.

»Es ist ein Jammer, dass unsere Mieter uns nicht helfen können!«, klagte Chantel mit einem tiefen Seufzer.

Fleurs verächtlicher Laut kam einem Schnauben sehr nahe. »Fürwahr! Aber sie verdienen einen Kummerlohn verglichen mit dem, was wir einst einnahmen.«

»Weil sie weder unsere Fertigkeiten noch unsere frühere Schönheit besitzen«, argumentierte Chantel.

»Noch unsere Kultiviertheit«, ergänzte Fleur weise.

Chantel nickte traurig.

Was sie mit dem Mangel an Kultiviertheit meinten, wusste Lily. Über ein halbes Dutzend Mieterinnen lebten im Herrenhaus, die ausnahmslos niederer Herkunft waren und teils eben erst begannen, sich einen Namen in der halbseidenen Gesellschaft zu machen – oder *Demimondaines* zu werden, wie Chantel es nannte, die Bezeichnungen wie »Prostituierte« oder »Freudenmädchen« nicht duldete. Die Mädchen, die hier wohnten, waren größtenteils Operntänzerinnen und Schauspielerinnen, die ihre mageren Einkommen nebenher als Mätressen oder in den Clubs und Freudenhäusern des nahegelegenen Theaterbezirks aufstockten.

Fleur und Chantel hingegen konnten, wie Fanny auch, eine vornehme Herkunft und Bildung vorweisen, die ihnen in ihrem Gewerbe zugutekamen und ihnen eine weit gehobenere Klientel bescherten.

Die beiden älteren Kurtisanen schwiegen eine Weile, ehe Fleur schließlich verkündete: »Was wir brauchen, sind ein paar sehr reiche Herren, die uns retten.«

»Das versteht sich von selbst«, pflichtete Chantel ihr bei. »Aber woher nehmen wir solche Männer? Wir beide besitzen wohl kaum mehr die nötigen Reize, um vermögende Gönner anzulocken.«

»Leider nicht, aber einige unserer Mieterinnen sind hübsch genug, um unsere Plätze einzunehmen. Mit der richtigen Anleitung könnten sie lernen, wie man eine vornehmere Klientel anzieht.«

»Wozu sollten wir sie anleiten?«, fragte Chantel.

»Nun sei doch nicht so begriffsstutzig, meine Liebe!«, schalt Fleur sie. »Wenn einige unserer Mieterinnen reiche Gönner finden, können sie uns helfen, unsere Schulden zu bezahlen.«

»Und wie sollten sie reiche Gönner finden?«, wandte Chantel ein. »Sie stehen nicht auf der Straße herum und warten darauf, von jungen Damen eingefangen zu werden, wie du wissen dürftest.«

»Selbstverständlich nicht, aber es ließen sich welche finden, wenn wir es richtig anstellen. Denk doch nur, Chantel, wir könnten Soirees geben, ganz wie in alten Zeiten! Und wir könnten alle Herren einladen, die Fanny kennt. Sie besitzt wertvolle Beziehungen zu den feinen Kreisen. Wir selbst haben sogar auch noch einige Bekannte.«

Über zwanzig Jahre lang hatten Fleur und Chantel elegante Soirees veranstaltet, zu denen die namhaftesten Künstler und Intellektuellen Londons geladen worden waren.

»Nun, ich vermute, wir *könnten* eine Soiree geben«, begann Chantel, »nur wäre die Mühe umsonst, denn unsere jungen Damen werden nie die nötige Finesse erlernen.«

Plötzlich setzte Fanny sich auf. »Vielleicht ist es doch möglich, sofern sie die richtige Lehrerin haben.« Sie sah Lily an. »Glaubst du, du könntest einige der Damen im gesellschaftlichen Umgang schulen, Lily, so wie ihr es an der Akademie macht?«

Lily überlegte. »Warum fragst du?«

Fleur strahlte und sah Lily ebenfalls an. »Weil, meine Liebe, unsere Mieterinnen kultivierter sein müssen, wenn unser Plan aufgehen soll. Leichte Mädchen von niederer Herkunft haben es schwer, das Interesse wohlhabender Herren zu erregen. Vornehme Herren fühlen sich durch grobe Manieren und vulgäre Sprache abgeschreckt. Die Mädchen, die gegenwärtig hier wohnen, hätten wir bei unseren früheren Soirees in dem Moment hinauskomplimentiert, in dem sie den Mund aufmachen.«

»Oh ja!«, pflichtete Chantel ihr bei. »Esprit und Charme sind wichtig, die korrekte Sprache und der richtige Akzent jedoch unverzichtbar. Mangelnde Umgangsformen und ordinäres Auftreten können die größten Hindernisse sein, will man eine wohlhabende Klientel gewinnen.« Auf einmal starrte auch sie Lily an. »*Könntest* du unsere Mädchen unterrichten, meine Liebe?«

Die Vorstellung, jungen Damen zu helfen, sich an reiche Männer zu verkaufen, erschien Lily zunächst recht befremdlich, aber sie wollte sie nicht sofort verwerfen. »Vielleicht. Es sollte nicht unähnlich dem sein, was meine Schwestern und ich seit drei Jahren an der Akademie tun. Wir bringen Mädchen aus Kaufmannsfamilien bei, wie sie vornehmer auftreten und in den feinen Kreisen bestehen.«

»Es könnte all unsere Probleme lösen!«, rief Fleur enthusiastisch aus.

»Gibt es keinen anderen Weg, wie sie euch helfen können, eure Schulden zu begleichen?«, fragte Lily vorsichtig.

»Nein, nicht mit einer so großen Summe.«

Dem konnte Lily nicht widersprechen. Anständige Stellen als Bedienstete brachten vielleicht zehn Pfund im Jahr ein, und selbst die höchsten Positionen, die Frauen offenstanden – als Haushälterinnen auf großen Anwesen oder als Gouvernanten in vornehmen Familien –, waren selten höher als mit fünfzig Pfund jährlich dotiert.

»Da wäre immer noch mein Geld«, schlug Lily vor. Als alle drei Damen sie verständnislos ansahen, erklärte sie: »Lord Danvers überschrieb mir eine beträchtliche Summe und entließ mich aus seiner Vormundschaft. Es sind zwanzigtausend Pfund, Fanny. Du kannst sie gern haben.«

Begeistert klatschte Chantel in die Hände. »Ich wusste gleich, dass du ein Schatz bist, Lily!«

Aber Fanny runzelte die Stirn. »Ich könnte dein Geld niemals annehmen.«

»Warum nicht?«

»Weil du Pläne hast, für die du es brauchst. Außerdem deckt die Summe ohnehin nicht die Schulden ab. Wir würden Mick immer noch einen hohen Betrag schulden, und du wärst mittellos.«

»Ich könnte mir denken, dass Roslyn von ihrem Vermögen auch etwas dazugeben würde.«

»Vielleicht, doch beabsichtige ich nicht, sie zu fragen. Ihr beide standet vor wenigen Jahren ohne einen Penny da, und jetzt seid ihr endlich in der Lage, ein unabhängiges Leben zu führen. Das werde ich euch unter keinen Umständen verderben.«

Nun war es an Lily, die Stirn zu runzeln. »Fanny, falls du denkst, ich würde zulassen, dass du dich einem Mann unterwirfst, den du nicht einmal magst, damit ich ein Vermögen, mit dem ich nie rechnete, mit Reisen durchbringe, musst du von Sinnen sein. Was für eine Freundin wäre ich dir, täte ich es?«

»Wir beide wissen, dass du dir immer gewünscht hast, reisen zu können.«

»Ja, das habe ich, aber die Umstände sind jetzt andere. Du brauchst das Geld nötiger als ich.«

Fanny lächelte matt. »Ich danke dir, meine Liebe. Sollte die Lage wirklich verzweifelt werden, könnte ich über dein Angebot nachdenken. Bis dahin möchte ich es jedoch nicht einmal in Erwägung ziehen. Im Ernst, Lily, ich glaube, Fleurs Idee, unseren jungen Damen zu helfen, wohlhabende Herren zu erobern, wäre für alle Beteiligten die beste Lösung. Den Mädchen würden sich dadurch enorme Vorteile eröffnen, und ich bin gewiss, dass sie bereitwillig dabei helfen werden, die Schulden zu begleichen, wenn sie als Gegenleistung die hervorragende Ausbildung bekommen, die wir ihnen bieten. Also, was sagst du dazu? Könntest du sie lehren, eleganter aufzutreten und zu sprechen?«

Lily überlegte. Umgangsformen und Auftreten waren nicht unbedingt ihre Stärken. Zu Hause unterrichtete sie die Schülerinnen in sportlichen Betätigungen wie Reiten, Bogenschießen und auch Tanz. Sollten die Mädchen allerdings lernwillig sein, könnte sie ihnen auch die restlichen Fertigkeiten vermitteln.

»Denkst du denn, eure Mieterinnen möchten sich ausbilden lassen?«, fragte sie.

»Zweifellos werden sie wollen.«

Ihre Bedenken mussten ihr anzusehen gewesen sein, denn Fanny fügte leise hinzu: »Ich weiß, dass wir dir einiges abverlangen, Lily. Du musst nicht helfen, wenn es dir nicht behagt.«

»Nein, natürlich will ich helfen«, versicherte sie rasch und verdrängte ihr Unbehagen ob der engen Verbindung, die sie mit dem Kurtisanengewerbe eingehen müsste. »Ich frage mich lediglich, wie die jungen Damen zu dem Plan stehen, dass sie sich neue Gönner suchen sollen.«

Fleur sah Lily an, als fände sie deren Naivität bemitleidenswert. »Unsere Mädchen werden entzückt sein, sich reiche Männer zu angeln, meine Liebe, sei es versichert! Du würdest ihnen einen sehr großen Dienst erweisen, indem du ihnen hilfst, eine höhergestellte Klientel anzulocken. Sie könnten ein sehr viel angenehmeres Leben führen.«

Es wäre nicht fair, ihre Hilfe zu verweigern, nur

weil sie widersprüchliche Gefühle hegte, dachte Lily. »Dann sollten wir sofort anfangen.«

Die älteren Kurtisanen wirkten erleichtert, und Fanny lächelte dankbar. »Die Frage ist: Können wir innerhalb eines Monats hinreichende Fortschritte erzielen?«

»Wir können – vorausgesetzt, die Damen sind bereit, mehrere Stunden Unterricht pro Tag zu absolvieren.«

»Gut, denn mehr als ein Monat bleibt uns nicht. Wir können Mick eventuell noch ein wenig länger hinhalten, wenn wir ihm glaubhaft machen, dass er sein Geld bald bekommt, doch ebenso gut kann er auch seine Drohung wahrmachen und Chantel und Fleur ins Gefängnis bringen. Also, was sollen wir tun?«

Lily grübelte für einen Moment. »Ich empfehle, dass wir Aussprache und Grammatik lehren, um ihre Sprache zu verbessern, und Haltung und Auftreten unterrichten. Wir könnten den großen Salon als Hauptklassenzimmer nutzen und einen der Salons für die Tanzstunden freiräumen ... Ich sollte mich umgehend an einen Unterrichtsplan setzen.«

Sie sah zu Fanny auf. »Und ich halte es für sinnvoll, wenn wir die Arbeit aufteilen. Ich kann einige nützliche Fächer unterrichten, aber ihr drei müsstet ihnen alles beibringen, wovon ich nichts verstehe, beispielsweise die Konversation mit möglichen Gönnern.«

»Ja, das wäre klug«, pflichtete Fanny ihr bei. »Ich könnte einige meiner Bediensteten herschicken, die bei den zusätzlichen Aufgaben helfen, und meine Näherin kann die Mädchen beraten, welche Kleidung sie auf einer Soiree tragen sollten.«

»Ich bin sicher, dass Tess uns mit Freuden unterstützen wird«, meinte Lily. »Außerdem sollten wir Basil bitten, Sprache zu unterrichten.«

Fannys Miene verfinsterte sich. »Warum in aller Welt sollen wir ihn fragen?«

»Weil er Latein studiert hat und noch vier weitere Sprachen beherrscht«, antwortete Lily, die sich über Fannys Reaktion wunderte. »Wenn jemand richtiges Sprechen unterrichten kann, dann er. Außerdem wohnt er hier.«

Basil Eddowes war einer der wenigen männlichen Mieter, ein großer schlaksiger junger Mann, der ungefähr im selben Alter war wie Fanny. Er arbeitete in einer angesehenen Anwaltskanzlei in der Innenstadt, für die er unter anderem als Lateinübersetzer tätig war. Lily hatte Basil seit vier Jahren nicht mehr gesehen, doch in ihren Kindertagen war er ihr engster Freund gewesen. Auch Fanny kannte ihn sehr gut, weil sie in Hampshire alle Nachbarn gewesen waren.

Zwischen Basil und Fanny stand es jedoch nicht zum Besten, seit sie ihr skandalöses neues Leben aufgenommen hatte. Basil war vehement gegen Fannys Gewerbe eingestellt, was es umso befremdlicher machte, dass er in diesem Haus unter lauter gefallenen Frauen wohnte, wo er noch dazu häufig Fanny begegnete.

»Basil ist so ablehnend mir gegenüber«, erzählte Fanny, »er wird schon aus lauter Trotz Nein sagen.«

»Überlass es mir, ihn zu fragen«, bot Lily an.

»Na gut, versuch es. Womöglich ist er eher bereit, wenn du ihn bittest.«

Plötzlich stand Fleur auf. »Nachdem das nun geklärt ist, fangen wir lieber gleich an. Chantel, komm mit mir! Wir gehen zu den Mädchen und erklären ihnen alles. Und dann sollten wir unsere Soiree planen.

Wie schön, dass wir uns auf eine Abendgesellschaft freuen können!«

Gehorsam erhob Chantel sich und folgte ihrer Freundin aus dem Salon, drehte sich an der Tür allerdings noch einmal zu Lily um. »Wir dürfen uns glücklich schätzen, dich bei uns zu haben, mein Liebes. Schon jetzt scheint mir unsere Zukunft ungleich rosiger.«

Lily lächelte bescheiden. »Ich hoffe, uns gelingt, was wir vorhaben.«

»Das wird es. Ich fühle es.«

Nachdem die beiden älteren Damen gegangen waren, blickte Fanny über ihre Teetasse hinweg zu Lily. »Bist du dir auch ganz sicher? Mir ist nicht wohl dabei, dich mit unseren Problemen zu belasten.«

»Und ob ich mir sicher bin!«, anwortete Lily prompt. »Ich tue das gern.«

Sie war mehr als gewillt, Fanny und ihren Freundinnen zu helfen. Und vor allem wollte sie den jungen Frauen, die sie während der letzten zwei Tage kennengelernt hatte, mit Freuden zu einem besseren Leben verhelfen. Auch wenn sie nach wie vor mit dem Zweck der geplanten Soiree haderte, war das Ziel, den Mädchen eine bessere Sprache und Haltung zu vermitteln, allemal lohnend und könnte ihnen Möglichkeiten eröffnen, respektablere Anstellungen zu finden, auf die sie andernfalls nie hoffen durften.

»Mach dir keine Gedanken um mich, Fanny«, beharrte sie. »Ich würde es nicht tun, wenn ich nicht wirklich wollte.«

»Ja, ich weiß.« Fanny schmunzelte. »Aber als du nach London kamst, um Lord Claybourne zu entkommen, schwebte dir gewiss nicht vor, eine Schule für Dirnen zu gründen und unsere Mieterinnen zu lehren, sich wie anständige Damen zu gebärden.«

»Nein«, stimmte Lily ihr zu und hatte ihre liebe Not, bei der Erwähnung des Marquess nicht zusammenzuzucken. »Wenigstens ist mein Aufenthalt auf diese Weise sinnvoll genutzt.«

Und bietet mir eine willkommene Ablenkung.

Viel zu oft nämlich dachte sie an den verführerischen Adligen, an die leidenschaftliche Begegnung auf dem Heuboden und seine verblüffende Erklärung am darauffolgenden Morgen.

Eilig verdrängte sie diesen Gedanken und nahm ihre Tasse in die Hand. Sie musste *dringend* aufhören, an Lord Claybourne und seine faszinierenden Küsse zu denken! Es war unsinnig, dass sie im Geiste immerfort einem Mann nachhing, den sie kaum kannte. Wohingegen er sie wahrscheinlich schon tags darauf wieder vergessen hatte.

Inzwischen hatte seine Lordschaft sich gewiss schon aussichtsreicheren Eroberungen zugewandt. Hingegen würde sie leider eine ganze Weile brauchen, bis sie ihn vergessen hätte.

Einen Monat später …

Lily hatte Lord Claybourne vier Wochen später noch nicht vergessen. Als sie aber ihren Schülerinnen zuschaute, wie sie nachmittags im Speisesalon den richtigen Umgang mit Besteck und Geschirr übten, war sie mit dem Erfolg ihrer »Akademie« zufrieden. Ihre Kurse waren tatsächlich sehr gefragt, seit sich das Angebot in der Londoner Halbwelt herumgesprochen hatte.

Derzeit unterrichteten sie zweiundzwanzig junge

Frauen, und sie erließen jenen die Gebühren, die eine Erklärung unterschrieben, dass sie einen Teil ihrer Einnahmen an Fleurs und Chantels Schuldenfonds abtraten.

Neben Sprache, Benehmen und Haltung lernten die Mädchen alles über angemessene Kleidung, Tischmanieren, Teeservieren, vornehme Konversation, Tanz, Opern- und Theaterbesuch … kurz: die unzähligen Fertigkeiten, die sie brauchten, um wohlhabende Gönner edler Herkunft zu gewinnen.

Lily glaubte, dass fast alle Schülerinnen angemessen auf die Soiree in der nächsten Woche vorbereitet wären. Ja, es war erstaunlich, welche rasanten Fortschritte die jungen Damen gemacht hatten. Doch wie Fleur prophezeit hatte, waren die Mädchen überaus erpicht, ihre Lebensumstände zu verbessern.

»Reiche Männer zu finden, die sie unterhalten«, hatte Fleur mehr als ein Mal betont, »ist die einzige Möglichkeit für sie, jemals der Armut zu entfliehen. Es ist der Lauf der Welt, meine liebe Lily.«

Die Kurtisane hatte sich notgedrungen eine pragmatische Weltsicht angeeignet. Ihre Zeit hier in der Privatpension hatte Lily Einblick in eine vollkommen neue Welt gegeben, in der vieles weder angenehm noch annähernd abenteuerlich war. Sie hatte geglaubt, um die Nöte mittelloser Damen in der Gesellschaft zu wissen, seit ihre Schwestern und sie nach dem Familienskandal ohne einen Penny und ohne Heim dagestanden hatten. Aber manche jungen Frauen hier befanden sich in weit betrüblicheren Umständen, als Lily sich jemals hatte vorstellen können.

Trotzdem bildeten ihre Schülerinnen insgesamt ein recht munteres Grüppchen. Dank Fanny und der beiden älteren Kurtisanen genossen sie in ihrer Unterkunft ein sicheres, elegantes Heim, was mehr war, als die meisten Schauspielerinnen und Operntänzerinnen von sich behaupten konnten. Und Lily begriff, dass die meisten von ihnen sich dieses Leben *ausgesucht* hatten, genau wie Fanny, Fleur und Chantel. Einige jedoch waren gegen ihren Willen gezwungen worden, sich zu verkaufen.

Und Letztere waren es, denen Lily ganz besonders helfen wollte: die unglücklichen Namenlosen, die in einem Gewerbe gefangen waren, das sie verabscheuten. Lily war es bereits gelungen, zweien von ihnen zu helfen, indem sie sie nach Danvers Hall zu Roslyn geschickt hatte, wo sie fortan als Kammerzofen arbeiteten. Zweifellos war es eine anstrengende Arbeit und weniger gut bezahlt als die des Freudenmädchens, doch beide Mädchen betrachteten sie als deutlich verdienstvoller, denn ihren Lebensunterhalt in einem Bordell zu bestreiten.

Lily war ausgesprochen froh, den beiden Mädchen ein neues Leben bieten zu können. Und sie verstand nun, warum Tess sich mit solchem Elan wohltätig engagierte.

Tess kam zweimal wöchentlich nach London, um zu unterrichten, und Basil Eddowes gab frühmorgens Sprachunterricht, bevor er in die Kanzlei ging. Fleur und Chantel waren mit Leib und Seele dabei, die Mädchen zu fördern, und Fanny wurde von ihnen angebetet, seit sie alle in die Geheimnisse einweihte, wie eine Dame sich begehrenswert machte.

Die jungen Damen schienen überaus dankbar für Lilys Mühen, was sie als große Befriedigung empfand. Vom ersten Moment an hatte sie begriffen, dass diese jungen Frauen sie weit dringender brauchten als die reichen Kaufmannstöchter, die sie an der Freemantle–Akademie unterrichtete.

Hinzu kam, dass Lily ihre eigene Situation vollkommen neu wahrnahm und erkannte, welches Glück sie im Vergleich zu diesen Frauen hatte. Ihre Schwestern und sie wussten, was es bedeutete, dem Schicksal ausgeliefert zu sein. Und Lily erschauderte bei dem Gedanken, dass sie selbst zur Prostitution hätten gezwungen sein können, wäre ihr Stiefonkel nicht gewesen, so ungern er sie auch aufgenommen hatte.

Was Mick O'Rourke betraf, schien er abzuwarten, bis die vereinbarte Gnadenfrist vorüber war.

Unterdessen war Fanny mit einem anderweitigen Versuch beschäftigt, Geld aufzutreiben. Statt ihre Memoiren zu schreiben, verfasste sie ein Manuskript basierend auf ihren jüngsten Briefen an Roslyn. Es trug den Titel »Ratgeber für heiratswillige junge Damen«. Der Verleger rechnete mit zahlreichen Verkäufen, dürfte das Thema doch alle Debütantinnen interessieren.

Einzig der Umstand, dass Roslyn sich im vergangenen Monat hoffnungslos in den Duke of Arden verliebt und sich mit ihm verlobt hatte, bekümmerte Lily. Wäre sie zu Hause geblieben, hätte sie ihre Schwester vielleicht vor diesem eklatanten Fehler bewahren können.

Wenigstens schienen Arabella und Marcus nach wie vor glücklich. Nach ihrer einmonatigen Hochzeitsreise waren sie unlängst nach Danvers Hall zurückgekehrt, wie Roslyn berichtete.

Lily sehnte sich danach, ihre Schwestern wiederzusehen, wenn auch nicht genug, um das Risiko einzugehen, dem Marquess of Claybourne zu begegnen.

Als sie den Brief las, den Roslyn ihr gestern schickte und in dem ihre Schwester sie warnte, dass der Marquess das Interesse an ihr anscheinend nicht verloren hatte, verfinsterte ihre Miene sich. Angeblich war Claybourne gänzlich unerwartet nach Hampshire gereist, um nach ihr zu suchen.

Dort hatte Winifred ihn hingeschickt, die recht empört auf die Nachricht reagierte, dass Lily keineswegs alte Nachbarn besuchte, wie sie jedermann glauben lassen wollte.

Lily fand die Hartnäckigkeit seiner Lordschaft besorgniserregend. Schließlich hatte sie darauf vertraut, ihm endgültig entkommen zu sein.

Mit etwas Glück würde er sie zumindest nicht hier entdecken, dachte sie, während sie von einem elegant gedeckten Tisch zum nächsten schritt.

Die Damen erschienen nicht minder elegant. Sie waren ausnahmslos in Abendroben gekleidet, obwohl es erst zwei Uhr nachmittags war, und übten, Suppe zu essen, ohne zu schlürfen. Lily brauchte kaum zu korrigieren, so gut beherrschten sie alle es inzwischen.

Als sie gerade den beiden Dienern bedeutet hatte, die Suppenteller abzuräumen und den nächsten Gang zu servieren, kam eine Kammerzofe, die ihr etwas zuflüsterte.

»Verzeihen Sie die Störung, Miss Loring, aber ein Gentleman ist hier, der mit Ihnen sprechen möchte.«

Lilys Herz setzte für einen Schlag aus. Kein Gentleman ihrer Bekanntschaft wusste, dass sie hier war … es sei denn … Nein, Lord Claybourne konnte sie unmöglich gefunden haben. »Hat er seinen Namen genannt?«

»Nein, Miss, aber er sieht wie ein vornehmer Lord

aus, und er benimmt sich auch wie einer. Ich soll Ihnen ausrichten, er besitze ›mehr Geduld, als Sie ahnen‹, was immer das heißen mag.«

Leider wusste Lily nur zu gut, was es bedeutete. Ihr fiel das Atmen schwer bei dem Gedanken, dem Marquess gegenübertreten zu müssen. »Haben Sie ihn in Miss Delees Salon geführt, Ellen?«

»Nein, Miss. Er bat mich, ihn in Ihr Zimmer zu bringen.«

»In mein *Schlafzimmer*?« Lily hatte unwillentlich die Stimme leicht erhoben, senkte sie jedoch gleich wieder, als sie bemerkte, dass sich mehrere Augenpaare auf sie richteten. »Mein Schlafzimmer dürfte kaum der passende Ort für einen Herrenbesuch sein, Ellen.«

»Ich weiß, Miss Loring, doch er bestand darauf.«

Das klang ganz nach Lord Claybourne, dachte Lily, die zwischen Wut und Verzweiflung hin und her gerissen war.

Ihre Verzweiflung gewann, als Ellen hinzufügte: »Er sagte, Sie würden ihn lieber unter vier Augen sprechen als vor Ihren Schülerinnen.«

Angesichts der implizierten Drohung kniff Lily die Lippen zusammen. Offenbar blieb ihr keine andere Wahl, als ihn in ihrem Schlafzimmer zu empfangen, denn gewiss wollte sie nicht, dass er ihr vor Publikum eine Szene machte.

»Wünschen Sie, dass ich Miss Delee hole, damit sie ihn fortschickt?«, fragte die Zofe, die nervös wurde, weil Lily schwieg.

»Nein, ich gehe zu ihm. Danke, Ellen.«

Nachdem Lily ihre Schülerinnen höflich gebeten hatte, sie einen Moment zu entschuldigen, verließ sie den Speisesalon und nahm die Hintertreppe nach oben. Sie strengte sich an, die Schmetterlinge in ihrem Bauch zu ignorieren, als sie die beiden Treppen hinauflief und den Flur zu ihrem Zimmer hinunterging. Dort stieß sie die geschlossene Tür auf und fand sich von Angesicht zu Angesicht mit Lord Claybourne wieder.

Tatsächlich besaß er die Dreistigkeit, auf ihrem Bett zu liegen, den Rücken auf die Kissen gelehnt und ein Bein lässig angewinkelt, so dass es das Buch stützte, in dem er las.

Ihr Buch, wie sie feststellte, und ihr stand der Mund vor Empörung über seine Unverfrorenheit offen. Allerdings war es der Mann, der sie sprachlos machte. Es war schockierend, wie allein der Umstand, sich in einem Raum mit ihm zu befinden, ihr den Atem verschlug.

Dann sah er auf, ihre Blicke begegneten sich, und auf einmal wurde das Flattern in ihrem Bauch zu einem regelrechten Aufruhr.

Lily drückte eine Hand auf ihre Körpermitte, was sie jedoch nicht beruhigte. Wie sollte es auch, wenn Claybourne sie so anschaute?

Das Funkeln in seinen braunen Augen war eine Mischung aus Triumph, Sinnlichkeit, Belustigung und noch mehr … Ja, er versprach ihr, sich für ihr Versteckspiel zu rächen.

»Kommen Sie herein, mein Engel!«, forderte er sie mit seiner tiefen, wohlklingenden Stimme auf. »Wir haben eine Menge zu bereden, denken Sie nicht?«

Sollte er sich gefragt haben, wie er sich fühlen würde, wenn er Lily Loring wiedersah, bekam Heath nun die Antwort: Eine Vielzahl von Empfindungen überflutete ihn, sorgte dafür, dass sein Magen sich verkrampfte und seine Lenden sich anspannten.

Er wusste, dass sie den Funken zwischen ihnen ebenso fühlte, denn das verrieten ihre Augen, die zunächst groß wurden und dann ärgerlich aufblitzten. Was ihm eine höchst primitive Befriedigung war.

Während er noch über die verblüffende Wirkung staunte, die Lily auf ihn ausübte, ließ er seinen Blick langsam zu ihrem wohlgeformten Mund wandern. Er konnte nicht vergessen, wie diese zartrosa Lippen sich angefühlt hatten. Ebenso wenig könnte er die unglaublich dunklen Augen und das dichte kastanienbraune Haar vergessen.

Doch in natura war sie so viel pulsierender als in seiner Erinnerung. Und seine Reaktion fiel entsprechend stärker aus.

Allerdings war das keine reine Lust. Etwas an ihr brachte sein Herz zum Rasen. Das hatte er sich nicht vorgestellt.

Heath belächelte sich im Geiste. Die Frage, ob der Funken zwischen ihnen noch da wäre, hatte ihm die letzten vier Wochen unendlich erscheinen lassen. Sein Leben war seit der Begegnung mit Lilian Loring vollkommen leer und öde gewesen. Und erst recht hatte es keine einzige Frau darin gegeben, die sein Interesse fesseln konnte.

Dass seine Suche ihn in eine Pension für leichte Mädchen führen würde, hatte er indessen nicht erwartet. Ebenso wenig wie er damit gerechnet hatte, dass Lily vor ihm weglaufen würde. Noch nie war er gezwungen gewesen, einer Frau nachzustellen.

Zugegeben, ihre Flucht hatte ihn gereizt und die Suche nach ihr seine Sinne gekitzelt – was den Triumph, sie endlich gefunden zu haben, umso köstlicher machte. Und das ungeachtet der Bedenken, die ihm gekommmen waren, als er herausfand, dass sie in einem Haus wohnte, das Fanny Irwin gehörte, zusammen mit zwei berüchtigten Exkurtisanen und einer ganzen Reihe leichter Mädchen.

»Kommen Sie doch bitte herein, mein Engel!«, wiederholte Heath. »Und schließen Sie die Tür, sofern Sie nicht wünschen, dass meine Anwesenheit in Ihrem Schlafgemach allgemein bekannt wird.«

Das schien Lily aus ihrer Benommenheit zu wecken, denn ihre wunderschönen Augen verengten sich. »Ihre Anwesenheit in meinem Schlafgemach ist überaus unangebracht, My Lord. Sie sollten nicht hier sein, wie Sie sehr wohl wissen.«

»Ich wollte Sie unter vier Augen sprechen.«

»Es gibt mehrere Salons im Haus. Jeder dieser Räume wäre angemessener für einen Herrenbesuch.«

»Aber nicht angemessen für meine Zwecke.«

Abermals schien sie verdrossen. »Und welches *ist* der Zweck Ihres Besuches, Lord Claybourne?«

»Den kann ich Ihnen nicht nennen, solange Sie in der offenen Tür stehen.«

Lily kam herein und schloss die Tür hinter sich, war aber sichtlich unfroh, denn sogleich stemmte sie ihre Hände in die Hüften. »Würden Sie mir *jetzt* bitte den Grund Ihres Besuches verraten?«

Ihr bissiger Tonfall entlockte Heath ein Grinsen. »Ja, sofern Sie mir erzählen, was zum Teufel Sie in diesem skandalösen Freudenhaus tun.«

Sie schrak ein wenig zusammen. »Es ist streng genommen kein Freudenhaus, denn die Mieterinnen empfangen hier keine Gäste.«

Skeptisch lüpfte Heath eine Braue. »Wollen Sie damit sagen, die Liebhaber der Damen wären nie hier?«

»Nun … jedenfalls nicht häufig. Die Eigentümerin sieht es nicht gern.«

»Und das soll meine Sorge mindern?«

Sie kniff die Lippen zusammen. »Ihre Sorge zu mindern ist mir kein Anliegen, My Lord. Aber wenn Sie es unbedingt wissen wollen: Ich helfe Fanny Irwin und ihren Freundinnen, eine hohe Spielschuld zu begleichen.«

»Ja, das hörte ich bereits. Überhaupt erfuhr ich in den letzten drei Tagen, seit ich Ihren Aufenthaltsort ausfindig machte, einiges über Sie. Wie es scheint, arbeiten Sie ziemlich hart.«

»Haben Sie mich beobachtet?«, fragte sie entsetzt.

»Teils. Als ich gestern kam, waren Sie im Salon beschäftigt, umgeben von einer Schar Schönheiten, die Walzer übten. Wenigstens war Ihr Freund Eddowes willens, meine Neugier in Maßen zu befriedigen.«

»*Basil* hat Ihnen von unseren Bemühungen erzählt?« Sie wirkte erschrocken. »Ich kann nicht glauben, dass er mein Vertrauen missbraucht – oder dass es Ihnen gelang, ihn dazu zu bringen!«

Heath lächelte. »Nachdem Sie flüchtig waren, musste ich mir etwas einfallen lassen. Eddowes handelte ganz in Ihrem Interesse, müssen Sie wissen.«

»Was haben Sie ihm gesagt?«

»Dass ich ebenfalls nur Ihr Bestes will. Er schien mir sogar erleichtert, seine Bedenken mit mir teilen zu können, gefällt es ihm doch genauso wenig wie mir, dass Sie hier sind.« Heath sah sie prüfend an. »Auch Marcus wird damit nicht einverstanden sein, möchte ich wetten.«

»Ich muss Marcus nicht um Erlaubnis bitten«, erwiderte Lily. »Er ist nicht mehr mein Vormund.«

»Nein, er ist mittlerweile das Oberhaupt Ihrer Familie, zu der in Bälde gleichfalls Arden zählen wird. Wussten Sie, dass er und Ihre Schwester Roslyn verlobt sind?«

»Ja«, antwortete Lily finster.

»Und Sie glauben nicht, dass es Ihren Schwestern zum Nachteil gereichen könnte, sollte Ihre Anwesenheit hier öffentlich bekanntwerden?«

»Ich beabsichtige nicht, sie bekanntzumachen. Und wenn Basil Eddowes Ihnen von unserer Akademie erzählte, müssen Sie wissen, dass wir all das für eine gute Sache tun. Wir helfen einigen unglücklichen jungen Damen, ihre Sprache wie auch ihr Auftreten auszubilden, auf dass sie ein besseres Leben führen können. Es ist höchst befriedigend, zu sehen, welche Fortschritte sie von Tag zu Tag machen. Und nächste Woche planen wir eine Soiree, auf der sie eine wohlhabendere Klientel kennenlernen. Unsere Hoffnung ist die, dass sie die bedauernswerten Umstände verbessern können, unter denen sie sich ihren Lebensunterhalt erwerben müssen.«

Ihre Leidenschaft für die Sache war unübersehbar, stellte Heath fest. Was ihn nicht einmal wunderte, obgleich er sich fragte, wie viele junge Damen ihres Standes sich bereitfänden, Prostituierten zu helfen, ihren Lebensstandard zu heben, geschweige denn über Wochen in eher spartanischen Verhältnissen zu wohnen. Anders konnte man es nicht nennen, bot dieses kleine Zimmer doch lediglich ein schmales Bett, einen kleinen Beistelltisch, eine Waschgelegenheit, einen Schreibtisch und einen Stuhl. Lilys Schlafgemach in Danvers Hall dürfte vollkommen anders aussehen.

»Ihr Mitgefühl ist höchst bewundernswert«, gab Heath zu.

»Wollen Sie mich maßregeln, Lord Claybourne?«, fragte sie misstrauisch.

»Ganz und gar nicht. Meine Bewunderung kommt von Herzen. Ich verstehe, warum Sie hier zu unterrichten begannen, jedoch bleibt mir unverständlich, warum Sie überhaupt herkamen.«

Sie lächelte. »Aber natürlich kam ich her, um Ihnen aus dem Weg zu gehen! Sie haben hinlänglich klargemacht, dass Sie Ihre absurde Idee nicht aufgeben würden, mir den Hof zu machen.«

»Ah, das dachte ich mir bereits.«

Nun war sie sichtlich verwirrt. »Ich gestehe, dass Ihre Hartnäckigkeit mich erstaunt, bedenkt man meine offenkundige Ablehnung Ihres Werbens. Waren Sie wirklich in Hampshire, um nach mir zu suchen?«

Die sinnlose Reise vor zwei Wochen war fürwahr verdrießlich gewesen. »Ja, und stellen Sie sich meine Verwunderung vor, als ich hörte, Sie wären seit vier Jahren nicht mehr dort gewesen! Die Reise hatten Sie frei erfunden, um Lady Freemantle und folglich mich in die Irre zu führen.«

»Wie es scheint, war das ein weiser Schritt von mir«, bemerkte Lily trocken, »denn Sie folgten mir dorthin – und hierher ebenfalls. Wie haben Sie mich gefunden, wenn ich fragen darf?«

»Dank Ihrer Schwester Arabella. Als Marcus und sie von der Hochzeitsreise zurückkehrten, ließ sie versehentlich fallen, dass Sie in London bei Fanny wären. Und nachdem ich eine ungefähre Ortsangabe hatte, war es leicht, Fanny hier ausfindig zu machen.«

Heath setzte sich auf und schwang seine Beine vom Bett. »Sie haben mir eine recht muntere Jagd beschert, meine Süße«, schalt er sie milde. »Ich bin es nicht gewöhnt, dass Damen vor mir weglaufen.«

»Nein, gewiss nicht«, erwiderte sie schnippisch.

»Habe ich Sie in solche Angst versetzt?«

Sie kräuselte die Stirn, als müsste sie über die Frage nachdenken. »Beunruhigt träfe es eher. Was mir nicht gefiel.«

»Bedauerlich, denn ich habe nicht vor, aufzugeben.«

Lily starrte ihn einen Moment lang an, bevor sie wütend wurde. »Ein fruchtloses Unterfangen, Lord Claybourne. Warum wollen Sie mir den Hof machen?«

»Ich erlaube mir, Ihnen zu widersprechen, denn fruchtlos ist es nicht. Eines Tages muss ich heiraten, und ich bin der Auffassung, dass Sie eine geeignete Gattin für mich wären. Nur muss ich mich vorher vergewissern, ob wir eine gemeinsame Zukunft haben können. Bisher weiß ich, dass ich mich sehr zu Ihnen hingezogen fühle … und Sie sich zu mir. Jedes Leugnen Ihrerseits ist überflüssig.«

Sie öffnete den Mund, um ihm zu widersprechen, schloss ihn aber gleich wieder. Schließlich sagte sie: »Mag sein, doch bedeutet es nicht, dass ich Sie *heiraten* möchte. Oder dass Sie mich heiraten wollen. Wir kennen einander kaum.«

»Das gedenke ich umgehend zu ändern.«

»Euer Lordschaft!«, rief sie aus, als er vom Bett aufstand.

»Haben Sie keine Angst. Ich möchte lediglich ein Experiment durchführen.«

Während er sie mit seinem Blick festhielt, durchquerte Heath den kleinen Raum. Lily wollte zurückweichen, doch konnte sie nirgends hin. Zornig blieb sie stehen und schaute zu ihm auf, ihre Hände zum Schutz vor sich haltend.

Heath streckte eine Hand aus und strich mit dem Daumen über ihre Unterlippe, bevor er seinen Kopf zu ihr beugte.

»Lord Claybourne …«, hauchte sie atemlos.

»Schhh, lassen Sie es mich Ihnen zeigen!«

Sie holte tief Luft, blieb ansonsten jedoch wie erstarrt, als Heath sie küsste. Ihre Lippen fühlten sich weich und voll an … und unglaublich erregend. Pures Verlangen durchfuhr ihn.

Nein, er hatte sich nicht getäuscht, dachte er mit einer Mischung aus Triumph und Vergnügen. Wieder fühlte er das Feuer in ihr, das ihn entflammte. Er spürte die Sehnsucht, den instinktiven Hunger in ihr – ganz gleich, ob sie sich dessen bewusst war oder nicht. Es war dieselbe Hitze, die er bei ihrem ersten Kuss auf dem Heuboden empfunden hatte.

Jenes Feuer und Heaths eigene Reaktion beantworteten alle noch verbliebenen Fragen. Nie war er einer Frau begegnet, die seine Leidenschaft wie Lily entfachte, und schon gar nicht einer jungen Dame, die noch dazu alle Voraussetzungen mitbrachte, um seine Marquise zu werden. Folglich konnte er sie nicht aufgeben – nicht, ehe er sich selbst bewiesen hätte, dass sie nicht die richtige Braut für ihn war.

»Also«, begann er leise, als er seinen Kopf wieder hob, »ich wollte sehen, ob meine Vorliebe für Sie nur eine vorübergehende Fantasie war, und nun weiß ich, dass dem nicht so ist. Sie haben es auch gespürt, gestehen Sie es!«

Sie sah ihn ein wenig verwirrt an und benetzte sich die Lippe, ehe sie antwortete: »Ich habe *etwas* gespürt, doch war es keineswegs angenehm.«

»Wer hätte gedacht, dass Sie zur Falschheit neigen, meine Liebe?«, entgegnete er verwundert.

»Ich sage nur die Wahrheit, My Lord. Ich habe es nicht genossen, Sie zu küssen. Es … verstört mich zu sehr.«

»Sie hatten das Gefühl, die Kontrolle zu verlieren, was Ihnen missfiel.«

»Ja, genau. Wie erfreulich, dass Sie mich verstehen!«

»Nein, eigentlich verstehe ich Sie nicht. Ich biete Ihnen Wonnen, die Ihre kühnsten Träume übertreffen, und Sie weisen mich leichtfertig zurück.«

Trotzig reckte sie ihr Kinn. »Ich hege nicht das geringste Interesse an Wonnen.«

»Ich schätze, diese Ansicht werden Sie noch korrigieren.«

»Ihre Arroganz ist erstaunlich, My Lord!«

Von einer Sekunde zur nächsten wurde er sehr ernst. »Dem haftet nichts Arrogantes an, Lily, sondern nur reinste Logik. Ich will dich, aber ich kann dich nicht haben, ohne dich zu heiraten. Mir liegt nichts an einer Affäre, die zwangsläufig auf einen Skandal hinausliefe. Daher beabsichtige ich, offiziell um dich zu werben.«

»Ohne meine Zustimmung?«, fragte sie, wobei ihre Augen gefährlich funkelten.

»Nun, ich hoffe sehr, deine Zustimmung zu gewinnen. Und zu diesem Zweck werde ich dich zunächst noch einmal küssen.«

Erschrocken stemmte Lily ihre Hände gegen seine Brust. »Ich werde keinesfalls zulassen, dass Sie über mich herfallen, Lord Claybourne!«

Sein Blick fiel unweigerlich auf ihre Brüste. Nichts hätte er lieber getan, als Lily auf ihr schmales Bett zu zerren und über sie herzufallen, aber er war an die Regeln der Ehre gebunden.

Also sagte er lächelnd: »Es ist helllichter Tag, und du befindest dich in einem Haus voller Menschen. Ich würde sagen, fürs Erste brauchst du nichts zu befürchten. Was allerdings nicht bedeutet, dass ich nicht alle Überzeugungskraft einsetzen werde, die mir zur Verfügung steht.«

Er umfasste ihre Schultern und massierte sie sanft, während er ihr in die Augen sah. Dann beugte er sich abermals vor und bedeckte ihren Mund in einem langsamen berauschenden Kuss, der neue Hitze zwischen ihnen entzündete.

Seine sinnliche Attacke machte Lily sprachlos.

Er hatte Recht, dachte sie mit einem Gefühl, das an Verzweiflung grenzte. Die Anziehung zwischen ihnen war keine vorübergehende Einbildung. Auch konnte sie diesmal dem Champagner nicht die Schuld zuschieben. Seine Küsse überwältigten sie jetzt beinahe noch mehr als im beschwipsten Zustand.

Unwillkürlich wich die Anspannung aus ihren Gliedern. Seine Lippen bewegten sich mit köstlichem Druck auf ihren. Hilflos stemmte sie sich fester von seiner Brust ab, wollte ihm unbedingt widerstehen, doch dann fing er ihre Unterlippe ein und knabberte zärtlich daran.

Als Lily leise wimmerte, strich er sanft mit seiner Zunge über ihre Lippe, bevor er in ihren Mund eindrang.

Erfüllt von einer befremdlichen Wonne, stöhnte sie auf. Sie konnte nichts dagegen tun, dass all ihre Sinne geweckt wurden, war gänzlich machtlos gegen das, was er mit ihr tat. Mit dieser Erkenntnis stieß sie einen winzigen Seufzer der Resignation aus und erwiderte seinen Kuss.

Sein Mund war magisch … wie auch seine Berührung, stellte Lily fest, als seine Hand ihren Hals streichelte. Während seine Küsse sie verzauberten, glitten seine langen Finger tiefer und tiefer bis zum Ausschnitt ihres Abendkleides.

Wieder seufzte sie, sobald sein Handrücken federleicht über ihre Brüste glitt. Die Spitzen unter dem zarten Seidenstoff richteten sich sofort auf, und ihre Brüste fühlten sich schwerer an.

Claybourne gab sein Bestes, um ihre Erregung zu steigern, indem er seine Hand weiter über ihren Busen wandern ließ, bis Lily einen stummen Schrei von sich gab. Prompt wurde er kühner, umfasste beide Brüste durch das Mieder, malte ihre Konturen mit seinen Fingern nach und sorgte auf diese Weise dafür, dass Lilys Knie nachzugeben drohten. Es war, als würde Feuer aus seinen Händen in ihren Körper dringen und erschreckend zielsicher die Stelle zwischen ihren Beinen erreichen.

Lily schloss die Augen. Zweifellos war es pure Wonne, die er ihr bereitete, und es war zum Wahnsinnigwerden, wie sehr er jede Berührung hinauszögerte. Dennoch wollte sie ihn nicht aufhalten. Seine Liebkosungen waren so zärtlich, so teuflisch … so richtig. Sie hatte das Gefühl, innerlich zu beben, und eine seltsam schwere Sehnsucht regte sich in ihrem Unterleib …

Es dauerte eine Weile, bis sie begriff, dass er sie nicht mehr küsste, sehr wohl aber noch ihre Brüste umfangen hielt.

»Begreifst du nicht?«, fragte er mit tiefer, heiserer

Stimme. »Was immer zwischen uns ist, verdient, erforscht zu werden.«

Benommen öffnete Lily ihre Augen. Ja, sie erkannte es durchaus, jenes namenlose Begehren. Sie begehrte *ihn*. Das konnte sie weder leugnen noch verbergen.

Was den Gefühlsaufruhr in ihr allerdings förderte. Sie *wollte* ihn nicht begehren. Auf keinen Fall würde sie wagen, sich um flüchtiger Leidenschaft willen einem Mann zu unterwerfen – egal, wie köstlich es sein könnte.

Mit einem verärgerten Stöhnen entwand Lily sich Lord Claybournes Umarmung und wich zurück. Als er einen Schritt auf sie zumachte, hob sie beide Hände und ging weiter auf Abstand zu ihm – so weit, wie es das kleine Zimmer zuließ.

Claybourne blieb stehen und sah sie schweigend an.

Mit zitternden Fingern strich Lily sich eine Locke hinter ihr Ohr und schluckte angestrengt. Trotzdem klang ihre Stimme belegt. »Sie irren, falls Sie glauben, ich würde lammfromm aufgeben, nur weil Sie sich vorzüglich aufs Küssen verstehen.«

»Ich glaube nichts dergleichen«, entgegnete er ruhig. »Zumal du so gar nicht lammfromm bist.«

»Nein, und ich werde auch Ihren Antrag niemals annehmen«, sagte Lily fest.

Das Lächeln, das er ihr schenkte, war viel zu wunderschön und viel zu ärgerlich. »Das werden wir sehen.«

Lily wollte etwas erwidern, schrak jedoch stumm zusammen, als es an ihre Tür klopfte. Wie gelähmt stand sie da und sah mit an, wie Fleur ins Zimmer gerauscht kam.

Die Kurtisane warf einen kurzen Blick auf Lilys gerötetes Gesicht und ihre kussgeschwollenen Lippen, bevor sie sich erbost dem Marquess zuwandte. »Ich hoffe, Sie wollen sich erklären, My Lord! Miss Loring steht unter unserem Schutz, und wir dulden nicht, dass Sie sie verführen!«

Viertes Kapitel

Ich muss von Sinnen sein, dass ich seinem Werben zustimmte, aber die möglichen Vorteile, die es für unsere Mieterinnen hat, überwiegen mein Risiko bei weitem ... zumindest hoffe ich es inständig.

Lily an Fanny

Lily war maßlos dankbar für die Unterbrechung. Leider schien Lord Claybourne ob Fleurs zornigen Vorwurfs nicht im mindesten irritiert.

Stattdessen verneigte er sich elegant. »Ich bin entzückt, Sie wiederzusehen, Miss Delee! Verzeihen Sie bitte, wenn ich Ihnen einen falschen Eindruck vermittelte, aber ich bin nicht hergekommen, um Miss Loring zu verführen.«

»Nicht?«, fragte Fleur eine Nuance versöhnlicher. »Und was führt Sie dann her, My Lord? Fanny würde mir niemals vergeben, sollte ich erlauben, dass Miss Loring während ihres Aufenthaltes unter diesem Dach etwas zustößt.«

»Ich versichere Ihnen, meine Absichten bezüglich Miss Loring sind vollkommen ehrenhaft. Ich wünsche, ihr den Hof zu machen.«

Fleur blinzelte verwundert. »Sie möchten ihr den Hof machen? Um sie zu *heiraten*?«

Claybourne blickte zu Lily, wobei sie einen Anflug von Amüsement in seinen Augen bemerkte. »Nun ... womöglich käme ein Antrag etwas verfrüht, beteuert Miss Loring doch noch, strikt gegen die Ehe zu sein. Aber ich hoffe auf die Gelegenheit, herauszufinden, ob wir zusammenpassen.«

»Gütiger Himmel!«, rief Fleur mit einer Mischung

aus Verwunderung und Euphorie aus. »Das ändert natürlich alles, My Lord.«

»Ja, das dachte ich mir«, murmelte er so leise, dass nur Lily ihn hörte. Zu Fleur sagte er lauter: »Wenn ich darf, würde ich gern Ihre Hilfe in Anspruch nehmen. Miss Loring besteht darauf, meinen Versuchen, auch bloß mit ihr zu sprechen, aus dem Weg zu gehen. Also bitte ich Sie, so freundlich zu sein, sie zu überzeugen, wenigstens über mein Werben nachzudenken.«

Fassungslos sah Lily den Marquess an. Was fiel ihm ein, ihre Freundinnen gegen sie zu benutzen?

Fleur hingegen schenkte ihm ein liebenswertes Lächeln. »Ja, selbstverständlich, Lord Claybourne. Ich helfe mit Freuden. Wollen wir uns vielleicht in meinen Privatsalon zurückziehen, um die Angelegenheit zu besprechen?«

»Fleur!«, protestierte Lily entgeistert, als die ältere Dame bereits Anstalten machte, hinauszugehen. »Da gibt es nichts zu besprechen.«

»Aber gewiss gibt es das, meine Liebe. Ich möchte wenigstens meine Neugier befriedigen, wenn sonst schon nichts.«

Lilys weitere Einwände stießen auf taube Ohren, und so kam es, dass der Marquess Fleur auf den Korridor hinausbegleitete und Lily ihnen hinterherlief, weil sie verhindern musste, dass er hinter ihrem Rücken etwas sagte, das nicht der Wahrheit entsprach.

Fleur plauderte nett mit ihm, während sie ihn die Treppe zu dem eleganten Salon im ersten Stock hinunterführte, der ihr und Chantel gehörte. Dort saß Chantel auf einem kleinen Sofa und las in einem Gedichtband, schaute jedoch sofort auf, als sie den Besucher erblickte. Dieser Tage empfingen sie höchst selten, und dass ein Adliger von Lord Claybournes Aussehen und Distinguiertheit sie aufsuchte, kam so gut wie nie vor.

Chantel errötete zart bei seinem eleganten Handkuss, und ihre blauen Augen weiteten sich vor Staunen, kaum dass Fleur ihr von den Absichten des Marquess berichtet hatte.

»Was hast du uns da verheimlicht, meine Liebe?«, schalt sie Lily. »Du hast uns mit keinem Wort verraten, dass du einen solch vornehmen Verehrer hast!«

»Weil es nicht wahr ist«, beharrte Lily.

»Ich hoffe jedoch, es wahrzumachen«, mischte Claybourne sich ruhig ein.

»Dann sind Ihre Absichten also wirklich ehrenhaft, My Lord?«, bohrte Fleur nach.

»Vollkommen.«

»Schön! Bitte, setzen Sie sich, und erzählen Sie uns, warum es Ihr Wunsch ist, Lily zu heiraten.«

Er nahm das Angebot nicht an, denn Lily blieb trotzig stehen. Allerdings erklärte er seine Gründe.

»Zunächst einmal bin ich noch keiner jungen Dame begegnet, die mit Miss Loring zu vergleichen wäre. Das letzte Mal sah ich sie vor einem Monat, aber seither konnte ich sie nicht mehr vergessen.«

Zu ihrem Verdruss wurde Lily rot. Sie hatte Lord Claybourne ebenso wenig vergessen können, aber sie hoffte sehr, dass er den Grund dafür nicht enthüllte: weil er ihre erste romantische Begegnung gewesen war.

Zum Glück ergriff Fleur das Wort, ehe der Marquess zu näheren Ausführungen kam. »Dennoch ist die Heirat ein sehr ernster Schritt, My Lord.«

»Fürwahr«, murmelte er. »Der eingeschworene Junggeselle in mir erschaudert ob des Gedankens, wie ich freimütig gestehe. Doch seit mein guter Freund Danvers unlängst Miss Lorings älteste Schwester heiratete, bin ich bereit, die Fesseln der Ehe etwas wohlwollender zu betrachten. Und natürlich werde ich über kurz oder lang Erben brauchen. Der Hauptgrund jedoch ist der, dass ich mir eine Ehe mit Miss Loring ausgesprochen harmonisch vorstelle.«

Lily zog eine Grimasse. Ihr gefiel nicht, dass hier über sie gesprochen wurde, als wäre sie gar nicht anwesend. Dieser Idiotie sollte sie umgehend ein Ende bereiten. »Mir scheint Ihr Urteilsvermögen fatal getrübt, Lord Claybourne. Ich wäre eine äußerst unpassende Gemahlin für Sie.«

Er drehte sich zu ihr. »Wie das?«

»Da gibt es zahlreiche Gründe. Ein wesentlicher wäre, dass ich größten Wert auf meine Unabhängigkeit lege.«

»Was unbedingt für Sie als meine Gattin spricht, denn Schwäche reizt mich nicht. Ich wünsche keine Gemahlin, die wie eine Klette an mir hängt.«

Sie lächelte betont süßlich. »Nein, ich möchte behaupten, dass Sie bei mir das genaue Gegenteil erleben würden. Ich darf mich rühmen, meinen eigenen Kopf und meinen eigenen Willen zu besitzen. Und ich hege nicht die Absicht, irgendeinen Mann meinen ›Herrn und Meister‹ zu nennen.«

»Was ich von Ihnen auch nicht erwarte. Als meine Frau wären Sie frei, zu tun, was Ihnen beliebt.«

Lily war misstrauisch. »*Alles*, was mir beliebt?«

»Innerhalb der Grenzen, welche die Vernunft setzt«, antwortete er mit einem trägen Lächeln.

»Wobei *Ihre* Definition von Vernunft entscheidend ist, richtig?«

»Ich denke, wir könnten uns gemeinsam auf bestimmte Grenzen einigen, was Ihr Verhalten angeht.«

»Das bezweifle ich«, konterte sie. »Ich unterwerfe mich ungern dem gesellschaftlichen Diktat.«

»Was Sie mir bereits sagten.«

Ihr entging nicht, dass Claybourne sich wieder einmal auf ihre Kosten amüsierte, was sie umso wütender machte. »Hatte ich Ihnen auch schon erzählt, dass ich das bin, was man gemeinhin einen Blaustrumpf nennt? Meine Schwester Roslyn ist die Gelehrte in unserer Familie, aber ich befasse mich gern mit Geschichte und Geografie.«

»Ich weiß einen wohlgebildeten Verstand zu schätzen«, erwiderte er gelassen.

Lily begriff, dass sie diesen Streit nicht gewinnen konnte, solange Claybourne Duldsamkeit vortäuschte. Sie schüttelte den Kopf. »Was Sie zu schätzen wissen und was nicht, ist unerheblich. Mir fehlt die Zeit, mich von Ihnen umwerben zu lassen, denn das Unterrichten nimmt mich voll und ganz in Anspruch.«

»Ich werde Sie nicht bei Ihrer Arbeit stören.«

»Nein? Nun, das zu glauben, fällt mir schwer.«

»Wie Sie erwähnten, ist es für eine gute Sache.«

Sie lächelte frostig. »Dann verstehen Sie gewiss auch, warum ich keine Zeit habe, mich Ihren exzentrischen Launen zu fügen.«

Bis auf das teuflische Funkeln in seinen Augen wirkte er vollkommen ernst. »Es dürfte kaum als exzentrisch gelten, wenn ein Gentleman entscheidet, eine Dame zu ehelichen.«

»In Ihrem Fall durchaus. Sie sind der größte Schürzenjäger Englands.«

Der Marquess gab vor, schmerzlich zusammenzuzucken. »Ihr Vorwurf trifft mich hart, meine Teure. Ich bin kein Wüstling, obwohl ich gestehe, dass ich Frauen ausgesprochen gern mag.«

»*Mich* werden Sie nicht mögen.«

»Da täuschen Sie sich.«

»Ich habe nichts mit Ihren üblichen Eroberungen gemein.«

»Wohl wahr – Sie sind mehr Dorn als Rose.«

»Genau. Und ich bin sicher, dass Ihnen meine scharfe Zunge Unbehagen bereiten wird. Ich neige dazu, auszusprechen, was ich denke.«

»Wie erfreulich, sind mir doch affektierte, geistlose Damen ein Gräuel.« Claybourne verstummte kurz und sah sie an. »Aber in Ihrem Übereifer, Ihre negativen Eigenschaften aufzuzählen, vergessen Sie den enormen Vorteil, den Sie, Miss Loring, gegenüber allen anderen potenziellen Kandidatinnen aufweisen.«

»Ach ja? Und welcher wäre das?«

»Meine Vorliebe für Sie. Ich finde Sie wunderschön und faszinierend.«

Lily wandte ihre Augen gen Decke. Zugleich freute ein winziger Teil von ihr sich geradezu absurd über sein Kompliment.

Allein das reichte, um ihr ein spöttisches Stöhnen zu entlocken. »Wie auch immer. Diese ganze Diskussion ist sinnlos, My Lord. Ich habe einfach nicht den Wunsch, Sie zu heiraten.«

»Wie können Sie das wissen, solange Sie die Angelegenheit keiner echten Prüfung unterziehen?«

An dieser Stelle mischte Chantel sich in das Gespräch ein. »Ja, Lily, meine Liebe, überlege doch! Du wärst eine Marquise!«

Lily sprach betont ruhig, um die gutherzige Frau

nicht zu verletzen. »Ich weiß, Chantel, doch bedeutet mir ein Titel nichts. Mir sind Rang und Vermögen seiner Lordschaft gleich.«

Der Marquess lachte kurz. »Was mich in meiner Wahl bestärkt. Sollten Sie mich heiraten, geschähe es um meinetwillen, nicht wegen meines Titels oder meines Vermögens.«

Nun hatte auch Fleur etwas zu sagen. »Lily, seine Lordschaft könnte der ideale Ehemann für dich sein.«

Lily drehte sich zu ihr. »Wollt ihr euch allen Ernstes auf seine Seite schlagen?«

»Nicht ganz, aber ich glaube, es könnte eine ebenbürtige Verbindung sein. Lord Claybourne ist ein leidenschaftlicher, wagemutiger Mann, dir sehr ähnlich. Und ich denke, du solltest ihm erlauben, dich einige Zeit zu umwerben.«

»Ja«, sprang Chantel ihr bei, »Lady Claybourne zu werden, kann enorme Vorteile für dich haben, Lily, auch wenn du sie in diesem Stadium deines Lebens nicht erkennst.«

»Aber Chantel, ich habe kein Verlangen nach einem Titel!«

»Ich spreche hier nicht nur von dem Titel. Eine Frau braucht jemanden, der sie schützt und für sie sorgt. Wenn du älter wirst, wirst du froh sein, einen Ehemann und eine Familie zu haben. Du willst doch später nicht arm und einsam sein wie wir?«

Lily unterdrückte eine bissige Erwiderung. Zwar wusste sie, welche Sorgen die beiden Kurtisanen sich um ihre finanzielle Sicherheit machten, doch hatte sie nicht den Eindruck, sie wären einsam. Und selbst wenn, unterschieden die Lebensumstände der beiden Damen sich gravierend von Lilys. Sie hatte ihre Schwestern und gute Freundinnen, die verhinderten, dass sie sich einsam fühlte, und sie verfügte über ein bescheidenes Vermögen, das sie davor bewahrte, sich verkaufen zu müssen – in der Ehe oder auf sonstige Weise.

»Lily«, setzte Fleur noch einmal eindringlich an, »selbst wenn du seine Lordschaft im Moment noch nicht heiraten willst, solltest du seinem Werben eine Chance geben. Es geschieht nicht täglich, dass du einen solch wünschenswerten Verehrer findest.« Sie warf dem Marquess einen scheuen Blick zu. »Noch dazu einen so gutaussehenden, so charmanten und so eindrucksvollen.«

»Ja«, hauchte Chantel verträumt, »für einen solchen Mann würde ich sterben!«

»Ich könnte morden für einen Mann wie ihn«, beteuerte Fleur offen. »Vertraue mir, Lily! Es gibt unzählige Frauen, die sich danach verzehren, an deiner Stelle zu sein. Sieh ihn doch nur an! Wie kannst du einem solch erstaunlichen Verehrer widerstehen?«

Lily fand die Bemerkungen der beiden Freundinnen äußerst ärgerlich, aber unweigerlich schaute sie zu Lord Claybourne. Sie konnte nicht abstreiten, dass er eine eindrucksvolle Präsenz besaß, die von seiner Aura maskuliner Vitalität noch gestärkt wurde. Fügte man dem seine atemberaubend schönen Züge sowie seinen unangestrengten Charme hinzu, wurde er für alle Frauenherzen zu einer tödlichen Bedrohung.

Sie verstand sehr gut, weshalb der Marquess sich bei Damen jeder Couleur größter Beliebtheit erfreute und warum ihn Scharen junger Damen anbeteten. Aber gerade sein legendärer Ruf als Liebhaber veranlasste sie, ihn um jeden Preis zu meiden. Sie wollte ganz gewiss nicht unter all den liebeskranken Frauen enden, die ihm ihr Herz wie ihren Körper hingaben.

Vielmehr sollte sie inzwischen klug genug sein, um gegen seinen zugegebenermaßen überwältigenden Charme gefeit zu sein. Also warum brachte seine bloße Nähe sie dennoch aus der Fassung? Warum machte sein träges Lächeln ihren Puls rasen und ließ Schmetterlinge in ihrem Bauch tanzen? Diese Frage bewegte sie, während ihr Blick wie von selbst zu ihm wanderte.

Das amüsierte Blitzen in seinen braunen Augen bedeutete ihr, dass er wusste, welche Wirkung er auf sie hatte.

Im Geiste stieß Lily einen Fluch aus. *Das* war der triftigste Grund, seine Bitte abzulehnen: Sie fürchtete, dass sie Claybournes Charme erliegen könnte. Immerhin hatte sie bereits bewiesen, wie empfänglich sie für seine Küsse war.

Als sie trotzig schwieg, wandte Fleur sich mit einem bedauernden Seufzen an den Marquess. »Es tut mir leid, My Lord, aber wie es aussieht, besteht keine Hoffnung. Lily scheint vollkommen immun gegen männlichen Charme, sogar gegen Ihren.«

»Noch gebe ich nicht auf.«

»Es gäbe da eine Lösung für die gegenwärtige Pattsituation, Fleur«, überlegte Chantel nachdenklich. »Das Spiel.«

Fleur strahlte. »Denkst du, damit wäre sie einverstanden?«

»Wir könnten versuchen, sie zu überreden.«

»Mich wozu überreden?«, fragte Lily gereizt.

Fleur musterte sie. »Wir haben häufiger ein Spiel

mit unseren Verehrern gespielt – damals, als zahlreiche Herren sich um unsere Gunst bewarben.«

»Es machte großen Spaß«, flötete Chantel. »Unsere Herren durften uns für eine im Voraus festgesetzte Zeit umwerben, gewöhnlich vierzehn Tage lang. Wir konnten uns auf diese Weise einen Eindruck von ihrer Kreativität und ihren Qualitäten machen. Und am Ende wurden die beiden Gewinner mit exklusiven Rechten für das folgende Quartal belohnt.«

Fleur lächelte verträumt. »Der Wettbewerb bot uns nicht bloß eine entzückende Zerstreuung, er sorgte auch dafür, dass die Herren sich mehr Mühe gaben, um uns zu beeindrucken.«

Lily verstand nicht, worauf sie hinaus wollten. »Was hat euer Spiel mit mir zu tun?«

»Es könnte ein Ausweg aus dem momentanen Dilemma sein«, antwortete Fleur. »Du spielst es mit Lord Claybourne. Im Grunde wäre es wie ein Wettbewerb zwischen euch beiden.«

»Aber natürlich kann Lily ihn am Ende nicht zum Liebhaber nehmen«, ergänzte Chantel.

Fleur nickte. »Natürlich nicht. Der Einsatz muss ein anderer sein. Sie gewährt Lord Claybourne vierzehn Tage, sie zu umwerben … aber im Austausch gegen was?«

Um diese abwegige Idee im Keim zu ersticken, erklärte Lily kopfschüttelnd: »Ich beteilige mich nicht an einem albernen Spiel. Allein der Gedanke ist grotesk!«

»Ich finde die Idee recht reizvoll«, konterte Claybourne. »Wie würde es in unserem Fall ablaufen?«

»Nun«, sagte Fleur nachdenklich, »wir haben jedem Wettbewerber Punkte gegeben und sie nach Ablauf der vierzehn Tage zusammengezählt. Es spricht nichts dagegen, diese Methode auch hier anzuwenden. Beispielsweise bringen Sie, My Lord, Lily ein Geschenk, um Punkte zu gewinnen. Bei Chantel erzielten Sonette die höchsten Werte, denn sie hat ein Faible für Poesie.«

»Oh ja, Sonette waren meine Lieblingsgeschenke«, hauchte Chantel, »noch besser als Schmuck.«

»Was erklärt, warum du trotz aller früheren Erfolge so wenig vorzuweisen hast«, bemerkte Fleur trocken. »Du hattest nie Sinn fürs Geschäft.«

Chantel schmollte. »Ach ja, das ist wahr! Ein schönes Gesicht und romantische Worte konnten mich stets mehr beeindrucken als edles Geschmeide.«

»Und du hattest immer deine Lieblinge.«

»Mmm. Lord Poole, erinnerst du dich, Fleur? Also, er war ein glänzender Verehrer. Von all meinen Liebhabern errang er immer die höchste Punktzahl.«

»Mit Abstand«, bestätigte Fleur.

»Und wie verdiene ich mir Punkte in unserem Spiel?«, wollte Claybourne wissen.

»Ja, richtig, Sie umwerben Lily und werden für Ihre Kreativität wie Ihre Verführungskunst belohnt.« Fleur kräuselte angestrengt nachdenkend die Stirn. »Ich schlage vor, dass der Unparteilichkeit halber Chantel und ich die Regeln festsetzen und als Richterinnen fungieren, denn Lily wird Ihre Bemühungen kaum des Lohnes würdig erachten. Was die Einsätze betrifft, denke ich, sollten Sie binnen zwei Wochen eine bestimmte Punktzahl erreicht haben – sagen wir: zehn –, muss Lily zustimmen, sich von Ihnen offiziell den Hof machen zu lassen, und zwar für ein volles Vierteljahr. Erreichen Sie die Punktzahl nicht, beenden Sie Ihr

Werben für immer und belohnen Lily mit einem Preis ihrer Wahl. Wir können morgen beginnen. Folglich ginge das Spiel exakt bis zu Roslyns Hochzeit. Das sollte reichlich Zeit sein, um herauszufinden, ob Sie Lily wirklich zur Braut wollen, nicht wahr?«

Bei dem Wort *Braut* zuckte Lily zusammen. »Nein, das kommt nicht infrage!«, widersprach sie. »Ich werde an keinerlei Spiel teilnehmen. Das Werben seiner Lordschaft würde ich keinen einzigen Tag ertragen, von zwei Wochen ganz zu schweigen.«

»Aber erkennst du denn die Vorteile nicht, meine Liebe?«, fragte Chantel. »Du darfst alles von ihm verlangen, was du willst.«

»Ich will überhaupt nichts von ihm!«

»Gar nichts? Überleg noch einmal! Es gibt gewiss etwas, das du dir wünschst und Lord Claybourne dir bieten kann.«

Diese Frage ließ Lily kurzfristig verstummen. *Gab* es etwas von Wert, das er ihr geben konnte? Vielleicht nicht für sie selbst, sondern für ihre Freundinnen?

Als sie nicht antwortete, schnalzte Claybourne leise mit der Zunge. »Ich gestehe, dass ich Sie mutiger eingeschätzt habe, Miss Loring. Sie haben Angst, dass ich gewinnen könnte.«

Lily machte sofort ihren Rücken gerade, als er ihr diese Provokation entgegenschleuderte. Ja, sie fürchtete tatsächlich, dass er gewinnen könnte, doch ihr Stolz verbot ihr, auf dem Absatz kehrtzumachen und erneut feige vor ihm davonzulaufen. Noch viel weniger konnte sie die Herausforderung ignorieren, auch wenn sie wusste, dass sie reine Taktik darstellte.

»Ich besitze jede Menge Mut, My Lord«, verteidigte sie sich verbissen. »Ich brauchte lediglich ein wenig

Zeit, um zu überlegen, was es wert sein könnte, mich über eine so lange Periode von einem ärgerlichen Unhold belästigen zu lassen.«

Er sah sie belustigt an. »Nennen Sie Ihren Preis!«

Wenn sie es sich genau überlegte, gab es etwas, das sie von ihm wollte. Selbstverständlich war ausgeschlossen, dass sie den Marquess um dreißigtausend Pfund bat, mit denen sie Fleurs und Chantels Schulden beglich. Eine solche Forderung verbot sich selbst bei dem beinahe unanständig reichen Lord Claybourne. Und Lily wäre höchst unwohl dabei, zudem sie bezweifelte, dass er sich von einer Summe dieser Höhe trennte, ohne sie im Gegenzug zur Frau zu bekommen. Nein, sie würde einen anderen Gefallen verlangen, der noch notleidenderen Seelen zugutekäme.

Womit die Frage blieb, ob sie es wagte, sich von ihm umwerben zu lassen. Andererseits hatte sie eigentlich nichts zu befürchten, nicht wahr? Sie glaubte kaum, dass seine Lordschaft volle zwei Wochen durchhielt. Falls er so war wie die meisten Adligen, hatte er viel zu viel freie Zeit zur Verfügung, und seine gegenwärtige Beschäftigung mit ihr war nichts weiter als ein Mittel, um die Langeweile zu bekämpfen. Sie bedeutete Zerstreuung, nicht mehr und nicht weniger. Folglich war es sehr wahrscheinlich, dass er schon bald das Interesse an ihr verlor, sollte sie brav mitspielen.

»Bitte, Lily, Liebes!«, beschwor Chantel sie. »Es würde mir und Fleur das Gewissen erleichtern. Wir könnten es nicht ertragen, solltest du deine Chance auf eine gute Partie verwirken, weil du zu sehr damit befasst bist, uns zu helfen.«

Immer noch schwieg Lily und nagte grübelnd an ihrer Unterlippe. Ihre Zustimmung bot wahrlich einige

Vorteile. Wenigstens müsste Claybourne sich an die Regeln halten, und sie könnte die Gelegenheit nutzen, um ihm zu zeigen, warum er sie nicht heiraten wollte. Er würde erkennen, dass sie viel zu unabhängig für ihn war. Und vor allem diente ihr Opfer einem guten Zweck.

Darüber hinaus bezweifelte sie, dass sie ihn auf andere Weise loswurde.

Zwei Wochen waren im Grunde nicht allzu lang. Einen Großteil der Zeit wäre sie ohnehin mit Unterrichten beschäftigt, und für den Rest sollte es ihr möglich sein, sich gegen seine Annäherungsversuche zu wehren. Dass sie sich binnen nur zwei Wochen in ihn verlieben könnte, war erst recht ausgeschlossen …

Allerdings war zwingend notwendig, dass er das Spiel nicht gewann, denn weitere drei Monate formeller Brautwerbung könnte sie unter keinen Umständen durchhalten, ohne seinem Charme zu erliegen.

»Na schön«, sagte Lily, »ich weiß etwas, das ich von Ihnen will, My Lord. Wir geben in der nächsten Woche eine Soiree, auf der die jungen Damen ihre neu erlernten Fertigkeiten erproben können, um mögliche Gönner anzulocken. Ich möchte, dass Sie einige Ihrer wohlhabenden unverheirateten Freunde zu dem Debüt laden. Und Sie müssen Sorge dafür tragen, dass keine ungeeigneten Kandidaten unter den Herren sind – solche, die sich unseren jungen Damen gegenüber brutal oder herrisch gebärden könnten. Wir möchten nur rücksichtsvolle, freundliche Gentlemen. Falls Sie versprechen, uns ein Dutzend solcher Herren zu der Soiree zu bringen, erkläre ich mich bereit, bei dem Spiel mitzumachen.«

Claybourne zögerte für einen Moment; dann zuckten seine Mundwinkel. »Sie sind eine furchteinflößende Verhandlungsgegnerin, mein Engel.«

»Dann akzeptieren Sie meine Bedingungen?«

»Ja, selbstverständlich.«

Sie hörte, wie Fleur erleichtert seufzte, während Chantel in die Hände klatschte.

»Das war sehr klug, Lily«, lobte Chantel sie begeistert. »Lord Claybournes Unterstützung sollte unserer Soiree zum Erfolg verhelfen.«

»Das hoffe ich sehr«, murmelte Lily, deren eine Hand automatisch zu ihrem Bauch wanderte, denn ihr wurde mulmig. Sie hatte wirklich zugestimmt, sich vom Marquess umwerben zu lassen. Was zum Teufel war in sie gefahren?

Claybourne musste erahnen, was in ihr vorging, weil er einen ausgesprochen sanften Ton anschlug. »Wenn ich nur vierzehn Tage habe, muss ich sofort beginnen. Hätten Sie Zeit, mich morgen früh auf einen Ausritt in den Park zu begleiten, Miss Loring?«

Lily schürzte die Lippen. Ein Ausritt in einem öffentlichen Park war harmlos. Und solange sie mied, mit ihm allein zu sein, war sie in Sicherheit. »Nur wenn er vor meiner ersten Unterrichtsstunde stattfindet, die um neun beginnt. Ich denke, so früh werden Sie nicht aufstehen wollen.«

»Wäre Ihnen sieben Uhr genehm?«

Es überraschte sie, dass er willens war, seine Bequemlichkeit ihrem Stundenplan zu opfern. »Sieben Uhr ist mir recht.«

Chantel stöhnte. »Ich stehe nie vor zehn auf, aber Sie dürfen hinterher von Ihrem Ausflug berichten.«

Lord Claybourne nickte, bevor er sich wieder an Lily wandte. »Dann verabschiede ich mich vorerst. Da

Ihre liebreizenden Freundinnen«, er verneigte sich in Richtung der Damen, »über meine Leistung urteilen, sollte ich mir etwas ausdenken, womit ich sie beeindrucken kann.«

»Oh, ich wette, Sie werden einige Punkte einheimsen, My Lord!«, ermutigte Fleur ihn, die Claybourne ein sehr charmantes Lächeln schenkte. »Ich würde sogar meinen, dass wir Ihnen jetzt bereits zwei Punkte geben sollten.«

Lily war empört. »Zwei Punkte? Das erscheint mir nicht fair.«

»Ach, aber das ist es sehr wohl, meine Liebe. Er verdient mindestens einen Punkt, weil er dich hier ausfindig gemacht hat, beweist es doch seinen herausragenden Einfallsreichtum. Und einen zweiten Punkt sollten wir ihm geben, weil er unsere Unterstützung gewann, dich zu überreden. Das war überaus clever von seiner Lordschaft.«

»Nein, nein, so muss er ja nur noch acht weitere erwerben, und ich bin von Anfang an im Nachteil!«

»Mag sein, dennoch bleibt ihm noch ein weiter Weg, und vergiss nicht, dass er Punkte *verlieren* könnte, sollten wir es für angebracht halten. So oder so solltest du, Lily, Sportsgeist beweisen und ihm Gelegenheit bieten, Punkte zu machen«, ermahnte Fleur sie. »Was bedeutet, dass du ihm täglich Zeit einräumst.«

»Also wirklich, Lily!«, ergänzte Chantel ungewöhnlich ernst. »Ich bin sicher, dass du eine Menge Spaß haben wirst. Der Paarungstanz ist das vergnüglichste Spiel der Welt.«

Lily äußerte nur mimisch ihren Widerspruch.

»Wollen Sie jetzt schon Ihr Wort brechen?«, fragte Claybourne provozierend.

Ja, lautete Lilys instinktive Antwort. »Nein, das will ich nicht«, gab sie laut zurück und reckte ihr Kinn, als sie seinen amüsierten Blick sah. »Seien Sie lieber nicht zu zuversichtlich, My Lord! Ihnen wird bald offensichtlich werden, dass Sie mich nicht zur Frau wollen.«

»Das bezweifle ich sehr. Aber ich werde Sie gewiss nicht noch einmal unterschätzen.«

Mit diesen Worten trat er auf sie zu, nahm ihre Hand und hauchte ihr einen sehr zahmen Kuss auf die Fingerspitzen. Trotzdem hielt Lily den Atem an, reichte doch die zarteste Berührung, um ein Kribbeln auf ihrer Haut auszulösen.

Womöglich beging sie einen schwerwiegenden Fehler, dachte sie erschrocken.

Leider waren nun die Fronten geklärt, das Spiel eröffnet, und Lily hatte nicht vor, Lord Claybourne den Sieg zu schenken.

Fünftes Kapitel

Ich bin fest entschlossen, seiner Lordschaft zu zeigen, dass ich viel zu unabhängig bin, um als seine Braut in Betracht zu kommen.

Lily an Fanny

Der Verrat ihres Freundes Basil Eddowes machte ihr immer noch zu schaffen, und so suchte Lily ihn früh am nächsten Morgen vor seinem Sprachunterricht auf. Sie nahm an, dass er ihre Gesellschaft absichtlich mied, denn den Abend zuvor war er weder zum Dinner erschienen noch hinterher zum Tee im Salon. Und als Basil auf Lilys Klopfen hin seine Tür öffnete, bestätigte seine schuldbewusste Miene ihren Verdacht.

»Jetzt sei mir bitte nicht böse, Lily!«, flehte er.

»Aber warum sollte ich dir böse sein?«, fragte sie süßlich. »Etwa weil du mir unbeschreiblichen Schaden zugefügt hast, indem du meine persönlichen Geheimnisse einem Fremden anvertrautest?«

Unglücklich strich er sich das dichte blonde Haar aus der Stirn. Groß und schlaksig, in seinem üblichen dunklen Gehrock und mit der Brille auf der Nase, sah Basil ganz wie ein klassischer Gelehrter aus. Daran änderte auch sein unzähmbarer Schopf nichts. Vielmehr verliehen ihm die blonden Strähnen, die ihm immerfort in die Stirn fielen, etwas Liebenswertes und machten seine hagere Gestalt weicher.

Basil besaß einen wachen Verstand, aber leider wenig Geschick im Umgang mit Menschen, und genau in diesem Mangel bestand momentan das Problem, wie Lily fand. »Ich hätte dich einer derartigen Niedertracht nie für fähig gehalten, Basil.«

»Aber ich hoffte, dir einen Gefallen zu tun!«

»Was für einen Gefallen?«, wollte sie wissen.

»Na ja, dir eine angemessene Alternative zu dem Leben aufzeigen, das du führst. Ich wollte nicht, dass du in Fannys Fußstapfen trittst.«

»Basil!«, schimpfte sie verärgert. Seine Wut und Enttäuschung darüber, dass Fanny sich für ihr Gewerbe entschieden hatte, hatte er nie überwunden. Aber deshalb sollte er noch lange nicht auf den Gedanken kommen, dass Lily dasselbe Leben anstrebte. »Du weißt, dass ich nicht vorhabe, eine Mätresse zu werden.«

»Trotzdem solltest du nicht in einem Haus wie diesem wohnen, wo du fortwährend den finsteren Seiten der Natur ausgesetzt bist.«

»Du wohnst selbst hier!«

»Ja, aber ich bin ein Mann, keine vornehme junge Dame.«

Sie runzelte die Stirn. »Ich dachte, du unterstützt mich darin, den Mieterinnen zu helfen, Basil.«

»Was ich offensichtlich auch tue, aber als Lord Claybourne erklärte, er wolle um dich werben, schien es mir eine günstige Schicksalsfügung. Die Aussicht, dass du eine Marquise wirst, ist zu glänzend, als dass du sie verwerfen darfst. Mir ist nicht gleichgültig, wie es dir ergeht, Lily.«

Sie hörte seine echte Sorge heraus, weshalb Lily auf eine spitze Erwiderung verzichtete. Trotz seiner unerwünschten Einmischung konnte sie ihm nicht böse sein. Sie waren seit Kindertagen engste Freunde.

Dem Wesen nach ähnelte Basil eher ihrer Schwester Roslyn, denn auch er vergrub seine Nase gern in Büchern. Aber er war außerdem Lilys treuester Gefährte gewesen, mit ihr auf Bäume geklettert, wie ein Wilder mit ihr über Land galoppiert und hatte sich aufopferungsvoll mit ihr um die Tiere auf dem Loring-Anwesen gekümmert. Und bei ihren jugendlichen Eskapaden war er ihr unfreiwilliger Komplize gewesen.

»Ich weiß ja, dass dir mein Wohl am Herzen liegt, Basil«, fuhr sie nun sanfter fort. »Und du weißt, dass es mir nicht anders geht, was dich betrifft. Ich wünschte nur, du hättest mir deine Zuneigung auf andere Weise zeigen können als die, mich an Lord Claybourne zu verraten.«

»Nun ja«, entgegnete Basil mit einem unsicheren Grinsen, »seine Lordschaft war sehr überzeugend.«

»Zweifellos«, murmelte Lily verdrossen.

»Dann hast du seinem Werben zugestimmt?«

»Gezwungenermaßen, ja«, gab sie zu, »weil er versprach, unseren jungen Damen zu helfen. Aber ich muss ihn für die nächsten vierzehn Tage ertragen. Gleich werde ich mit ihm ausreiten.«

Basil musterte sie eingehend und schien zufrieden. »Ich bin froh, dass du wenigstens einen Schleier trägst. Der Schaden, den deine Reputation nehmen könnte, wenn entdeckt würde, dass du in einem Haus wie diesem wohnst, wäre irreparabel.«

Neben ihrer Reitkleidung hatte Lily sich eine Kappe mit Schleier aufgesetzt, um ihr Gesicht zu verstecken.

»Die möglichen Vorteile für unsere Schülerinnen sind jedes Risiko wert«, erklärte sie. »Aber, Basil, in Zukunft tu mir bitte keine Gefallen mehr!«

Er grinste. »Versprochen. Genieße deinen Ausritt!«

»Oh, das werde ich! Ich beabsichtige, seiner Lordschaft zu zeigen, dass ich ihm eine überaus ungeeignete Ehefrau wäre.«

Als sie sich bereits abwandte, bemerkte sie, dass Basil die Stirn runzelte. »Lily!«, rief er ihr gleich darauf nach. »Was für einen teuflischen Plan hast du?«

Lachend eilte sie den Flur hinunter. »Keinen teuflischeren als sonst. Ich bin rechtzeitig zu meinem Unterricht um neun zurück.«

»Du weißt, dass Burschen wie Claybourne keine allzu jungenhaften Damen mögen, Lily! Du verschreckst ihn, wenn du darauf bestehst, schneller als er zu reiten, besser zu schießen oder klüger zu sein!«

»Genau das habe ich vor!«

Sie ignorierte Basils sorgenvolles Murmeln und eilte zum Vorderausgang. Als sie jedoch nach draußen trat und Lord Claybourne erblickte, der bereits auf sie wartete, blieb sie abrupt stehen. Er hatte einen Stallknecht bei sich, der zwei prächtige Braune an den Zügeln hielt.

»Oh mein Gott!«, hauchte sie leise. Woher wusste er, dass sie bei solchen wundervollen Pferden schwach wurde? Sie hatte es stets geliebt, auf einem lebhaften Tier zu reiten, aber jetzt, nachdem ihr den ganzen Monat, den sie in London war, ebenjenes Vergnügen vorenthalten gewesen war, begeisterte diese Aussicht sie besonders.

Lily zwang sich, Haltung zu bewahren, und stieg die Eingangsstufen hinunter. Der Marquess hatte eindeutig nicht vor, fair zu spielen. Doch das war kein Grund für sie, in Panik zu geraten. Nein, sie war zuversichtlich, dieses Spiel für ihre Zwecke zu nutzen, selbst wenn es bedeutete, dass sie Zeit mit ihm verbringen musste. Denn sie war überzeugt, dass Lord Claybourne sie bloß näher kennenlernen müsste, um sehr bald zu erkennen, dass er mit ihr als Braut alles andere als glücklich würde.

Heath fühlte, wie seine Lenden sich bei Lilys Anblick anspannten. Sie war so frisch und schön wie der Sommermorgen. Natürlich ignorierte sie ihn vollkommen und hatte nur Augen für seine Pferde.

Sie ging geradewegs auf das kleinere der beiden Braunen zu, das mit dem Damensattel, sprach leise mit der Stute und streichelte ihr dabei übers Gesicht, worauf das Tier sogleich freundlich wieherte.

Als Lily sich endlich herabließ, *ihn* zu bemerken, waren ihre lebhaften Augen voller Wertschätzung. »Ich muss Ihnen eines zugutehalten, Lord Claybourne: Sie haben einen exzellenten Geschmack, was Pferde betrifft.«

»Ist das tatsächlich ein Kompliment, Miss Loring?«, fragte Heath.

»Ich zolle Wertschätzung, wo sie angebracht ist ... wenngleich ich mir nicht sicher bin, ob Sie lediglich Punkte bei unseren Richterinnen machen wollen.«

»Und bei Ihnen gleichfalls. Ich dachte mir, das Ausreiten hätte Ihnen vielleicht gefehlt, und hoffte, Sie zu entwaffnen, indem ich Ihnen eine vorzügliche Stute anbiete.«

»Nun, ich gestehe, Sie hatten Erfolg«, gab sie reumütig–amüsiert zu. »Eine so wundervolle Stute durfte ich bisher selten ausreiten.«

»Betrachten Sie sie als Geschenk. Schließlich sind Sie meinetwegen ohne Pferd hier in London.«

Sie schüttelte den Kopf. »Ein so teures Geschenk kann ich nicht annehmen.«

»Dann einigen wir uns auf eine Leihgabe.«

Lily streichelte der Stute noch einmal liebevoll über das Gesicht. »Ich danke Ihnen, My Lord. Es wird mir ein Vergnügen sein, auf dieser Schönheit zu reiten. Wollen wir dann aufbrechen?«

Heath hatte erwartet, dass sie sich ungern zum Ausritt mit ihm begeben würde, doch sie sah aus, als freute sie sich. Andererseits hätte er wissen müssen, dass er es nicht mit einem scheuen, verhaltenen Wesen zu tun hatte. Lily würde sich in jede Herausforderung stürzen, die sich ihr bot, einschließlich ihres Werbespiels.

»Ich gehe hoffentlich recht in der Annahme, dass Sie ein lebhaftes Pferd beherrschen?«, forschte Heath nach, während er näher kam, um Lily beim Aufsteigen zu helfen.

Als sie lächelte, zeigte sich ein Grübchen auf ihrer Wange. »Ihnen sollte eher Sorge machen, wie Sie *mich* beherrschen.«

Das Blitzen in ihren dunklen Augen verzauberte ihn und weckte den Wunsch in ihm, sie zu berühren. Folglich genoss er es, ihre Taille zu umfangen und sie in den Sattel zu heben. Die Stute tänzelte ein wenig, doch Lily brachte sie mühelos unter Kontrolle, bevor sie ihre Röcke richtete und den dünnen Schleier herunterzog, der leider ihr ganzes Gesicht bis zum Mund verhüllte. Ohne auf ihn zu warten, machte sie sich sodann davon zur Straße hinunter.

Heath schwang sich eilig in seinen eigenen Sattel, wies seinen Stallknecht an, hier auf sie zu warten, und trieb dann seinen Wallach an, Lily zu folgen.

»Ich dachte, wir reiten im Green Park«, schlug er vor, als er sie eingeholt hatte. »Er ist näher und weniger überfüllt als der Hyde Park.«

»Das ist mir sehr recht«, stimmte sie zu. »Dort können wir galoppieren.«

Der Green Park war nur ungefähr eine halbe Meile von Fannys Privatpension entfernt an der Gerard Street und, obgleich er in Londons belebtester Gegend lag, ein großer Park. Der Weg dorthin war von Straßenhändlern gesäumt und sehr verkehrsreich – Pferdefuhrwerke, Kutschen, kleinere Jagdwagen und weitere Reiter. Heath achtete auf Lily, die sich jedoch so geschickt im Umgang mit der lebhaften Stute anstellte, dass er sich bald entspannen und einfach ihre Gesellschaft genießen konnte.

Er bemerkte, wie seine Mundwinkel amüsiert zuckten, als er sich fragte, wie in aller Welt er in diese Lage geraten konnte: eine Frau zu umwerben, die er unbedingt zu seiner Braut machen wollte, während sie ihn eindeutig nicht wollte.

Noch nie hatte er eine Dame umworben. Derlei Mühen waren ihm bisher erspart geblieben. Bei seinem Vermögen und seiner Macht brauchte er nur ein bescheidenes Interesse zu zeigen, und schon war die Betreffende sein. In seinen wildesten Träumen hätte er sich nicht ausgemalt, Lily unter den Adleraugen ihrer wachsamen Kurtisanenfreundinnen umwerben zu müssen!

Und doch freute er sich auf die reizvollste Herausforderung seit Jahren.

Eigentlich war ihm Gewinnen immer leichtgefallen – zu leicht womöglich –, und er hegte die feste Absicht, aus diesem Werbespiel ebenfalls als Sieger hervorzugehen.

Da Lily allerdings so unkonventionell war, würden konventionelle Methoden bei ihr kaum fruchten. Falls er darauf hoffte, sie aus dem Gleichgewicht zu bringen, musste er einfallsreich sein. Deshalb die vollblütige Stute, die er gestern am späten Nachmittag eigens für sie gekauft hatte.

Sein Gefühl sagte ihm, dass er Lilys Herz nicht über

Schmuck oder sonstigen weiblichen Flitter erreichte. Und nach ihrer Reaktion auf die Stute wusste er, dass er die erste Runde gewonnen hatte.

Leider waren die ersten Worte aus ihrem Munde nicht die einer jungen Dame, die es darauf abgesehen hatte, sein Herz zu gewinnen.

»Ich wünschte, Sie würden mir glauben, Lord Claybourne, wenn ich Ihnen sage, dass ich nie heiraten werde.«

Heath sah sie fragend an. »Sie wollen also ein Leben lang eine Jungfer bleiben? Das scheint mir unvorstellbar.«

»Mir nicht. Ich stelle mir vor, dass mir die Jungfernschaft höchst angenehm sein wird«, eröffnete Lily ihm überzeugt. »Außerdem sind zwei verheiratete Frauen in einer Familie mehr als genug.«

Er lachte. »Sie haben Ihren Schwestern nicht verziehen, dass sie sich verliebten.«

»Nein, das habe ich nicht.« Da Lilys Gesicht größtenteils verschleiert war, konnte er lediglich ihr mattes Lächeln erkennen. »Vermutlich war es ihr gutes Recht, über ihre eigene Zukunft zu entscheiden. Und ich bin sehr froh, dass sie glücklich sind. Was mich betrifft, war ich schon zufrieden, bevor Marcus den Titel unseres verstorbenen Stiefonkels erbte und in unser Leben trat.«

»Selbst als Sie unter dem Makel des Skandals lebten?«

Als ihr Lächeln erstarb, bereute Heath, dieses Thema angesprochen zu haben. »Es ist äußerst bedauerlich, dass Sie und Ihre Schwestern die Last der Verfehlungen zu tragen hatten, die Ihre Eltern begingen.«

Lily tat es mit einem nonchalanten Achselzucken ab.

»Sie müssen uns nicht bedauern, My Lord. Wir begriffen recht schnell, dass die Schande auch ihr Gutes hat. Immerhin erwartete man von uns nicht mehr, uns wie vollkommene Damen zu verhalten.«

»Was Sie ohnehin selten taten.«

Nun lächelte sie wieder. »Richtig. Aber die Skandale befreiten uns gewissermaßen.« Sie seufzte. »Sie haben ja keine Vorstellung, wie ärgerlich es bisweilen sein kann, an die Verhaltensregeln für feine junge Damen gebunden zu sein. Offen gesagt beneide ich Fanny um die Freiheit, die sie genießt.«

»Die Gesellschaft gesteht verheirateten Damen mehr Freiheiten zu als ledigen.«

Sie lachte. »Ja, und doch bewegt dieser Umstand mich nicht dazu, mich zu vermählen.«

Heath mochte den Klang ihres Lachens sehr. »Welche Einwände haben Sie gegen eine Heirat mit mir, abgesehen von Ihrem Wunsch nach Unabhängigkeit?«

Lily wartete, bis sie ihre Pferde über eine belebte Straße gelenkt hatten, ehe sie antwortete: »Da wäre zum einen Ihr Ruf. Ihre Eroberungen sind legendär, und ich habe keinerlei Verlangen, die Liste zu ergänzen.«

»Als meine Frau wären Sie wohl kaum eine meiner Eroberungen, meine Liebe. Vielmehr würde manch einer sagen, *Sie* hätten die Eroberung gemacht.«

»Oh ja, ich weiß«, entgegnete sie sarkastisch. »Sie sind eine formidable Partie. Aber Sie haben jede Menge Bewunderinnen, die es darauf anlegen, Sie als Ehemann zu gewinnen. Und da ich mich ungern der Masse anschließe, plane ich, Ihnen schon aus Prinzip zu widerstehen. In diesem Punkt bin ich eigensinnig.«

»Nicht nur in diesem«, bemerkte Heath amüsiert.

»Wollen Sie sich von Ihrem Trotz Ihre gesamte Zukunft diktieren lassen?«

Sie reagierte nicht gleich, und als sie es tat, klang sie nachdenklich. »Unterhalten Sie eine Mätresse, Lord Claybourne?«

Die Frage war überraschend unverblümt, aber er antwortete ehrlich. »Nein, nicht regulär.«

»Aber Sie haben unzählige Geliebte.«

Nun musste er grinsen. »Sie überschätzen mich. Es sind nicht unzählige. Solcher Kraft kann nicht einmal ich mich rühmen.«

»Dennoch würde ich meinen, dass Sie meinem Vater für meinen Geschmack zu ähnlich sind.«

Heath sah Lily an und hielt ihren Blick fest. »Ich möchte Sie wissen lassen, dass ich vorhabe, von dem Moment an treu zu sein, da wir unsere Eheschwüre geleistet haben.« Ihr Verstummen sprach Bände. Wegen des Schleiers konnte er zwar nicht sehen, dass sie verwundert aufmerkte, er hörte es jedoch dem zynischen Tonfall an, als sie erwiderte: »Das zu glauben, fällt mir schwer.«

Nie könnte er ihre Zweifel auslöschen, indem er ihr einfach widersprach. Also verlegte Heath sich auf einen besonders ruhigen Tonfall. »Ich sehe, dass mein erstes Ziel sein muss, Sie Vertrauen zu lehren.«

»Versuchen Sie es gern!«, gab sie spitz zurück.

»Angesichts Ihrer niederen Meinung von Adligen werde ich fürwahr kein leichtes Spiel haben.«

Lily nickte ernst. »Ich habe gute Gründe, die erst jüngst von zwei der Mieterinnen bestätigt wurden. Sie waren in adligen Haushalten angestellt, wurden von ihren Herren verführt, um sodann auf die Straße geworfen zu werden, wo sie gezwungen waren, sich zu verkaufen.« Ihr Ton wurde eine Nuance dunkler. »Abstoßend ist es, was sie durchmachten. Können Sie sich auch nur vorstellen, sich solch entsetzlichen Erfahrungen zu stellen?«

Da ihre Frage rein rhetorischer Natur war, antwortete Heath nicht, was Lily auch nicht erwartet hatte, denn sie fuhr fort: »Und dann wurden beide noch wegen Prostitution verurteilt – das ist nicht fair!«, schimpfte sie unüberhörbarer wütend.

»Nein, das ist es nicht.«

Nun sah sie ihn endlich wieder an. »Täuschen Sie bloß Zustimmung vor, um mich zu beeindrucken?«

»Nein«, beteuerte Heath. »Ich bewundere ihr Engagement. Es ist offensichtlich, dass sie sehr mitfühlend sind.«

Lily schien sich ein klein wenig zu entspannen. »Nicht so mitfühlend wie meine Freundin, Miss Blanchard. *Sie* ist ein wahrhaft guter Mensch, die gütigste Seele, die ich kenne. Ich hingegen bin weder besonders gut noch freundlich. Mir tun einfach nur die jungen Frauen leid, vor allem jene, die ihren Leib als Ware anbieten müssen. Gott sei Dank war ich imstande, den beiden Mädchen Anstellungen im Danvers-Haushalt zu verschaffen, obgleich Marcus keine weiteren Bediensteten braucht.«

Heath stutzte. »Sie haben zwei Mieterinnen in Marcus' Haus geschickt?«

»Nun ja«, antwortete Lily leicht verunsichert, »ich habe sie zu Roslyn geschickt. Zu der Zeit konnte ich Marcus schlecht fragen, sie aufzunehmen, denn ich wollte nicht, dass er erfuhr, wo ich war.« Ihrem Tonfall nach hätte Heath wetten können, dass sie errötete, ehe sie fortfuhr: »Ich durfte die Not der armen

Frauen doch nicht einfach ignorieren. Sie brauchten jemanden, der ihnen half, diesem schrecklichen Leben zu entkommen.«

Heath betrachtete sie nachdenklich. »Und gleichzeitig lehren Sie Ihre Schülerinnen, wie sie sich auf einer Soiree wohlhabende Gönner sichern.«

»Ja, ich weiß«, sagte Lily zerknirscht. »Meine Freundinnen erklärten mir überzeugend, dass es für alle das Beste sei. Wenn die Mieterinnen ein höheres Einkommen haben, gewinnen sie damit mehr Wahlmöglichkeiten für ihre Zukunft. Sie sind nicht so gefangen und machtlos wie jetzt. Trotzdem mache ich mir immer noch Sorgen um sie. Aus diesem Grund bat ich Sie, geeignete Kandidaten unter Ihren ledigen Freunden zu bestimmen. Unsere Mieterinnen verdienen Gönner, die freundlich und gütig sind. Witwer vielleicht, die eher Gesellschaft als Leidenschaft suchen. Oder Herren wie meinen Freund Basil, die liebenswert und tolerant sind, sogar schüchtern. Männer, die sich nicht wie Grobiane benehmen, nur weil sie über gefüllte Börsen verfügen.«

»Ihre Schülerinnen haben Glück, dass Sie sich ihrer so aufopfernd annehmen.«

Für eine kurze Weile sah Lily zu ihm, als zweifelte sie am Ernst seiner Worte. »Ich denke, ich schulde Ihnen Dank, Lord Claybourne.«

»Dank?«

»Weil Sie mich nötigten, nach London zu reisen. Wäre Ihr Wunsch, mich zu umwerben, nicht gewesen, hätte ich mich nicht darauf eingelassen, hier zu unterrichten.«

»Nun, wenn das keine vollends neue Betrachtungsweise ist!«, murmelte Heath mit einem Anflug von Zynismus.

»Ich meine es vollkommen ernst, My Lord.«

»Ja, das merke ich, mein Engel. Und ich achte Ihre Bemühungen. Mich amüsiert lediglich die Ironie dessen, wie weit meine Werbung Sie treibt.«

»Es mutet fürwahr ironisch an«, stimmte sie leiser zu. »Zweifellos kann ich mit den jungen Frauen fühlen, weil meine Schwestern und ich einiges durchmachten, nachdem unsere Familie mit gleich mehreren Skandalen belastet wurde. Wir drei hätten leicht in denselben Umständen enden können wie die Damen in der Pension.«

Heath runzelte die Stirn. Ihm gefiel die Vorstellung nicht, Lily könnte einem solchen Schicksal ausgeliefert sein. Ja, er hasste den Gedanken.

»Und jemand muss ihnen helfen«, fügte Lily hinzu. »Die meisten Angehörigen unseres Standes gewähren ihnen wenig Unterstützung. Nehmen Sie beispielsweise sich selbst. Sie sind ein vornehmer Müßiggänger, für den das Leben ein Spiel ist.«

Vielleicht hatte sie Recht, dachte Heath. Einen Großteil seines Lebens hatte er nichts als Vergnügen und Abenteuer im Sinn gehabt.

»Bevor ich die Mädchen kennenlernte, war ich Ihnen sehr ähnlich«, fuhr Lily fort. »Über die niederen Stände und darüber, wie sie ihren Unterhalt bestreiten, machte ich mir kaum Gedanken. Wir wuchsen behütet auf, und lange Zeit wusste ich nicht einmal, dass solche Frauen überhaupt existieren – mit Ausnahme von Fanny natürlich, und sie ist gewiss keine typische Repräsentantin der Halbwelt. Jetzt aber habe ich das Gefühl, endlich eine Berufung gefunden zu haben.«

Heath nickte. Das Leid gefallener Frauen war in seinem Denken nicht vorgekommen. Zwar behandelte er seine Bediensteten gut und sorgte für ihr Wohlergehen, aber wie sie tatsächlich lebten, wusste er eigentlich gar nicht.

In diesem Moment erreichten sie den Eingang des Parks.

Lily schüttelte sich merklich und sah wieder zu ihm. »Vergeben Sie mir, My Lord. Ich muss Sie zu Tode gelangweilt haben.«

»Ganz und gar nicht. Vielmehr kann ich ehrlich behaupten, dass Sie die am wenigsten langweilige Frau sind, die mir je begegnet ist.«

Als sie lächelte, verzog sie den Mund. »Nun, es ist gewiss nicht meine Absicht, Sie zu unterhalten. Wollen wir reiten?«

Im Park lenkten sie ihre Pferde auf den breiten von Ulmen und Eichen gesäumten Kiesweg. Sie waren kaum zehn Meter weit gekommen, als ihnen zwei Reiter entgegenkamen.

Heath, der beide Herren erkannte, hielt höflich an, um sie zu begrüßen, während Lily ihre Stute an ihnen vorbeitrieb und es Heath überließ, allein mit seinen Freunden zu sprechen.

Und sobald er sie wieder eingeholt hatte, wechselte sie in einen leichten Trab.

»Sie werden sicher verstehen, warum ich lieber niemanden aus Ihren illustren Kreisen kennenlernen möchte«, erklärte sie, bevor er sie fragen konnte, warum sie ohne ihn weitergeritten war.

»Schon, nur würde ich es vorziehen, wenn Sie das nächste Mal auf mich warten«, schalt er sie sanft. »Sie sollten nicht unbegleitet in London ausreiten.«

»Leider muss ich Ihnen den Gehorsam verweigern«, erwiderte sie süßlich und spornte ihr Pferd an. »Ich nämlich habe vor, Sie weit hinter mir zu lassen.«

Heath musste grinsen. »Ist das eine Aufforderung zum Wettreiten, Miss Loring?«

»Das ist es!«, rief sie ihm über die Schulter zu.

Dann beugte sie sich über den Hals ihrer Stute und ließ sie noch schneller laufen. Heath blieb nichts anderes übrig, als ihre Herausforderung anzunehmen, wollte er Lily nicht aus den Augen verlieren.

Also trieb er seinen Hengst an, und bald galoppierten sie den Weg entlang. Sie beide kümmerte nicht, dass es unangebracht war, durch einen öffentlichen Park zu jagen.

Heath gelang es, den Abstand zwischen ihnen zu verringern, doch er überholte sie nicht. Das Vergnügen, ihr beim Reiten zuzusehen, lenkte ihn viel zu sehr ab. Sie war ein Wirbelwind, wie er staunend erkannte. Und als sie den Kopf in den Nacken warf und laut lachte, war er verzaubert.

Zugleich jedoch begriff er auch, dass er keine Chance hatte, wenn er sich nicht konzentrierte. Obwohl er sich nun anstrengte, vergrößerte sie ihren Vorsprung, und bis zum Ende des Weges war Lily ihm zwei Längen voraus.

Als sie schließlich die Stute zum Stehen brachte, schnaubte das Tier und tippelte aufgeregt. Lily war etwas außer Atem.

»Das war herrlich!«, rief sie begeistert und tätschelte ihrer Stute den Hals.

Heath musste leider einsehen, dass er seit den Wettritten, die er als Junge mit Marcus und Drew veranstaltet hatte, nicht mehr so beschämend geschlagen worden war. Und erst recht musste er gestehen, dass er hoffnungslos verzückt war, wenn er Lily beobachtete. Sie war wundervoll – faszinierend, impulsiv und berauschend lebendig.

Wegen des verfluchten Schleiers konnte er ihre obere Gesichtshälfte nicht sehen, aber ihr Mund allein genügte, um ihn von Liebesakten fantasieren zu lassen, bei denen er all diese Leidenschaft in ihr zutage förderte. Er konnte sich lebhaft ausmalen, wie es mit ihr wäre: heiß, sinnlich, ungestüm.

Bei diesem Gedanken wurde er sofort hart, was seine Lederreithose unangenehm eng machte. Entsprechend war Heath froh, dass sie umkehrten und die verschwitzten Pferd im langsamen Schritt den Weg zurückgehen ließen.

An einer Wegkreuzung grüßten andere Bekannte Heath. Diesmal waren es zwei Damen, die in einem offenen Wagen vorbeikamen.

»Sie sind heute Morgen recht beliebt, My Lord«, murmelte Lily, die ihm ein keckes Lächeln zuwarf und in den Seitenweg einbog.

Bis Heath sich von den beiden Damen verabschieden konnte, war Lily nirgends mehr zu sehen. Ungeduldig setzte er ihr nach, fürchtete er doch um ihre Sicherheit. Obgleich Lily sehr wohl imstande schien, auf sich selbst aufzupassen, konnte einer jungen Damen ohne Begleitung alle erdenkliche Unbill widerfahren.

Er folgte dem Weg, den Lily genommen hatte, wobei er mehrfach nach links und rechts abschweifte, um sich zu vergewissern, dass sie sich nicht in einer der Baumgruppen oder hinter einem Gebüsch versteckte. Doch er konnte keine Spur von ihr entdecken. Sie war verschwunden.

Zwei Mal durchkämmte Heath vergebens den

ganzen Park. Als er zwanzig Minuten später zum Eingang zurückkehrte, wartete Lily dort auf ihn.

Seine Erleichterung paarte sich mit Ärger, der allerdings verflog, kaum dass er ihr bezauberndes Lächeln sah.

»Was hat Sie aufgehalten, Lord Claybourne? Ich warte hier schon eine halbe Ewigkeit.«

Ihr Ton war so provozierend, dass er sie am liebsten aus ihrem Sattel auf seinen Schoß gezogen und geküsst hätte, bis ihr die Sinne schwanden. »Ich habe natürlich nach Ihnen gesucht. Mir behagt nicht, dass Sie so unklug sind, allein zu reiten. Es kann gefährlich für Sie sein.«

»Vielleicht, aber ich wollte gern weiter. Überdies habe ich nicht vor, es Ihnen leichtzumachen, Punkte zu gewinnen, indem ich mich stillschweigend Ihrer Taktik füge, My Lord. Was werden unsere Richterinnen sagen? Es dürfte amüsant werden, wenn Sie ihnen erklären, wie ich es schaffte, Ihnen zu entkommen.«

»Für mich ganz sicher nicht«, entgegnete er trocken.

Sie lachte, und abermals fühlte Heath, wie ihn eine Hitzewelle durchfuhr.

Ich begehre dich, süße Lily! Ich will dich unter mir, neben mir, deine Leidenschaft am ganzen Körper erfahren. Und ich will von deinem Lachen umfangen werden.

»Nein, vermutlich wird es für Sie nicht amüsant, My Lord«, stimmte Lily ihm zu. »Aber ich hatte Sie gewarnt, nicht wahr? Sie dürfen nichts anderes erwarten, wenn Sie darauf bestehen, unser Spiel fortzusetzen. Sind Sie bereit, aufzugeben?« Sie führte ihr Pferd zur Straße.

»Um keinen Preis!«

Nichts konnte ihn dazu bringen, Lily aufzugeben. Er wollte diesen Wildfang mit den leuchtenden Augen, diese bezaubernde Frau, die nichts als pure Lebensfreude ausstrahlte. Und der einzig ehrbare Weg, sie zu besitzen, war eine Heirat.

Zu seinem Erstaunen büßte die Aussicht auf eine Ehe minütlich mehr von ihrem Schrecken ein. Eigentlich konnte er sich Lily schon jetzt als seine Frau vorstellen.

Lange vergnügliche Nächte voller Sinnlichkeit. Herrliche Tage, erfüllt von Lachen und Abenteuer.

Dennoch wäre es ein taktischer Fehler, solch eine Zukunft Lily gegenüber auch bloß anzudeuten. »Sie werden feststellen, dass Herausforderungen mich anspornen«, verkündete er stattdessen.

»Ja, mir geht es nicht anders.«

»Sehen Sie, das meinte ich, als ich sagte, wir hätten eine Menge gemeinsam.«

Sie lächelte wieder. »Das leugne ich nicht, doch meine Vorliebe für Herausforderungen verträgt sich schlecht mit dem Alltag einer braven Gemahlin.«

»Dem muss ich widersprechen, denke ich doch eher, dass das Eheleben sie belebt. Und ich finde Sie, mein Engel, höchst bezaubernd.«

Darauf erstarb ihr Lächeln. »Ich wünschte, Sie würden das unterlassen, Lord Claybourne – mich mit leeren Schmeicheleien zu überschütten.«

»Sie sind alles andere als leer.«

»Nun, auch Ihre Komplimente wünsche ich nicht.«

»Na schön, falls es Ihnen eine Beruhigung ist, lasse ich sie.«

Das war noch so etwas, worin Lily sich von den meisten anderen Damen unterschied. Sie war sich ihrer Schönheit nicht bewusst und hatte keine Ahnung, wie begehrenswert er sie fand.

Dabei war sie für ihn das begehrenswerteste Geschöpf überhaupt.

Er hätte nie erwartet, einer Frau wie Lily zu begegnen. Sie verstand es, ihn immerfort zu überraschen, selbst wenn sie ihn verärgerte oder sich sehr entschlossen gab, ihre Schlacht zu gewinnen. Lily war eine angriffslustige, kluge, scharfzüngige und großzügige Frau mit einer ausgeprägten Abenteuerlust.

Seine Mutter hatte dieselben Eigenschaften besessen, überlegte Heath, mit dem einzigen Unterschied, dass sie eher ausgelassen und sprunghaft gewesen war, stets für den Augenblick gelebt hatte.

Auch Camilla hatte viel gelacht, und Heath vermisste dieses Lachen, das seine Kindheit erhellt hatte. Als er zehn Jahre alt gewesen war, starb sie im Kindbett, was Heath in tiefe Trauer stürzte.

Für seinen Vater war es ebenfalls ein schwerer Schlag gewesen. Vor Camillas Tod war sein Vater gesetzt, langweilig, ja, geradezu fade gewesen. Und hinterher wurde Simon zu einem wandelnden Toten, als wäre ihm mit der Frau alles Leben genommen worden. Er hatte sich in ein Schneckenhaus verkrochen, sich jedem Vergnügen, jeder Freude verschlossen.

Heath war fest entschlossen, nie wie sein Vater zu werden, weshalb er all die Jahre seinem Vergnügen nachgejagt war – um sich zu beweisen, dass er ganz anders war als sein berühmter Erzeuger.

Sein Verlangen nach Aufregung und Abenteuer war ein ständiger Konfliktpunkt zwischen ihnen gewesen, während Heath heranwuchs. Sein Vater legte großen Wert auf Verantwortungs– und Pflichtbewusstsein.

Der Umstand, dass Heaths Eltern in Temperament und Wesen nicht unterschiedlicher hätten sein können, war überdies bisher ein Grund für Heath, eine Ehe weit von sich zu weisen. Seine größte Furcht bestand darin, dass er an eine fade, geistlose Adlige gekettet sein könnte, nur um Erben zu zeugen.

Was er bei Lily keineswegs befürchten musste. Sie war die erste Frau, die ihn verlockte, seine Freiheit aufzugeben. Und sollte er noch Zweifel gehegt haben, ob er sie heiraten wollte, waren diese nach ihrem Ausritt endgültig ausgelöscht.

Er wollte sie, und er würde sie bekommen.

Es war keine übereilte Entscheidung, die Heath aus der für ihn typischen Impulsivität heraus fällte. Nein, er konnte mehrere gute Gründe nennen, warum er sie zur Braut wollte. Was ihre Herkunft und Bildung anging, war Lily die ideale Marquise für ihn. Zudem ersparte die Heirat mit ihr ihm jede künftige Suche nach einer geeigneten Braut.

Vor allem aber sagte ihm sein Gefühl, dass er richtig entschieden hatte. Und er hatte Angst, dass er sich etwas höchst Kostbares entgehen lassen würde, sollte er nicht sofort handeln.

Allerdings musste er Lily noch überzeugen.

»Ihr da! Hört sofort auf!«

Ihr plötzliches Rufen riss ihn abrupt aus seinen Gedanken.

Lily blickte eine Gasse hinab, an der sie vorbeikamen, wie Heath im selben Moment wahrnahm, in dem sie auch schon ihre Stute herumriss und in die schmale Gasse hineinritt. Ein weiteres Mal ließ sie Heath in einer Staubwolke hinter sich.

Sechstes Kapitel

Vielleicht war es doch ein Fehler, in dieses Spiel einzuwilligen. Wenn es so weitergeht, könnte er gewinnen.

Lily an Fanny

Zunächst brummte Heath einen Fluch vor sich hin, doch als Lily ein weiteres Mal rief, sagte ihm ihr zorniger Tonfall, dass es sich nicht um einen erneuten Versuch handelte, ihm zu entwischen und den Punktegewinn zu verderben.

Die Hufe ihrer Stute klapperten auf dem Kopfsteinplaster, während Lily auf eine Horde junger Burschen am Ende der Gasse zugaloppierte. Heath brauchte einen Moment, bis er begriff, was sie so furchtbar wütend machte: Die Schurken prügelten mit Stöcken auf einen Hund ein, der am Boden lag und sich unter ihren Hieben krümmte.

Nun fluchte Heath lauter und trieb sein Pferd hinter Lily her. Er war ihr dicht auf den Fersen, als sie ihre Stute heftig an den Zügeln riss und buchstäblich aus dem Sattel sprang.

Sein Herz klopfte ihm im Hals, und für eine Sekunde war er wie erstarrt. Lily stapfte Fäuste schwingend auf die Burschen zu und schimpfte so barsch, dass die Unholde erschraken.

»Hört auf, das arme Ding zu quälen, ihr *Lumpen*! Sofort!«

Überrascht stolperten alle sechs Jungen zurück, die im ersten Augenblick beinahe verängstigt schienen. Dann jedoch erkannten sie, dass es sich bei ihrem Angreifer bloß um eine Dame handelte, noch dazu eine feine Dame, und wie auf Kommando drohten sie, mit ihren Stöcken auf Lily loszugehen.

Sie trat dem ersten von ihnen energisch gegen die Schienbeine, was ihn vorübergehend außer Gefecht setzte. Unterdessen schwang Heath sich von seinem Pferd und mischte sich in den Kampf ein. Zornig packte er einen stämmigen Kerl bei der Schulter und versetzte ihm einen Fausthieb ins Gesicht, so dass der Lump auf das Pflaster sackte.

Sowie ein anderer mit seinem Knüppel ausholte, um Lily zu schlagen, entriss Heath ihm den Stock und knallte ihn ihm in den Bauch, worauf der Bursche vor Schmerz aufschrie. Beide Hände auf seine Mitte gepresst, trollte er sich stöhnend.

Daraufhin bekamen es auch die anderen mit der Angst und kapitulierten. Sie waren bereits ein gutes Stück weg, bis ihr Kumpan sich vom Pflaster aufrappelte und ihnen hinterherhumpelte.

»Ja, lauft nur weg, ihr nichtsnutzigen Bandwürmer!«, schrie Lily ihnen nach.

Sie hatte sich bereits hingekniet, wie Heath bemerkte, und hielt den zitternden Hund schützend in ihren Armen. Im Getümmel hatte sie ihren Hut verloren, und Funken tanzten in ihren dunklen Augen.

Heath, dessen Wut nur langsam verebbte, hockte sich zu ihr. Über das ängstliche Tier gebeugt, sprach Lily leise und beruhigend auf es ein.

»Armes, kleines Ding! Jetzt tut dir keiner mehr weh.«

Als er näher hinsah, erkannte Heath, dass es sich um eine Mischlingshündin handelte, ungepflegt, flohzerbissen und eindeutig übel misshandelt. Ihr braunes Fell war blutverschmiert und über einem Augen klaffte eine böse Platzwunde.

Lily streichelte der Hündin sanft den Kopf, während Heath das kleine Wesen vorsichtig abtastete. Als er den Brustkorb berührte, wo die Rippen deutlich hervortraten, wimmerte die Hündin. Zum Glück schien dies die schlimmste Verletzung zu sein, die sie davongetragen hatte.

»Ihre Rippen sind geprellt, aber wahrscheinlich nicht gebrochen«, vermutete Heath, nachdem er das Tier von oben bis unten untersucht hatte.

»Gott sei Dank!«, hauchte Lily, die voller Zorn die Gasse hinunterblickte. »Aber die erbärmlichen Lumpen könnten wiederkommen und das arme Tier aufs Neue quälen. Ich kann es nicht hierlassen.« Sie sah liebevoll auf die Hündin hinab. »Und seine Wunden müssen versorgt werden.«

Das »arme Ding« schien zu verstehen, was Lily vorhatte, denn die Hündin leckte ihr dankbar die Hand und blickte bewundernd zu ihr auf.

»Ich nehme sie mit zu mir«, entschied Lily und schenkte der kleinen Hündin ein bezauberndes Lächeln.

»In die Pension?«, fragte Heath ungläubig.

»Ja, ich bringe sie in meinem Zimmer unter.«

Er konnte sich schwerlich vorstellen, dass Fleur und Chantel entzückt wären, einen schmutzigen Straßenköter in ihrem eleganten Haus zu sehen. »Ihre Freundinnen werden Ihnen nicht unbedingt danken.«

»Ich weiß, aber dieses süßes Wesen braucht einen sicheren Platz und Futter. Sie sieht halbverhungert aus.«

»Und ein Bad wäre auch nicht schlecht«, murmelte Heath.

»Ja, natürlich.«

Jeder Widerspruch wäre zwecklos gewesen, denn sie hatte sich in den Kopf gesetzt, die Hündin zu retten. Also stand Heath auf und half Lily, sich mit dem Tier in den Armen aufzurichten. Dann ging er ihre Pferde holen, die sehr brav in der Nähe stehen geblieben waren, was Heath wunderte.

Er kam mit den beiden zu Lily. »Ich nehme sie«, bot er an und wollte ihr die Hündin abnehmen.

Doch Lily schüttelte den Kopf. »Nein, sie vertraut mir, und ich kann sie beim Reiten halten.«

Nachdem er gesehen hatte, was für eine hervorragende Reiterin sie war, konnte er dem nichts entgegenhalten, und so hob er Lily in den Sattel, wo sie mit einer Hand die Hündin auf ihrem Schoß hielt und mit der anderen die Zügel ergriff. Auf dem Rückweg blieb Heath dicht neben ihr, falls sie Hilfe brauchte, um ihre lebhafte Stute zu beherrschen.

Die ersten paar Minuten redete Lily leise auf die Hündin ein und ignorierte Heath vollständig. Erst als das kleine Tier zu zittern aufhörte, blickte Lily mit einem matten Lächeln zu ihm.

»Ich habe Ihnen noch nicht angemessen gedankt, My Lord. Diese Grobiane hätte ich allein nie überwältigen können. Sie waren wahrhaft großartig.«

Der bewundernde Blick in ihren wundervollen Augen löste einen merkwürdigen Stich ganz nahe an seinem Herzen aus. Nein, sie war großartig, sich zwischen die Unholde zu werfen, ohne an ihre eigene Sicherheit zu denken. Das war eine der mutigsten Taten, die er je bezeugt hatte.

Was mitnichten bedeutete, dass er ihr Handeln guthieß.

»Sie ließen mir keine andere Wahl, als Ihnen zu folgen«, entgegnete Heath. »Ich habe ein Jahr meines Lebens eingebüßt, als ich sah, wie Sie sich mitten zwischen diese Halunken warfen. Es war mutig von Ihnen, obschon überaus närrisch. Sie hätten ernstlich verletzt werden können.«

Lily zuckte nur mit den Schultern. »Ich wurde jedoch nicht verletzt, weil Sie dort waren, um uns zu retten. Die wenigsten feinen Herren würden einem streunenden Hund zu Hilfe eilen.«

»Ebenso die wenigsten feinen Damen.«

Wieder einmal hatte er erlebt, wie mitfühlend Lily sein konnte … und wie unerschrocken. Was immer sie tat, sie tat es voller Leidenschaft. Dieses innere Feuer wurde in allem offensichtlich, was sie machte, wie Heath auffiel, während er ihre noch leicht geröteten Wangen und ihre leuchtenden Augen betrachtete.

Trotzdem glaubte er nicht, dass ihre Freundinnen Lilys Wunsch teilten, eine räudige Hündin aufzupäppeln. »Können Sie sich ernsthaft vorstellen, dass Ihre Freundinnen den Vierbeiner bei sich aufnehmen wollen?«, erkundigte er sich.

Lily lächelte unsicher. »Ich werde sie überreden müssen. Und die Kleine wird sehr viel vorzeigbarer aussehen, nachdem ich sie erst gebadet und ihre Wunden versorgt habe.«

»Da habe ich meine Zweifel.«

»Nun, natürlich ist sie nicht adlig wie Sie.«

»Nein, das ist sie nicht.«

Lily schmunzelte. »Aber sie ist sehr süß. Sehen Sie sich doch nur ihr wunderschönes Gesicht an!«

»Wunderschön wäre nicht unbedingt der Ausdruck, der mir einfiele«, bemerkte Heath mit Blick auf das blutverschmierte Hundegesicht.

»Wie dem auch sei, ich werde sie nicht wieder auf der Straße aussetzen. Obwohl ...«

»Was?«, hakte er nach, als sie verstummte.

»London ist kein Platz für einen Hund«, bemerkte sie nachdenklich. »Auf dem Lande würde sie sich gewiss sehr viel wohler fühlen. Vielleicht kann ich sie nach Danvers Hall schicken ... aber nein. Sie braucht eine gute Pflege, und Roslyn und Arabella sind mit den Hochzeitsvorbereitungen beschäftigt.«

»Ich könnte sie Ihnen abnehmen«, schlug Heath vor.

Lily sah ihn ungläubig an. »Sie, My Lord? Was wollen Sie mit einer Streunerin ohne Stammbaum?«

Er gab sich ein wenig pikiert. »Ich biete Ihnen nicht an, sie zu meinem Haustier zu machen. Sie könnte auf unserem Landgut in Kent unterkommen.«

Immer noch zögerte Lily. »Ich wäre Ihnen ungern verpflichtet.«

»Ja, ich weiß. Aber denken Sie an die arme Hündin. Sie hätte es auf dem Land besser als in der Stadt, wie Sie selbst sagten.«

»Vermutlich haben Sie Recht. Und zweifellos haben Sie ein ganzes Heer von Bediensteten, das sich ihrer annähme.«

»Sie wäre dort bestens versorgt.«

Lily beäugte ihn skeptisch. »Das würden Sie für die Kleine tun?«

»Ich würde es für *Sie* tun, weil Ihnen so viel an ihrem Wohlergehen liegt.«

»Sie sind ausgesprochen freundlich«, sagte Lily schließlich. »Was wir beide zu schätzen wissen«, ergänzte sie mit Blick auf die Hündin. »Wir müssen uns noch einen passenden Namen für dich ausdenken, nicht wahr, kleiner Liebling?«

»Wie wäre es mit *Fortune,* dem französischen Wort für Glück?«, schlug Heath vor.

»Warum diese Wahl? Mir scheint sie furchtbares *Unglück* zu erleiden.«

»Bis heute, ja, aber sie hat großes Glück, dass Sie ihr zur Rettung eilten.«

»Und Sie ebenso. Ja, schön, dann also ›Fortune‹.«

Diesmal galt ihr Lächeln auch Heath, der es nicht bereute, die Verantwortung für die Hündin zu übernehmen – nicht einmal, als Lily ihre gesamte Aufmerksamkeit erneut dem kleinen Tier zuwandte.

Als sie bei der Pension ankamen, war sogleich Heaths Stallbursche bei ihnen.

»Sie können Fortune meinem Burschen übergeben«, sagte Heath zu Lily. »Er bringt sie in den Stall, wo sie gebadet, verbunden und gefüttert wird.«

Lily schien nicht gewillt, die Hündin einfach wegzugeben, umklammerte sie fest und sah Heath unsicher an. »Sie könnte Angst vor Fremden haben. Wäre es nicht möglich, dass Sie sich ihrer annehmen, My Lord? Ich erzähle unseren Richterinnen gern von Ihrem Großmut. Bedenken Sie nur, Sie könnten weitere ein oder zwei Punkte damit erzielen.«

Heath musste unweigerlich lachen, hielt es zugleich aber auch für einen großen Fortschritt, dass Lily ihn erstmals um etwas bat.

Zwar hätte er das Tier lieber seinem Burschen überlassen, doch stattdessen bewegte er sein Pferd näher zu Lily und streckte die Hände nach der Hündin aus. »Na, komm her, Kleine! Wie es aussieht, kommst du mit mir nach Hause.«

Die Hündin leckte ihm die Finger ab und krabbelte auf seinen Schoß. Heath verzog das Gesicht, als ihre

Krallen in seine Lenden drückten. Zum Glück legte sie sich gleich darauf brav auf seine Schenkel.

Lily strahlte. »Sie mag Sie.«

»Das tun die meisten Tiere – genau wie die Damen.«

Es war unübersehbar, welche Mühe Lily hatte, nicht spitz zu kontern, aber sie erwiderte nur ernst: »Ich danke Ihnen, My Lord. Ich bin Ihnen aufrichtig dankbar.«

Ihre sanfte, fast heisere Stimme war gar nicht gut für Heaths Selbstbeherrschung. Er blickte ihr stumm in die Augen und brachte mehrere Sekunden lang keinen Ton heraus, während er das Gefühl hatte, von einer wohlig-warmen Welle überrollt zu werden.

Er wollte sie küssen, ihr das Haar öffnen und herausfinden, wie zerzaust es nach dem Liebesakt wäre.

Wie sehnte er sich danach, ihren süßen Mund mit seinem einzunehmen, ihren Leib unter sich zu spüren!

Die Versuchung war groß, Lily auf der Stelle an einen Ort zu bringen, an dem er sie tagelang die Wonnen der Sinnlichkeit lehren könnte, von denen sie so hartnäckig behauptete, sie würde mit Freuden auf sie verzichten.

Stattdessen musste er sich vorerst um die Hündin kümmern.

Doch der richtige Moment würde kommen, dessen war er sich sicher. Er würde Lily zu seiner Gemahlin machen und eine lange Zukunft mit ihr haben, in der sie beide die Freuden im ehelichen Bett genossen.

Seine Lust zu beherrschen, kostete ihn mehr Kraft, als er erwartet hatte, und seine Stimme klang befremdlich rau, als er sprach. »Bis ich heute Nachmittag wiederkomme, denke ich mir etwas aus, wie Sie mich belohnen können. Und wir müssen noch diese Runde unseres Spiels bewerten lassen, vergessen Sie das nicht!«

Obwohl sie ein klein wenig verärgert schien, nickte sie. »Wenn Sie heute Nachmittag um drei Uhr kommen, sorge ich dafür, dass unsere Richterinnen Sie empfangen.«

»Also dann, bis drei Uhr!«

Nachdem Lily sich von Claybournes Stallburschen hatte aus dem Sattel helfen lassen, streichelte sie noch einmal liebevoll Fortune über den Kopf. Dann schenkte sie Heath ein umwerfendes Lächeln, drehte sich um und trippelte leichtfüßig die Stufen zur Haustür hinauf.

Wie benommen blieb Heath noch eine Weile sitzen, während Lily im Haus verschwand. Er hatte einen unangenehm trockenen Mund, und seine Lenden spannten sich schmerzlich.

Plötzlich holte ihn eine feuchte Zunge, die über seine Hand strich, in die Wirklichkeit zurück.

»Dir ist hoffentlich klar, was für ein Glück du hast, mein Mädchen«, sagte er zu der Hündin, »dass deine neue Herrin dir solch eine einzigartige Aufmerksamkeit schenkt. Ich wünschte, ich könnte dasselbe von mir behaupten!«

Als Antwort leckte Fortune ihm ein weiteres Mal die Hand.

Grinsend wartete Heath, bis sein Stallbursche die Zügel der Stute übernommen hatte, um sie wegzuführen, bevor er seinen Hengst vom Haus weglenkte.

Er vibrierte geradezu vor Verlangen, aber er schwor sich, dass es nicht mehr lange dauern würde, bis er Lily sein nennen durfte.

Der Zwischenfall mit den brutalen Jugendlichen hatte Lily stärker mitgenommen, als sie sich anmerken ließ, weckte er doch eine ungleich hässlichere Erinnerung – eine, die sich tief in ihr Herz und ihre Seele eingebrannt hatte.

Aber sobald ihre Wut verflogen war, beschloss sie, die Bilder aus ihrem Kopf zu verbannen.

Sie war ausgesprochen froh, dass der Marquess sie begleitet hatte, als sie kurzentschlossen in die Gasse geritten war. Heldenhaft hatte er die Burschen verjagt, keinen Moment gezögert, der streunenden Hündin zu helfen. Und sie vertraute darauf, dass er sich des verletzten Tieres bestens annehmen würde.

Hingegen vertraute sie weit weniger auf ihre eigenen Fähigkeiten, seinem maskulinen Charme zu widerstehen.

Wie sie feststellte, genoss sie die Gegenwart seiner Lordschaft viel zu sehr. Ihr gefiel es, sich mit ihm zu unterhalten, denn er war charmant, witzig und interessant. Er brachte sie gleichermaßen zum Lachen wie zum Nachdenken.

Vor allem aber war sie in seiner Nähe gänzlich unbeschwert.

Was natürlich absurd war. Wie konnte ein Mann es schaffen, dass sie sich gleichzeitig sicher und so schrecklich durcheinander fühlte?

Lord Claybourne brauchte sie nur anzuschauen, schon schlug ihr Herz schneller. Und wenn er sie auf diese entwaffnende Weise anlächelte … Da war etwas an seinem Lächeln, das ihr sagte, sie wäre eine besondere Frau.

Vielleicht lag darin ja das Geheimnis seines legendären Erfolgs beim schönen Geschlecht. Er behandelte Damen wie ebenbürtige Wesen, nicht wie reine Objekte der Begierde.

Dennoch durfte sie nicht vergessen, dass er lediglich eine wohlgeübte Taktik anwandte.

Und sie tat allemal gut daran, ihm zu widerstehen. Bisher gewann er den Wettstreit, wie Lily sich wohl oder übel eingestehen musste. Und hatte sie den beiden Jurorinnen erst von ihrem morgendlichen Ausritt erzählt, läge Claybourne noch weiter vorn.

Die Beurteilung verlief wie erwartet.

Bis Lord Claybourne zur vereinbarten Zeit nachmittags im Privatsalon erschien, wo Lily ihn mit Fleur und Chantel empfing, hatte sie beiden wahrheitsgemäß von den Ereignissen im Park und in der schmalen Gasse berichtet.

Und ihre Freundinnen hießen seine Lordschaft enervierend begeistert willkommen.

»Hoch lebe unser Held!«, flötete Chantel und klimperte mit den Wimpern, als der Marquess ihr die Hand küsste.

»Oh ja!«, stimmte Fleur nicht minder euphorisch ein. »Es war fabelhaft, wie Sie Lily so mutig beigestanden haben, My Lord!«

»Aber, meine Damen, so viel des Lobes gebührt mir wahrlich nicht!«, wehrte er freundlich ab und blickte kurz zu Lily. »Miss Loring war die wahrhaft Mutige.«

»Und die Leichtsinnige obendrein«, ergänzte Fleur mit geschürzten Lippen. »Nicht auszudenken, was hätte geschehen können, wären Sie nicht dort gewesen, um sie vor ihrer eigenen Unbedachtheit zu bewahren!«

Lily hatte ihre liebe Not, ihre abwegige Freude über das Wiedersehen mit ihm zu unterdrücken, als sie in einem der Sessel Platz nahm, damit er auch ihr zur Begrüßung die Hand küssen konnte. »War es sehr mühsam für Sie, Fortune zu versorgen, Lord Claybourne?«

Er lächelte ob ihres raschen Themenwechsels, blieb jedoch ruhig stehen. »Die Hündin wurde gebadet, verarztet und von mir persönlich mit kleinen Brocken Lammfleisch gefüttert. Heute Abend bekommt sie noch mehr. Ich hielt es für klüger, ihr nicht zu viel Futter auf einmal zu geben, denn sie dürfte kaum an reichhaltige Nahrung gewöhnt sein.«

»Ich danke Ihnen, My Lord«, wiederholte Lily.

»Nun, meine Damen«, begann Heath mit Blick zu den beiden Kurtisanen auf dem kleinen Sofa. »Ich nehme an, Sie möchten meine heutigen Leistungen bewerten.«

Fleur übernahm. »Wir sind uns alle einig, My Lord – sogar Lily. Sie erhalten einen Punkt für das hübsche Pferd, das Sie zum Ausritt für Lily mitbrachten, verlieren allerdings auch einen, weil sie Ihnen im Park entkommen konnte. Und wir belohnen Sie für Ihre Hilfe bei der Rettung der Hündin und der Vertreibung der Schurken mit zwei Punkten.«

»Und noch einen weiteren Punkt bekommen Sie dafür, dass Sie so großzügig sind, dem Tier ein Heim zu bieten«, fügte Chantel hinzu.

»Oh ja!«, seufzte Fleur, wobei sie theatralisch erschauderte. »Ich wollte Ihnen noch einen Zusatzpunkt gewähren, weil sie das räudige Ding aus *unserem* Haus fernhalten, aber wir haben beschlossen, dass eine solch großzügige Bewertung so früh im Spiel übertrieben wäre. Und Ihnen bleiben ja noch fast vierzehn Tage, um die restlichen Ihrer zehn Punkte zu verdienen.«

Chantel lächelte. »Also haben Sie jetzt insgesamt fünf Punkte, My Lord, wenn wir die zwei dazuzählen, die Sie gestern bereits verdienten.«

»Und Sie stimmen dieser Wertung zu?«, fragte Claybourne Lily.

»Ja.« Sie konnte ihm schlecht verwehren, was ihm ehrlich zustand, obschon er somit bereits die Hälfte der nötigen Punkte besaß. »Sie ist nur fair.«

»Apropos Fairness«, mischte Fleur sich wieder ein, »wir erinnerten Lily an ihr Versprechen, Ihnen die Werbung zu gestatten, My Lord, und erklärten ihr die diesbezüglichen Regeln. Sie darf widerstehen, Ihre Bemühungen jedoch nicht willentlich sabotieren. Sollten wir feststellen, dass sie gegen die Regeln verstößt, dürfen wir Ihnen weitere Punkte geben, um die unfaire Behinderung Ihres Werbens wettzumachen.«

Lily bemerkte, wie Claybourne zufrieden lächelte. »Dann dürfte ich zu Recht meine Belohnung einfordern?«

»Welche Belohnung?«, fragte Chantel neugierig.

»Ja«, stimmte Lily ein, »welche Belohnung?«

Er sah wieder zu ihr. »Die Belohnung, die Sie mir dafür versprochen haben, dass ich die Hündin mit zu mir nehme.«

Sogleich wurde sie misstrauisch. »Und welche schwebt Ihnen vor, My Lord?«

»Ein einfacher Kuss, mehr nicht.«

Lily spürte, wie sie feuerrot wurde, und sah unsicher zu ihren Freundinnen, die doch gewiss einem solch kühnen Ansinnen widersprechen würden. Leider schwiegen beide.

Also sah sie wieder zu Claybourne. »Sie wünschen, mich zu küssen?«

»Sehr sogar«, antwortete er mit einem schelmischen Funkeln in den Augen. »Das wünsche ich mir bereits, seit wir uns erstmals begegnet sind.«

»Aber gleich hier, vor Publikum?«

»Würden Sie mir eine derartige Freiheit denn in einem anderen Rahmen gestatten?«

»Nun … nein.«

»Dann gebe ich mich mit dem zufrieden, was ich bekommen kann.«

Lily warf ihren Freundinnen einen ängstlichen Blick zu. »Habt ihr nicht vor, dem zu widersprechen?«

Fleur antwortete für sich und Chantel: »Wir sind lediglich die Richterinnen, meine liebe Lily. Uns ins Spiel einzumischen, ist uns nur dann gestattet, wenn es die Wahrung deiner Sicherheit notwendig macht.«

»*Hast* du seiner Lordschaft eine Belohnung versprochen?«, wollte Chantel wissen. »Falls ja, musst du zu deinem Wort stehen. Aber wenn es dir lieber ist, verlassen wir den Salon.«

»Nein!«, erwiderte Lily rasch. »Ich möchte nicht, dass ihr geht.«

Sie hatte keineswegs versprochen, Claybourne zu küssen, doch vermutlich handelte es sich bei einem Kuss um keinen sonderlich übertriebenen Lohn für seine Großzügigkeit. Und was könnte er ihr schon tun, solange sie unter Zeugen waren?

»Na schön, My Lord«, murmelte sie resigniert.

Sie bedauerte ihre Kapitulation in dem Moment, in dem er auf sie zuschritt.

»Erheben Sie sich, meine Süße!«, forderte er sie auf und nahm ihre Hand.

Während ihr eine Hitzewelle den Arm hinauffuhr, stand Lily unsicher auf. Claybournes Lächeln war teuflisch, als wüsste er genau, welche Wirkung er auf sie hatte.

Dann hob er ihre Hand fast bis zu seinen Lippen. Sein Atem fächelte über ihre Haut, ohne dass sein Mund sie berührte. Stattdessen streckte er die andere Hand aus und legte sie sanft unter ihr Kinn.

Lily atmete flach, ihr Puls ging unregelmäßig.

Nachdem ein Dutzend Herzschläge vergangen waren, hatte sie genug davon. »Bitte, beeilen Sie sich, My Lord, auf dass wir es hinter uns haben!«

»Aber, aber!«, raunte er ihr zu. »Welche Ungeduld! Ein Kuss sollte ausgekostet, nicht überstürzt werden.«

»Oh ja!«, pflichtete Chantel ihm verträumt bei.

Lily biss die Zähne zusammen und ermahnte sich, ruhig zu bleiben. Trotzdem stand sie innerlich in Flammen, als Claybourne schließlich seinen Mund zu ihrem neigte.

Eine außergewöhnlich sachte Berührung, mehr war es gar nicht, und dennoch wirkte sie sich verheerend auf Lily aus. Genau wie sie es geahnt hatte.

Lily war heiß, sie fühlte sich kurzatmig und benommen, als es endlich vorbei war.

Während sie sich vergebens anstrengte, ihren Verstand wieder zu ordnen, applaudierte Chantel verzückt. »Dieser Kuss war vollkommen, Lord Claybourne!«

»Und ziemlich romantisch«, seufzte Fleur. »Ich denke, Sie sollten dafür noch einen Punkt bekommen.«

»Fleur!«, protestierte Lily. »So außergewöhnlich war er wahrlich nicht!«

»Ich könnte verletzt sein, meine Liebe«, meldete Claybourne sich amüsiert zu Wort, »würde ich annehmen, dass Sie das wirklich meinen.«

Sie brauchte bloß in seine braunen Augen zu sehen, um zu erkennen, dass sie ihm nichts vormachen konnte. Er wusste sehr wohl, dass selbst ein einfacher Kuss von ihm reichte, um sie zu überwältigen.

»Einen ganzen Punkt jedenfalls war er gewiss nicht wert«, jammerte sie.

Der Marquess betrachtete sie nachdenklich. »Was halten Sie davon, wenn wir einen Kompromiss schließen? Ich verzichte vorerst auf Punkte für mein Kusstalent und erhalte im Gegenzug einige ungestörte Momente mit Ihnen.«

Lily wurde abermals misstrauisch. »Warum wollen Sie mit mir allein sein?«

»Lassen Sie es mich so formulieren: Ihre beiden Freudinnen sind überaus charmant und liebreizend«, erklärte er mit einer Verneigung zu den beiden Kurtisanen, »doch ihre Anwesenheit beeinträchtigt mein Werben.«

»Es war nie Teil das Spiels, dass ich mit Ihnen allein sein müsste.«

»Ihnen ist es also lieber, wenn ich einen weiteren Punkt …«

»Nein!«, rief Lily aus.

Fleur erhob sich. »Ich schätze, Sie haben sich das Recht auf ein wenig Ungestörtheit mit Lily verdient, My Lord. Wir gewähren Ihnen fünf Minuten, nicht länger.«

»Das kann nicht dein Ernst sein!«, entfuhr es Lily entgeistert.

»Oh doch, das ist es«, entgegnete Fleur. »Ein gewisses Maß an Intimität wird dir helfen, etwas gelassener zu werden, meine Liebe. Und seine Lordschaft ist genau der richtige Mann zu diesem Zwecke. Du wirst wenige Gentlemen treffen, die sein Talent vorweisen können. Und ihn jetzt besser kennenzulernen, erleichtert dir die spätere Entscheidung, ob du ihn heiraten möchtest oder nicht.« Fleurs Mundwinkel zuckten, als sie Lily musterte. »Zufällig bin ich der Ansicht, dass es unklug von dir ist, seinem Werben abgeneigt zu sein, meine Teure, aber du bist diejenige, die mit den Konsequenzen leben muss.«

»Dem stimme ich zu, Lily«, verkündete Chantel, die ebenfalls aufstand. »Wäre ich zwanzig Jahre jünger, würde ich womöglich versuchen, ihn dir auszuspannen.«

»Du darfst ihn gern haben«, murmelte Lily vor sich hin.

Nachdem die beiden Frauen den Salon verlassen und die Tür hinter sich geschlossen hatten, sah sie nervös den Marquess an. »Was denken Sie sich eigentlich bei dem, was Sie tun?«

»Ich beabsichtige, Sie nochmals zu küssen. Dieser kurze Vorgeschmack war nicht annähernd ausreichend, weder für mich noch für Sie, würde ich meinen.«

»Er war mehr als genug für mich.«

Er lächelte. »Dann betrachten Sie es als Erwerb weiteren Wissens, auf das Sie Ihre Entscheidung gründen können.«

Sie wollte nicht mehr über ihn wissen! Und ganz sicher wollte sie die Art sinnliche Unterweisung nicht, die er offenbar plante. Lily wich zurück, um den Abstand zwischen Lord Claybourne und sich zu vergrößern, doch er umfasste ihr Handgelenk.

»Sie spielen wirklich unfair!«, protestierte sie und versuchte, ihm ihre Hand zu entwinden, was ihr nicht gelang.

»Mag sein, aber Sie kennen doch das Sprichwort: In der Liebe und im Krieg ist alles erlaubt.«

»Was immer Sie hier veranstalten, mit *Liebe* hat es wohl kaum zu tun! Sie wollen bloß dieses absurde Spiel gewinnen … und eventuell eine Zuchtstute für Ihre Erben.«

Er schüttelte den Kopf. »Nein, Lily, ich wünsche mir eine *Ehefrau*, und ich habe vor, Sie als solche zu gewinnen.«

Ihre Unsicherheit verwandelte sich in Wut. »Sie können nicht einfach Anspruch auf mich erheben, als sei ich eine Kriegsbeute.«

»*Sie* sind es, die das hier zu einem Krieg machte. Ich hingegen gebe mir größte Mühe, Sie zu umwerben.«

»Nun, ich wünschte, Sie würden aufhören, mich auf solch irritierende Weise zu quälen.«

Claybourne ließ ihre Hand los, hielt sie jedoch mit seinem Blick fest. »Ein Kuss, dann gehe ich.«

Lily staunte. »Nur einer?«

»Ja. Und Sie beenden ihn, wann immer Sie wollen.«

Es war äußerst gefährlich, ihn noch einmal zu küssen. Seine Küsse entflammten ihre Sinne und machten sie schwindlig, so dass sie überhaupt nicht mehr klar denken konnte. Nur leider dürfte es die einzige Möglichkeit sein, ihn wieder loszuwerden.

Daher wappnete sie sich für das Unausweichliche. »Also gut«, gab sie schließlich nach, »da Sie mir keine andere Wahl lassen.«

Ohne auf ihren Widerwillen zu achten, umfasste er sanft ihre Schultern und zog sie näher zu sich.

Allerdings küsste er sie nicht gleich. Stattdessen streichelte er zunächst behutsam ihre Wange, ihren Hals, wo ihr Puls merklich flatterte, und schließlich ihr Ohr.

Lily wollte fliehen, weit weglaufen, nur hielt sein Blick sie gefangen. Ihr war, als würde etwas in ihr schmelzen, wenn sie in seine Augen sah. Sie konnte nicht sprechen, sich nicht bewegen, nur fühlen.

Seine andere Hand wanderte auf ihren Rücken, hinauf bis zu ihrem Nacken und verharrte dort. Einen Herzschlag später beugte er sich zu ihr und bedeckte ihren Mund mit seinem.

Diesmal küsste er sie ungleich intensiver, drang mit seiner heißen wendigen Zunge in ihren Mund ein und erforschte ihn buchstäblich. Es verschlug ihr den Atem und hilflos sank Lily gegen ihn. Eine fast schmerzliche Sehnsucht regte sich in ihr, und das noch bevor er auf eine dreist besitzergreifende Weise ihre Brust umfing.

Seine kühnen Zärtlichkeiten erfüllten Lilys ganzen Körper mit Hitze, machten ihn schwer und es ihr leider unmöglich, die leisen Wonneseufzer zu unterdrücken, die sich ihrer Kehle entwanden, um sogleich von seinem Kuss erstickt zu werden.

Vielmehr stöhnte sie noch lauter, als Claybourne sie fester in der Taille packte und dichter an sich drückte. Sie hätte schockiert sein sollen, als sie deutlich seine Erektion an ihrem Bauch wahrnahm, doch befremdlicherweise erregte es sie bloß. Dann bewegte sein Knie sich an ihren Röcken, drängte ihre Beine auseinander. Auf das überwältigend sinnliche Gefühl, das sie von ihren Knien bis direkt zu ihrer Scham durchflutete, war Lily nicht vorbereitet.

Ihr Seufzen wurde zu einem wehrlosen Wimmern,

während der Puls zwischen ihren Schenkeln sich beschleunigte. Und Claybourne neckte sie weiter, indem er seine eine Hand fest auf ihren Po legte, ohne den Kuss zu unterbrechen.

Lily wollte nicht, dass er aufhörte, konnte den Gedanken nicht ertragen, dass sein Mund ihren verließ. Sie klammerte sich an seine breiten Schultern und gab sich willentlich diesem herrlichen Wahn hin.

Der dann doch irgendwann endete. Claybournes muskulöser Schenkel befand sich noch zwischen ihren Beinen, als er schließlich den Kuss abbrach und seine Lippen zu ihrem Ohr wanderten.

»Ich will dich, Lily!«, flüsterte er heiser. »Ich will dich in meinem Bett, dein liebliches Haar auf meinem Kissen, deinen zarten Atem auf meiner Haut und deinen wundervollen Körper unter meinem.«

Sein Geständnis hätte sie nicht erregen dürfen; trotzdem erbebte sie vor Wonne und Sehnsucht. Als er seinen Kopf hob, um sie anzusehen, stand sie stumm da und blickte mit großen Augen zu ihm auf.

»Denk doch nur, wie schön und wie wild es zwischen uns sein könnte, mein Sonnenschein!«

Ihr Herz klopfte ihr bis zum Hals, so dass sie angestrengt schlucken musste. Sie bezweifelte, dass sie in nächster Zeit an irgendetwas anderes als diesen Kuss und seine Worte denken konnte.

Wie zärtlich er sie anschaute, als er ihr sanft über die Wange strich! »Das sollte dir bis zu unserem nächsten Wiedersehen hinreichend Stoff zum Nachdenken geben. Wollen wir morgen früh ausreiten?«

Unweigerlich stieß sie ein unsicheres Lachen aus. Wie konnte er so ruhig und gefasst bleiben, wohingegen in ihr ein entsetzliches Durcheinander herrschte?

»Ich kann morgen nicht ausreiten«, antwortete sie schließlich. »Ich gebe den Frühunterricht. Es dauert nicht einmal mehr eine Woche bis zur Soiree, daher sollten die jungen Damen ihre gesellschaftlichen Umgangsformen möglichst viel üben.«

»Dann vielleicht morgen Nachmittag?«

»Sie dürfen zum Tee kommen.« Dann hätte sie wenigstens Gesellschaft, die sie davor bewahrte, mit ihm allein zu sein.

»Wie Sie wünschen.«

Nachdem er ihr ein weiteres zärtliches Lächeln geschenkt hatte, küsste er sie zum Abschied auf die Hand, verneigte sich und ging. Lily blieb benommen zurück, am ganzen Leib zitternd und mit weichen Knien.

Seufzend sank sie auf einen Sessel und hob die Hand an ihre vibrierenden Lippen. Sie hatte sich gewünscht, dass Claybournes bezaubernde Umarmung nie mehr endete. Doch stärker noch als die physische Wirkung war der emotionale Aufruhr, den er in ihr auslöste. Inzwischen konnte sie sich nicht bloß vorstellen, wie sich wahre Leidenschaft zwischen Mann und Frau anfühlte; zum ersten Mal sehnte sie sich tatsächlich danach.

Halb lachend, halb stöhnend, stützte Lily den Kopf in die Hände. Auf keinen Fall würde sie Fleur und Chantel erzählen, welche Wirkung seiner Lordschaft Kuss auf sie gehabt hatte! Die beiden würden ihm womöglich noch weitere Punkte für sein Können anrechnen!

Und wenngleich sein mühelos errungener Erfolg Lily abermals mit diesem Spiel hadern ließ, war sie jetzt erst recht entschlossen, es zu Ende zu bringen. Ihre Schülerinnen brauchten Lord Claybournes Hilfe, wollten sie bei der Soiree nächsten Montag wohlhabende Gönner für sich gewinnen.

Sie musste eben stärker sein, sagte Lily sich, die kaum glaubte, wie schwach sie sich gezeigt hatte. Mit aller Kraft musste sie sich gegen das dringende Verlangen wehren, sich ihm in die Arme zu werfen und von ihm alle Wonnen bescheren zu lassen, die er ihr versprach. Nein, sie würde dem unwiderstehlichen Mann nicht den Triumph gönnen, dass er ihr den Kopf verdrehte!

Und je eher sie ihn davon überzeugte, dass sie nicht die richtige Braut für ihn war, umso schneller entkäme sie seinen betörenden Verführungsversuchen.

Siebtes Kapitel

Die heutigen Zwischenfälle haben mir abermals verdeutlicht, warum ich niemals zu heiraten gedenke.

Lily an Fanny

Lächelnd beobachtete Lily drei ihrer Lieblingsschülerinnen, die sich unter Fannys Anleitung in der feinen Art des verhaltenen Flirtens übten. Lily hatte inzwischen einige der Mieterinnen näher kennengelernt. Diese drei, Ada Shaw, Peg Wallace und Sally Nead, verschrieben sich mit solcher Verve dem Unterricht, dass sie sich ein wenig zusätzliche Unterweisung redlich verdient hatten.

Ada war Schauspielerin mit Hang zu einer übertrieben direkten Redeweise, die Fanny ein wenig einzudämmen versuchte. Peg hingegen war Balletttänzerin, unvorstellbar scheu und musste mühsam überredet werden, sich auch nur auf das harmloseste Geplänkel mit einem feinen Herren einzulassen. Und Sally, ebenfalls Schauspielerin, war ein entzückend keckes Wesen – von eher schlichtem Äußeren, aber lebhaft und klug genug, um Aufmerksamkeit zu erregen.

Sally hatte, wie Fanny glaubte, die größten Chancen, gleich am Montag einen wohlhabenden Verehrer zu erobern.

Lily hoffte inständig, sie alle könnten ihre Lebensumstände deutlich verbessern. Um ihretwillen wünschte sie sich, dass die Soiree zu einem Erfolg wurde. Seit sie diese jungen Frauen kannte, sah sie ihre eigenen Probleme mit anderen Augen. Und für die Mädchen war Lily bereit, den hartnäckigen Lord

Claybourne und sein beängstigendes Werben zu erdulden.

Als die Unterrichtsstunde endete, erhoben Ada und Sally sich und verließen aufgeregt plaudernd den Salon.

Peg aber blieb noch zögernd zurück und sagte schließlich zu Lily: »Danke nochmals, dass Sie uns die Kleider gekauft haben, Miss Loring. Ich habe noch nie so etwas Wunderschönes besessen!«

Angesichts der schlichten Dankbarkeit des Mädchens ging Lily beinahe das Herz über. Sie selbst scherte sich nicht sonderlich darum, was sie trug, aber die blaue Spitzenkombination, die Fannys Schneiderin für Peg gefertigt hatte, betonte die zarte Gestalt der blonden jungen Frau aufs Trefflichste.

»Sie sehen immer liebreizend aus, Miss Wallace, doch in Ihrem neuen Kostüm sind Sie fürwahr atemberaubend.«

Peg wurde rot und machte verlegen einen Knicks, bevor sie den anderen hinausfolgte.

Lily sah ihr nach und musste an sich halten, um nicht zu seufzen. Sie alle sprachen sich mit Familiennamen an, um die Selbstachtung der Mädchen zu heben, denn daran mangelte es ihnen allen bitterlich. Peg hatte als Zofe gearbeitet, ehe sie als Tänzerin an der Royal Opera begann, und sie tat sich schwer damit, ihre erlernte Unterwürfigkeit abzulegen. Und wenngleich ihre Schönheit wahrhaftig beachtlich war, half modisch-elegante Kleidung dennoch sehr, das Bild der begehrenswerten Mätresse zu vervollkommnen.

Lily hatte alle zweiundzwanzig Schülerinnen mit neuen Kleidern ausstatten lassen, und derzeit arbeitete Fannys Schneiderin unermüdlich an den Abendroben für die Soiree am Montag. Heute Morgen hatten alle Mädchen eine letzte Anprobe, so dass die richtigen Konversationsstunden ausfielen. Deshalb gaben Fanny und Lily einigen von ihnen die dringend nötigen Privatstunden.

Als hätte sie Lilys Gedanken gelesen, sagte Fanny, kaum dass sie allein waren: »Sally wird bis Montag gewiss so weit sein, aber bei den anderen bin ich mir nicht sicher.«

»Ich weiß«, stimmte Lily ihr zu. »Und dabei haben sie in den wenigen Wochen riesige Fortschritte gemacht.«

»Ja, das haben sie. Du hast bemerkenswerte Arbeit geleistet, Lily.«

»Vergessen wir nicht, wie viel du für sie getan hast, und auch Tess. Ebenso war Basil eine große Hilfe für sie, was die Aussprache und den Wortschatz anbelangt.«

Als Lily Basil Eddowes erwähnte, verzog Fanny sofort das Gesicht. »Gut möglich, allerdings hat er uns höchst widerwillig unterstützt.«

Lily kam nicht umhin, zu schmunzeln. »Das denkst du nur, weil ihr zwei euch ständig zankt.«

»Was nicht meine Schuld ist«, verteidigte Fanny sich. »Basil ist gegen alles eingenommen, was ich tue, wegen meines ›sündigen‹ Lebenswandels. Ich kann dir gar nicht sagen, wie lästig ich diese fortwährende Kritik finde. Soll ich mein Leben vielleicht aufgeben, nur weil es ihm nicht gefällt? Was bildet er sich denn ein? Gütiger, er ist ein einfacher Büroschreiber! Ich verkehre mit Adligen, die um meine Gunst ringen. Ich brauche seine Zustimmung nicht!«

Lily bemühte sich, ihre Freundin zu beschwichtigen. »Basil betet dich eben an. Das tat er immer.«

»Nun, dann besitzt er eine merkwürdige Art, es mir zu beweisen. Erst heute Morgen warf er mir vor, zu viel Wert auf Schönheit zu legen. Und das von ihm, der groß und dürr wie eine Bohnenstange ist! Wäre ich auch nur halb so unansehnlich wie er, müsste ich verhungern.«

»Ich könnte mir vorstellen, dass er eifersüchtig auf deine Gönner ist«, entgegnete Lily nachdenklich.

Fanny starrte sie ungläubig an. »Niemals!«, erwiderte sie, fügte jedoch weniger barsch hinzu: »Ich würde Basil nie zum Liebhaber nehmen, selbst wenn er es sich leisten könnte, was nicht der Fall ist. Ich mag Männer, die mich zum Lachen bringen, und das tut Basil eindeutig nicht. Besäße er doch bloß ein Quäntchen des Charmes von Lord Claybourne, fände ich den Umgang mit ihm weniger schwierig.«

Lily runzelte die Stirn. »Was willst du andeuten, Fanny?«

»Nur dass ich denke, du solltest Claybournes Antrag zumindest in Erwägung ziehen.«

Nun war es an Lily, indigniert zu reagieren. »Haben Fleur und Chantel dich angehalten, mich zu beschwatzen?«

»Nein, ganz und gar nicht. Aber ich gestehe, dass ich ihnen zustimme. Claybournes Marquise zu werden, bringt gewaltige Vorteile für dich mit sich.«

Von der treuesten Freundin verraten!, dachte Lily und beäugte Fanny argwöhnisch. »Mich erstaunt, dass du dich auf ihre Seite schlägst. Du selbst wolltest nie heiraten.«

»Nein, wollte ich nicht«, bestätigte Fanny grüblerisch. »Unsere Kindheit in Hampshire war so sterbenslangweilig, dass ich an nichts anderes dachte, als der

Ödnis zu entfliehen. Ich wollte ein aufregendes, heiteres Leben, nicht auf dem Lande hocken und die Erben eines fetten Gutsherrn austragen. Aber manchmal frage ich mich, ob ich die richtige Entscheidung traf oder ob ein Ehemann und eine Familie nicht das richtige Mittel gegen meine gelegentliche Niedergeschlagenheit wären. Wie dem auch sei – je älter ich werde, umso reizvoller erscheint mir die Ehe.«

Wie Lily überrascht feststellte, war es Fanny vollkommen ernst. Andererseits war Fannys Sinneswandel nicht ausschlaggebend für Lily.

Deshalb schüttelte sie den Kopf. »Einsam zu sein ist besser, als den Schmerz zu erleiden, den meine Mutter während all der Jahre erdulden musste.«

»Mit dem richtigen Ehemann könntest du glücklich werden.«

»Ich bin nicht gewillt, das Risiko einzugehen. Können wir jetzt bitte das Thema wechseln?«

Lächelnd kam Fanny ihrer Bitte nach. »Na schön. Hast du vor, am Samstag zu Lady Freemantles Gartenparty zu gehen?«

»Ja … obwohl Lord Claybourne wahrscheinlich dort sein und Winifred uns zweifellos aufs Neue verkuppeln wollen wird. Ich möchte mir die Gelegenheit nicht entgehen lassen, meine Schwestern nach über einem Monat endlich wiederzusehen. Und da seine Lordschaft inzwischen meinen Aufenthaltsort kennt, brauche ich mich nicht mehr von zu Hause fernzuhalten.«

»Lady Freemantle war so freundlich, mich einzuladen«, sagte Fanny. »Ich könnte dich in meiner Kutsche mitnehmen.«

»Oh ja, das ist schön, denn ich habe ja keinen Wagen hier in …«

In diesem Moment kam Ellen, das Mädchen, in den Salon gelaufen, und rang nervös die Hände. »Ich bitte um Verzeihung, Miss Irwin, Miss Loring, aber ich denke, Sie sollten sofort kommen. Da ist ein Herr in Miss Delees Salon, der nicht gehen will, ein Mister O'Rourke.«

Fanny wurde blass, sprang auf und eilte zur Tür. Lily folgte ihr. Mick O'Rourke war der Spielclubbetreiber, dem Fleur und Chantel dreißigtausend Pfund schuldeten. Wahrscheinlich war er gekommen, um das Geld einzufordern und womöglich auch seine Drohung zu erneuern, die beiden Kurtisanen ins Schuldnergefängnis zu bringen.

»Was willst du ihm sagen?«, fragte Lily, während sie die Treppe hinaufliefen.

»Ich weiß es nicht«, antwortete Fanny besorgt. »Ich muss ihn überreden, uns etwas mehr Zeit zu geben, denn noch fehlen uns die Mittel, ihn zu bezahlen. Vielleicht können ihn unsere Pläne für die Soiree überzeugen, schließlich ist Mick Geschäftsmann.«

Lily war Fanny dicht auf den Fersen, als sie den Salon oben erreichten. Was sie jedoch sah, sobald sie die Tür öffnete, ließ Lily vor Schreck erstarren.

Dort kauerte Chantel in der Sofaecke und blickte angsterfüllt einen grobschlächtigen schwarzhaarigen Mann an, der bedrohlich dicht vor Fleur stand, ihren Arm gepackt hatte und sie anknurrte: »Meine Geduld ist erschöpft, Weib! Ich habe euch mehr Zeit gegeben, einen vollen Monat! Aber jetzt reicht es. Ich will mein Geld sofort, oder Fanny muss für euch bezahlen.«

Fleur indessen reckte hochmütig ihr Kinn. »Du ungehobelter Grobian, du bekommst überhaupt nichts, solange du dich so unmöglich aufführst! Ich verlange, dass du gehst!«

Sein Gesicht war fleckig vor Zorn. »Du wagst es, mich ungehobelt zu nennen?!«

»Oh ja, das wage ich, du Schurke!«

Fleurs Beschimpfungen bewirkten lediglich, dass er ihren Arm noch fester packte und ihn ihr grob genug nach hinten drehte, um Fleur einen Schmerzensschrei zu entlocken.

»Mick, bitte! Lass sie los!«, rief Fanny erschrocken.

Lily hingegen verschwendete keine Zeit mit Bitten, geschweige denn Nachdenken. Sie wurde so wütend, dass sie quer durch das Zimmer auf O'Rourke zustürmte und mit beiden Fäusten auf seinen Rücken einboxte. Prompt ließ er Fleur erschrocken los und wandte sich um, worauf ihre Faust ihn heftig genug am Kinn erwischte, dass er rückwärtsstolperte.

»Was soll das, verdammt ...?!«, dröhnte er und hob beide Arme schützend vor sein Gesicht.

»Wagen Sie es nicht, ihr wehzutun!«, warnte Lily ihn, während sie weiter mit den Fäusten auf ihn einschlug.

O'Rourke jedoch hatte inzwischen mitbekommen, wie klein und zart seine Angreiferin war, und wehrte ihre Schläge mühelos ab.

Natürlich entging Lily nicht, dass sie ihm an Kraft und Größe weit unterlegen war, weshalb sie sich rasch nach einer geeigneten Waffe umsah. Ihr Blick fiel auf eine schmale Bronzestatue auf einem Beistelltisch, welche die nackte Aphrodite darstellte.

Sie packte die Statue und holte damit aus. »Raus hier! Verlassen Sie umgehend das Haus!«

Mit finsterer Miene trat O'Rourke einen Schritt auf Lily zu, die ihm die Statue gegen die Schulter knallte.

Schreiend stolperte O'Rourke wieder zurück und hielt sich die schmerzende Schulter.

»Raus hier, sagte ich!«, wiederholte Lily zischend.

Zwar hob er erneut beide Hände, rührte sich jedoch nicht vom Fleck. »Keiner sagt Mick O'Rourke, was er tun soll, Missy!«

»*Sofort!*«, befahl Lily und machte Anstalten, ihn wieder mit der Statue zu schlagen.

Daraufhin biss O'Rourke die Zähne zusammen, drängte sich an ihr vorbei und stapfte hinaus.

Fanny eilte zu Fleur, um sie zu trösten, während Lily dem Unhold folgte, weil sie sichergehen wollte, dass er auch wirklich das Haus verließ.

Voller Zorn trampelte er die Treppe hinunter und brüllte: »Ihr hört noch von mir! Das Gefängnis wird die kleinste Sorge der beiden sein, das schwöre ich!«

Seine Stimme vibrierte vor Wut, wie auch Lilys, als sie oben an den Treppenabsatz kam und ihm nachrief: »Wir treiben Ihr Geld auf, aber Sie sind hier nicht willkommen!«

»Ich gehe ja, Sie verdammte Irre!«, raunzte er. »Das werden Sie noch bereuen!«

Erst jetzt bemerkte Lily, dass Lord Claybourne im selben Moment die Treppe hinaufkam und auf halbem Weg stehen blieb, konsterniert ob der Aufregung.

Doch erst, nachdem O'Rourke zur Vordertür hinausgelaufen war, wanderte ihr Blick zu Claybourne. Seinen Schock nahm sie allerdings nur benommen war, denn vor lauter Zorn bekam sie auf einmal weiche Knie, so dass sie sich am Treppengeländer festhalten musste.

Mit wenigen Schritten war der Marquess die Treppe hinaufgesprungen und umfasste ihre Taille, um sie abzufangen.

»Setzen Sie sich!«, sprach er ihr zu und half ihr, sich auf die oberste Stufe zu setzen.

Weil sie ohnehin keine Kraft mehr hatte, befolgte sie seine Anweisung stumm, auch wenn sie protestieren wollte, als er sich neben sie hockte. Aber selbst dafür war sie viel zu kurzatmig. Und sie zitterte am ganzen Leib.

Claybourne wartete, dass sie sich wieder erholte, nahm ihr behutsam die Statue aus der Hand und stellte sie auf den Teppich.

Inzwischen hatten sich mehrere Leute in der Halle unten eingefunden, Mieterinnen und Bedienstete, die Claybourne streng ermahnte, sich wieder ihren Angelegenheiten zuzuwenden.

Folgsam huschten sie alle von dannen, worauf Lily allein mit ihm war.

»Was ist geschehen?«, fragte er sie sanft.

»Er hat Fleur wehgetan«, hauchte Lily.

Er murmelte ein wüstes Schimpfwort und sah zur Eingangstür hinunter, als wollte er auf der Stelle O'Rourke nacheilen. Aber er folgerte nur: »Und Sie kamen zu ihrer Rettung herbei.«

»Ja.« Sie hatte Fleur eben genauso verteidigt wie ihre Mutter vor vielen Jahren. Nur dass es damals ihr Vater gewesen war, der grausam seine überlegene Stärke gegen eine kleinere, schwächere Frau eingesetzt hatte.

Als die furchtbaren Erinnerungen sie einholten, fröstelte Lily und schlang die Arme um ihren Körper. Fraglos hatte sie deshalb heute so kämpferisch reagiert.

»Ich vermute, das war O'Rourke, der herkam, um seine Spielschulden einzutreiben«, sagte Claybourne, da Lily schwieg.

Sie stieß ein kurzes verbittertes Lachen aus. »Ich glaube schon. Ich gestehe, dass ich mir nicht die Zeit nahm, ihn zu fragen. Er bedrohte Fleur, und da konnte ich an nichts anderes denken, als ihn aufzuhalten.«

Claybourne sah sie an und seine Züge wurden sehr streng. »Ich möchte Sie dringend bitten, es künftig mir zu überlassen, mit O'Rourke fertigzuwerden.«

Es rührte sie, dass er sic so bereitwillig schützen wollte. In seinem Blick erkannte sie Sorge und Wut, wovon Letztere gewiss ihr galt.

Ihre eigene Wut war größtenteils verflogen, jedoch lastete noch ein weit erdrückenderes Gefühl auf ihrer Brust, das sie beinahe erstickte. Sie konnte die düsteren Erinnerungen an jenen Sommertag nicht verdrängen. Damals war sie sechzehn Jahre alt gewesen und hatte sich in den schlimmsten Streit ihrer Eltern eingemischt.

Bis dahin war Lily meist in die Stallungen geflohen, wenn ihre Eltern stritten, doch an diesem Tag war sie unerwartet nach Hause gekommen. Auf die Schreie hin war sie in den Salon geeilt, wo sie ihren Vater vorfand, der in rasender Wut auf ihre Mutter einprügelte, ihr gegen die Brüste, die Rippen und in den Bauch hieb.

Einen entsetzlichen Moment lang war Lily wie gelähmt gewesen, hatte kaum atmen können. Dann hörte sie einen weiteren hilflosen Schrei ihrer Mutter, stürmte blind los und griff nach der einzigen Waffe, die sie entdecken konnte – einem Messer, mit dem man Schreibfedern spitzte. Sie hatte die Klinge wütend gegen ihren Vater erhoben und geschworen, sie ihm in die Brust zu rammen, sollte er nicht von ihrer Mutter ablassen.

Gott sei Dank hatte er sofort aufgehört.

Bei allem Zorn schien Sir Charles ihre Warnung ernst zu nehmen. Er hatte auf dem Absatz kehrtgemacht und war aus dem Zimmer marschiert, und Lily hatte ihre bitterlichst schluchzende Mutter getröstet.

Soweit Lily wusste, hatte ihr Vater nie wieder die Hand gegen ihre Mutter erhoben, und Lily schwor sich an jenem Tag, dass kein Mann sie jemals so misshandeln dürfte.

Nun hockte sie auf der Treppe und kniff die Augen zu, während sie mit der schmerzlichen Erinnerung kämpfte. Das Entsetzen, das sie damals empfunden hatte, war sie nie wieder losgeworden. Die Hilflosigkeit, der Ekel und die Angst waren schrecklich gewesen. In jenen Momenten hatte sie ihren Vater gehasst. Sie konnte ihm seine Brutalität nie vergeben.

Lily fühlte Claybournes Blick, noch ehe er sehr leise fragte: »Was haben Sie, meine Liebe? Etwas muss Sie furchtbar aufgewühlt haben, und ich glaube nicht, dass es allein der Umstand war, dass Sie einen Unhold aus dem Haus trieben.«

Vielleicht sollte sie es ihm erklären … Nein. Auf keinen Fall würde sie dem Marquess ihre intimsten Ängste anvertrauen!

Außerdem hatte sie nicht einmal ihren Schwestern erzählt, dass sie gedroht hatte, ihren Vater umzubringen. Ihre Mutter hatte nicht gewollt, dass sie es erfuhren. Basil war der Einzige, der die hässliche Wahrheit kannte – und das auch nur, weil er Lily zufällig kurz darauf über den Weg gelaufen war, als sie noch viel zu aufgewühlt war, um Stillschweigen zu bewahren.

Über Jahre hatte sie sich bemüht, die Geschehnisse zu verdrängen. Aber die Angst vor physischer Gewalt durch größere, stärkere Männer war ihr stets geblieben.

Weshalb sie nun, als Claybourne eine Hand an ihre Wange hob, instinktiv zusammenzuckte.

Sogleich hielt er mitten in der Bewegung inne und nahm seine Hand wieder herunter. »Sie sollten mir erlauben, Ihnen zu helfen«, riet er leise.

Dass er so sanft war, machte es nur noch schlimmer, wusste sie doch, dass sie vollkommen übertrieben reagiert hatte.

Unsicher nagte sie an ihrer Unterlippe. »Danke, aber ich denke, wir kommen allein mit O'Rourke zurecht.«

»Ich könnte wenigstens dafür sorgen, dass er nicht wieder herkommt.«

Mag sein, dachte sie, *aber ich möchte nicht so tief in Ihrer Schuld stehen.* »Ich halte es für besser, wenn Fanny mit O'Rourke verhandelt. Sie war einst seine Geliebte, folglich wird sie ihn am ehesten überzeugen können, uns mehr Zeit zu geben. Hingegen dürfte er es nicht gut aufnehmen, wenn Sie sich einmischen – zumal nicht, nachdem Sie mitansahen, was ich eben mit ihm machte.«

Claybourne zögerte. »Dennoch sollte er wissen, dass Ihre Freundinnen einen Beschützer haben.«

Lily lächelte matt. »Ich fürchte, das nützt nicht viel. Sie schulden O'Rourke immer noch eine große Summe.«

»Ah ja, die dreißigtausend Pfund.«

Diesmal schwieg er eine längere Weile, und als er wieder sprach, klang er sehr nachdenklich. »Ich mache Ihnen einen Vorschlag. Ich zahle die Schulden, wenn Sie einwilligen, mich zu heiraten.«

Erschrocken blickte sie zu ihm auf. »Das können Sie nicht ernst meinen!«

Ein Flackern huschte über seine Züge. »Warum weigern Sie sich fortwährend, meinen Worten zu trauen, meine Liebe? Ich weiß sehr wohl, was ich will. Dreißigtausend Pfund gegen Ihre Hand. Manch einer würde das als sehr fairen Handel bezeichnen.«

Lily war perplex, dass er ernsthaft dachte, er könnte sie sich als Gattin erkaufen. Natürlich wollte sie ihren Freundinnen unbedingt helfen, aber ein solches Opfer zu bringen, eine Vernunftehe einzugehen, um deren Schulden zu begleichen? Nun, hoffentlich musste sie es nicht.

»Wir bedürfen Ihrer überbordenden Großherzigkeit nicht, My Lord«, antwortete sie. »Wenn wir Glück haben, bekommen wir das Geld binnen weniger Wochen. Sie kennen ja unsere Pläne für die Soiree. Unsere jungen Damen sollten uns bald schon helfen können, O'Rourke zu bezahlen.«

»Und falls er insistiert, jetzt bezahlt zu werden?«, fragte Claybourne. »Sie wollen schließlich nicht, dass Ihre Freundinnen im Gefängnis enden.«

Lily kniff die Lippen zusammen. »So weit lasse ich es nicht kommen. Marcus hat mir zwanzigtausend Pfund überschrieben. Falls nötig, bekommt er sie.«

Seine Überraschung war nicht zu verkennen. »Sie würden Ihr gesamtes Vermögen hingeben, um sie zu retten?«

»Es wäre entschieden besser als die Alternative.«

»Und woher gedenken Sie die fehlenden zehntausend Pfund zu nehmen?«

»Ich würde Marcus oder Lady Freemantle bitten, sie mir zu leihen. Sie sind beide so reich. Überdies hat Fanny ein Buch geschrieben, das im nächsten Monat veröffentlicht wird. Der Verleger erwartet eine große Nachfrage, immerhin geht es um einen Ratgeber für junge Damen auf der Suche nach einem Bräutigam. Die Einkünfte können ebenfalls helfen, O'Rourke zu bezahlen.«

»Aber ich könnte die gesamte Summe sofort zur Verfügung stellen.«

Seine Beharrlichkeit brachte Lily vorübergehend zum Lächeln. »Sie sind außerordentlich großzügig, My Lord, aber ich muss Ihr Angebot ablehnen. Vielleicht bin ich irgendwann hinreichend verzweifelt, es anzunehmen, noch jedoch nicht.«

Derart verzweifelt wäre sie niemals. Ihr Zusammenstoß mit O'Rourke hatte sie aufs Neue daran erinnert, warum sie keinem Ehemann die Kontrolle über ihr Schicksal überlassen wollte. Sie konnte und würde keinem Mann genügend vertrauen, als dass sie ihn heiraten und ihm eine solche Macht über sich verleihen wollte.

Lord Claybourne mochte kein Mann sein, der eine Frau schlug, was nicht notwendig bedeutete, dass er sie nicht anderweitig sehr verletzen konnte, wäre sie erst einmal gesetzlich an ihn gebunden. Sie wäre in einer Verbindung gefangen, in der sie als sein Eigentum galt, mit dem er verfahren konnte, wie immer es ihm gefiel.

Ihr war nicht wohl dabei, wie forschend Claybourne sie betrachtete, deshalb sagte Lily rasch: »Wo wir von der Soiree sprechen … haben Sie einige Ihrer Bekannten eingeladen, wie Sie es versprachen?«

»Ich habe bereits angefangen, Einladungen auszusprechen, ja.«

»Und konnten Sie die Art Herren gewinnen, auf die ich hoffe? Junggesellen, die freundlich, sanftmütig und wohlhabend genug sind, um unseren jungen Damen ein gutes Leben zu ermöglichen?«

»Ihre Ansprüche sind recht hoch, muss ich sagen, doch ich mache Fortschritte. Ich gehe davon aus, dass ich ein Dutzend passender Herren mitbringe.«

»Gut«, seufzte sie. Obgleich sie nicht mehr zitterte, fühlte ihre Brust sich nach wie vor eng an, und sie mussten immer noch O'Rourke dazu bringen, ihnen mehr Zeit zu geben.

»Ich muss gehen«, erklärte Lily. »Ich möchte nach Fleur sehen und mit Fanny beraten, wie wir am besten mit O'Rourke einig werden.«

Sie stand auf, blieb aber stehen, als Claybourne sich gleichfalls erhob. »Verzeihen Sie, ich vergaß, dass Sie zum Tee eingeladen waren. Sie dürfen selbstverständlich gern bleiben, aber vielleicht möchten Sie lieber morgen wiederkommen, wenn sich alles ein wenig beruhigt hat.«

Er lächelte. »Ich bleibe, vielen Dank. Ich kann es mir nicht erlauben, eine Einladung auszuschlagen, bei Ihnen zu sein. Immerhin habe ich nur vierzehn Tage, um das Spiel zu gewinnen.«

Sein gelassener Tonfall half, Lily ein wenig zu entspannen. Sie fühlte sich ungleich wohler dabei, mit ihm über das Spiel zu reden, als sich Gedanken über seine Sanftmut zu machen. »Ich werde Fleur und Chantel natürlich von Ihrem großzügigen Angebot, ihre Schulden zu begleichen, erzählen. Sie werden Sie dafür gewiss mit einem weiteren Punkt belohnen.«

»Die Punkte kümmern mich weniger als der Umstand, dass O'Rourke auf Vergeltung sinnen dürfte. Er wird Ihnen ganz sicher nicht danken, wie Sie ihn vorführten, selbst wenn Sie vollkommen im Recht waren.«

Lily rümpfte die Nase. »Ich weiß. Ich sollte ihm wohl einen Brief schreiben, in dem ich mich entschuldige und ihm versichere, dass wir vorhaben, ihm sein Geld zu zahlen ... obwohl ich glaube, meine Idee, Fanny mit ihm reden zu lassen, war noch besser. Sie weiß, wie man den verletzten Stolz eines Mannes heilt.«

Als sie den Flur hinunterging, begleitete Claybourne sie. »Stimmt. Aber falls Sie weiterhin beabsichtigen, Männer zu attackieren, die sehr viel größer sind als Sie, sollten Sie lernen, wie man kämpft.«

Sie blieb stehen und sah ihn verwundert an, unsicher, ob er nur harmlose Konversation machte. »Bieten Sie mir an, mich in Handgreiflichkeiten zu schulen, My Lord?«

Sein Lachen klang tief und amüsiert. »Allein dieser Gedanke ängstigt mich. Mir wäre es ungleich lieber, Sie würden aufhören, gegen Windmühlen zu kämpfen und sich fortwährend in Gefahr zu bringen ... aber ich denke, das wäre wohl zu viel verlangt.«

»Ja, das wäre es«, bestätigte Lily süßlich. »Ich wollte allerdings schon immer Fechten lernen. Mama war strikt dagegen, als ich jünger war. Sie fand es schlimm genug, dass ich praktisch im Stall lebte. Wie ich hörte, sind Marcus, Sie und Ihr Freund Arden hervorragende Fechter.«

»Wir sind ganz passabel«, gab er zu. »Wir üben regelmäßig, das heißt, wir taten es, bevor Marcus und Arden ihr Herz an Ihre Schwestern verloren.«

Lily überlegte. »Falls Sie mir Fechtunterricht geben, könnte ich lernen, mich besser zu verteidigen. Ich kann schießen, aber ich kann nicht mit dem Degen umgehen.«

Nun lachte Claybourne laut. »Verdiene ich mir Punkte, wenn ich Sie Fechten lehre?«

Sie antwortete nicht gleich, musste sie doch erst entscheiden, ob der Unterricht es wert wäre, ihn seinen Vorsprung weiter vergrößern zu lassen. Andererseits hatte sie sich mit sechzehn innigst gewünscht, fechten zu können. Und sie würde sehr gern lernen, Grobiane wie Mick O'Rourke oder die Lumpen zu überwältigen, die in der Gasse auf einen wehrlosen Hund einprügelten. »Wenn Sie darauf bestehen.«

»Also gut. Wir beginnen morgen – vorausgesetzt, Sie können in Ihrem Stundenplan noch Zeit erübrigen.«

»Ich kann sicherlich gegen zwei Uhr nachmittags eine Stunde für Sie freihalten, My Lord.«

»Könnten Sie daraus auch zwei Stunden machen? Ich habe zu Hause einen Salon, der eigens für Fechtübungen ausgestattet ist.«

Darauf schüttelte Lily energisch den Kopf. Sie wollte nicht über so lange Zeit mit Lord Claybourne allein sein, noch dazu in seinem Haus. »Können wir den Unterricht nicht hier abhalten? Der Salon, den wir für die Tanzstunden nehmen, sollte groß genug sein.«

»Ja, er dürfte passender sein als meiner, vermute ich. Es könnte Ihrer Reputation schaden, in meinem Haus dabei gesehen zu werden, wie Sie einem Herrensport nachgehen.«

Inzwischen hatten sie die Salontür erreicht, und Lily

blieb stehen. »Meine Reputation ist mir nicht wichtig.«

»Mir aber, meine Süße. Ich bringe Übungsflorette mit. Nur hätte ich eine Bedingung, wenn ich Sie unterrichte.«

»Und die wäre?«

»Dass Sie mich bei meinem Taufnamen nennen statt ›My Lord‹. Mein Name ist Heath.«

Er beobachtete, wie sie mit sich rang, war ihr die Anrede mit Vornamen doch entschieden zu vertraut, unter Umständen aber doch den Lohn, die Fechtkunst zu erlernen, wert.

»Einverstanden«, willigte sie nach einer kurzen Bedenkzeit ein. »Ich nenne Sie Heath. Doch Ihre Stunden sollten lieber hervorragend sein, sonst sind wir ganz schnell wieder bei ›My Lord‹.«

Er grinste, als sie sich zur Tür wandte, und beglückwünschte sich für den Sieg in dieser winzigen Schlacht. Zugleich hatte Lily auch eine gewonnen, indem sie ihn wider besseres Wissen überredete, sie Fechten zu lehren.

Trotzdem hatte er den größeren Triumph eingestrichen, denn er würde nicht bloß Zeit mit ihr genießen können, sondern bekäme überdies die Chance, sein Werben zu intensivieren. Und ihm schwebte eine weit interessantere Lektion vor als die, sie in die Grundbegriffe des Schwertkampfes einzuweihen.

Leise lachend fuhr er sich mit der Hand durchs Haar. Wie berechnend er bei Lily mittlerweile war! Er war keinen Deut besser als die Debütantinnen, die ihm seit Jahren nachstellten.

Sie ließ ihm nun einmal keine andere Wahl, sagte er sich, während er ihr in den Salon folgte.

Als sie direkt auf ihre Freundinnen zuging, um sie zu umarmen, hielt Heath sich im Hintergrund. Fleur schien sich nach allem recht gut zu halten, aber Chantel zitterte und vollführte schwache flatterhafte Gesten mit ihrem Seidenfächer. Fanny hingegen hatte sichtlich Mühe, ihre Wut zu beherrschen.

Alle vier Frauen begannen gleichzeitig zu reden, wobei Heaths Augen allein auf Lily ruhten. Sie war faszinierend: voller Widersprüche, ärgerlich dickköpfig, aber auch erstaunlich großzügig, mitfühlend und loyal. Sie würde bei ihrem Spiel keinen Jota nachgeben, und dennoch war sie bereit, ihr Vermögen für ihre Freundinnen herzugeben, sollten sie es brauchen.

Nicht zu vergessen, dass Lily entzückend frisch und betörend war. Sie war mutig und waghalsig bis hin zur Narretei. Heath musste daran denken, wie sie O'Rourke aus dem Haus gescheucht hatte. Das wäre spaßig gewesen, fürchtete Heath nicht, dass ein Mann wie O'Rourke auf Rache sann.

Jedenfalls konnte er Lily die Leidenschaft nicht vorwerfen, mit der sie die Schwachen verteidigte. Vielmehr gehörte gerade diese Verve zu den Wesenszügen, die er am meisten an ihr bewunderte.

Dass sie ihre eigenen Schwächen hatte, entging ihm keineswegs. Nicht zum ersten Mal spürte er unter ihrem Wildfanggebaren eine tiefe Verletzlichkeit. Er hatte den gequälten Ausdruck in ihren Augen bemerkt, als sie ihren Kampf gegen die Burschen in der Gasse gewannen. Da war für einen Moment Angst in ihrem Blick aufgeflackert, die in Heath den Wunsch geweckt hatte, sie in die Arme zu nehmen und zu trösten.

Und genau dieses Gefühl wurde er nicht mehr los. Lily erregte seinen Beschützerinstinkt gleichermaßen wie sein Verlangen, obschon er wusste, dass sie ihr Leben gäbe, ehe sie sich von einem Mann beschützen ließe.

Jemand hatte sie zutiefst verletzt, dessen war er sich sicher. Und das mochte der Grund sein, weshalb sie sich so unnahbar gab.

Er würde nicht zulassen, dass ihr noch einmal wehgetan wurde! Er beschützte, was sein war, und Lily war sein – selbst wenn sie es noch nicht begriff.

Eine ungekannte, unermessliche Zärtlichkeit überkam ihn, als er sah, wie sie ihre Freundinnen tröstete. Er hatte fest vor, herauszufinden, warum Lily glaubte, sich so schützen und verteidigen zu müssen. Und er war entschlossener denn je, sie um jeden Preis zu gewinnen.

Lily dachte, sie würde keine Männer, *ihn* nicht brauchen, aber er würde ihr zeigen, wie sehr sie sich irrte.

Achtes Kapitel

Lord Claybourne spielt ganz und gar nicht fair!

Lily an Fanny

Am folgenden Nachmittag war Heath sprachlos, als Lily leichtfüßig die Treppe hinunter auf ihn zugelaufen kam. Wieder einmal schaffte sie es, ihn zu überraschen, diesmal, indem sie in Herrenkniebundhose, Stiefeln und einem Leinenhemd erschien. Noch dazu trug sie ihr Haar zu einem langen Zopf geflochten, der ihr über den Rücken fiel, was ihr Wesen eines Wildfangs unterstrich. Und sie wusste sehr wohl, wie sie auf ihn wirkte. Das entnahm er ihrer Miene.

»Guten Tag, Heath«, begrüßte sie ihn, sobald sie unten war.

Da alles an ihr darauf zu lauern schien, dass er etwas gegen ihr Äußeres einwandte, blieb Heath betont verhalten. »Welches ist der Zweck Ihrer Aufmachung, meine Süße?«

»In mehreren Röcken kann ich wohl kaum Fechten lernen, nicht wahr? Kniebundhosen erlauben mir mehr Bewegungsfreiheit und Bequemlichkeit. Außerdem sollten sie es Ihnen leichter machen, so zu tun, als sei ich ein Mann.«

Er lüpfte die Brauen. »Warum in aller Welt sollte ich vorgeben, Sie seien ein Mann?«

»Damit Sie mich nicht wie eine schwächliche Frau behandeln.«

Sie irrte sich gründlich, wenn sie glaubte, er könnte sie jemals für einen Mann halten. Diese Hose betonte nur ihre wohlgeformten weiblichen Hüften und Beine, während das Hemd die Wölbungen ihrer Brüste besonders gut zur Geltung brachte.

»Dann kleiden Sie sich nicht skandalös, um mich abzuschrecken?«

Ihr Lachen war tief und entzückend. »Ich gestehe, dass mir dieser Gedanke kam. Sie wünschen keine Marquise, die sich in solch unangemessener Kleidung zeigt, nicht wahr?«

Heath schüttelte den Kopf. Lilys skandalöse Aufmachung schreckte ihn nicht im mindesten. Wenn er ehrlich war, gefiel sie ihm sogar, denn sie bewies, dass sie kühner und rebellischer war, als er es sich zu erträumen gewagt hätte. »Sie werden feststellen, dass ich diesbezüglich recht tolerant bin. Ich habe nicht vor, Ihnen die Garderobe vorzuschreiben, wenn wir verheiratet sind.«

»Aber die feine Gesellschaft wird Wert darauf legen und mich als verruchtes Weibsbild verdammen.«

»Nicht unbedingt. Für den vermögenden Adel gelten andere Maßstäbe. Sollten Sie als meine Marquise Kniebundhosen tragen wollen, würden Sie eher als exzentrisch gelten.«

Seine Bemerkung machte Lily offenbar nachdenklich, also nutzte Heath die Gelegenheit, um anzufügen: »Darüber hinaus würden Sie als meine Gemahlin sehr viel mehr Freiheiten genießen denn als unverheiratete junge Dame. Und ich kann Ihnen versichern, dass das Zusammenleben mit mir nie langweilig würde. Wir könnten jeden Tag Fechten üben, wenn Sie es wünschen.«

Sie kräuselte die Stirn. »Nicht einmal diese reizvolle Aussicht kann mich verlocken, My Lord.«

»Sie sollten mich Heath nennen, schon vergessen?«

»Ach ja, also gut, Heath. Sind das die Florette?«, fragte sie und zeigte auf den langen Lederkasten, den er bei sich trug.

»Ja, meine Übungsflorette. Die Klingen sind stumpf und die Spitzen mit ledernen Sicherheitskappen überzogen.«

»Gut.« Sie strahlte ihn an. »Ich will Sie ja nicht versehentlich aufspießen.«

Mit ihrem Lächeln könnte sie ihn jederzeit übertölpeln, dachte Heath, der einmal mehr von diesem bezaubernden Anblick gefangen war.

Er folgte ihr aus der Diele in den hinteren Teil des Hauses, so dass er ihren wundervollen Po betrachten durfte. Der Salon, in den sie ihn führte, war ziemlich groß. Der Fußboden war für die Tanzstunden freigeräumt, die Tische und Stühle an die Seite geschoben und der Teppich aufgerollt worden.

»Ist der Raum hier für meine Stunde geeignet?«, wollte Lily wissen.

»Es wird ausreichen.«

Heath schloss die Tür hinter ihnen und drehte rasch den Schlüssel im Schloss. Dies war eine rare Gelegenheit, mit ihr allein zu sein, und er wollte keine Störungen.

Denn er hatte vor, ihr eine weit eindrucksvollere Lektion zu erteilen als nur die des Fechtens. Zwar war sie von Natur aus leidenschaftlich, doch leider viel zu unerfahren, und ihre Sinnlichkeit musste dringend erweckt werden. Ihr körperliche Freuden nahezubringen, würde ihren Widerwillen mindern, ihn zu heiraten.

Lächelnd stellte Heath den Koffer mit seinen Floretten ab, bevor er sich seines Gehrocks, seiner Weste und Krawatte entledigte.

»Also, wie fangen wir an?«, erkundigte Lily sich, als er den Koffer öffnete.

»Mit den Grundbegriffen. Fußstellung, Handarbeit. Dann kommen Bewegungen, Schlagtechnik und zum Schluss einfache Angriffe und Verteidigungen. In den künftigen Stunden befassen wir uns mit Taktik und Strategie, aber heute bleiben wir bei den Anfangstechniken.«

Er nahm ein langes schmales Florett hervor und ließ sie die Lederkappe begutachten, die dafür sorgte, dass der Degen nicht tödlich war. Dann zeigte er ihr die richtige Körperhaltung – rechter Arm nach vorn, das Florett erhoben, linker Arm angewinkelt nach oben gerichtet. Als Nächstes machte er ihr die Grundbewegungen vor – Stoß und Parade, Riposte, Rückzug, Konterparade, Angriff – und ließ sie jede einzelne Technik üben.

Heath fand es höchst angenehm, dass er sie häufiger berühren durfte, und er bewunderte, wie schnell Lily begriff, die von Natur aus flink und athletisch war.

Schließlich stand er ihr gegenüber und brachte ihr bei, wie sie angriff und sich zurückzog.

»Fechten ist unserem Spiel nicht unähnlich«, erklärte er, während sie sich langsam vor und zurück bewegten. »Man nähert und entfernt sich einander und versucht, einen Treffer zu landen, während man zugleich die eigene Verteidigung aufrechterhält.«

»Ja, das trifft zu«, bestätigte Lily ein wenig atemlos.

»Sie sind erstaunlich gut«, stellte sie eine Weile später fest, als er ihr eine Pause gönnte.

»Mit ein bisschen mehr Übung werden Sie bereit sein, es mit mir aufzunehmen.«

Sie lachte. »Ich müsste ein Leben lang üben, um jemals gut genug für einen echten Kampf gegen Sie zu sein.«

Dem konnte Heath nicht zustimmen. Lily war schon jetzt eine würdige Gegnerin, wenn auch natürlich nicht mit dem Florett. Aber ihr Lebenshunger, ihre Spontaneität, ihre faszinierende Lebendigkeit entzückten ihn bereits heute so sehr, dass sie an sein Herz rührte.

Es war seltsam, wie sehr er sich Lily nach so kurzer Zeit bereits verbunden fühlte. Die einzige andere Frau, für die er bisher auch nur vergleichbare Gefühle gehegt hatte, war Marcus' jüngere Schwester Eleanor – was daran liegen konnte, dass Lily sich ihm gegenüber beinahe genauso verhielt wie Eleanor: freundlich und platonisch, als wäre er ihr großer Bruder.

Das würde Heath schon sehr bald ändern, auch wenn er das Gefühl genoss, weil es ihn an seine engsten Freunde erinnerte. Er hatte entfernte Verwandte, die noch lebten, aber keine unmittelbare Familie, weshalb er Marcus und Drew sozusagen als seine Brüder betrachtete. Ihm lag viel an der besonderen Freundschaft, die sie seit Jahren verband. Sie hatten Freude und Kummer geteilt, waren stets füreinander da gewesen.

Diese Nähe würde ihm fehlen, nachdem die beiden anderen nun Bräute gefunden hatten. Wenn er allerdings ihr Glück sah, fragte er sich, was er mit Lily bekommen könnte.

Wäre sie seine Frau, könnte er regelmäßig mit ihr fechten, mit ihr lachen, sie necken und provozieren, wie er es im Moment tat. Und er hätte sie in seinem Bett. Die Vorstellung, jeden Morgen neben ihr aufzuwachen, sie langsam und eingehend zu lieben, behagte ihm sehr.

Am liebsten hätte er mit dem letzten Teil gleich jetzt begonnen, dachte Heath, als er in ihre lachenden Augen blickte. Sie war unbeschreiblich begehrenswert, und er hätte nichts lieber getan, als seine Hände in ihrem Haar zu vergraben, sie an die Wand zu lehnen und sie nach allen Regeln der Kunst zu verführen.

Aber das erlaubte er sich nicht. Er wollte keine hastige Affäre, sondern Lily zu seiner Frau. Jede Rücksichtslosigkeit seinerseits mochte vielleicht sein schmerzliches Verlangen vorübergehend stillen, würde Lily jedoch zutiefst verletzen. Sie hatte jahrelang unter den Folgen eines Skandals gelitten, und Heath hatte nicht vor, es noch schlimmer für sie zu machen.

Nein, sie sollte jungfräulich bleiben, bis sie seine Braut war – was allerdings nicht bedeutete, dass er keine Sinnlichkeit einsetzen durfte, um sie zu überzeugen, seinen Antrag anzunehmen. Er wollte keineswegs, dass sie sich ihm ergab. Vielmehr sollte sie erkennen, welche herrlichen Wonnen es zwischen einem Mann und einer Frau geben konnte …

Heath hatte gar nicht bemerkt, wie sehr er in Gedanken versunken war, bis Lily ihn fragend ansah. »Stimmt etwas nicht?«

»Nein, nein, alles bestens. Aber es wird Zeit für die nächste Lektion.«

»Was für eine Lektion?«, fragte sie, wobei ihre Miene sich schlagartig verfinsterte.

Statt gleich zu antworten, trat Heath einen Schritt auf sie zu, nahm ihr das Florett ab und legte es mit seinem zusammen auf einen Tisch. Wieder bei ihr, war der Wunsch, sie in seinen Armen zu halten, geradezu überwältigend.

»Ich beabsichtige, Sie ein paar Dinge über Erregung zu lehren«, verkündete er und zog Lily in seine Arme.

Sie hielt hörbar den Atem an und stemmte ihre Hände gegen seine Schultern, doch Heath ließ sie nicht los.

»Hatte ich erwähnt, wie sehr meine Fantasie verrückt spielt, wenn ich Sie in dieser Kniebundhose ansehe? Ich fürchte, die Wirkung Ihrer Kleidung ist eine ganz andere als die von Ihnen gewollte.«

»Und welche Wirkung hat sie?«, fragte sie nervös.

»Sie erregt mich recht schmerzlich«, antwortete er und blickte ihr in die Augen.

»Das war ganz sicher nicht meine Absicht.«

»Leugnen Sie nicht, dass ich Sie ebenfalls errege!«

Für einen kurzen Moment sah Lily aus, als wollte sie exakt das tun, entgegnete dann aber: »Selbstverständlich erregen Sie mich. Sie sind ein berüchtigter Liebhaber, der alles verführt, was Röcke trägt. Folglich hat meine Reaktion auf Sie überhaupt nichts zu bedeuten. Sie ist rein physisch und unfreiwillig.«

»Dafür, dass Sie wenig über körperliche Freuden wissen, tun Sie selbige reichlich vorschnell ab.«

Beide Hände an ihrer Taille, drückte er Lily an sich. Das feine Beben ihres Körpers fühlte sich wunderbar an. »Sie sind eine sehr leidenschaftliche Frau, Lily. Zu leidenschaftlich, zu heißblütig und zu lebenshungrig, um den Rest Ihres Lebens als Jungfer zu verbringen. Ich werde es Ihnen beweisen.«

Trotzig hob sie ihr Kinn. »Ich finde, dass Leidenschaft hoffnungslos überbewertet wird.«

»Ja, das weiß ich. Aber nach dem heutigen Tag werden Sie anderer Ansicht sein.«

Mit diesen Worten ließ er seine Hände zu ihren Hüften wandern, drang mit einem Knie zwischen ihre Beine und spreizte sie behutsam. Lily seufzte leise, wollte zurückweichen, während Heath ihren Bauch gegen seine Lenden presste.

Die Berührung löste ein maskulines, ursprüngliches Verlangen in ihm aus, das er mit aller Kraft unterdrückte. Was er hier tat, war für Lily, nicht für ihn.

Er rieb seinen Schenkel an ihrem Venushügel, wobei er sie leicht anhob, so dass sie weiter gegen ihn rutschte. Ihr rasches Atmen wurde zu einem Stöhnen, bevor Heath seinen Kopf neigte und ihre Lippen einfing.

Zunächst wurde sie unruhig, aber Heath fuhr fort, neckte und liebkoste sie spielerisch, erkundete sie und zeigte ihr, wie besonders ihr Mund für ihn war.

Nach längerem Zögern wurde er belohnt, indem sie seinen Kuss erwiderte, als könnte sie gar nicht anders. Es kam so unendlich süß und überraschend, dass Heath für einen Augenblick wie von Sinnen vor Freude war. Sie küsste ihn mit einer Begierde, die sein Blut zum Kochen brachte – willig, wild, beinahe verwegen.

Heath ließ sich von ihrer Begeisterung hinreißen und fühlte die Wirkung des Kusses, als wäre es der erste in seinem Leben. Bis er schließlich den Kopf hob, war er außer Atem.

Lily sah ihn an, ihre Augen leuchtend und himmlisch schön, das Haar zerzaust, ihre Wangen gerötet. Bei ihrem Anblick überkam ihn eine primitive Wildheit, wie er sie nie zuvor gekannt hatte. Dennoch zwang er sich, es langsam anzugehen.

Behutsam zog er sie mit sich zu den Stühlen an der Wand und setzte sich auf einen, ehe er Lily rittlings auf seinen Schoß hob.

Sie riss die Augen weit auf, widersprach ihm jedoch

nicht, als er sein Hemd öffnete, bis seine Brust entblößt war. Auch als er ihre Hände nahm und sie auf seine erhitzte Haut drückte, blieb sie stumm.

Kaum aber begann er, ihre Schultern und Arme mit trägen, kreisenden Bewegungen zu streicheln, murmelte sie seinen Namen. »Heath …«

»Was, Liebes?«

»Sie müssen damit aufhören.«

»Was für eine amüsante Idee! Wir haben noch gar nicht richtig angefangen.«

Sein Blick fiel auf ihre Brüste, und er öffnete das Leinenhemd. Darunter trug sie ein dünnes Hemdchen, durch das ihre Brustspitzen sich deutlich abzeichneten.

Er befreite die lieblichen Wölbungen, indem er das Unterhemd herunterzog. Dann glitt er langsam mit seinen Händen wieder hinauf, bis die Fingerspitzen gerade den unteren Rand der Erhebungen streiften. Die rosigen Knospen hatten sich fest aufgerichtet und bettelten buchstäblich um seine Aufmerksamkeit, die er ihnen vorerst verweigerte. Stattdessen malte er die elfenbeinhelle Haut nach, die sie umgab.

Lily erbebte, spannte die Muskeln an, und sowie er ihre Brüste endlich vollständig umfing, sie in seinen Händen wog, rang sie zittrig nach Luft.

Sie war sinnliches Entzücken pur, heiß und weich. Als Erstes wollte Heath sie durch Berührung erkunden, weshalb er begann, ihre Brüste sanft knetend zu ertasten. Der Kontrast zwischen weiblicher Weichheit und Festigkeit war etwas Wundervolles, sowohl die ihrer vollen Brüste als auch die ihrer Schenkel, die sein Bein umfingen.

Ihre Atmung wurde flacher, je länger er ihre Brustknospen mit seinen Daumen umkreiste. Sie dürften sehr empfänglich für seine Liebkosungen sein, vermutete er und streichelte sie zart. Er verharrte auf der äußersten Spitze, damit sie sich mit dem Gefühl vertraut machen konnte. Dann neckte er sie leicht, drückte sie behutsam.

Lilys tiefes Erröten bewies Heath, dass er sie erfolgreich erregte. Und das war, bevor er sich nach vorn beugte und mit seiner Zunge über eine der Knospen strich. Sie war hart und gespannt, doch mit erotischen Zungenbewegungen machte er sie noch fester.

»Davon träume ich seit Wochen«, murmelte er, ehe er sich der anderen Brustspitze widmete. »Dich zu kosten …«

Er umfing die Spitze mit seinen Lippen, sog sachte an ihr und entlockte Lily ein wonniges Seufzen. Seine sinnliche Attacke machte sie wehrlos, so dass sie nicht anders konnte, als sich an seine Schultern zu klammern und leise zu wimmern.

Heath genoss sie eine ganze Weile, bis Lily ihn heiser anflehte: »Heath … du musst aufhören!«

»Erst wenn du mich bittest«, entgegnete er.

Was sie natürlich nie täte, das wusste er nur zu gut, denn sie wollte gar nicht, dass er aufhörte. Und er würde es ohnehin nicht tun. Ihr Körper wollte seine Berührung, sehnte sich danach. Anders war nicht zu erklären, wie warm und lebendig sie sich in seinen Armen anfühlte, wie heiß ihre Haut unter seinen Händen und seinem Mund war. Ihr Verlangen befeuerte ihn, so dass seine Erektion vor Ungeduld pochte.

Und zu seinem Entzücken wurde Lily zusehends heißer und rastloser. Offenbar wollte sie mehr, denn sie tauchte ihre Finger in sein Haar und zog ihn näher zu sich, um seinen Mund noch fester auf sich zu spüren.

Schließlich aber musste er dieses köstliche Vergnügen beenden. Er küsste ihre Brüste noch ein letztes Mal und hob den Kopf, um Lily anzusehen.

Ihre Augen waren riesig und dunkel, als sie zu ihm aufschaute. Rittlings hockte sie auf seinem Oberschenkel, ihr Puls sichtbar flatternd an ihrem Hals.

»Ist der Unterricht vorbei?«, erkundigte sie sich atemlos und unüberhörbar enttäuscht.

Heath lächelte. »Nein, es gibt noch viel mehr zu lernen.« Er löste das Band aus ihrem Haar und wand den Zopf auf, so dass ihr die herrliche kastanienbraune Mähne über die Schultern fiel. »Aber wir müssen vorsichtig sein. In dieser Hose bist du bezaubernd, und der Gedanke, sie dir auszuziehen, ist höchst verlockend, doch leider müssen wir damit Vorlieb nehmen, vollständig bekleidet Liebe zu machen.«

»Ist das möglich?«, fragte sie ungläubig.

»Durchaus. Ich zeige es dir.«

Er fasste sie an den Hüften, wechselte die Position unter ihr und hob sie an, so dass sie weiter auf ihn rutschte.

Lily schöpfte hörbar Atem, als sie die Reibung spürte, und wiegte sich instinktiv an ihm.

»So ist es richtig, Liebes ... reite mich!«

Erstaunt öffnete sie den Mund, sowie sie begriff, was er von ihr verlangte, protestierte jedoch nicht. Er zog sie so nahe zu sich, dass ihr nackter Busen sich an seiner Brust rieb.

Derweil begann er, ihren Unterleib in einem langsamen Rhythmus zu bewegen. Lily übernahm ihn schnell, beschleunigte ihn dann und schloss die Augen, während ihre Erregung zunahm.

»Sieh mich an, mein Engel! Ich will die Wonne in deinen wunderschönen Augen sehen.«

Tatsächlich erkannte er sie deutlich, als sie ihm gehorchte: Wonne und verwunderte Erregtheit. Sie verstand nicht recht, was mit ihr geschah.

Während sie sich immer schneller an seinem festen Schenkel rieb, bäumte sie sich in seinen Armen auf, worauf Heath ihre Hüften noch stärker umfasste.

Pure Lust entfachte ihn und er vernahm nichts mehr außer ihr stoßweises Atmen. Zu gern würde er in sie eindringen, hart und tief. Sie wäre feucht, geschwollen und so unglaublich heiß …

Seine Brust verengte sich bei dieser Vorstellung und in seinem Glied pulsierte es schmerzhaft.

Er schlang seine Arme um sie und küsste sie inbrünstig, spielte mit ihrer Zunge. Hemmungslos und wild erwiderte sie seinen Kuss, öffnete sich ihm vollständig, überließ ihm ihren Mund. Unterdessen wiegte er sie schneller, rieb ihre Weiblichkeit fester an seinem Schenkel.

Lily hatte das Gefühl, innerlich zu verglühen. Heaths Schenkel bewegte sich an ihrem schmerzlich erregten Schoß, und sie rieb sich ungeduldig an ihm, sehnte sich maßlos nach etwas, von dem sie nicht einmal wusste, was es war. Sie war atemlos und heiß, doch in ihr baute sich immer mehr Hitze auf. Ihr war, als wüsste ihr Körper instinktiv, was er zu tun hatte und was er begehrte, wohingegen sie schockiert war, als es eintrat: ein plötzlicher intensiver Rausch von Empfindungen, der sie gänzlich überwältigte.

Sie erbebte von Kopf bis Fuß. Alles drehte sich um sie herum, und sie grub ihre Fingernägel in Heaths Schultern. Eine Welle von kribbelndem Wohlgefühl rollte über sie hinweg und entlockte ihr einen kehligen Schrei.

Kaum war das Beben abgeebbt, sackte sie matt gegen Heath und verbarg ihr Gesicht in seiner Schulterbeuge. Ihre Brüste hoben und senkten sich an ihm, während sie zu begreifen versuchte, was für eine Sinnenexplosion sie soeben erlebt hatte.

Sie fühlte sich auf herrliche Weise heiß und erschöpft.

Und sie war sicher, dass Heath genau wusste, was in ihr vorging. Er hielt sie in seinen Armen und strich ihr sanft über das Haar. Als sie sich endlich traute, etwas zu sagen, klang ihre Stimme wie ein schwaches Flüstern. »Das war *nicht* der Unterricht, um den ich Sie bat, My Lord.«

Sie spürte, wie seine Mundwinkel in ihrem Haar zuckten. »Nein, aber du hattest ihn bitter nötig. Jetzt weißt du, was dir entgeht, wenn du den Männern und der Ehe abschwörst.«

»Was ich weiß«, entgegnete sie, »ist, dass es ein Fehler war, eine Kniebundhose anzuziehen. Sie wären niemals so dreist gewesen, hätte ich mich damenhafter gekleidet.«

Sie hörte sein leises Lachen. »Ich widerspreche dir ungern, mein Liebling, aber mir ist vollkommen gleich, was du trägst. Ich würde dich sogar begehren, kämst du in Sack und Asche daher.« Er küsste sie auf die Schläfe. »Im Moment bin ich schmerzlicher erregt denn je.«

Auf einmal bemerkte sie die harte Wölbung seiner Männlichkeit und wollte zurückweichen, aber seine Arme umklammerten sie zu fest. »Also, was hältst du von deiner ersten Kostprobe in Sachen Sinnlichkeit?«, raunte er ihr zu und knabberte zärtlich an ihrem Ohr.

Lily fühlte, wie sie vor Scham errötete. »Ich fand sie … interessant.«

»Bloß interessant?«, wiederholte er skeptisch.

»Na schön … vielleicht war sie unglaublich.«

Sein Lachen hörte sich sehr zufrieden an. »Das beruhigt mich ungemein. Nichts lässt einem Mann die Brust vor Stolz so anschwellen wie das Wissen, seiner Geliebten Freude bereitet zu haben.«

Sie runzelte die Stirn, was er nicht sehen konnte. »Wir sind kein Liebespaar.«

»Diesen Umstand gedenke ich in Bälde zu ändern.«

Nun setzte Lily sich auf. »Ich denke, in dieser Angelegenheit habe ich auch mitzureden.«

»Selbstverständlich. Doch ich gehe davon aus, dass du nach heute Nachmittag weniger ablehnend meinem Antrag gegenüber eingestellt bist.«

»Meine Einstellung hat sich kein bisschen verändert, My Lord.«

»Nenn mich Heath!«

Die Vertrautheit mit einem solch illustren Adligen kam ihr seltsam vor, aber sie hatte bereits zugestimmt, ihn mit Vornamen anzusprechen, weil es Bedingung für den Fechtunterricht war. »Also gut, aber ich muss dich warnen, Heath. Mich zu verführen, macht es für dich nicht leichter, das Spiel zu gewinnen.«

Er lächelte träge. »Wäre es einfach, zu gewinnen, würde es mir nicht halb so viel Spaß machen – und dir auch nicht.«

Das war leider wahr. Lily fand es entschieden zu aufregend, sich mit ihm zu messen, selbst wenn sie häufiger verlor, wie jetzt gerade.

Wie hatte er es geschafft, den Fechtunterricht so mühelos zu seinem Vorteil zu nutzen? Dafür gab es nur eine einzige Erklärung: Sie war schwach gewesen, wie sie überhaupt ein Schwächling war, wann immer es ihn betraf. Sie hatte sich fest vorgenommen, allen sinnlichen Annäherungsversuchen zu widerstehen, und jetzt war ihr Widerstand in dem Augenblick dahingeschmolzen, als er sie geküsst hatte.

Heath beugte sich vor und gab ihr einen ruhigen, langsamen Kuss, mit dem er sie abermals überraschte. Dieser Mann besaß einen teuflischen Mund, den er wieder und wieder einsetzte, um sie zu verstören, dachte sie, während ihre Sinne aufs Neue Feuer fingen.

Mit letzter Kraft stemmte sie sich von ihm ab. Bedauerlicherweise verhinderte Heath, dass sie ganz von ihm kletterte.

»Ich kann nicht glauben, dass ich es so weit kommen ließ!«, murmelte sie.

»Es war zwangsläufig der nächste Schritt. Wir beide wussten, dass es geschehen würde. Ich würde sogar so weit gehen, zu behaupten, dass du es wolltest.«

Dass er zu einem gewissen Grade Recht hatte, konnte sie nicht leugnen. Sie wollte wissen, wie sinnliche Wonnen sich anfühlten. Und sie hatte festgestellt, dass sie ihre kühnsten Fantasien übertrafen.

Auf ihr Schweigen hin blickte Heath ihr in die Augen. »Wir *werden* ein Liebespaar, Lily, daran hege ich keinen Zweifel. Und wenn wir uns richtig lieben, wird es sein, weil du mich zum Ehemann willst.«

Sie spreizte die Finger auf seiner muskulösen Brust. Nein, sie weigerte sich, seine Behauptung hinzunehmen. »Du hängst einem Fantasiegespinst nach.«

»Falls dem so ist, handelt es sich um ein besonders

schönes Fantasiegespinst. Noch lieber allerdings male ich mir aus, dich in meinem Bett zu haben. Wenn wir verheiratet sind, werde ich dich mit Freuden alles über Wonne und Leidenschaft lehren.«

Zu ihrem Verdruss erschienen sogleich wilde, verruchte Bilder in ihrem Kopf, die Lily nur mit einiger Mühe vertreiben konnte. »*Wenn* wir verheiratet sind?«, wiederholte sie. »Deine Arroganz ist erstaunlich!«

Ihr spöttischer Tonfall zauberte ein Funkeln in seine haselnussbraunen Augen. »Ich verspreche dir, dass du unser Ehebett genießen wirst, denn ich übertreibe nicht, wenn ich behaupte, dass ich mich beim Liebesakt recht begabt zeige.« Als wollte er es ihr beweisen, beugte er sich hinab und küsste ihre linke Brustspitze.

Ein sehnsüchtiges Kribbeln durchfuhr Lily und wie von selbst wiegte sie sich ihm bebend entgegen. Erschrocken stemmte sie sich abermals von ihm ab.

Als er sie schließlich losließ, kletterte sie von seinem Schoß und wandte sich zitternd ab, um ihr Unterhemd und das Hemd zu richten, damit ihr Busen bedeckt war. Zweifellos wäre Heath ein überragender Liebhaber.

»Ich vermute, du willst Fleur erzählen, was zwischen uns vorgefallen ist«, sagte sie gereizt, »auf dass sie dich mit weiteren Punkten belohnt.«

Ruhig richtete auch er seine Kleidung, wie sie aus dem Augenwinkel wahrnahm. »Gewiss nicht. Ein Gentleman spricht niemals über seine amourösen Erfolge. Dies bleibt unter uns.«

Ohne etwas zu entgegnen, ging sie zur Tür und schloss sie auf.

»Bedeutet das, unser Fechtunterricht ist für heute beendet?«, fragte Heath hinter ihr.

Lily blickte sich zu ihm um. »Ja, das ist er. Und ich lege keinen Wert auf weiteren Unterricht jedweder Art von dir. Ich traue dir nicht.«

Er lüpfte eine Braue. »Du traust *mir* nicht? Ist es nicht eher so, dass du dir nicht vertraust, wenn du mit mir allein bist?«

Was für eine Frage! Lily würdigte sie keiner Antwort, riss die Tür auf und ging hinaus. Zu ihrem Verdruss musste sie erkennen, dass sie immer noch Leidenschaft mit diesem verlockenden, höchst ärgerlichen Mann wollte.

Neuntes Kapitel

Ich verstehe nun, warum der Marquess die Frauen dazu bringt, in Ohnmacht zu fallen. Doch mich in ihn – oder irgendeinen Mann – zu verlieben, ist indiskutabel.

Lily an ihre Schwestern

Lily hoffte vergeblich, gefährliche Begegnungen mit Heath in nächster Zukunft vermeiden zu können, denn am selben Abend erklärte Fleur, dass ihre Schülerinnen einen echten Gentleman brauchten, an dem sie ihre neu erworbenen Fertigkeiten proben konnten.

Lily nämlich beschloss, da er sie ohnehin belagerte, konnte sie ihren unerwünschten Verehrer ebenso gut sinnvoll einsetzen. Also überwand sie ihr Unbehagen und schickte Heath eine Nachricht zu seinem Londoner Stadthaus, in der sie ihn um seine Hilfe beim Unterricht am nächsten Morgen um zehn Uhr bat.

Solange die anderen jungen Frauen um sie herum waren und sie es umging, mit ihm allein zu sein, konnte sie ihm eher widerstehen – redete sie sich ein.

Ihr hätte klar sein müssen, dass es sich dabei um Wunschdenken handelte. Heath so kurz nach ihrem atemberaubend sinnlichen Erlebnis wiederzusehen, löste einen wahren Tumult in ihr aus. Und obgleich sie bei der Begrüßung willentlich Desinteresse heuchelte, musste sie immerfort an jedes einzelne Gefühl denken, das sie bei ihrem erotischen Zwischenspiel gestern empfunden hatte. An den verblüffenden Feuersturm, den er in ihr entfacht hatte …

Nun verstand sie, warum die Frauen begeistert zu

ihm ins Bett sprangen und um seine Gunst kämpften.

Zum Glück waren Fleur und Chantel da, um die Klasse anzuleiten, stellten den Mädchen Lord Claybourne vor und richteten alles so her, wie es für die Soiree geplant war.

Lily staunte, welche Wirkung Heath auf die Damen hatte. Mühelos eroberte er sie alle mit seinem Charme, nahm ihnen ihre anfängliche Unsicherheit und brachte sie sogar zum Lachen. Gegen Ende des Unterrichts himmelten sie ihn ausnahmslos an. Ada Shaws kühne Annäherungsversuche parierte er gekonnt und bedeutete Sally Nead freundlich, dass er nicht gedachte, ihr Flirten zu erwidern.

Mit diesem Charme könnte er eine ganze Ballsaison für sämtliche Mitbewerber zunichtemachen, dachte Lily finster.

Sie konnte allerdings nicht umhin, zu gestehen, dass seine Bemühungen um die schüchterne Peg Wallace geradezu rührend waren. Dank seiner behutsamen Aufmerksamkeit gelang es ihm, ihr die Scheu zu nehmen, und dafür wollte Lily ihm nach dem Unterricht danken.

Sie nahm Heath ein Stück beiseite. »Mir erscheint angemessen«, ergänzte sie widerwillig, »dass Fleur dir dafür einen weiteren Punkt gibt.«

»Bist du sicher, dass du so großzügig sein möchtest?«, fragte er, und seine sinnlichen Lippen bogen sich zu einem Lächeln. »Zusammen mit dem Punkt, den sie mir bereits für die gestrige Fechtstunde anrechneten, ergibt das sieben Punkte für mich. Wenn es so weitergeht, könnte ich unser Spiel gewinnen.«

Nein, Lily war gar nicht wohl dabei. Ganz gewiss

wollte sie nicht, dass er das Recht gewann, sein Werben um drei endlose Monate zu verlängern. Andererseits musste sie fair bleiben. »In diesem Fall verdienst du die Belohnung.«

»Ich wäre bereit, einige Punkte abzutreten, wenn du mich heute Abend ins Theater in der Drury Lane begleitest.«

Seine Hartnäckigkeit entlockte ihr ein Schmunzeln. Natürlich war die Einladung ins Theater nichts als ein perfider Trick, sie in noch intimerem Rahmen für sich allein zu haben. »Leider muss ich ablehnen. Ich möchte nicht mit dir in der Öffentlichkeit gesehen werden, weißt du nicht mehr? Außerdem hast du die dir für heute zustehende Zeit bereits aufgebraucht.«

Darauf bedachte er sie mit einem Blick, bei dem ihr das Herz stehen blieb. »Ich musste es versuchen. Dann sehe ich dich morgen auf Lady Freemantles Gartenparty? Ich würde dir anbieten, mit mir hinzufahren, doch ich vermute, es wäre zu viel verlangt, dich um eine Fahrt in meiner Kutsche zu bitten.«

»Danke, ich fahre mit Fanny«, entgegnete Lily, die sehr froh um diese Ausflucht war. Chiswick war gut sechs Meilen von Londons Mayfair–Bezirk entfernt, und unter keinen Umständen wollte sie eine so lange Zeit mit Heath allein sein. In einem Raum voller Menschen neben ihm zu stehen, war schon beunruhigend genug.

Ihre Anspannung stieg, als er ihre Hand an seine Lippen hob und ihr einen leichten Kuss auf die Finger hauchte.

Lily zwang sich, gefasst zu bleiben, wollte sie ihm doch auf keinen Fall die Befriedigung gönnen, zu sehen, welche Macht er über sie hatte. Was nichts an der Tatsache änderte, dass sie noch eine ganze Weile dastand und das warme Kribbeln ihrer Finger spürte, wo seine Lippen sie gestreift hatten.

Als der Samstag kühl und wolkig begann, hoffte Lily beinahe, Winifreds Gartenparty würde wegen Regens abgesagt. Da nach dem Morgenunterricht keine solche Nachricht eingetroffen war, zog sie sich ein modisches Kleid aus blassgrün gemustertem Musselin mit passendem Hut an.

Fanny war noch eleganter gekleidet, wie Lily feststellte, als ihre Kutsche vorfuhr, was sicher dem überheblichen Landadel gezollt war, dem sie auf der Party begegnen würden.

Die Gäste waren jedoch nicht Fannys größte Sorge. Diese galt Mick O'Rourke.

»Ich schrieb ihm einen langen Brief, in dem ich ihm unseren Plan darlegte, wie wir die Schulden zurückzahlen wollen«, erzählte sie Lily, sobald die Kutsche sich in Bewegung gesetzt hatte, »aber er hat bisher nicht geantwortet. Das finde ich höchst beunruhigend.«

»Denkst du, er wird sich für das rächen wollen, was ich kürzlich mit ihm gemacht habe?«, fragte Lily besorgt.

»Ich weiß es nicht. Möglicherweise wartet er darauf, dass ich zu ihm komme und ihn auf Knien bitte, uns mehr Zeit zu geben.«

»Was du auf keinen Fall tun darfst!«, erklärte Lily kämpferisch. »Erst recht, da es sich nicht einmal um deine Schulden handelt.«

»Ich weiß. Doch falls er sein Geld sofort will, bleibt mir keine andere Wahl.«

Lily überlegte. »Wenn es dir recht ist, könnte ich

heute Nachmittag einmal bei Winifred nachfragen, ob sie unter Umständen bereit wäre, die Summe vorzustrecken.«

»Du könntest die Sache beiläufig erwähnen und ihre Reaktion abwarten«, schlug Fanny vor. »Noch hoffe ich allerdings sehr, dass wir ihre finanzielle Unterstützung nicht brauchen. Alles hängt von der Soiree ab.«

Fortan sprachen sie über die Vorbereitungen für Montag und die letzten Einzelheiten, die noch zu regeln waren. Fanny wollte ihre Garderobiere schicken, die den Mädchen beim Ankleiden und Frisieren half, und Lily wünschte, dass sie ihren drei Lieblingsschülerinnen besondere Aufmerksamkeit schenkte, um deren Chancen bei den Herren zu heben.

Bei der Ankunft in Freemantle Park waren Lilys Schwestern bereits dort. Sie standen auf der Terrasse, von der man einen fantastischen Blick auf die Gartenanlagen genoss. Als sie Lily sahen, kamen Arabella und Roslyn sofort zu ihr gelaufen und umarmten sie. Nachdem sie auch Fanny herzlich begrüßt hatten, zogen sie Lily in den Salon, um kurz ungestört mit ihr zu plaudern.

Lily überraschte, wie sehr ihre Schwestern sich freuten, sie wiederzusehen. In den Wochen seit Arabellas Hochzeit hatten sie sich häufiger geschrieben, aber natürlich war das nicht dasselbe, wie beisammen zu sein und miteinander zu lachen. Und es war seither so vieles passiert, vor allem Roslyns Verlobung mit dem Duke of Arden.

Arabella sah wunderschön und klug wie immer aus, dachte Lily, aber Roslyns blassgoldene Schönheit war sogar noch auffallender, denn sie glühte förmlich.

»Bist du sicher, dass du dich richtig entschieden hast,

Arden zu heiraten, Rose?«, hakte Lily nach, sobald alle wichtigen Informationen ausgetauscht waren. »Noch kannst du es dir anders überlegen. Bis zur Hochzeit sind es zehn Tage, danach ist dein Entschluss unumkehrbar.«

Roslyn lächelte, und Arabella lachte laut.

»Das ist genau die Haltung, die wir von dir erwartet haben, liebste Lily«, verkündete Arabella. »Wir wissen, wie sehr dir allein der Gedanke an Heirat zuwider ist. Vergiss jedoch nicht, dass Roslyn der Idee nie so abgeneigt war wie du oder ich.«

Weil Roslyn nicht gesehen hat, was ihr Vater tat, dachte Lily. Ebenso wenig war Roslyn von ihrem Verlobten im Stich gelassen worden, nachdem dieser ihr seine Liebe geschworen hatte, wie es Arabella vor Jahren ergangen war.

»Ich muss zugeben, dass du glücklich *scheinst*«, gestand Lily.

Roslyns Lächeln wurde merklich weicher. »Ich bin sogar ekstatisch glücklich. Wie steht es mit dir, Lily? Bist du glücklich in London bei Fannys Freundinnen und den Mädchen?«

»Oh ja!«, antwortete sie wahrheitsgemäß. »Es ist äußerst befriedigend, diese junge Frauen zu unterrichten und ihnen zu Achtung vor sich selbst zu verhelfen. Ich kann richtig sehen, wie sie mit jedem Tag mehr aufblühen. Sie sind weit erpichter aufs Lernen, als es unsere Schülerinnen an der Freemantle-Akademie jemals waren. Wahrscheinlich weil sie wissen, wie schwer das Leben sein kann, wenn man nicht in Wohlstand und Bequemlichkeit hineingeboren wurde.«

»Und was ist mit Lord Claybourne?«, wollte Arabella wissen.

»Was soll mit ihm sein?«, wich Lily aus.

»Wie nimmst du sein Werben auf? Ich bezweifle, dass seine romantischen Aufmerksamkeiten dir gefallen.«

»Selbstverständlich nicht. Ich erdulde ihn nur, damit er uns einige geeignete Herren zur Soiree am Montagabend bringt.«

»Aber Claybourne ist ein entzückend charmanter Mann«, entgegnete Roslyn, »klug, witzig und charismatisch. Ich würde meinen, dass du seine Herausforderung zumindest ein wenig reizvoll findest.«

Lily konnte nicht abstreiten, dass Heath dynamisch und aufregend war. In seiner Nähe fühlte sie sich beschwingt, denn er forderte ihren Verstand wie ihre Sinne heraus. Und seit er sein Werben begann, war ihr Leben um ein Vielfaches abenteuerlicher.

Was Heath sehr gefährlich machte. Wenn sie nach nicht einmal einer Woche bereits so empfand, wie könnte sie dann gegen diese Wirkung ankämpfen, sollte er ihr Spiel gewinnen und ihr weitere drei Monate den Hof machen?

»Mag sein, aber ich erwäge nicht einmal, seinen Antrag anzunehmen. Ich bin vollkommen zufrieden mit dem, was ich habe – vor allem, nachdem ich eben begonnen habe, meine Zukunft neu zu planen. Ich möchte einen Weg finden, Frauen wie den Mieterinnen in der Pension zu helfen, ein besseres Leben anzustreben.«

»Das ist fraglos ein bewundernswertes Ziel«, bemerkte Roslyn, »wobei mittellosen Frauen zu helfen und einen Ehemann zu haben sich nicht gegenseitig ausschließen.«

Lily betrachtete ihre Schwestern mit wachsendem Unmut. »Falls ihr vorhabt, mich unentwegt nach Lord Claybourne auszuhorchen, gehe ich lieber.«

»Sei nicht albern!«, schalt Arabella sie liebevoll. »Es ist lediglich so, dass wir beide unsere große Liebe gefunden haben und uns sehnlichst wünschen, du könntest dasselbe Glück erfahren. Gib Claybournes Werben wenigstens eine Chance!«

Lily schüttelte energisch den Kopf. Sie wollte sich nie verlieben und nie heiraten. Kein Mann bekäme solch eine unwiderrufliche Macht über sie, das hatte sie sich geschworen, und sie würde ihre langgehegten Grundsätze nicht aufgeben, bloß weil zufällig ein Mann beinahe unwiderstehlichen Charme besaß.

»Ich traue ihm nicht genug«, erwiderte sie schlicht.

»Er muss keineswegs wie unser Vater sein. Marcus jedenfalls ist es nicht.«

»Drew ebenso wenig«, stimmte Roslyn ein. »Lord Claybourne dünkt mich ganz und gar nicht wie Papa, Lily.«

Nein, Heath schien vollkommen anders. Lily konnte die Güte in seinen Zügen sehen, die Sanftmut, den Humor. Und bisher hatte er keinen Moment versucht, sie zu kontrollieren oder ihr Vorschriften zu machen, wie es ihr Vater unablässig bei ihrer Mutter getan hatte. Auch hatte er sie nie physisch bedroht. Stattdessen hatte er sie beschützt, sie verteidigt …

»Ich kann mir nicht vorstellen, dass du dich vor ihm *ängstigst*, Lily«, sagte Arabella nachdenklich.

Nein, er ängstigte sie nicht, sehr wohl hingegen ihre Reaktion auf ihn. Sie fürchtete sich vor dem Verlangen, das er in ihr weckte. Eine solche Intimität mit einem Mann hatte sie nie gewollt. Und nun ertappte sie sich dabei, wie sie immerfort an ihn dachte.

Die Ironie des Schicksals hatte fürwahr etwas beinahe Amüsantes. Vor wenigen Monaten noch hatte sie

Arabella gewarnt, Marcus' Betörungsversuchen nicht nachzugeben. Heute verstand sie ungleich besser, welcher mächtigen Versuchung ihre Schwester ausgeliefert gewesen war.

»Du solltest wahrlich nicht alle Männer wegen der Dinge verdammen, die Papa getan hat«, riet Arabella mit einem sanften Lächeln, »wenngleich ich ebenso fühlte, bevor ich mich in Marcus verliebt habe. Ich weiß, dass viele Adlige zu selbstsüchtigen und rücksichtslosen Herren erzogen wurden, und solche Männer sind niemals fähig zu lieben. Claybourne jedoch könnte sich als eine weitere Ausnahme erweisen.«

Lily wusste nicht, ob Heath fähig war zu lieben. Während der letzten paar Tage hatte sie mehrfach Großherzigkeit an ihm wahrgenommen. Diese könnte jedoch vorgetäuscht gewesen sein, um das Spiel zu gewinnen.

Andererseits interessierte sein Herz sie ohnehin nicht, wie sie sich ermahnte. »Belle, ich wünsche wirklich nicht mehr, darüber zu sprechen!«

Ihre älteste Schwester schien ihr widersprechen zu wollen, schlug dann aber einen sanfteren Ton an. »Du hast natürlich Recht. Du musst die Liebe allein entdecken, Lily. Deshalb werden wir dich nicht weiter bedrängen. Aber bist du dir bewusst, dass Winifred nach wie vor aufs Ehestiften aus ist? Sie weiß alles über Claybournes Werben um dich.«

Lily zog die Brauen zusammen. »Wie hat sie es herausgefunden?«

»Ich weiß es nicht. Vielleicht hat er es ihr erzählt.«

Es sähe ihm ähnlich, sich Winifred als Verbündete zu sichern, dachte Lily verärgert.

»Was auch immer Winifred im Schilde führen mag«,

schloss Roslyn, »wir sollten zur Party zurückgehen. Du hast bisher weder Constance noch die Kinder kennengelernt, Lily. Du wirst die Kleinen lieben, dessen bin ich gewiss.«

Aus Roslyns Briefen kannte sie die bemerkenswerte Geschichte. Winifred hatte die Mätresse ihres verstorbenen Gatten sowie deren drei uneheliche Kinder bei sich aufgenommen. Und diese Gartenparty wurde zu Ehren von Constance Baines abgehalten, die heute erstmals der örtlichen feinen Gesellschaft vorgestellt wurde. Angeblich hatte Constance sich inzwischen so gut wie vollständig von der Krankheit erholt, an der sie beinahe zugrunde gegangen wäre.

»Ja, ich würde sie sehr gern alle kennenlernen«, sagte Lily und hakte sich bei ihren beiden Schwestern ein. »Und ich habe den Kindern Geschenke mitgebracht, Rose, damit ich sie, wie von dir angeregt, verwöhnen kann.«

Roslyns Lachen klang sanft und freundlich. »Sie sollten dringend ein wenig verwöhnt werden nach allem, was die Ärmsten durchmachen mussten.«

Mit Freuden konzentrierte Lily all ihre Aufmerksamkeit auf Constance und deren Kinder, denn das gab ihr einen Vorwand, einen besonders charmanten Adligen zu meiden. Doch kaum erschien sie auf der Terrasse, sah sie Heath bei seinen beiden Freunden, dem Earl of Danvers und dem Duke of Arden.

Wie bei Heath handelte es sich bei den beiden um umwerfend gutaussehende Aristokraten mit der männlichen Ausstrahlung begeisterter Sportsmänner. Der Duke war dunkelblond, groß und von geschmeidiger Eleganz, während Marcus ebenholzschwarzes Haar und eine kräftigere Statur hatte als Arden. Beide hatten einzig Augen für ihre Damen. Es war unübersehbar, dass sie Arabella und Roslyn aufrichtig liebten.

Lily bemerkte ein interessiertes Funkeln in Heaths Blick, der ihr galt. Und verdrießlicherweise vollführte ihr Herz einen Freudenhüpfer, weshalb sie sich rasch abwandte und zu ihrer Freundin Tess ging, die mit einer kleinen Gruppe von Kindern zusammenstand, plauderte und lachte.

Sie musste sich entschieden besser wappnen, wollte sie den Nachmittag unbeschadet überstehen.

Tatsächlich freute Lily sich sehr, Constance und deren drei Kinder kennenzulernen.

Constance war eine wunderschöne Frau, wiewohl sie noch recht blässlich wirkte. Und ihre beiden kleinen Töchter zeigten Ansätze, einmal ebenso liebreizend zu werden wie ihre Mutter.

Ihr sechzehnjähriger Sohn Benjamin war weniger zart von Statur. Er hatte eher eine starke, sehnige Gestalt, wie sie typisch nach vier Jahren schwerer körperlicher Arbeit war.

Ben gab vor, sich nicht darum zu scheren, dass er sich in solch illustrer Gesellschaft bewegte, wohingegen die beiden kleinen Mädchen aufgeregt umhertänzelten und sich auf all die schönen Dinge freuten, die ihnen versprochen waren. Winifred hatte dafür gesorgt, dass sie erstmals Eiskrem kosten würden sowie mehrere nette Vorstellungen und Spiele genießen durften. Später würden sie in Booten auf den hübschen See hinausrudern – natürlich unter Aufsicht Erwachsener.

Mehrere andere Kinder waren geladen worden, um ihnen Gesellschaft zu leisten, und Lily erklärte sich freiwillig bereit, Tess bei der Beaufsichtigung der Kleinen zu assistieren.

Auf diese Weise gelang es ihr, die erste Stunde lang Abstand zu Heath zu halten, während sie auf dem Rasenstück seitlich Paille–Maille mit Sarah und Daisy spielte und ihnen beibrachte, wie sie die Holzkugel mit einem Schläger durch die Tore schossen.

Als sie sich jedoch zum Versteckspiel in den Hauptgarten zurückbegaben, konnte Lily nicht umhin, Heath zu bemerken. Es waren über hundert Gäste geladen, und Lord Claybourne war eindeutig sehr beliebt bei ihnen allen, was angesichts seines charmanten Gebarens und umwerfenden Lächelns nicht verwunderte.

Entsprechend überraschte es Lily sehr, dass er alle anderen stehen ließ, um sich zu ihr und den Kindern zu gesellen.

»Lady Freemantle rekrutierte mich, die Aufsicht über die Bootsfahrt zu übernehmen«, erzählte er.

Lily warf einen argwöhnischen Blick zu ihrer Freundin hinüber, bevor sie Heath antwortete: »Das ist ganz offensichtlich eine List, um uns zusammenzubringen.«

»Natürlich. Ihr ist nicht entgangen, dass du mich meidest, seit du ankamst.«

»Wie dem auch sei – du brauchst kein solch großes Opfer zu bringen. Gewiss liegt es nicht in deinem Interesse, Kinder über den See zu rudern.«

»Oh, das würde ich gern tun, noch dazu, wenn es mir gestattet, deine bezaubernde Gesellschaft zu genießen.«

Lily verdrehte die Augen, aber Heath schien es vollkommen ernst damit, die Kinder unterhalten zu wollen. Er engagierte Benjamin Baines als seine rechte Hand und ein paar andere, die ihm durch die Gartenanlage und über die eleganten Rasenflächen hinweg hinunter zum See folgten.

Mehrere Erwachsene wollten gleichfalls bei dem Spaß mitmachen, so dass bald mit Hilfe einiger livrierter Freemantle–Diener fünf Boote besetzt waren. Lily stand am Ufer, half den Passagieren in die Boote und betrachtete das Gelächter und die Fröhlichkeit.

Es faszinierte sie, Heath mit den Kindern zu sehen. Zu ihnen war er ebenso charmant und freundlich wie zu den Mädchen in der Londoner Pension. Besonders Sarah und Daisy waren verzaubert, nachdem er sie über den See und zurück gerudert hatte, wobei er ihnen geduldig erklärte, wie die Ruder zu bedienen waren.

In diesem Moment kam Winifred zu Lily und nahm sie in ihre Arme. Gleich darauf sah sie Lily an und schalt: »Ich muss ein ernstes Wörtchen mit dir reden, mein Kind! Was hast du dir dabei gedacht, bei Nacht und Nebel nach London zu verschwinden, damit der entzückende Marquess dich nicht findet? Es war sehr falsch von dir, uns alle so zu täuschen!«

Lily lächelte. »Du weißt, dass deine Machenschaften mich forttrieben, Winifred.«

»Pah!«, konterte die wohlmeinende Matrone. »Ich wollte nur das Beste für dich – und will es noch. Du hast Claybourne furchtbar in die Irre geführt, wofür du ihn hoffentlich zu entschädigen gedenkst.«

»Was meinst du?«, fragte Lily misstrauisch.

»Du musst ihm gestatten, dich über den See zu rudern, nachdem die Kinder ihre Bootsfahrten hatten, nur ihr zwei allein. Das dürfte recht romantisch werden«, sie wies über den See, »bei einer so idyllischen Szenerie.«

»Winifred!«

»Ich bestehe darauf!«

Als Lily Anstalten machte, zu protestieren, hob Winifred eine Hand. »Na schön, ich kenne dich gut genug, um nicht darauf zu bestehen. Aber ich denke nicht, dass es zu viel verlangt wäre.« Ihre Ladyschaft schmollte geziert. »Bitte, meine Liebe, tu einer alten Frau ein einziges Mal einen Gefallen!«

Lily stöhnte. »Du bist überhaupt nicht alt.«

»Ich könnte deine Mutter sein«, konterte Winifred. »Überdies verfüge ich über einiges mehr an Erfahrung als du. Glaube mir, du möchtest im Alter nicht allein sein wie ich!«

Lily verzichtete auf weitere Einwände und erklärte sich zur Bootsfahrt mit Lord Claybourne bereit. Die erwachsenen Gäste gaben sich mit kurzen Exkursionen auf dem See zufrieden, doch es verging fast eine ganze Stunde, bis Heath mit der letzten Gruppe ans Ufer zurückkehrte. Lily hoffte, ihm wäre nun die Lust vergangen, was leider nicht der Fall war. Kaum waren die Kinder aus dem Boot gestiegen und liefen mit Tess weg, wandte er sich erwartungsvoll an Lily. »Endlich bist du an der Reihe!«

Lily wollte allein in das Ruderboot klettern, als Heath ihr seine Hand reichte. »Gestatte mir, ausnahmsweise ritterlich zu sein!«, bat er sichtlich amüsiert.

Da sie wusste, was die Berührung mit ihr anstellen würde, wollte Lily sein Angebot lieber nicht annehmen. Nur blieb ihr wohl keine andere Wahl. Also nahm sie seine Hand, zog ihre jedoch rasch wieder zurück, sobald sie auf der Bank ihm gegenübersaß.

»Du hast Lady Freemantle das eingeredet, nicht wahr?«, fragte sie, als Heath die Ruder aufnahm und das Boot in Bewegung setzte.

»Bei ihr bedurfte es wenig Ermunterung. Sie wünscht sich, dass wir Gelegenheit haben, zusammen zu sein. Nimm es mit Humor, meine Liebe, und tu so, als würde es dir Spaß machen.«

Lily spürte, wie ein Lächeln über ihren Mund huschte. Tatsächlich war es recht lustig, sich von ihm rudern zu lassen.

»Ich kann durchaus selbst rudern«, erklärte sie, denn allzu leicht wollte sie nicht klein beigeben. »Du brauchst mich nicht wie eine zarte Mimose zu behandeln.«

»Dergleichen Sinnestäuschungen lägen mir fern. Du gleichst viel eher einer Distel.« Heath lachte leise, als sie das Gesicht verzog. »Du darfst die Ruder gleich übernehmen, aber vorerst lehne dich einfach zurück, und genieße das romantische Intermezzo!«

Sie sah ihn verwundert an. »Du erwartest doch gewiss nicht von mir, dass ich affektiert lächle und mit dir flirte?«

»Welch ungewöhnlicher Gedanke! Du bist viel zu direkt für solch weibliche List.«

Lily wandte den Blick von seinem umwerfenden Lächeln ab und konzentrierte sich stattdessen auf die Umgebung. Es war angenehm, auf dem Wasser zu sein, obgleich sie die Gesellschaft des charmanten Unholds erdulden musste … oder vielleicht gerade deshalb. Die Sonne war hinter den Wolken hervorgekommen und es doch noch ein wunderschöner Sommernachmittag geworden, auch wenn der Wind deutlich auffrischte.

Mit der Zeit kam eine entspannte Zufriedenheit über sie – bis sie die Mitte des Sees erreichten. Dort legte Heath eines der Ruder ab und streckte eine Hand nach Lilys Hutband aus.

Erschrocken packte sie sein Handgelenk, um ihn aufzuhalten. »Was in aller Welt tust du?«

»Du siehst viel zu streng und anständig aus«, antwortete er, löste die Bänder und nahm ihr den Hut ab. »Du solltest den Wind in deinem Haar spüren.«

Unsicher blickte Lily zum Ufer, wo niemand in ihre Richtung zu sehen und seine Dreistigkeit zu bemerken schien. Lily beugte sich vor, entriss ihm ihren Hut und setzte ihn sich wieder auf. Doch bevor sie die Bänder erwischte, verfing eine Windböe sich unter der breiten Krempe, so dass der Hut seitlich über den Bootsrand hinaussegelte.

Lily handelte im Reflex, indem sie sich zur Seite warf und nach dem Hut griff. Zu ihrem Unglück verfehlte sie ihn nicht bloß, sie tauchte auch noch ihren Arm bis zur Schulter ins Wasser.

Die plötzliche Kälte entlockte ihr einen stummen Aufschrei, während sie mit ihrer freien Hand nach dem Bootsrand suchte, um ihr Gleichgewicht wiederzufinden. Im nächsten Moment fühlte sie, wie Heath sie an ihren Röcken festhielt, damit sie nicht über Bord ging. Leider brachte er das Boot dadurch in eine prekäre Schieflage, was zur Folge hatte, dass Lily kopfüber ins Wasser stürzte.

Das Letzte, was sie hörte, ehe sie unterging, war Heaths Fluch. Vor Schreck öffnete sie den Mund, der sich prompt mit Wasser füllte.

Hustend tauchte sie auf, wedelte mit den Armen und rang nach Luft. Beinahe sofort legte sich ein starker Arm um ihre Taille, doch Lily zappelte panisch.

Angst schwang in Heaths Stimme mit, als er ihren Namen sagte. »Ganz ruhig, ich habe dich!«, redete er beruhigend auf sie ein und hielt sie beide über Wasser.

Er war ihr nachgesprungen, registrierte Lily, während sie hilflos hustete.

Als sie schließlich Atem schöpfte, zog Heath sie näher zu sich. »Bist du in Ordnung?«, fragte er sie besorgt.

Sein Gesicht war ganz nahe an ihrem, denn sie klammerte sich an seinen Schultern fest. Zwar wollte sie ihn nicht loslassen, aber sie ermahnte sich, ihre Hände weniger stark in ihn zu krallen.

»Ja«, keuchte sie, »mir geht es gut.«

Er grinste. »So siehst du nicht aus.«

»Es wird schon, wenn ich wieder richtig Luft bekomme.«

Als wollte ihr Körper sie widerlegen, überkam sie eine erneute Hustenattacke.

»Danke«, sagte Lily, nachdem sie sich gefangen hatte. »Du hättest dich allerdings nicht ins Wasser stürzen müssen. Ich kann mich auch selbst retten.«

»Ich dachte, du würdest ertrinken.«

»Nein, ich kann schwimmen. Basil Eddowes brachte es mir bei, als wir Kinder waren. Es war nur der erste Schreck, der mich für einen Moment lähmte.« Sie verstummte, denn erst jetzt wurde sie sich gewahr, wie fest sein Körper an ihren gepresst war. »Du kannst mich jetzt loslassen. Ich komme allein zurecht.«

»Es dürfte dir schwerfallen, in langen Röcken zu schwimmen.«

»Das geht schon«, beharrte Lily.

Anscheinend war er nicht gewillt, ihr zu glauben, also stemmte sie sich energisch von ihm ab. Zu ihrem Verdruss musste Lily ihm kurz darauf Recht geben. Sie schaffte es, einigermaßen auf dem Wasser zu treiben, konnte sich jedoch nicht richtig bewegen. Ihre

Röcke fühlten sich an wie ein Bootsanker, der sie nach unten zog. Und wenn sie versuchte, ihre Beine anzuwinkeln und zu strecken, verfingen sie sich in den Unmengen Musselin.

Nur mit größter Mühe gelangte sie bis zum Ruderboot, wo sie sich am Rand festhielt.

Sie schöpfte ein wenig Kraft, um hineinzuklettern, was sich mit ihren durchnässten Kleidern als aussichtslos erwies. Jedes Mal, wenn sie versuchte, sich über den Bootsrand zu hieven, kippte das Boot nur bedrohlich.

»Brauchst du vielleicht Hilfe, meine Süße?«, fragte Heath freundlich, als sie einen Fluch ausstieß.

Lily wischte sich eine nasse Locke aus dem Gesicht und drehte sich zu ihm um. Dieser Schuft ergötzte sich an ihrem Elend! Und er wollte, dass sie sich geschlagen gab. Die Befriedigung, ihn um Hilfe zu bitten, würde sie ihm um keinen Preis gönnen.

Inzwischen hatten einige Leute sich am Ufer versammelt, riefen ängstlich zu ihr hinüber und wollten wissen, ob sie unverletzt war.

»Ja, keine Sorge!«, rief Lily ihnen zu. »Ich komme!«

Sie ließ den Bootsrand los und schwamm zum nächstgelegenen Ufer links von ihr. Dabei musste sie sich wegen der langen Röcke sehr langsam bewegen.

Ihre Entscheidung behagte Heath offenbar nicht. »Was genau machst du da gerade, Lily?«

Sie setzte ihre winzigen Schwimmbewegungen fort und wurde wütend, weil sie kaum von der Stelle kam. »Ich rette mich. Ich will schließlich nicht, dass du Punkte gewinnst, weil du mich aus dem Wasser ziehst. Du brauchst ohnehin nur noch drei bis zum Sieg.«

»Wie wäre es, wenn ich diesmal auf die Punkte verzichte? Kommst du dann zum Boot zurück und lässt mich dir helfen?«

»Vielen Dank, Euer Lordschaft, aber ich finde die Bewegung ziemlich anregend.«

»Lily!«, rief er mit einer Mischung aus Amüsement und Erschöpfung und schwamm zu ihr. Er holte sie problemlos ein und passte dann seine Schwimmzüge ihren viel kürzeren an. »Hat dir schon einmal jemand gesagt, dass du ein Dickkopf bist, Miss Loring?«

»Des Öfteren, ja – du selbst auch schon. Ich hatte dich sogar davor gewarnt, weißt du nicht mehr?«

Nun erkannten auch einige der Leute am Ufer, was sie vorhatte, und eilten um den See herum zu der Stelle, auf die sie zuschwamm – ganz vorn Benjamin, gefolgt von drei Dienern. Keuchend eilte Winifred ihnen nach, deren füllige Gestalt es ihr unmöglich machte, mit den jungen Männern mitzuhalten.

Lilys Arme und Beine ermüdeten, doch zum Glück befand sie sich bald in flacherem Wasser, wo sie Grund unter den Füßen fühlte. Sich aufrichten zu wollen, gestaltete sich hingegen als sinnloses Unterfangen. Sie hatte ihre Schuhe verloren und mit den Strümpfen fand sie keinen Halt im sandigen Schlamm. Und selbst als sie es endlich geschafft hatte, kam sie sich vor, als würde sie schwere Ketten hinter sich herziehen, während sie aus dem See watete.

Einmal fiel sie beinahe, und an einer Stelle, an der das Wasser noch hüfthoch war, trat sie auf etwas Scharfkantiges, das ihr in die Zehen schnitt. Auf ihren Schmerzensschrei hin gab Heath einen verärgerten Laut von sich.

»Das reicht!«, entschied er, hob sie hoch und trug sie das letzte Stück bis zum Ufer.

Sie quiekte wütend, war aber leider gezwungen, sich an ihn zu klammern, während er energisch durch das Wasser pflügte.

»Lass mich runter!«, schimpfte sie, als das Wasser nur noch knietief war.

»Das würde ich gern«, erwiderte er. »Du wiegst so viel wie ein gestrandeter Wal.«

Kaum hatte er es ausgesprochen, stolperte er auch schon und sank auf ein Knie. Obwohl er Lily mühelos hielt, die ihre Arme fester um seinen Hals schlang, stießen beide im Chor denselben Fluch aus.

Und gleichzeitig fiel ihnen auf, wie komisch die Situation war. Lachend sahen sie einander an.

Als er sich wieder mit ihr aufgerichtet hatte, wich ihrer beider Lachen einem atemlosen Lächeln.

»Du machst es einem verdammt schwer, den Helden zu spielen, meine Süße.«

Lily schmunzelte. »Von Held kann gar keine Rede sein! Hättest du meine Hutbänder nicht gelöst, wären wir jetzt nicht durchnässt.«

Bis sie das Ufer erreichten, waren die anderen bereits dort.

Die atemlose Winifred sprach als Erste. »Wie wundervoll von Ihnen, My Lord! Sie haben ihr das Leben gerettet.«

»Das ist entschieden zu viel des Lobes, My Lady«, widersprach er lächelnd.

»Oh ja!«, fügte Lily hinzu. »Ich würde sagen, ich war nicht ganz unbeteiligt an meiner Rettung.«

Er grinste ihr zu, während Winifred den Kopf schüttelte. »Ach, aber das war ziemlich romantisch!«

Lily ignorierte ihre Freundin und wandte sich an

Heath. »Lass mich jetzt bitte runter, My Lord. Du warst bereits hinreichend ritterlich für einen Tag.«

Er tat wie ihm geheißen. Sobald Lily jedoch stand, verzog sie das Gesicht vor Schmerz, denn der grobe Untergrund bohrte sich unangenehm in ihre Fußsohlen.

Winifred bemerkte es. »Lily, du kannst nicht ohne Schuhe zum Haus zurückgehen.«

»Ich habe auch nicht vor, zu deinem Haus zu gehen, Winifred. Ich gehe nach Danvers Hall, wo ich mir trockene Kleider anziehen kann.«

Plötzlich wanderte ein Strahlen über ihrer Ladyschaft Gesicht. »Ja, selbstverständlich musst du dich zu Hause umkleiden. Ich besitze ja keine Kleider, die dir passen könnten. Und Sie müssen sie begleiten, Lord Claybourne. Sie brauchen ebenfalls trockene Sachen, und Lord Danvers sollte reichlich Auswahl in seiner Garderobe haben.«

Lily wollte widersprechen, nur waren sie beide tropfnass, und ihr wurde kalt.

Ohnehin kam Heath ihr zuvor. »Meine Kutsche bringt uns nach Danvers Hall, Lady Freemantle. Wir gehen gleich zu den Stallungen, so dass die übrigen Gäste nicht gestört werden.«

Winifred nickte froh, ehe sie Lily sorgenvoll musterte. »Ich sollte einen Diener schicken, der Decken holt …«

»Ich habe welche in meiner Kutsche«, beruhigte Heath sie. »Bitte verzeihen Sie, dass wir Sie so überstürzt verlassen müssen, My Lady.«

Mit einer Verbeugung zu ihrer Gastgeberin hob er Lily hoch, ohne auf ihre Empörung zu achten, und ging mit großen Schritten in Richtung Stallhof.

Lily wusste, dass jede Widerrede vergebens wäre, trotzdem schalt sie ihn, sobald sie außer Hörweite waren. »Du nutzt Winifreds Ehrgeiz als Ehestifterin schamlos aus!«

»Das mag stimmen, doch sind die konventionellen Methoden der Brautwerbung bei dir fruchtlos, folglich muss ich jede Chance ergreifen, die sich mir bietet.«

Hmpf!, machte Lily. »Du kannst unmöglich wie Winifred glauben, diese Farce sei romantisch!«

»Nein, das ist sie gewiss nicht. Du siehst aus wie eine ertrunkene Ratte.«

Lily gab sich alle Mühe, indigniert dreinzublicken. »Also, erst ein Wal, jetzt eine Ratte. Wie überaus schmeichelhaft von dir!«

Er schmunzelte. »Komplimente weißt du gemeinhin nicht zu schätzen, wie ich bereits bei unserer ersten Begegnung feststellen musste.«

Obgleich sie ihn gewiss nicht ermutigen wollte, musste Lily unweigerlich lächeln. Überdies konnte sie nicht leugnen, dass es angenehm war, von Heaths starken Armen gehalten zu werden und an seinem warmen Körper zu lehnen. Die Sonne war wieder hinter ein paar Wolken verschwunden, und Lily bekam eine Gänsehaut in ihren nassen Sachen.

Sie blickte über seine Schulter, während er mit großen Schritten weitermarschierte.

Im Stallhof trug er sie zu seiner Kutsche, wo seine Diener ihnen die Tür öffneten, damit er Lily hineinheben konnte.

Fröstelnd zupfte sie ihre klatschnassen Röcke zurecht, so gut es ging, und setzte sich auf die Lederpolster. Sie erschauderte, als der kalte nasse Stoff sich an ihre Schenkel und ihren Rücken schmiegte.

Nachdem er seinem Kutscher gesagt hatte, wohin er sie bringen sollte, stieg Heath zu ihr. Er hatte eine schwere Wolldecke bei sich, und Lily ließ sie sich dankbar über den Schoß und die Schultern drapieren. Als er aber einen Arm um sie legte und sie nahe zu sich zog, erstarrte sie. »My Lord Claybourne …«, begann sie entsetzt.

»Schhh! Lass dich von mir wärmen, sonst bist du erfroren, ehe wir Danvers Hall erreichen!«

Widerwillig lehnte sie sich seitlich an ihn. Sie konnte kaum glauben, dass sie Heath gestattete, sie in eine solche Lage zu bringen. Andererseits nötigte ihr sein Handeln eine gewisse Bewunderung ab. Er verstand es immer wieder aufs Neue, jeden ihrer Versuche zu sabotieren, seinem Werben auszuweichen. Kopfschüttelnd lachte sie leise über ihn und sich selbst.

Heath hob einen Finger unter ihr Kinn und drehte ihr Gesicht sanft zu sich. »Ich mag dein Lachen«, gestand er ihr und studierte ihre Züge. »Ich mag es, wie deine Augen dabei funkeln.«

Plötzlich fühlte Lily sich atemlos.

Im selben Moment fuhr die Kutsche an, worauf Lily noch dichter gegen Heath gedrückt wurde. Ängstlich wandte sie den Blick von ihm ab. Ihn zu ignorieren war ausgeschlossen, denn er streichelte ihren Hals mit seinem Daumen. Ein Kribbeln durchfuhr sie, und sie erschauderte.

»Genug jetzt, My Lord!«

»Dem wage ich zu widersprechen, mein Engel. Du musst gewärmt werden, und das gedenke ich zu tun, indem ich dich küsse.«

Mit diesen Worten lagen seine Lippen auch schon auf ihrem Hals und lösten ein kribbelndes Flattern in ihrer Brust und ihrem Bauch aus. Lily sah ihn streng an. »Du kannst doch keine ertrunkene Ratte küssen wollen!«

Sein Grinsen war träge, atemberaubend und hochgradig ansteckend. »Wie oft muss ich dir noch sagen, dass es mir gleich ist, wie du aussiehst? Du bist in jedem Zustand äußerst begehrenswert.«

Seine durchnässte Erscheinung machte ihn gleichfalls nicht minder anziehend, dachte Lily, als sie in sein schönes Gesicht blickte. Sein nasses Haar war dunkler und kräuselte sich. Am liebsten wollte Lily mit ihren Fingern hineintauchen. Und wie konnte sie einem so sündhaft sinnlichen Lächeln widerstehen?

Deshalb wich sie auch nicht zurück, als Heath seinen Kopf neigte. Er küsste sie sanft auf den Mund. Wie er versprochen hatte, fühlten ihre Lippen sich sofort wärmer an – und einige empfindlichere Stellen von ihr ebenfalls. Verärgert seufzte Lily leise, als ihr zwischen den Schenkeln heiß wurde. Sie sollte ihn aufhalten, aber sein teuflischer Mund raubte einer Frau den Verstand …

Dann schob er mit einer Hand die Decke beiseite und umfing besitzergreifend ihre Brust. Lily wich entschlossen zur Seite. Sie musste einen klaren Kopf bewahren!

»Du kannst unmöglich beabsichtigen, mich am helllichten Tag in einer Kutsche zu verführen!«, hauchte sie atemlos. »Nicht einmal du bist so skandalös!«

»Ich könnte es durchaus beabsichtigen.«

»Nach Danvers Hall ist es kaum eine Meile.«

»Ich wies meinen Kutscher an, aus Rücksicht auf dich langsam zu fahren. Vertrau mir, wie haben genügend Zeit für das, was ich vorhabe.« Er strich mit einer Fingerspitze von ihrem Hals bis zu ihrem Dekolleté hinunter. »Aber ich verspreche, dass ich dich diesmal nicht bis zum Höhepunkt errege. Ich möchte nämlich nicht, dass meine Diener deine Wonneschreie hören.«

Bei dem Gedanken, dass Heath sie vor Wonne zum Schreien brachte, wie er es gestern getan hatte, wurde Lilys Mund sehr trocken. Sie saß still da, hin und her gerissen, während er sie besonders sachte und langsam mit dem Daumen streichelte, was ihr Verlangen erst recht steigerte. Sein Körper strahlte eine herrliche Wärme ab, so dass sie sich danach sehnte, mehr von ihm zu spüren. Sie konnte nicht glauben, wie sehr sie sich wünschte, er würde sie jetzt verführen.

Lily schloss die Augen. Heath war sehr, sehr schlecht für sie, denn er provozierte ebenjene Sorglosigkeit in ihr, die sie unterdrücken wollte.

Mit einem hilflosen Laut entwand sie sich ihm und setzte sich auf die gegenüberliegende Bank, wobei ihr die Decke bis zur Taille herabrutschte. »Du bist ein Teufel, dass du mich jeden Sinn für Anstand vergessen machen willst!«

»Der von vornherein nicht sonderlich ausgeprägt war.«

Ja, da hatte er Recht. Sie war stets recht ungestüm gewesen, und nun drängte Heath sie auch noch, sich gedankenlos so zu verhalten, wie sie es am liebsten täte. Diesmal aber würde sie ihrem Verlangen nicht nachgeben, das schwor Lily sich.

Leider half es wenig, dass er sie von oben bis unten musterte.

»Kannst du *bitte* aufhören, mich so anzusehen?«, fragte sie gereizt.

»Wie?«

»Als wolltest du mich entkleiden.«

»Aber ich möchte dich entkleiden, mein Liebes«, erklärte er mit einem unverschämt sinnlichen Lächeln. »Was kann ich dagegen tun, dass ich dich begehre? Und momentan versteckt dieses Musselinkleid nur sehr wenige deiner Reize.«

Sie schaute an sich hinab und stellte unglücklich fest, dass ihre Brustspitzen sich durch das nasse Mieder abzeichneten. Ihre Wangen glühten, als sie hastig die Decke höher zog, um ihre Brust vor seinen Blicken zu verbergen.

Heath seufzte. »Wenn du es mir nicht gönnst, werde ich wohl mit meiner Fantasie Vorlieb nehmen müssen.«

Lily beäugte ihn misstrauisch und fragte sich, was er als Nächstes täte. Sie traute dem teuflischen Funkeln in seinen Augen nicht.

Und das zu Recht, wie sie im nächsten Moment erkannte, denn er begann, seine Hose aufzuknöpfen. Lilys Atem versagte, als er auch noch die Unterhose öffnete und sein steil nach oben weisendes Glied vor ihr entblößte.

»Habe ich dir die Sprache verschlagen? Wer hätte das gedacht?«

Lily schluckte. »Du bist äußerst verrucht!«, brachte sie heiser hervor.

»Ich kann es sein. Du wirst entdecken, dass ich dem Körperlichen sehr zugewandt bin.«

Ihre Augen wurden immer größer, als er seinen festen Schaft in die Hand nahm. So lang und geschwollen, wie sein Glied war, musste er sehr erregt sein.

Lily hatte noch nie die nackten Lenden eines Mannes gesehen, mit Ausnahme von Marmorstatuen, und Heaths Männlichkeit war viel größer und maskuliner als die irgendeiner Statue. Fasziniert sah Lily ihm zu, wie er sich streichelte.

»Mir wäre es ungleich lieber, würdest du das mit mir tun.«

Als sie stumm blieb, beugte er sich vor, griff unter die Decke, fing ihren linken Knöchel ein und zog ihr den Strumpf aus. Dann nahm er ihren Fuß auf seinen Schoß, massierte die Sohle behutsam, bis sie warm war, und drückte sie gegen sein Glied.

Unfähig, den Blick abzuwenden, saß Lily wie benommen da. Seine heiße, harte Männlichkeit fühlte sich erstaunlich erotisch an.

»Lily«, forderte er sie leise auf, »komm, und setz dich zu mir!«

Sie sah ihm ins Gesicht und begriff instinktiv, worum er sie bat. »Du möchtest, dass ich ... dich streichle?«

»Ja, sehr.« Sein Lächeln war unsagbar verführerisch. »Du weißt, wie schön es sich anfühlt, wenn ich dich errege, also kannst du dir vorstellen, wie schön es für mich sein kann, von dir erregt zu werden.«

Ihr Herz pochte wie verrückt, aber ihr fehlte die Willenskraft, um seine skandalöse Bitte abzulehnen. Seine betörenden braunen Augen zogen sie magisch an. Sie stand auf und setzte sich neben ihn. Dabei glitt die Decke auf den Kutschenboden, was Lily kaum bemerkte.

Ohne abzuwarten, führte Heath ihre Hand zu seinem Schoß. Lily hielt den Atem an, als ihre Finger sein Glied berührten, es ihr begehrlich entgegenzuckte und sie das Leben in ihm pulsieren fühlte.

Sie war zum Zerreißen angespannt, wohingegen

Heath sich lässig zurücklehnte. Er hielt ihre Hand locker umfangen, forderte sie auf, ihn zu streicheln, den schweren Hodensack unter seinem Glied wie die feste samtige Spitze seiner Erektion zu ergründen, bevor er schließlich ihre Hand um den Schaft schloss. Um ihr zu zeigen, wie sie ihm Freude bereitete, begann er, ihre Hand langsam auf und ab zu bewegen.

Ein beschämender Kitzel durchfuhr Lily. Es erregte sie, ihn zu berühren und das sinnlichen Glühen in seinen Augen zu sehen.

»Fester, Liebes! Du tust mir nicht weh.« Gleichzeitig beschleunigte er das Tempo ihrer Bewegungen.

Kurz darauf sah Lily, wie sein Gesicht sich anspannte, seine Haut sich rötete und seine Augen vor Lust glänzten.

Er biss die Zähne zusammen, als ihrer beider Hände ihn fester und schneller streichelten, beinahe grob. Inzwischen ging sein Atem in unregelmäßigen Stößen, und seine Finger umklammerten ihre stärker. Einen Augenblick vor seinem Höhepunkt ließ er ihre Hand los und legte seine über die Spitze seines Schaftes.

Dann schloss er die Augen, während sein Samen sich in seine Hand ergoss. Dabei hoben sich seine Hüften rhythmisch.

Lily schaute verzaubert zu, wie Heath erschauderte, bevor er vollkommen still wurde.

Schließlich öffnete er die Augen wieder und lächelte. »Unsere heimlichen Stelldicheins könnten sehr gut zur Freude meines Lebens werden«, erklärte er mit rauer Stimme.

Sie konnte nichts entgegnen, sondern hockte mit halb geöffnetem Mund da, sprachlos, etwas außer Atem und bebend.

Da sie weiterhin schwieg, holte er ein Taschentuch aus seiner Jacke, wischte sich die Hand sauber und richtete seine Kleidung wieder.

Lily benetzte ihre trockenen Lippen. »Ist das alles, was du zu tun beabsichtigst?«

»Hast du mehr erwartet?«

»Nun ... ja.« Sie hatte erwartet, dass er wenigstens versuchen würde, sie zu verführen.

»Wie bedauerlich, dass wir keine Zeit mehr haben! Wir werden in Kürze in Danvers Hall ankommen.«

Sein heiterer Tonfall machte Lily skeptisch, und auf einmal verstand sie. »Du tust das absichtlich, nicht wahr?«

»Ja, Liebes. Es war eine weitere Lektion in Leidenschaft. Jetzt weißt du, wie es sich anfühlt, schmerzlich erregt zu sein, ohne Hoffnung auf Befriedigung ... welches exakt der Zustand ist, in den du mich fortwährend versetzt.«

Er hatte sie willentlich geneckt und erregt, bloß um zu erreichen, dass sie sich enttäuscht nach mehr verzehrte.

»Das ist nicht fair«, murmelte sie, »eher hinterhältig.«

Sein träges Lächeln war betörend. »Es liegt allein in deiner Macht, dein Schicksal zu wenden. Du brauchst nichts weiter zu tun, als zu sagen, dass du mich heiratest, und ich werde mit größter Freude dein körperliches Verlangen stillen, wann immer du es wünschst. Bis dahin ist deine Tugend bei mir sicher.«

Bei aller Belustigung entging ihr nicht, dass er sie provozierte.

Diese Herausforderung würde Lily nicht annehmen.

Nicht zum ersten Mal verfluchte sie den ärgerlichen, verführerischen Lord Claybourne in Gedanken, bei dieser Gelegenheit dafür, dass er sie mit unglaublichen sinnlichen Freuden zu überreden versuchte, ihn zu heiraten.

»Dann werde ich eben leiden müssen«, erklärte sie, rückte ein Stück von ihm weg und bückte sich hinunter, um die Decke und ihren Strumpf aufzuheben. »Aber ich möchte noch eines erwähnen: Für mich kann dieses groteske Spiel gar nicht schnell genug vorüber sein!«

Zehntes Kapitel

Ich verstehe jetzt, wie unglaublich verlockend ein zärtlicher Liebhaber sein kann.

Lily in Gedanken zu sich selbst

»Ich denke, wir haben ein Unentschieden«, verkündete Fleur am nächsten Nachmittag, nachdem sie die Geschichte von Lilys Ausflug auf und in den See vernommen hatte. »Was meinst du, Chantel?«

Lily sah, wie Chantel Lord Claybourne ein bedauerndes Lächeln zuwarf. Sie hielten sich im Privatsalon der Kurtisanen auf, um seine Leistungen zu bewerten. Der gutherzigen Chantel war es grundsätzlich ein Gräuel, andere zu enttäuschen, insbesondere gutaussehende feine Herren.

»Dem muss ich betrüblicherweise zustimmen, My Lord«, sagte sie betrübt. »In diesem Fall werden Sie weder mit Punkten belohnt noch ziehen wir Ihnen Punkte ab. Es gelang Ihnen, Lily ins Boot zu locken, aber sie fiel über Bord, während sie sich in Ihrer Obhut befand. Und sie bedurfte Ihrer Hilfe nicht, um sich zu retten. Außerdem begleiteten Sie sie nach Danvers Hall, damit Sie sich umkleiden konnte, doch davon profitierten Sie ebenfalls, insofern Sie dort trockene Kleidung erhielten. Sind die Fakten so richtig dargelegt?«

»Ja, und Ihr Urteil erscheint mir gerecht«, versicherte Heath freundlich – sehr zu Lilys Erleichterung. Sie hatte befürchtet, er könnte Einzelheiten der Kutschfahrt preisgeben. Als er sie ansah, erkannte sie, dass er an den skandalösen Zwischenfall dachte, und war umso froher, dass er den Mund hielt.

Und mehr gab es über den gestrigen Tag nicht zu berichten, das für ihr Spiel von Bedeutung war. Für den Rest des Nachmittags hatte Heath sich vollkommen angemessen und umsichtig verhalten. Sie hatten sich beide in Danvers Hall umgekleidet und waren zu der Gartenparty zurückgekehrt.

Natürlich hatte Winifred neugierig nach Einzelheiten gefragt, als sie Lily unter vier Augen drängte, seiner Lordschaft Werben entgegenzukommen. Allerdings hätte Lily bestenfalls unter Todesandrohung gestanden, wie weit sie bereits gegangen war.

Es war schon schlimm genug, dass Winifred keine Gelegenheit ausließ, sie mit dem Marquess zusammenzubringen. Als Lily vorsichtig anfragte, ob die gütige Witwe notfalls gewillt wäre, bei der Begleichung der Spielschulden zu helfen, hatte Winifred sogar abgelehnt und vorgeschlagen, Lily sollte Lord Claybourne bitten – was sie auf keinen Fall täte.

»Also, My Lord«, kam Fleur zum Schluss, »Ihr momentaner Punktestand ist sieben, folglich müssen Sie sich noch drei verdienen.«

»Vielleicht wird dies meinen Stand verbessern«, wagte Heath einen neuen Vorstoß und nahm ein Paket vom Beistelltisch, das er dort abgelegt hatte.

Er reichte es Lily, die neben ihm auf dem Sofa saß und es ungern entgegennahm. Es war in edles Geschenkpapier gewickelt und mit einer Schleife versehen.

»Ah, ein Geschenk!«, rief Chantel verzückt aus. »Es sieht aus wie ein Buch. Öffne es doch, Lily!«

Lily wand die Schleife auf und wickelte das Papier ab. Es handelte sich um ein ledergebundenes Buch.

»Was ist es?«, wollte Chantel wissen. »Ein Band mit Sonetten?«

»Nein«, antwortete Lily, während sie den Titel las. »*Reiseberichte von den Südseeinseln* von George Wilkins.«

»Ich dachte, diese seien Ihnen lieber als Sonette«, erläuterte Heath. »Wilkins ist Mitglied der Royal Society und ein Protegé von Sir Joseph Banks. Seine Berichte über die Eingeborenenkulturen des Pazifiks sind sehr faszinierend.«

Chantel schien verwirrt. »Weshalb sollte Lily sich für irgendwelche Heiden auf weit entfernten Inseln interessieren?«

Heath und Lily wechselten amüsierte Blicke. »Weil sie behauptet, im Herzen eine Abenteurerin zu sein.«

»Ist das wahr, Lily?«, fragte Chantel unglücklich.

Lily lächelte. In demselben Tonfall hatte ihre Mutter früher die Abenteuerlust ihrer Tochter beklagt. »Ich fürchte ja, Chantel. Aber du brauchst dir keine Sorgen zu machen, es ist nicht ansteckend. Wie sind Sie zu dem Buch gekommen, My Lord?«

»Wilkins ist ein Bekannter von mir, und ich darf mich glücklich schätzen, Sir Joseph zum Freund zu haben.«

Lily war beeindruckt, wohingegen ihre Freundinnen sie verständnislos ansahen.

»Wer ist Sir Joseph?«, erkundigte Fleur sich.

»Er ist der Präsident der Royal Society, Fleur«, erklärte Lily ihr. Die Royal Society bestand aus namhaften Gelehrten, die sich für die Förderung der Naturwissenschaften einsetzten und in den letzten Jahrzehnten mehrere wissenschaftliche Expeditionen an die entlegensten Winkel der Welt organisiert hatten. »Sir Joseph segelte einmal mit Captain James Cook auf der *Endeavour*, um den Pazifik und die Küste Australiens zu erforschen.«

»Und solche Dinge interessieren dich?«

»Aber ja! Mich überrascht jedoch, dass Lord Claybourne dieses Interesse mit mir teilt.«

Neben ihr lehnte Heath sich zurück. »Mein Freund Arden ist Mitglied der Society, und ich trat der Gesellschaft auf seine Anregung hin bei. Mein Hauptinteresse gilt den Expeditionen. Drei Forschungsreisen konnte ich bisher bereits mitfinanzieren, einschließlich der jüngsten von Wilkins.«

Lily betrachtete ihn voller Bewunderung und erinnerte sich, dass ihr erster Eindruck von Heath der eines kühnen Abenteurers und Forschers gewesen war. »Ich wusste nicht, dass Sie sich für Forschungsreisen begeistern.«

»Sie wissen vieles nicht über mich.«

Fleur mischte sich wieder ein. »Ich würde sagen, dieses Geschenk ist allemal einen Punkt wert, Lord Claybourne, ist es doch mit Bedacht gewählt und recht einfallsreich. Ein herkömmlicher Verehrer hätte Lily Gedichte gebracht. Ihr Geschenk zeigt, dass Sie mit Lilys wahren Begierden vertraut sind und sie achten.«

»Aber gewiss sind mir ihre wahren Begierden stets präsent«, murmelte Heath so leise, dass nur Lily es hören konnte.

Auf diese provozierende Bemerkung hin bedachte sie ihn mit einem zornigen Blick und entschied, das Thema zu wechseln, zumal sie nicht darüber nachdenken wollte, dass ihm nur noch zwei Punkte zum Sieg fehlten. »Danke für das Buch, My Lord. Ich werde es gern lesen. Würden Sie uns nun bitte erzählen, wie weit Sie in Ihren Bemühungen gediehen sind, Gäste für unsere Soiree morgen Abend zu verpflichten?«

»Dreizehn Herren haben fest zugesagt, zu erscheinen.«

Wieder einmal klatschte Chantel verzückt in die Hände. »Das ist großartig, My Lord! Mit Ihren Bekannten und Fannys sollten wir annähernd dreißig ungebundene Herren zu Gast haben.«

Heath lächelte verhalten. »Einer der Kandidaten behauptet, ein alter Bekannter von Ihnen zu sein, Miss Amour: Viscount Poole.«

»Du lieber Himmel! Ich habe Poole seit einer Ewigkeit nicht gesehen. Seine Gattin war seinerzeit gegen seine, ähm, Liaison mit mir, deshalb gab er sie auf.«

»Er ist inzwischen verwitwet«, sagte Heath.

»Ja, ich hörte davon.« Chantel seufzte verträumt bei der Erinnerung an ihre schillernde Vergangenheit. »Lord Poole war einer meiner liebsten Verehrer. Kein besonders origineller Liebhaber, aber ein freundlicher Mann und mit Abstand der beste Poet. Wettstreite um meine Gunst gewann er regelmäßig, indem er Sonette für mich dichtete, weißt du noch, Fleur?«

»Ich entsinne mich«, antwortete Fleur nachdenklich. »Vielleicht kannst du seine Anwesenheit morgen zu deinem Vorteil nutzen und eure Bekanntschaft auffrischen.«

»Das werde ich gewiss versuchen. Auf jeden Fall wird es entzückend, ihn wiederzusehen.«

»Du musst umwerfend aussehen«, riet Fleur. »Das Alter ist nicht unser Freund, wie dir wohlbekannt ist.«

»Ja, doch Fannys Garderobiere kann mit Kosmetik und Frisuren wahre Wunder wirken. Und Lily ließ mir eine himmlische Robe schneidern.« Chantel lächelte Lily zu. »Ich wünschte, deine eigene wäre halb so elegant, meine Teure.«

»Für mich tut es ein schlichtes Abendkleid«, entgegnete Lily. »Unsere Schülerinnen sind diejenigen, die glänzen müssen.«

Sie fühlte, wie Heath sie streng ansah. »Sie werden doch nicht an der Soiree teilnehmen, nicht wahr?«

»Aber natürlich! Was haben Sie erwartet?«

Nun runzelte er die Stirn. »Die Gesellschaft wird nicht die sein, an die Sie gewöhnt sind.«

»Falls Sie sich um meine Reputation sorgen: Ich plane, kostümiert zu erscheinen – mit einer Maske und einem Turban.«

»Sie sollten überhaupt nicht dort sein.«

Zunächst machte Lily große Augen, dann aber begriff sie, dass er fürchtete, seine ledigen Bekannten könnten sie für eine der verfügbaren Damen halten. »Ich muss dabei sein, My Lord, um den Mädchen notfalls zu helfen. Sie verstehen gewiss, dass ich sie nicht im Stich lassen darf. Die Soiree ist viel zu wichtig für sie – ganz zu schweigen davon, dass die Bezahlung O'Rourkes vom Erfolg dieses Abends abhängt.«

Heath widersprach nicht, sondern sah sie nur schweigend an. Da Lily nicht behagte, wie er sie musterte, stand sie auf. »Ich danke Ihnen für das Buch, My Lord, aber wenn Sie mich nun bitte entschuldigen wollen. In wenigen Minuten beginnt mein Unterricht. Sehe ich Sie morgen Abend um acht? Vorher werde ich leider keine Zeit haben, weil wir den Tag über mit den Vorbereitungen beschäftigt sind.«

»Bis morgen Abend also«, sagte Heath, der sich gleichfalls erhob.

Er verneigte sich höflich, bevor Lily sich zur Tür wandte. Ihr entging jedoch nicht, dass er ihr Handeln ganz und gar nicht befürwortete.

Nun, das kümmerte sie momentan nicht – überhaupt nie, wie sie in Gedanken ergänzte.

Ihr ging es einzig um eine erfolgreiche Soiree, bei der ihre Schülerinnen neue Gönner fanden, die sie unterhielten und ihnen ein besseres Leben ermöglichten.

Tatsächlich war Heath äußerst unglücklich über Lilys Entscheidung, sich der Gesellschaft am Montagabend anzuschließen. Seine künftige Marquise wollte er nicht bei einer solch heiklen Zusammenkunft sehen, den dreisten Annäherungsversuchen seiner ledigen Freunde und Bekannten ausgesetzt.

Deshalb traf er beizeiten auf der Soiree ein, wo er Lily nicht aus den Augen zu lassen gedachte.

Verdrossen beobachtete er, wie sie sich unter die Gäste mischte. Wie sie angekündigt hatte, trug sie eine Dreiviertelmaske, die ihr Gesicht bis auf Mund und Kinn verbarg, und hatte ihr wundervolles Haar unter einem eleganten Turban verborgen. Aber so, wie sie vor Leben und Sinnlichkeit pulsierte, fiel sie natürlich trotzdem jedem Mann im Raum auf – was umso bemerkenswerter war, als sie reichlich Konkurrentinnen hatte.

Alles war sehr stilvoll und konnte leicht mit den glitzernden Festen mithalten, welche die noblen Freunde des Prinzregenten im Carlton House gaben. Der große Salon war zum Bersten voll. Die jungen Frauen gaben sich ausnahmslos damenhaft. Heath war beeindruckt, wusste er doch, in welch kurzer Zeit Lilys »Akademie« es geschafft hatte, sie in Schönheiten zu verwandeln, die nun zweifellos zu den vornehmsten Kurtisanen Londons werden konnten.

Fleur Delee und Chantel Amour wirkten ganz wie

stolze Ziehmütter. Fleur trug scharlachrote Seide und schwarze Spitze, Chantel violett glänzenden Satin mit passenden Pfauenfedern. Allerdings vermutete Heath, dass ihre Amethyste und Diamanten unecht waren.

Während der ersten Stunden hielt Heath sich schützend in Lilys Nähe auf, doch sie wanderte von Gruppe zu Gruppe und beachtete ihn gar nicht. Anschließend hakte sie sich bei dem älteren Lord Poole ein, mit dem sie die folgende Stunde lachend, flirtend und Champagner trinkend verbrachte.

Und als wäre das noch nicht übel genug, war der Abend kaum zur Hälfte vorbei, da näherten sich zwei junge Heißsporne Lily.

Einer von ihnen küsste ihr recht anzüglich die Hand, worauf Heath die Fäuste ballte. Endgültig genug hatte er, als Lily einen der jungen Männer anlachte. Mit zwei Schritten stand er vor ihr.

»Ah, da bist du ja, mein Liebling!«, raunte Heath ihr mit zusammengebissenen Zähnen zu, nahm ihren Ellbogen und führte sie von den anderen beiden weg.

Sie entwand sich ihm jedoch, sowie sie erkannte, dass er sie aus dem Salon führen wollte. »Was tun Sie da, My Lord?«

»Ich bringe dich fort von hier.«

»Das geht nicht! Ich habe doch gesagt, dass ich bleiben muss, falls meine Schülerinnen mich brauchen.«

»Nein, das musst du nicht. Vielmehr verbiete ich es dir.«

»Du *verbietest* es?!«, wiederholte sie ungläubig.

»Ja«, bestätigte Heath, der ihren Arm etwas fester umschlang. »Du kommst mit mir, meine Süße!«

»Von allen arroganten, überheblichen …«

Weiter sprach sie nicht, denn sie bemerkte, dass mehrere Augenpaare sich auf sie richteten, hatte Lily doch in ihrer Wut die Stimme erhoben. Schmollend erlaubte sie Heath, sie aus dem Salon und nach oben in ihr Zimmer zu führen.

Ein einzelner Wandleuchter tauchte den Korridor in gedämpftes Licht, und Heath sah, dass in Lilys Schlafzimmer gar kein Licht brannte. Er brachte sie hinein und schloss die Tür hinter ihnen. Die Vorhänge waren noch offen, so dass genügend Mondlicht durch die Fenster hereinfiel.

Lily hatte sich die Maske heruntergerissen und drehte sich zu Heath um, ihre Hände in die Hüften gestemmt. Ihrem Gesichtsausdruck nach gefiel ihr sein besitzergreifendes Auftreten nicht.

»Du hast mir nicht vorzuschreiben, wie ich mich verhalten soll, Lord Claybourne! Ich gehöre dir nicht.«

Damit stachelte sie seinen Zorn nur an. Heath verlor selten die Beherrschung, und dies war einer der raren Momente. »Du irrst dich, Lily. Du *bist* mein. Und ich dulde nicht, dass du es mit anderen Männern treibst!«

»Es *treibst?!*« Ihre Stimme ertönte beinahe eine Oktave höher. »Was, wenn ich bitten darf, tat ich, um einen solch unbegründeten Vorwurf zu verdienen?«

»Du hast mit Pool geflirtet, seit er ankam.«

Darauf wirkte sie halb erstaunt, halb empört. »Weil ich schnell entschied, dass er der einzige anwesende Herr ist, in dessen Gesellschaft ich sicher bin.« Sie überlegte. »Du kannst unmöglich eifersüchtig auf Lord Poole sein! Dieser Mann ist alt genug, um mein Großvater zu sein. Vor allem ist er nicht im Geringsten an mir interessiert. Er hat die ganze Zeit von Chantels früheren glorreichen Tagen geschwärmt, denn er ist ziemlich hingerissen von ihr – somit gänzlich harmlos für mich.«

»Die beiden geifernden Böcke waren nicht harmlos. Sie wollten nichts lieber, als dich in ihren Betten!«

»Und wenn schon! Es kommt dir nicht zu, eifersüchtig zu sein!«

Heath war selbst verwundert. Noch nie war er eifersüchtig gewesen, und nun hatten es Poole wie auch dessen jüngere Rivalen fertiggebracht, dass er buchstäblich vor Eifersucht kochte. Oder, nein, was ihm zusetzte, war vielmehr die Aufmerksamkeit, die Lily allen dreien widmete. Ihr Verhalten hatte den primitiven Drang in ihm geweckt, sie in seine Höhle zu schleppen und vor all seinen Konkurrenten zu verstecken.

Wie war es dem kleinen Wildfang gelungen, in ihm heraufzubeschwören, was noch keine andere Frau jemals in ihm erweckt hatte?

Lily sah ihn an, als wollte sie ihn am liebsten ohrfeigen. »Das ist vollkommen absurd! Ich kehre umgehend auf die Soiree zurück. Lass mich vorbei!«

»Nein.«

»*Nein?!*«

»Nein«, wiederholte er, wobei die Luft zwischen ihnen förmlich knisterte. Heath hatte genug von ihrem Widerstand, genug von ihrem fortwährenden Leugnen. Lily wollte diese schmierigen Lackaffen nicht, sie wollte *ihn*!

Und um ihr das zu beweisen, trat Heath einen Schritt vor und zog sie in seine Arme.

Der Kuss war eine Geste der Machtdemonstration, bar jeder Zärtlichkeit, wollte Heath sich doch vor allem vergewissern, dass sie ihm gehörte. Unnachgiebig nahm er Lilys Mund ein, angetrieben von rasender Leidenschaft.

Lily fühlte sein Begehren, als seine starken Hände sie noch näher an sich zogen. Ihr Widerstand hielt genau einen Herzschlag lang, dann kapitulierte sie, überwältigt von ihrem Verlangen, sank gegen Heath und erwiderte seinen Kuss mit nicht minder feuriger Inbrunst.

Seine Grimmigkeit faszinierte sie. Schon bald verwandelte sich der Kuss, der Dominanz beweisen wollte, in eine wilde, köstlich sinnliche Liebkosung.

Lilys Herz hämmerte in ihrer Brust, als Heath schließlich seinen Kopf hob und sie ansah. Die Atmosphäre flirrte vor Verlangen, passend zu dem verräterischen Puls zwischen ihren Schenkeln.

Und all das wurde umso intensiver, sobald Lily an seinem Blick erkannte, was er vorhatte. Er wollte sie verführen. Das sagte ihr der strenge Ausdruck in seinem Gesicht, das vom blassen Mondschein erhellt wurde.

»Ich begehre dich, Lily!«, flüsterte er heiser. »Und ich weiß, dass du mich begehrst.«

»Ja«, lautete ihre schlichte Antwort.

Eine Hand in ihrem Nacken, streichelte er sie sanft, bevor er ihr den Turban abnahm. Anschließend zupfte er ihr geschickt die Nadeln aus dem Haar, so dass die dunklen Locken über ihre Schultern fielen.

Dann wanderten seine Hände über ihren Körper, erkundeten sie atemberaubend verführerisch, ertasteten ihre Kurven unter dem Abendkleid und ließen Lily vor Verlangen erbeben.

»Lassen wir diesmal die Kleider an?«, hauchte sie.

Als Heath lächelte, versagte ihre Atmung vollständig. »Nein, diesmal nicht, Liebes. Ich will alles von dir sehen, fühlen und kosten … und ich will, dass du dasselbe mit mir tust.«

Stumm entkleidete er sie, wobei er nicht gestattete, dass sie ihm half. Derweil nahm Lily alles besonders deutlich wahr: seine langsamen Bewegungen, das Pochen ihres Herzens, das Kribbeln ihrer Haut.

Nachdem er ihr das letzte Kleidungsstück ausgezogen hatte, ging er ein wenig auf Abstand, um sie zu betrachten. Seine Miene wirkte fast ehrfürchtig. »Unzählige Male habe ich es mir vorgestellt, wie vollkommen dein junger Leib wäre und wie überwältigend es sich anfühlen würde, dich zu lieben, ohne dass uns irgendetwas trennt.«

Auch sie hatte es sich ausgemalt, weshalb sie überrascht und enttäuscht war, als Heath sie zum Bett führte, ihr bedeutete, sich hinzusetzen, und sie allein dortließ.

Aber er trat lediglich zurück, um sich auszuziehen, wie Lily erleichtert feststellte. Sie beobachtete, wie er sich seines Fracks und seiner Weste entledigte. Als Nächstes kamen seine Krawatte und das Hemd, gefolgt von den Schuhen, den Strümpfen und der Satinkniebundhose.

Lily stockte abermals der Atem, als sie ihn erstmals vollständig entblößt sah. Fasziniert nahm sie alles in sich auf, seine breite Brust, seine schmalen Hüften, seine langen muskulösen Beine.

Muskeln spielten unter der samtigen Haut, und sein Glied ragte aus dem dunklen Haar zwischen seinen Schenkeln auf.

Bei diesem Anblick wurde Lilys Mund trocken. Wie hypnotisiert sah sie ihn an, als Heath näher kam und vor ihr stehen blieb. Er legte einen Finger unter ihr Kinn und hob es behutsam, damit sie ihm in die Augen schaute, in deren schattigem Glanz sie versank.

Ein wohliger und zugleich ängstlicher Schauer durchfuhr sie. Sanft drückte er sie auf das Bett hinunter, bevor er sich neben ihr ausstreckte. Vor freudiger Erregung spannten sich die Muskeln in Lilys Bauch an.

Sie schöpfte hörbar Atem, als ihre nackten Leiber sich berührten. Heath fühlte sich erstaunlich an, warm und weich, fest und stark. All ihre Sinne konzentrierten sich einzig auf ihn, auf die glatte Textur seiner Haut, die Hitze und die harten Wölbungen darunter. Und auf seine Lenden. Seine Erektion drückte pulsierend heiß gegen ihren Bauch.

Ungeduldig regte Lily sich, schmiegte sich an ihn, wollte ihm so nahe sein, wie sie nur konnte.

»Nein, lieg still, und lass dich von mir verwöhnen!«, bat Heath.

Folgsam legte sie sich auf den Rücken und überließ sich ihm, was ihr jedoch nicht leichter fiel, als er begann, sie federleicht zu streicheln.

Ihre Brustspitzen waren schmerzlich gespannt, so dass sie das Gefühl hatte, sie gingen in Flammen auf, kaum dass seine Hände sie streiften.

Lily biss sich auf die Unterlippe, während sie sich Heaths begabten Erkundungen überließ. Und sie war verzaubert von der puren Sinnlichkeit seiner magischen Berührung, der Stille der Nacht, des silbrigen Mondscheins auf ihren Leibern.

Seine Hände verließen ihre Brüste und tauchten in ihr Haar. Nun übernahm es sein Mund, sie um den Verstand zu bringen. Er hauchte Küsse auf ihren Hals, ihr

Kinn, ihre Wangen, ehe er sich endlich, mit traumähnlicher Trägheit, ihren Lippen näherte.

Lily seufzte leise, als sein Mund über ihrem war. Für lange hitzige Momente lag sie da, sog seinen Atem ebenso in sich auf wie seinen Duft. Sie genoss es, von seiner Wärme umgeben zu sein. Ihr Seufzen wurde zu einem leisen Stöhnen, als seine Finger sich in ihrem Haar spreizten und sie näher an ihn drückten, um den Kuss zu vertiefen.

Gebannt von seiner Zärtlichkeit, ließ sie alles mit sich geschehen.

Er verwöhnte sie mit zauberhaften Genüssen. In diesem Moment gab es nichts auf der Welt außer ihnen beiden, und doch sehnte ihr Leib sich danach, mehr von ihm kennenzulernen, verzehrte sich nach größerer Erfüllung.

Sie war unendlich dankbar, als seine Hand zu den schweren Wölbungen ihrer Brüste zurückkehrte. Deren Knospen schmerzten und pochten, und als er eine mit Daumen und Zeigefinger einfing, strahlte der erregende Kitzel von dort geradewegs in ihren Schoß.

Dann umfasste er die Brust mit seiner Hand und nahm die Spitze in den Mund, um an ihr zu saugen und sie mit der Zunge zu streicheln. Lily erschauderte unter der Hitze, die ihren ganzen Körper durchflutete. Sie konnte gar nicht anders, als ihre Finger in seinem Haar zu vergraben und seinen Kopf auf ihrem Busen festzuhalten.

Wie es schien, gab Heath sich nicht damit zufrieden, ihre Brüste zu necken, denn er befreite sich aus Lilys Umklammerung und küsste sich ihren Bauch hinab.

Überall, wo seine Lippen sie berührten, wurde Lily heiß, fing jedoch richtig Feuer und wurde unruhig, als sie seine Nasenspitze und seinen Mund in den Locken ihres Venushügels spürte.

»Ganz ruhig!«, sagte Heath leise. »Ich tue dir nicht weh.«

Ihr Herz raste, und es kostete sie größte Mühe, sich nicht zu rühren, während seine großen Hände ihre Schenkel streichelten und sie auseinanderschoben, so dass ihre Scham entblößt vor ihm lag. Dann waren seine Lippen dort, pressten einen langen Kuss auf ihre Weiblichkeit, bei dem Lily vor Erregung nach Luft rang.

Was Heath nicht aufhielt – ganz im Gegenteil: Er begann, ihre Scham mit tiefen samtigen Zungenstrichen zu necken, die eine Hitzewelle nach der anderen auslösten.

Er schien sie vollständig auskosten zu wollen, zunächst mit langsamen, sachten Liebkosungen, dann mit intensiveren. Seine Zunge wechselte zwischen zarten Flatterbewegungen und festen, dringlicheren Streicheleinheiten.

Lilys Atem ging beständig schneller, als wollte er mit ihrem Herzschlag um die Wette rennen. Ihr Körper bestand nur noch aus Verlangen, aus scharfer, überwältigender Wonne und schwindelerregenden Empfindungen. Und immer noch setzte Heath die köstliche Qual fort, bis Lily glaubte, sie würde jeden Moment ohnmächtig.

Schließlich steigerte er seinen Rhythmus, entlockte Lily ein Stöhnen und machte sie wild vor Lust, indem er mit einem Finger in sie eindrang.

Sie konnte nicht mehr ruhig liegen. Hemmungslos wiegte sie sich an seinem Mund. Es war zu viel, zu heiß, zu überwältigend. Verlangen und Wonne, Begehren und Lust beherrschten ihre Sinne, bis sie heftig erbebte und einen Schrei der Ekstase ausstieß.

Nachdem der erste Sturm sich allmählich gelegt hatte, bemerkte Lily, dass Heath wieder neben ihr ausgestreckt war und sie beobachtete. Als sie in seine goldgefleckten Augen blickte, erkannte sie eine Vielzahl von Emotionen: sexuelles Begehren, Zärtlichkeit, Zuneigung und höchste Zufriedenheit.

Als er ihr sanft über die Wange strich, musste Lily plötzlich schlucken, weil ihr Hals befremdlich eng wurde. Heaths Leidenschaft brachte die wilde Saite in ihr zum Klingen, löste aber auch einen Gefühlstumult in ihr aus. Seine zarte Intimität erschütterte sie beinahe mehr noch als der Sinnenrausch, den er ihr eben beschert hatte.

Zu allem Überfluss merkte sie, wie Tränen in ihren Augen brannten. Hastig neigte sie den Kopf und verbarg ihr Gesicht an seiner warmen Brust. Eine solche Zärtlichkeit hatte sie bei keinem Mann erlebt, und schon gar nicht hatte sie erwartet, dass sie jemals davon zu Tränen gerührt sein könnte. Sie hatte nicht einmal geahnt, dass es überhaupt so etwas gab. Was sie bisher über Mann und Frau wusste, beschränkte sich größtenteils auf die ständigen Streitereien ihrer Eltern, deren Ehe ein Schlachtfeld gewesen war.

Dagegen hatte Lily sich wehren können, wohingegen sie nichts aufzubieten vermochte, um sich vor so viel Sanftmut zu schützen.

Und so blieb ihr nichts anderes übrig, als sie mit aller Kraft zu verdrängen. Sie rutschte ein Stück von Heath weg, um das Gefühl zu unterdrücken.

Offenbar spürte er, dass sie sich zurückziehen wollte, denn er legte seinen Arm um sie und drückte sie wieder an sich. Lily verkrampfte sich ängstlich, während ihre verräterischen Sinne seine Berührung genossen.

Eine ganze Weile hielt er sie ruhig im Arm, küsste ihr Haar und streichelte ihren Arm, ihren Rücken, ihre Hüfte und ihren Schenkel. Sie fühlte seine Männlichkeit an ihrem Bauch, und obgleich er äußerst erregt war, unternahm er nichts, um für seine Befriedigung zu sorgen.

»Willst du nicht … mehr tun?«, fragte Lily schließlich unsicher.

»Jetzt nicht«, flüsterte er an ihrem Ohr. »Ich würde gern, glaub mir. Ich wünsche mir nichts sehnlicher, als hier bei dir zu bleiben und dich die ganze Nacht hindurch zu lieben, dir zu zeigen, dass der Liebesakt noch viel schöner sein kann. Aber das werde ich erst tun, wenn du zustimmst, mich zu heiraten.«

Nach seiner jüngsten Lektion wusste sie, dass er schmerzlich erregt sein musste. Und sie hielt es nur für fair, ihm eine Erlösung aus diesem Zustand anzubieten. »Ich könnte … mich um dich kümmern – so wie in der Kutsche.«

Sie glaubte, ein gequältes Lächeln aus seiner Stimme herauszuhören, als er antwortete: »Danke, ich warte lieber auf den echten Liebesakt, Lily. Heute Abend habe ich dir gezeigt, was ich wollte, und fürs Erste gebe ich mich damit zufrieden.«

Leider war *sie* nicht zufrieden. Heath hatte ihr beachtliche Wonnen geschenkt, aber sie fühlte sich immer noch … unvollständig.

Auf ihr Schweigen hin legte er sanft seine Hände an ihre Wangen und zwang sie, ihn anzusehen.

»Ich wollte, dass du Leidenschaft kennenlernst, mein

Liebes, und begreifst, was du aufgibst, indem du dich der Ehe verweigerst. Du willst nicht ein Leben lang Jungfrau bleiben, deine Nächte in Einsamkeit vergeuden, allein in deinem keuschen Bett. Und davon hoffe ich, dich schon bald überzeugt zu haben.«

Eines glaubte sie bereits, wie Lily sich eingestand: Sie wollte nicht für immer Jungfrau bleiben – nicht, nachdem sie die atemberaubende Leidenschaft mit Heath erlebt hatte.

Lily schloss die Augen vor dieser Erkenntnis. Heaths Strategie war aufgegangen, denn sie musste einsehen, dass sie die Geliebte dieses Mannes sein wollte.

Selbst wenn sie ihn nicht zu heiraten wünschte, selbst wenn sie seine Zärtlichkeit nicht wollte, verzehrte sie sich nach den magischen Mysterien der Sinnlichkeit, die er ihr enthüllen konnte.

Elftes Kapitel

Ich wollte lediglich seiner Lordschaft Aufmerksamkeit von meiner Person ablenken. Wie hätte ich damit rechnen können, auf diese Weise meine eigene Eifersucht zu erregen?

Lily an Fanny

Eingelullt von dem sinnlichen Wohlgefühl, schlummerte Lily in Heaths Armen ein. Ihre körperliche Befriedigung ermattete sie zu sehr, als dass ihr Gefühlstumult sie wach zu halten vermochte. Kaum aber weckte er sie in der Nacht, um ihr zuzuflüstern, dass er nicht in ihrem Bett entdeckt werden wollte, und küsste sie zum Abschied, kehrten ihre widersprüchlichen Empfindungen im Verein mit unerwünschten Sehnsüchten zurück.

Lily ärgerte sich über ihre Schwäche, stand auf, zog sich ihr Nachthemd an und kehrte allein in ihr Bett zurück. Dort wälzte sie sich für den Rest der Nacht umher, unfähig, zu vergessen, wie Heath sie berührt hatte, wie er duftete, wie warm und zärtlich er gewesen war. Als sie früh am nächsten Morgen aufstand, war sie übernächtigt und erschöpft. Noch dazu beschimpfte sie sich wegen ihrer erbärmlichen Reaktion auf Heaths geschickte Verführungstaktik.

Nicht bloß hatte er ihr eine Kostprobe von etwas Wundervollem gegeben, sondern überdies erreicht, dass sie sich nach seiner Leidenschaft verzehrte und mehr und mehr versucht war, ihren Flirt sogar noch weitergehen zu lassen.

Während Lily sich wusch und ankleidete, bemühte sie sich erfolglos, die Erinnerung an seine Liebkosungen abzuschütteln. Sie steckte geradezu in einem Dilemma. Leider konnte sie nicht umgehend aus London fliehen, um Heath aus dem Weg zu gehen. Zwar würde sie nach der Soiree nicht länger als Lehrerin gebraucht, doch hatte sie sich bereiterklärt, dieses Brautwerbungsspiel mit ihm durchzuführen, und die Ehre gebot, es bis zum Ende durchzustehen, zumal er seinen Teil des Handels erfüllt und geeignete Herren zu der Soiree geladen hatte. Außerdem waren die Schulden ihrer Freundinnen bei O'Rourke nach wie vor nicht beglichen.

Fest stand, dass sie es sich nicht leisten konnte, Heath gegenüber nachgiebiger zu werden, als sie es ohnehin schon war. Vor allem musste sie mit Idiotien aufhören wie dem Wunsch, seine Geliebte zu sein.

Besser sollte sie sich auf die verstörende Möglichkeit vorbereiten, dass er ihr Spiel gewann. Ihm blieb noch eine ganze Woche, um die restlichen zwei Punkte zu ergattern und mit ihnen das Recht, sie öffentlich weitere drei Monate lang zu umwerben.

Was bedeutete, dass sie unbedingt anfangen sollte, eine emotionale Barriere zwischen ihnen zu errichten. Andernfalls machte sie sich viel zu verwundbar.

Lily überlegte noch, wie sie sich besser vor ihm schützte, als sie zum Frühstück hinunterging. Zu ihrer Überraschung traf sie Fleur, Chantel und Ada Shaw bereits im Speisesalon. Es kam selten vor, dass die älteren Schönheiten vor zehn Uhr aufstanden.

Ada strahlte wie ein Honigkuchenpferd, während die beiden ehemaligen Kurtisanen entzückt lächelten.

»Unsere Soiree war ein großer Erfolg, Lily«, sprudelte Fleur sofort los. »Vierzehn unserer Mädchen konnten sich mit neuen Gönnern verabreden.«

»Ja«, stimmte Ada begeistert ein, »und *ich* kann die größte Eroberung von allen vorweisen! Ich habe einen reichen Earl kennengelernt, der mich zu seiner Mätresse machen will.«

»Und ich glaube«, ergänzte Chantel glücklich, »dass Lord Poole sich wieder für mich interessiert. Sollte ich meine Karten richtig ausspielen, könnte ich Poole überreden, etwas zu unserem Schuldenfonds beizusteuern.«

»Du vergisst, dass es Karten waren, die uns überhaupt in diese Lage brachten«, bemerkte Fleur trocken.

»Aber natürlich vergesse ich es nicht«, konterte Chantel pikiert. »Ich habe schlicht einen bildhaften Ausdruck benutzt. Oder bist du nur eifersüchtig, dass ich nach all den Jahren wieder einen Verehrer gefunden habe?«

Fleur gab einen verächtlichen Laut von sich. »Selbstverständlich nicht! Ich neide dir deinen Verehrer nicht, meine Liebe, schon gar nicht, da es sich um einen handelt, der alt und fett ist und knirscht, wenn er sich verbeugt. Poole trägt mehr Korsetts als ich!«

Als Chantel gekränkt schmollte, mischte Lily sich hastig ein, indem sie ihre Freude ob der gelungenen Soiree äußerte. Zum Glück lenkte dies die beiden Kurtisanen ab, die sich sogleich überschlugen, zu beteuern, wie glänzend der Abend verlaufen wäre und welche Schülerinnen die Chance bekamen, ihre Umstände deutlich zu verbessern, indem sie in höhere Kreise der Halbwelt aufstiegen.

Bis Fleur und Chantel ihr Frühstück beendet und den Speisesalon verlassen hatten, waren sie beide wieder beste Freundinnen.

Allein mit Ada, schickte Lily ein kurzes Dankgebet gen Himmel, dass die beiden anderen am Vorabend zu beschäftigt gewesen waren, um ihre frühzeitige Abwesenheit zur Kenntnis zu nehmen. Sie wollte ihnen nämlich *nicht* gestehen müssen, was für skandalöse Dinge sich zwischen Lord Claybourne und ihr in ihrem Schlafzimmer zugetragen hatten, während unten noch die Soiree andauerte.

Folglich war sie mit ihren Gedanken weit, weit weg, als Ada das Wort ergriff.

»Lord Claybourne scheint ziemlich angetan von Ihnen, Miss Loring.«

»Warum sagst du das?«, fragte Lily, die an ihrem Kaffee nippte.

»Er hat uns andere nicht einmal angesehen, solange Sie in der Nähe waren … und auch nicht, wenn Sie nicht da waren.«

»Ich wünschte, er würde auch einmal andere Damen ansehen«, murmelte Lily vor sich hin.

»Ja, wirklich?« Ada klang überrascht. »Möchten Sie, dass er andere Damen anschaut?«

Erst jetzt begriff Lily, dass sie es ausgesprochen hatte, und bemerkte, dass Ada sie aufmerksam beobachtete.

»Die meisten Damen«, erzählte Ada, »würden ihre Seele verkaufen, um von einem solch prächtigen Herrn beachtet zu werden.«

Lily, die spürte, wie sie errötete, widmete sich rasch ihrem Toast, den sie sehr sorgfältig mit Marmelade bestrich. »Mag sein, aber ich behalte meine Seele lieber für mich.«

»Wie ich hörte, wünscht seine Lordschaft, Sie zu heiraten«, fuhr Ada vorsichtig fort.

»Das behauptet er, aber ich möchte ihn nicht heiraten.«

»Sie möchten keine Marquise werden?« Das Mädchen machte große Augen, als könnte es ein solches Sakrileg nicht verstehen. »Ich würde meinen neuen Gönner auf der Stelle aufgeben, sollte ich glauben, stattdessen Lord Claybourne gewinnen zu können.« Sie seufzte. »Aber ich würde nie einer anderen den Mann stehlen – zumindest nicht einer Dame, die so gut zu mir war wie Sie, Miss Loring.«

»Lord Claybourne ist nicht *mein* Mann, Ada«, versicherte Lily ihr.

Ein berechnendes Funkeln erhellte Adas Augen. »Dann würde es Ihnen nichts ausmachen, wenn ich versuchte, seine Aufmerksamkeit zu erregen?«

Lily überlegte, wie sie es fände, würde die wunderschöne junge Kurtisane sich bemühen, Heath zu verführen. Es gefiele ihr ganz und gar nicht. Doch sie hatte kein Recht, Ada davon abzuhalten, wollte dieses Recht ja nicht einmal.

»Ich erhebe keinen Anspruch auf ihn«, wiederholte Lily.

»Falls es Ihnen also wirklich nichts ausmacht … könnte ich es versuchen. Nicht dass ich eine Chance hätte. Die meisten feinen Herren sind leicht zu verführen, aber über Lord Claybourne heißt es, er wäre ein glänzender Liebhaber. Ich hörte, dass er eine Dame vor Freude zum Weinen bringen kann. Einen solchen Mann zu erfreuen oder auch nur zu bewegen, mich in Erwägung zu ziehen, wird nicht leicht. Immerhin kann er jede Frau haben, die er will.« Ada schüttelte den Kopf. »Nun, schaffe ich es nicht, schafft es keine.«

Lily musste ihrer Einschätzung zustimmen. Mit ihrem feurigen Haar und ihren üppigen Kurven sollte Ada selbst einen verwöhnten Herrn mit Heaths erlesenem Geschmack reizen – seit sie gelernt hatte, ihr vulgäres Benehmen zu zügeln und beinahe vornehm zu sprechen. Von dieser jungen sinnlichen Sirene könnte Heath sich durchaus angezogen fühlen.

»Ich schätze, du hast Recht«, bestätigte Lily ihr mit einem matten Lächeln.

Ada grinste. »Und wenn ich es nicht schaffe, beweist es, dass er Ihnen ergeben ist.«

»Wie bitte?«

»Na ja, falls er sich so schnell mir zuwendet, wissen Sie, dass er Ihnen nicht dauerhaft treu bleiben würde. Es ist besser, so etwas über einen Mann zu wissen, bevor man ihm das eigene Schicksal in den Schoß schmeißt, sage ich immer.«

»Ja, das ist wahr. Mein Vater war ein unverbesserlicher Wüstling, und ich will gewiss keinen Ehemann, der ihm auch nur entfernt ähnlich ist.«

Zwar bezweifelte sie, dass Heath viel mit ihrem verdorbenen Vater gemein hatte, doch sollte er den Offerten des Freudenmädchens bereitwillig nachgeben, hätte Lily den Beweis, dass er sie nicht so sehr begehrte, wie er stets vorgab.

Und vor allem könnte es Lily von seinem Werben befreien. Stillte eine andere seine körperlichen Bedürfnisse, würde er Lily weniger hartnäckig verführen.

»Du brauchst dich nicht zu sorgen, dass ich dir im Weg stehen könnte, Ada«, murmelte Lily. »Übrigens kommt Lord Claybourne heute um elf zu Besuch. Du darfst ihn gern an meiner Stelle begrüßen.«

»Oh, vielen Dank, Miss Loring! Ich glaube, ich weiß genau, wie ich das anstelle.«

Adas Plan war relativ simpel: Bei Ankunft des Marquess würde sie die Treppe herunterkommen, auf der letzten Stufe fallen und zu seinen Füßen landen, so dass er keine andere Wahl hätte, als ihr aufzuhelfen. Schließlich war Ada Schauspielerin und gedachte, ihre Fertigkeiten klug einzusetzen.

Indessen kamen Lily Bedenken. Obwohl sie nichts gegen Heaths mögliche Verführung eingewandt hatte, fühlte sie sich für den Rest des Morgens seltsam ängstlich. Und sie stellte fest, dass sie die Kaminsimsuhr in Fleurs Salon gar nicht mehr aus dem Blick ließ, sowie es auf elf Uhr zuging.

Als sie schließlich den Klopfer an der Vordertür hörte, schlüpfte sie auf den Korridor hinaus und schlich sich an das obere Treppengeländer, wo Ada für ihre Vorstellung bereitstand.

Alles verlief genau nach dem Plan der Kurtisane. Kurz nachdem Lord Claybourne seinen Hut dem Diener überreicht hatte, knickte Ada auf der unteren Stufe mit dem Knöchel um und fiel sehr grazil aufs Parkett.

Auf ihren zarten Schmerzensschrei hin eilte Heath sofort zu ihr. Und als Ada beteuerte, dass sie sich hinlegen müsste, trug er sie in das nächste Zimmer mit einem Sofa, das zufällig der Salon im ersten Stock war.

Leider musste Lily nun entdecken, dass es ihr aus ihrer Warte unmöglich war, das weitere Geschehen zwischen Ada und ihrem vornehmen Gast zu verfolgen.

Fünf Minuten verstrichen, dann siegte Lilys Ungeduld über ihre Vernunft. Sie stieg die Treppe hinunter und ging langsam über den Korridor zur Salontür. Außer leisem Gemurmel konnte sie nichts hören.

Mit größter Mühe unterdrückte sie den Drang, zu

ihnen zu rennen, und blieb stattdessen im Flur stehen, wo sie im Geiste hart mit sich ins Gericht ging. Sie glaubte selbst kaum, dass sie sich derart erbärmlich verhielt. Ihr war vollkommen gleich, ob Heath Ada küsste, sie berührte, sie streichelte oder ihr Wonnen bereitete, wie er sie *ihr* bereitet hatte …

Bei der Vorstellung, er könnte die wunderschöne Kurtisane beglücken, musste sie ein Stöhnen unterdrücken, und es dauerte nur einen weiteren Moment, bis sie sich eingestand, dass es sinnlos war, sich etwas vorzumachen. Sie *hasste* den Gedanken an Heath mit einer anderen Frau.

Als sein tiefes Gemurmel von einem amüsierten leisen Lachen gefolgt wurde, erstarrte Lily. Sie musste Ada davon abhalten, ihn zu verführen – egal, wie sehr sie das Mädchen vorher dazu ermuntert hatte!

Lily wappnete sich für das, was sie vorfinden würde, und versuchte, nicht allzu schnell zur Tür zu laufen. Als sie jedoch beim Salon ankam, war sie schlagartig wie versteinert.

Ada lag auf dem Sofa, auf ein Kissen gelehnt und in sehr verführerischer Pose, während Heath unten am anderen Ende saß und den nackten Fuß des Mädchens in seinem Schoß hielt. Er massierte ihr sanft den Knöchel, nicht unähnlich der Art, wie er es an dem Nachmittag der Gartenparty in der Kutsche mit Lilys getan hatte.

Ein scheußlicher Schmerz durchfuhr Lily, begleitet von einem Anflug heftigster Eifersucht. Beides versuchte sie zu unterdrücken, als sie sich hörbar räusperte.

Ada sah erschrocken auf. »Oh, Miss Loring! Ich habe Sie nicht erwartet.«

Lily rang sich ein Lächeln ab. »Seine Lordschaft

wollte mir um elf seine Aufwartung machen, aber er verspätete sich.«

Wie sie bemerkte, schien Heath nicht im Geringsten unbehaglich ob der Situation. Er erhob sich nicht einmal, wie es jeder Gentleman bei ihrem Eintreten normalerweise getan hätte.

»Ada, meine Liebe, was ist mit dir?«, fragte Lily, die ihren Blick streng auf den nackten Fuß der Kurtisane richtete.

»Ich habe ... ich habe mir meinen Knöchel ganz arg verdreht. Aber Lord Claybourne konnte mir allen Schmerz nehmen.« Ada klimperte mit ihren pechschwarzen Wimpern in seine Richtung. »Ich schwöre, es ist wunderbar für ein Mädchen, wenn solch ein galanter Retter herbeieilt!«

»Ja«, bestätigte Lily sehr trocken, »seine Lordschaft genießt es, den Helden zu geben.«

Überdies sah Heath aus, als würde er die Aufmerksamkeit der schönen jungen Frau genießen. »Ich läute nach Ellen, damit sie dir einen kalten Umschlag bringt, wenn du möchtest, Ada.«

Als sie sich in Richtung Klingelzug bewegte, erklärte Heath ruhig: »Die kalte Kompresse sollte in Miss Shaws Schlafzimmer gebracht werden. Ich beabsichtige, sie dorthin zu tragen, da sie nicht laufen kann.«

»Oh, *danke*, My Lord«, hauchte Ada betont schwächlich. »Ich weiß nicht, was aus mir geworden wäre, hätten Sie mich nicht gerettet.«

»Ich konnte Sie ja schlecht leiden lassen«, entgegnete er mit einem sehr freundlichen Lächeln.

Obwohl es Lily zutiefst widerstrebte, musste sie seiner Bitte entsprechen. Bis Ellen ins Zimmer kam, hatte Heath Ada schon in seine Arme gehoben und lächelte ihr zu, während sie sich an ihm festklammerte und bewundernd zu ihm aufsah.

Als er mit seiner Last aus dem Salon schritt, gab Lily Ellen Anweisungen, griff dann Adas Schuh und Strumpf und folgte Heath die Treppe hinauf.

Adas Schlafzimmer befand sich im zweiten Stock ganz hinten auf dem Flur. Lily schaffte es, vor Heath dort zu sein, um ihm die Tür zu öffnen. Er trug die Kurtisane hinein und legte sie vorsichtig auf das Bett. Doch Ada löste ihre Arme nicht von ihm, sondern flüsterte ihm etwas zu, das ihn zum Lachen brachte.

Lily ertappte sich dabei, wie sie mit den Zähnen knirschte, und sie war unsagbar erleichtert, sowie Heath sich von der Schönheit befreite und galant verabschiedete.

Draußen auf dem Korridor jedoch erschrak sie, als er unvermittelt ihren Ellbogen packte. »Wo können wir ungestört reden, mein Engel?«, fragte er in trügerisch freundlichem Ton.

Lily sah ihn unsicher an, denn er klang beinahe wütend. »Ginge Fleurs Salon?«

»Ja.«

Lily führte ihn dorthin, fragte sich derweil aber, was seinen Zorn erregt haben mochte. Und sie spannte unwillkürlich jeden Muskel an, als sie drinnen waren und Heath die Tür hinter ihnen zuknallte. Gerade nach der letzten Nacht wollte sie nicht wieder mit ihm allein sein.

Doch offensichtlich hatte er nicht im Sinn, die gestrigen Erlebnisse zu wiederholen. Sein Blick lähmte sie buchstäblich, bevor er auf sie zutrat, um nur wenig vor ihr stehen zu bleiben. Trotz seiner beängstigenden Haltung reagierte ihr Körper sofort auf seine Nähe.

»Du hast Adas Verführungsversuch initiiert, nicht wahr?«, fragte Heath sehr streng. Als sie schwieg, zuckte sein Wangenmuskel. »Spar dir die Mühe, es zu leugnen, meine Süße! Ada hat gestanden.«

Es brauchte einen Moment, aber dann begriff Lily. »Du hast sie überredet, es dir zu erzählen! Mit deinem *Charme* hast du ihr ein Geständnis entlockt.«

»Ich bekenne mich schuldig im Sinne der Anklage«, entgegnete er nicht amüsiert.

»Wie bist du darauf gekommen?«

»Mir schien ihr Verhalten selbst für ihre Verhältnisse ein wenig zu unverblümt. Und ich habe gelernt, Fallen zu erkennen.«

»Ah, natürlich, verzeih mir!«, spottete Lily. »Dir werfen sich die Frauen ja seit Ewigkeiten zu Füßen! Und all die Sorge um ihren verletzten Knöchel, die zarte Massage waren natürlich nur gespielt, weil du mich provozieren wolltest?«

»Ja, denn ihr Knöchel ist vollkommen unversehrt.«

Lily ballte unwillkürlich die Fäuste, als sie sich an ihre Eifersucht von eben erinnerte. Und Heath hatte sie willentlich befeuert, indem er vorgab, sich um die andere wunderschöne Frau zu sorgen.

Offenbar war er mit seinen Zurechtweisungen noch nicht am Ende. »Du gibst zu, dass du Adas kleinem Plan zugestimmt hast. Was ich wissen möchte, ist, *warum*!«

»Ich würde meinen, das ist offensichtlich«, konterte Lily, die sich unter seinem bohrenden Blick zunehmend unbehaglich fühlte.

»Soweit Ada sagt, wolltest du beweisen, dass ich wie dein verstorbener Vater bin – allzeit gewillt, alles zu jagen, was Röcke trägt.«

»Ja, zum Teil.«

Ihre Antwort entzündete Funken in seinen Augen. »Und du dachtest, du würdest mich los, indem du mich mit einer anderen verkuppelst? Verdammt nochmal, Lily!«

Als sie angesichts seiner Wut zusammenzuckte, biss Heath sichtlich angestrengt die Zähne zusammen. »Was zum Teufel hast du dir dabei gedacht? Hast du ernstlich geglaubt, sie könnte mich von dir abbringen? Dass ich jemals eine andere Frau wollen würde, wenn ich dich haben könnte?«

Lily schlang die Arme um ihren Oberkörper, weil sie fröstelte. »Ehrlich gesagt, ja. Ich dachte, wenn sie deine körperlichen Bedürfnisse befriedigt, würdest du mich nicht mehr begehren.«

»Verdammt, Lily …«, fluchte er und fuhr sich mit der Hand durchs Haar. »Ich will nicht nur das Bett mit dir teilen, sondern dich zu meiner *Frau*! Wäre der körperliche Akt alles, was ich möchte, könnte ich beliebig viele willige Frauen finden, die mir zu Diensten wären.«

»Ich weiß«, sagte Lily kleinlaut.

»Und ich bin durchaus imstande, mir selbst eine Mätresse zu suchen, wenn ich eine wünsche, ohne deine Hilfe. Vor allem aber missfällt mir deine Täuschung.«

Lily ging zum Sofa und setzte sich. »Es tut mir leid. Ich hätte nicht zulassen dürfen, dass Ada dich zu verführen versucht. Außerdem«, Lily nagte unsicher an ihrer Unterlippe, »habe ich nicht bedacht, welches Risiko sie auf sich nimmt. Sie hat einen neuen Gönner, und es könnte ihre Chancen ruinieren, sollte er herausfinden, dass sie dich bezirzen wollte.«

Zu Lilys Erleichterung war Heaths Tonfall weniger barsch, als er fragte: »Ist das der Grund, weshalb du uns gestört hast? Weil du dich sorgtest, sie könnte ihren Gönner verlieren?«

»Nun … nicht ganz genau.«

»Welcher dann, ganz genau?«

Lily wagte es, zu Heath aufzusehen. Er wirkte immer noch wütend. »Ich … wollte nicht, dass du sie küsst.«

Einen Moment lang sah er sie schweigend an, dann wurden seine Züge merklich weicher. »Du warst eifersüchtig.«

Lily fühlte, wie ihre Wangen sich verräterisch röteten, deshalb senkte sie den Kopf. »Ja.«

Stille trat ein. Dann kam Heath zu ihr und setzte sich neben sie. »Ich schätze, ich sollte mich geschmeichelt fühlen – und ermutigt. Ich muss Fortschritte in meinem Werben machen, wenn du eifersüchtig geworden bist.«

Bei seinem Anflug von Humor regte sich Lilys Widerstand. »Mach dir keine zu großen Hoffnungen! Ich beabsichtige nach wie vor nicht, dich zu heiraten.«

Prompt spürte sie, wie sein Blick prüfender wurde. »Du gestehst deine Eifersucht, willst meinen Antrag jedoch weiterhin zurückweisen? Das ergibt keinen Sinn. Warum bist du so entschieden dagegen, mich zu heiraten, Lily?«

»Ich habe dir gesagt, warum.«

»Weil deine Eltern einander feindselig gesinnt waren. Was nicht zwangsläufig bedeutet, unsere Verbindung würde wie ihre verlaufen.«

Lily machte sich gerade und sah ihn an. »Hättest du ihre ewigen Schlachten in *deiner* Kindheit erlebt, wärst du ebenso wenig geneigt, zu heiraten.«

»Also glaubst du, unsere Ehe wäre genau so ein Schlachtfeld wie ihre?«

»Ich … weiß es nicht«, gab Lily zu. »Aber ich bin nicht bereit, das Risiko einzugehen. Ich möchte nicht für den Rest meines Lebens unglücklich sein, wie es meine Mutter war.«

»Du vergleichst mich schon wieder mit deinem Vater.« Als Lily sich weigerte, etwas zu entgegnen, gab Heath einen knurrenden Laut von sich. »Was hat er deiner Mutter getan, das so furchtbar war?«

Lily schluckte, während ihr Bauch sich zusammenkrampfte, als sie sich an den alten Schmerz erinnerte. »Darüber möchte ich nicht sprechen.«

»Verdammt nochmal, Lily! Wie kann ich dir glaubhaft machen, dass ich anders bin als dein Vater, wenn ich gar nicht weiß, was er getan hat?«

»Also gut …« Fast drohte sie, an ihren Worten zu ersticken. »Wenn du es unbedingt wissen willst … Er hat sie geschlagen. Er schlug mit Fäusten auf sie ein, bis sie zu Boden ging, wo er dann auf sie eintrat. Sie schrie vor Schmerz. Und ich konnte es nicht aushalten. *Ich konnte nicht!* Deshalb nahm ich ein Messer und sagte Papa, er solle sie in Ruhe lassen oder ich würde ihn umbringen. Und ich hätte ihn wirklich umgebracht, hätte er weiter die Hand gegen sie erhoben. Wolltest du das hören?«

Ihre Stimme war deutlich lauter geworden, und als sie endete, fühlte sie sich heiser.

Heath sah sie schweigend an. Lily erwiderte seinen Blick, wollte ihm nicht ausweichen, obgleich ihre Brust sich beklemmend eng anfühlte und es in ihrem Hals wie in ihren Augen brannte.

Dann wurde Heaths Gesichtsausdruck sanfter.

Rasch wandte sie ihr Gesicht ab, denn Mitgefühl oder gar Mitleid wollte sie nicht. Ebenso wenig wollte sie seine zärtliche Berührung, die dennoch folgte. Lily spürte den zarten fließenden Druck seiner Finger, als sie ihr Kinn hoben und sie zwangen, ihn anzuschauen.

»Du warst also genötigt, deine Mutter vor deinem gewalttätigen Vater zu beschützen«, fasste er leise zusammen.

Lily nickte und hatte ihre liebe Not, die Fassung zu wahren. Als sie schließlich etwas sagte, klang ihre Stimme belegt. »Am meisten bedaure ich, dass ich nicht mehr für sie tun konnte. Ein Jahr später nahm Mama sich einen Geliebten, der ihr in ihrem Elend beistand, woraufhin sie nicht bloß aus ihrem Zuhause, sondern auch aus ihrer Heimat verbannt wurde. Du … du kennst ja den Skandal.«

Zunächst schwieg Heath, bevor er behutsam ihr Gesicht mit beiden Händen umfing und ihr versicherte: »Ich würde dich niemals schlagen, Lily – niemals! Nie wäre ich imstande, einer Frau Gewalt anzutun – egal, was geschieht.«

Suchend sah sie ihn an, erforschte seine ernste Miene und konnte nichts finden, das ihr einen Widerspruch entlockte. Nein, auf eine merkwürdige Art war sie sicher, dass Heath sie nie körperlich verletzen könnte … seelische Verletzungen hingegen waren etwas gänzlich anderes.

»Sei es drum, ich erlaube keinem Mann, eine solche Macht über mich zu haben. Als deine Ehefrau stünde ich dem Gesetz nach auf einer Stufe mit deinem beweglichen Besitz. Und solltest du mich doch schlagen – oder sogar umbringen wollen –, verfügte ich über keinerlei Schutz.«

Reflexartig verhärtete Heaths Miene sich fühlbar

angesicht der unsinnigen Vorstellung, er könnte jemals Hand an Lily legen. Und wenngleich er ihre Haltung sogar verstand, fand er sie höllisch frustrierend. Trotzdem zwang er sich, seine Wut zu zähmen, während er behutsam über ihre Wange strich.

Ihre Augen so groß und tränenglänzend zu sehen, weckte einen ungewöhnlich starken Beschützerinstinkt in ihm – gepaart mit dem Wunsch, ihren Vater aus dem Grab zu zerren und für das zu bestrafen, was er seiner Frau und seiner Tochter angetan hatte.

Er begriff, weshalb sie Angst hatte, ihr Schicksal in die Hände eines Gemahls zu legen. Ja, er konnte sogar verstehen, dass sie ihn in ihrer Dickköpfigkeit in einen Topf mit ihrem üblen Vater warf. Nach ihren bitteren Erfahrungen konnte sie unmöglich darauf vertrauen, dass Heath anders war.

Als er mit seiner Hand tiefer glitt und sanft ihren Hals streichelte, versteifte sie sich plötzlich und wich zurück.

»Wenn du mich bitte entschuldigst …« Sie wischte sich mit einer Hand über die Augen, um mögliche Tränenspuren zu beseitigen, und sprang abrupt auf. Die Hände ringend, blickte sie zu Heath hinab. »Es tut mir leid, wenn ich dich verärgert habe, indem ich Ada erlaubte, mit dir zu flirten, aber vielleicht war es besser so. Jetzt weißt du, warum ich niemals zustimmen kann, deine Ehefrau zu werden.«

All das murmelte sie leise vor sich hin, drehte sich um und verließ das Zimmer.

Längere Zeit saß er dort, dachte über sein Werben um Lily nach und darüber, wie er auf ihre Enthüllungen reagieren sollte.

Zum einen musste er ihr verlässlich beweisen, dass

er vollkommen anders war als ihr Vater oder sonstige Männer, von denen sie wusste, dass sie ihre Frauen wie beweglichen Besitz behandelten oder ihnen gegenüber gewalttätig wurden.

Der Schmerz in Lilys Blick, als sie ihm gestand, dass sie ihren Vater bedroht hatte, um ihre Mutter vor dessen Brutalität zu schützen, ging Heath nicht mehr aus dem Kopf. Er entsann sich, denselben Ausdruck letzte Woche bei ihr gesehen zu haben, als Lily O'Rourke aus dem Haus gescheucht hatte, wobei sie ihn mit einer Statue bedrohte. Und auch, als sie sich gegen eine Gruppe von jungen Halunken stellte, um einen dahergelaufenen Hund zu verteidigen.

Zudem erklärte es, warum sie darauf bestanden hatte, dass die Herren, die er zu der Soiree lud, unbedingt freundlich sein mussten, oder warum sie sich mit solcher Vehemenz gegen das Unrecht aussprach, das den jungen Damen in der Privatpension zuteilwurde. Nicht zu vergessen, was sie tat, um zweien von ihnen zu respektablen Stellungen in ihrem eigenen Zuhause zu verhelfen.

Lilys Handeln spiegelte ihren starken Wunsch wider, den Schwachen und Hilflosen beizustehen, was Heaths zärtliche Gefühle für sie nur steigerte.

Doch nun, da er von ihrem Vater erfahren hatte – da er den Schmerz in ihren Augen gesehen und in ihrer Stimme vernommen hatte –, wusste er, wie schwierig es noch werden dürfte, Lily als Braut zu gewinnen. Sie würde sich auch weiterhin mit aller Kraft gegen seine und ihre Gefühle stemmen, weil sie Angst hatte, sich irgendeinem Mann auszuliefern, sei es einem Geliebten oder einem Ehemann.

Folglich musste er sie Zärtlichkeit, Vertrautheit und

Vertrauen lehren. Sie war wie ein scheues Wildtier, vorsichtig und misstrauisch, das einzig durch Sanftmut und Geduld gelockt werden konnte.

Gestern Abend, als er sie in seinen Armen hielt, hatte Heath einen Anfang gemacht. Er würde sein Vermögen wetten, dass Lily noch mit keinem Mann eine derartige emotionale Nähe erlebt hatte.

Er selbst hatte ebenfalls noch nie etwas Vergleichbares mit einer Frau genossen, daher zweifelte er nicht, dass zwischen ihnen ein ganz besonderes Band existierte.

Bei der Erinnerung daran schloss Heath für einen Moment die Augen und rief sich dieses Gefühl ins Gedächtnis. Instinktiv wusste er, dass Lilys Leidenschaft einzig von ihm entfacht werden konnte: ein Gedanke, der eine primitive Zufriedenheit in ihm weckte. Aber er wollte mehr als nur ihren Körper – viel mehr.

Er wollte Lily zu seiner Frau.

Was allerdings die größte Herausforderung seines bisherigen Lebens sein dürfte. Die Entscheidung musste letztlich Lily allein treffen, denn er konnte sie schlecht zwingen, ihn zu heiraten. Sie sollte ihn zum Ehemann nehmen, weil sie es *wollte*.

Und der einzige Grund, aus dem sie es täte, wäre wohl der, dass sie ihn genügend liebte, um ihre Zweifel und Ängste zu überwinden.

Heath runzelte die Stirn. Es war womöglich nicht der beste Weg, um ihr Herz zu erobern, wenn er ihr seine Qualitäten als Liebhaber bewies. Und Lily den Hof zu machen, konnte ebenso falsch sein. Solange sie sich von seinem Werben bedrängt fühlte, würde sie sich umso energischer gegen ihn – und ihre Gefühle – wehren.

Was aber geschähe, würde er seine Bemühungen um sie einstellen? Was wäre, würde er aufhören, um sie zu werben?

Zugegeben, ihm selbst täte eine vorübergehende Pause wohl auch gut. Jeden Morgen wachte er mit einer schmerzenden Erektion auf, die nicht erschlaffen wollte. Und Lily zu berühren, zu küssen, in den Armen zu halten, wurde zusehends quälender. Sollte er noch eine keusche Nacht mit ihr erleben, sie liebkosen, fürchtete er, dass er nicht an sich halten könnte. Würde er jedoch seinem Verlangen nachgeben, machte er sie damit unwiderruflich sein.

Ein vorläufiger Rückzug könnte eventuell sein inneres Feuer besänftigen und ihm zumindest den Anschein von Selbstbeherrschung zurückgeben.

Ja, es schien ein sehr weiser Schritt, wenigstens künftige körperliche Intimität mit Lily zu vermeiden. Und ein noch weiserer war es, sie fürs Erste nicht mehr zu umwerben. So gab er ihr Zeit, für sich über alles nachzudenken.

Er selbst würde die Zeit nutzen, um sich zu überlegen, wie er Lilys Vertrauen und Respekt gewann, ihr eine bessere Seite seiner selbst zeigte, damit sie nicht mehr bezweifelte, dass er sich in jeder Hinsicht von der Art Mann unterschied, die sie verachtete und fürchtete.

Zwölftes Kapitel

Es ist äußerst seltsam. Er scheint das Spiel aufgegeben zu haben.

Lily an Fanny

Lily war überrascht, Heath am nächsten Tag nicht wiederzusehen. Bisher hatte er sie täglich besucht, und sie hatte eigentlich erwartet, er würde es auch weiterhin tun. Doch am Mittwoch sah sie ihn nicht und bekam nicht einmal eine Nachricht von ihm.

Am Donnerstag auch nicht.

Höchst verwunderlich war überdies zu erfahren, dass er Fleur und Chantel eingeladen hatte, am Abend seine Theaterloge mit ihm zu teilen, ohne Lily mit einem Wort zu erwähnen.

Lord Poole sollte die beiden Kurtisanen begleiten, wie Lily hörte. Seit dem Abend der Soiree wohnte der Viscount quasi in der Privatpension und war offensichtlich in Chantel verliebt, was die alternde Schönheit in einem geradezu rührenden Maße entzückte.

Nachdem sie Heaths Einladung ins Theater bereits ausgeschlagen hatte, konnte sie schlecht monieren, dass sie nun ausgeschlossen wurde. Doch als er eintraf, um die Kurtisanen abzuholen, sprach er so gut wie gar nicht mit ihr.

Fleur und Chantel bemerkten es offenbar nicht, weil sie viel zu aufgeregt waren, dass Lord Claybourne ihnen diesen besonderen Abend bescherte. Sie wuselten lachend und plaudernd durch die Eingangshalle, während sie ihre Stolen und Fächer holten.

Bevor sie gingen, sagten sie Lily, sie solle nicht auf

sie warten, weil seine Lordschaft sie nach dem Theater noch zum Essen ausführte.

Eben hatte noch muntere Ausgelassenheit geherrscht, dann war das Haus auf einmal sehr still, was Lilys Stimmung schlagartig drückte. Sie begab sich in den Hauptsalon, wo sie sich etwas zu lesen suchen wollte. Seit die Soiree vorbei war, fühlte sie sich unangenehm nutzlos. Zwar gab es noch einige Mädchen, die sie auf deren Wunsch hin unterrichtete, aber für die meisten von ihnen bestand keine Notwendigkeit mehr.

Lily sah, dass die heutige Zeitung, *The Morning Post*, auf einem Beistelltisch lag, und begann, sie durchzublättern. Fleur und Chantel hatten sowohl die Morgen– als auch die Abendzeitung abonniert, weil sie beide die Klatsch– wie die Modeseiten liebten. Lily hingegen interessierten gewöhnlich die Artikel über Bücher, Politik, Auslandsnachrichten und die Schiffsmeldungen, die es heute Abend jedoch sämtlichst nicht vermochten, ihre Aufmerksamkeit zu fesseln.

Stattdessen fragte sie sich immerfort, ob Heath es aufgegeben hatte, um sie zu werben.

Seltsamerweise enttäuschte sie diese Möglichkeit, dabei sollte sie doch froh sein, dass sie ihn los war!

Ihr Bedauern würde nur vorübergehend anhalten, redete Lily sich ein. Heaths Abwesenheit würde lediglich eine momentane Leere in ihrem Leben schaffen, aber diese wäre schnell gefüllt. Lily konnte nicht leugnen, dass sie ihn die letzten zwei Tage vermisst hatte. Ihr fehlten seine ständigen Neckereien, seine Provokationen und die Art, wie er sie in Erregung versetzte, wenn …

Sogleich unterband Lily ihre Gedanken energisch,

war es doch fruchtlos, über Heaths Pläne nachzugrübeln. Allerdings konnte sie nicht umhin, sich zu fragen, ob ihre Nacht der Leidenschaft ihm womöglich die Augen geöffnet hatte, was Lilys Unzulänglichkeiten betraf. Von Fanny wie auch aus anderen Quellen wusste sie sehr wohl, dass körperliche Gelüste bei Männern nach Befriedigung verlangten. Und wahrscheinlich war sie zu unerfahren, zu ungeschickt, zu *jungfräulich*, um einen berühmten Liebhaber wie Heath zu befriedigen.

Vielmehr war erstaunlich, dass er so lange an sich gehalten hatte.

Lily dachte an seine Erklärung, er könnte sich selbst eine Mätresse suchen, wenn er eine wollte. Es war durchaus möglich, dass er genau das nun tat, nachdem er beschlossen hatte, dass weiteres Werben um sie sich nicht lohnte.

Der Gedanke, dass er mit einer neuen Mätresse Zärtlichkeiten austauschte, verursachte Lily Übelkeit und trübte ihre Stimmung noch mehr.

Sie schalt sich eine Närrin, legte die Zeitung weg und stand auf, um das Buch über die Südseereisen aus ihrem Zimmer zu holen, das Heath ihr geschenkt hatte. Einmal hatte sie es bereits durchgelesen, aber bisher zu wenig Zeit gehabt, es in Ruhe zu studieren, und die Berichte waren fürwahr faszinierend – wie Heath versprochen hatte.

Als sie die Treppe hinaufstieg, ließ sie ein unverkennbares Schluchzen im ersten Stock anhalten. Es kam aus einem Zimmer hinten rechts auf dem Flur. Lily folgte dem Geräusch bis zu einer offenen Tür.

Es war das Zimmer, das Peg Wallace sich mit zwei anderen Mieterinnen teilte. Verwundert beobachtete

Lily Peg, die auf einem der Betten saß und ihren Arm um eine weinende junge Frau legte – eine derjenigen, die auf der Soiree einen neuen Gönner gefunden hatten: Betty Dunst.

Betty weinte bitterlichst.

Als Lily vorsichtig ins Zimmer kam, schaute Peg traurig zu ihr auf. »Verzeihen Sie, wenn wir Sie gestört haben, Miss Loring. Ich wollte die Tür zumachen.«

»Ist Betty verletzt?«, fragte Lily leise und näherte sich dem Bett.

Peg zog eine Grimasse, während Betty noch lauter schluchzte. »Das könnte man sagen«, antwortete Peg. »Sie ist guter Hoffnung.«

Lily zögerte, hatte sie doch keinerlei Erfahrung in derartigen Angelegenheiten. »Kann ich irgendwie helfen?«

»Das bezweifle ich, Miss Loring«, entgegnete Peg mit finsterem Blick und schüttelte den Kopf. »Sie sind eine viel zu feine Dame. Aber es ist sehr freundlich von Ihnen, dass Sie fragen.«

Lily setzte sich neben Betty und legte ihr eine Hand auf die Schulter. »Sag mir doch wenigstens, was dich so schrecklich traurig macht!«

Nachdem sie zitternd Atem geschöpft hatte, nickte Betty und wischte sich die Tränen ab. »Es ist bloß … dass ich … nicht weiß, was ich tun soll. Ich kann das Kind nicht behalten. Was wird aus mir, wenn ich es versuche? Wenn mein Bauch zu rund wird … kann ich nicht arbeiten.«

Wie Lily wusste, war Betty in einem Herrenclub in der Nähe beschäftigt, der kaum mehr als ein Bordell für die feineren Kreise darstellte. Dort arbeitete sie bereits seit zwei Jahren. Betty war die Tochter des

Gärtners auf einem großen Anwesen in Dorsetshire. Sie hatte sich von einem Diener auf selbigem Anwesen verführen lassen, worauf ihr Vater sie aus dem Haus warf. Sie war nach London gegangen, wo sie sich alsbald vor die Wahl zwischen Prostitution und Hungertod gestellt fand.

»Und der Vater?«, wollte Lily wissen. »Könnte er dir helfen?«

Betty schluchzte abermals. »Ich weiß nicht, wer der Vater ist. Er kann einer von einem Dutzend Herren sein. Und keiner von ihnen schert sich um ein Kind von einer Hure.«

Lily begriff, wie naiv ihre Frage gewesen war.

Weinend beklagte Betty ihr Los. »Ich besitze keinen Penny, um die Miete zu zahlen, und kann über Monate nichts verdienen, dann wirft Miss Delee mich auf die Straße, und ich kann nirgends hin …«

»Das wird sie nicht tun, Betty«, murmelte Lily.

»Aber auch wenn sie mich bleiben lässt, was mache ich denn mit einem Baby? Wie kann ich für ein Kind sorgen?«

Als ihre Stimme erneut versagte, mischte Peg sich leise ein. »Betty weiß, dass sie bald eine Hebamme aufsuchen muss. Deshalb weint sie.«

Lily brauchte einen Moment, ehe sie begriff, was Peg meinte. »Möchtest du das Baby bekommen, Betty?«

»Ja … auch wenn ich nicht weiß, wer der Vater ist. Aber ich kann doch nicht. Ich kann nicht zurück auf die Straße. Das darf ich kein unschuldiges Kind durchmachen lassen. Ich will nicht, dass mein Baby lernt, was es heißt, so hungrig zu sein, dass sich einem der Bauch nach innen wölbt. Oder so verzweifelt zu sein, dass man sterben will. Ich kann das nicht, Miss Loring. Lieber töte ich es jetzt.«

Während Betty abermals in ihre Hände schluchzte, strich Lily ihr sanft über den Rücken, um ihr ein wenig Trost zu spenden. Sie fühlte mit dem Mädchen und konnte nicht zulassen, dass Bettys Elend andauerte.

»Betty, du musst aufhören zu weinen, sonst wird dir noch übel. Hör mir zu! Wir finden eine Lösung. Ich habe Freunde, mit denen ich reden kann, damit sie dir helfen. Wir finden jemanden, der dich aufnimmt, so dass du das Baby bekommen kannst und dich nicht um die Zukunft sorgen musst.«

Bettys Schluchzen verstummte abrupt, und sie sah halb ängstlich, halb hoffnungsvoll zu Lily auf. »Ach, Miss Loring ... meinen Sie wirklich, dass Sie das können?«

»Ich bin mir sicher«, sagte Lily bestimmt. »Und notfalls stelle ich selbst die Mittel zur Verfügung, die du brauchst, um dein Kind aufzuziehen.«

»Ach, Miss Loring«, hauchte Betty, »Sie sind ein Engel! Niemand ist so gut wie Sie. Aber ich könnte Sie niemals bitten, für mich aufzukommen. Ich kann arbeiten, ja, ich arbeite gern für meinen Lebensunterhalt.«

Lily sah in das tränenverquollene Gesicht des Mädchens und erkannte einen Zug, der ihr nur zu vertraut war: Betty wollte Unabhängigkeit, keine Almosen.

»Dann müssen wir eine Anstellung für dich finden«, entschied Lily. »Für welche Arbeit bist du am ehesten geeignet?«

»Ich kann gut mit Blumen ... sie ziehen, meine ich. Seit ich laufen kann, habe ich meinem Vater immer in den Gärten geholfen.«

»Nun, dann sehe ich einmal, was ich tun kann. Fürs

Erste solltest du dir dein Gesicht waschen und dich hinlegen, ja? Weinen ist nicht gut für dein Baby.«

»Ich weiß.« Tatsächlich waren ihre Tränen versiegt, und schniefend wischte Betty sich die Augen mit einem Taschentuch. »Aber ich kann mich nicht hinlegen, Miss Loring. Ich muss gleich zur Arbeit, und die Madam wirft mich ganz bestimmt hinaus, wenn ich zu spät komme.«

Stirnrunzelnd schüttelte Lily den Kopf. »Du kannst nicht weiterarbeiten, wenn du guter Hoffnung bist. Nein, Betty, du gehst nicht wieder in deinen Club. Morgen schickst du eine entsprechende Nachricht hin, aber jetzt ruhst du dich aus und sorgst dich nicht um die Zukunft. Ich gebe dir Bescheid, sobald ich eine Lösung habe.«

Wieder stiegen Betty Tränen in die Augen, als sie beinahe ehrfürchtig zu Lily aufsah. »Ich danke Ihnen, Miss Loring. Ich kann Ihnen gar nicht genug danken …«

»Du musst mir nicht danken, meine Liebe. Es ist nicht mehr Hilfe, als sie eine freundliche Dame meinen Schwestern und mir zukommen ließ«, entgegnete Lily und dachte dabei an Winifred, die ihnen die Freemantle-Academy finanziert hatte, damit sie ein Leben weitab von dem führen konnten, wie es die arme Betty ertragen musste. »Ich versuche lediglich, ihre Freundlichkeit weiterzugeben.«

Nachdem sie Betty tröstend auf die Schulter geklopft hatte, stand Lily auf und wandte sich zur Tür, als Pegs leise Stimme sie aufhielt. »Miss Loring?«

»Ja?«

Lily wartete, während Peg sich ebenfalls erhob. Unsicher zupfte sie an ihren Röcken. »Miss Loring …

denken Sie, es wäre möglich …« Sie räusperte sich. »Das heißt, würden Ihre Freunde … vielleicht auch eine respektable Stellung für mich haben?«

Pegs Schicksal war Bettys insofern ähnlich, als beide Mädchen in jungen Jahren auf der Straße gelandet waren und für sich selbst sorgen mussten, nur dass Peg zuvor als Zofe in einem vornehmen Haushalt gearbeitet hatte. Dort hatte der Hausherr sie in trunkenem Zustand überwältigt und geküsst, worüber die Dame des Hauses hinzukam und Peg hinauswarf. Ohne Referenzen hatte Peg keine neue Stellung finden können und war als Balletttänzerin bei der Royal Opera gelandet, wo man sie allerdings eher wegen ihrer auffälligen Schönheit engagierte denn aufgrund ihrer tänzerischen Begabung.

Pegs Bitte war dennoch verblüffend, hatte sie doch gerade einen sehr wohlhabenden Baronet als Gönner gefunden.

»Ich dachte, du seist mit dem Arrangement zufrieden, zu dem du mit Sir Robert gekommen bist«, gab Lily zögernd zurück.

»Ich bin auch zufrieden, Miss Loring. Ich meine … Sir Robert ist ein besserer Gönner, als ich ihn mir je erhofft hätte. Aber ich … ich möchte eigentlich nicht seine Mätresse sein. Ehrlich gesagt ist es mir zuwider«, beteuerte sie leise und eindringlich. »Ich war immer ein gottesfürchtiges Mädchen, bevor ich zur Dirne wurde. Und wenn ich so sündigen muss … Ach, manchmal möchte ich lieber sterben!«

Lily bekam ein schrecklich schlechtes Gewissen. Sie hatte gedacht, Peg wäre einfach nur außergewöhnlich schüchtern, nicht aber zutiefst unglücklich.

»Das wusste ich nicht, Peg«, murmelte sie beschämt.

»Es tut mir sehr leid, dass ich dich ermuntert habe, an unserem Unterricht teilzunehmen, und mithalf, dich auf die Soiree vorzubereiten. Ich dachte, du wolltest es so.«

»Aber nein, Miss Loring, das war es nicht, was ich meinte! Sie dürfen nicht denken, ich hätte Ihren Unterricht nicht geschätzt. Das tat ich sehr wohl. Wenn ich meinen Lebensunterhalt schon auf dem Rücken liegend verdienen muss, ist es sehr viel besser, einem reichen Gentleman zu Diensten zu sein. Nein, Sie haben uns allen ganz wunderbar geholfen. Aber wenn ich in der Lage wäre, dieses Leben aufzugeben, würde ich es mit Freuden tun. Und falls Sie etwas für mich tun könnten, wäre ich Ihnen unendlich dankbar.«

Einen Moment lang brachte Lily keinen Ton heraus, weil ihr Hals schmerzlich eng war und ihr in Anbetracht des Leids dieser armen Frauen die Tränen kamen. Ihr Leben kam einem beständigen Kampf gleich. Sie hatten keine Familie, keine Zukunft und wenig Hoffnung auf Glück oder Freude. Aber das konnte Lily ändern.

»Selbstverständlich helfe ich dir, Peg«, versprach sie schließlich mit belegter Stimme. »Ich werde alles für dich tun, was ich kann.«

Pegs Unterlippe bebte, als sie unsicher lächelte. »Wenigstens habe ich in den letzten Jahren etwas Nützliches gelernt. Ich kann inzwischen recht geschickt mit Nadel und Faden umgehen, weil ich den anderen Tänzerinnen die Kostüme nähte. Vielleicht könnte ich bei einer Modistin in die Lehre gehen … oder als Schneidergehilfin arbeiten.«

»Ja, Miss Loring«, mischte Betty sich ein, die für einen Augenblick ihren eigenen Kummer zu vergessen schien. »Peg ist sehr gut in allen Modesachen. Sicher könnte sie sogar selbst Kleider entwerfen. Sie müssen sich mal ihre Zeichnungen anschauen. Die stechen *La Belle Ensemble* leicht aus!«

»Das wusste ich gar nicht«, sagte Lily beeindruckt.

Peg wurde rot. »Na ja, ich lernte es ja nie richtig, aber letztes Jahr habe ich ein Morgenkleid für Miss Delee geschneidert, und sie meinte, es gefiele ihr sehr.«

»Ich arrangiere etwas für dich, das verspreche ich dir.«

Sie würde alles tun, um ihr Versprechen zu halten, schwor Lily sich, als sie kurze Zeit später die Treppe hinaufstieg und in ihr Zimmer ging. Dort saß sie und überlegte, was sie für Betty und Peg tun könnte.

Es gab unzählige junge Frauen, die wie die beiden einer finsteren Zukunft entgegenblickten. Mädchen, die verlassen und schutzlos waren, niemanden hatten, an den sie sich wenden konnten, und weder Familie noch Freunde besaßen, die sie unterstützten.

Lily beschloss, sich langfristig für diese unglücklichen Geschöpfe einzusetzen und einen Weg zu finden, wie sie zumindest einigen von ihnen Obdach und Hilfe verschaffen konnte. Sie brauchten einen Ort, an dem sie sicher waren und einen Beruf erlernen konnten, damit sie nicht zur Prostitution genötigt waren.

Das musste allerdings noch warten, denn zunächst brauchten ihre Freundinnen Hilfe.

Sie war zuversichtlich, dass sie eine passende Stellung für Peg fand; die schwangere Betty hingegen stellte ein sehr viel ernsteres Problem dar.

Gern hätte sie alles mit Fleur und Chantel besprochen – jetzt gleich. Je schneller sie Stellungen für die Mädchen auftaten, umso eher konnten sie ihr neues

Leben beginnen und jenes hinter sich lassen, das sie beide verabscheuten.

Aber die zwei Kurtisanen hielten sich noch mit Lord Claybourne und Lord Poole im Theater auf. Und Basil war mit einigen Freunden und Kollegen in seiner Lieblingstaverne. Nach der erfolgreichen Soiree hatte er sich gefreut, wieder zu seinen Gewohnheiten zurückzukehren, die er wegen seiner Frühstunden über Wochen vernachlässigt hatte.

Winifred um Hilfe für Betty zu bitten, war wohl sinnlos, wie Lily vermutete. Normalerweise fühlte die reiche Witwe mit der Arbeiterklasse, daher konnte man gemeinhein darauf zählen, dass sie das beträchtliche Vermögen, welches ihr Vater mit Fabriken und Minen erwirtschaftete, gern für wohltätige Zwecke einsetzte. In diesem Fall jedoch würde sie Lily gewiss raten, sich an Lord Claybourne zu wenden.

Vielleicht konnte sie Marcus um Unterstützung bitten, der zwar nicht mehr ihr Vormund, aber nun ihr Schwager war. Andererseits hatte Marcus bereits mehr als genug getan, indem er die beiden jungen Frauen aufnahm, die Lily letzten Monat nach Danvers Hall geschickt hatte.

»Du weißt, was du zu tun hast«, sprach Lily zu sich selbst.

Sie nagte an ihrer Unterlippe, während sie zu einem unangenehmen Schluss kam: Obgleich es ihr nicht gefiel, Heath um Hilfe zu bitten, weil sie ihm nicht verpflichtet sein wollte, war er ihre naheliegendste Wahl. Und sie durfte den Umstand, dass sie von keinem Mann abhängig sein wollte, nicht über Bettys Schicksal entscheiden lassen.

Als reicher Adliger verfügte Heath über Möglichkeiten, die Lily nicht hatte, angefangen bei seinen zahlreichen Anwesen, für die er reichlich Personal brauchte. Außerdem hatte er freiwillig ein Zuhause für eine streunende Hündin gefunden, da war er sicher bereit, dasselbe für eine junge Frau und ihr ungeborenes Kind zu tun.

Und wie Lilys Schwester Arabella erst kürzlich betont hatte, schien Heath nicht der typische egoistische, gleichgültige Adlige zu sein – auch wenn seine Großzügigkeit in Lilys Fall zweifellos dem Zweck diente, ihm Punkte in ihrem Spiel einzubringen.

Nachdem sie entschieden hatte, sich als Erstes an Heath zu wenden, überlegte Lily sich, wie sie ihm ihr Anliegen überzeugend unterbreiten konnte.

Drei Stunden später ging sie wieder nach unten. Sie rechnete damit, dass Heaths Kutsche in Bälde eintreffen würde, also setzte sie sich auf die Dienerbank in der Eingangshalle und vertrieb sich die Wartezeit mit der Lektüre der Reiseberichte.

Sobald sie draußen eine Kutsche vorfahren hörte, warf Lily sich ihren Schal über die Schultern und trat an die Tür.

Tatsächlich war es Lord Claybourne, der seine Gäste heimbrachte, wie sie sah, als sie ihnen öffnete. Draußen war es längst Nacht, doch die Kutschenlaternen beleuchteten seine große Gestalt. Er stand auf dem Gehweg und verabschiedete sich von den anderen.

Da er offenbar nicht vorhatte, noch mit ins Haus zu kommen, schritt Lily die Stufen hinunter.

Lord Poole bemerkte sie als Erster. »Ah, Miss Loring, ich habe nicht erwartet, Sie heute Abend zu sehen. Das Theater war inkomparabel, einfach inkomparabel! Sie hätten dabei sein müssen!«

Chantel hatte ihrem neuen alten Verehrer erklärt, dass Lily keine Aufmerksamkeit erregen wollte, indem sie sich in der Öffentlichkeit zeigte, aber der ältliche Viscount war ein wenig geistesabwesend und neigte dazu, Dinge schnell wieder zu vergessen.

Lily murmelte eine höfliche Erwiderung, während sie Heath ansah, der verwundert die Brauen hochzog. »Stimmt etwas nicht, Miss Loring?«

»Ich habe mich gefragt, ob ich Sie eventuell kurz unter vier Augen sprechen könnte, My Lord.«

Nach kurzem Zögern nickte er. »Selbstverständlich. Möchten Sie, dass ich Sie nach drinnen begleite, oder ziehen Sie meine Kutsche vor?«

Lily errötete. »Im Haus, bitte.«

Sie folgte den beiden Kurtisanen und Lord Poole nach drinnen, wo Fleur sagte: »Wir warten in unserem Salon auf dich, meine Liebe.«

Lily bejahte stumm und führte Heath in den kleinen Salon unten.

»Kann ich Ihnen Wein oder Port anbieten?«, erkundigte sie sich, nachdem er die Tür hinter ihnen geschlossen hatte.

Er musterte sie. »Warum so förmlich, mein Engel?«

»Ich schätze, weil ich nervös bin.«

»Du? Nervös?«

»Nun«, antwortete Lily, die sein unüberhörbares Amüsement ignorierte, »es geht um eine wichtige Angelegenheit. Ich wollte … ich möchte dich um einen sehr großen Gefallen bitten.«

Heath sah sie eine Weile schweigend an, ehe er ungläubig wiederholte: »Du möchtest mich um einen Gefallen bitten?«

»Ja, allerdings nicht für mich.«

Sein Mundwinkel zuckte. »Natürlich nicht.«

»Willst du dich nicht setzen?«

»Nein, ich stehe lieber. Also, heraus damit, Lily! Was für ein Gefallen?«

Ihr hingegen war wohler dabei, sich zu setzen, also hockte sie sich auf die Kante eines Sessels. »Nun, eine der Mieterinnen steckt in einem schwierigen Dilemma. Erinnerst du dich an Betty Dunst?«

»Klein, dunkelhaarig, blaue Augen?«

Lily überraschte nicht, dass der Frauenkenner sich des hübschen Freudenmädchens entsann. »Ja, das ist Betty. Unglücklicherweise ist sie guter Hoffnung.«

Mit wenigen Worten schilderte sie ihm Bettys Umstände und wurde erneut wütend ob der Ungerechtigkeit, dass ein junges Mädchen auf die Straße geworfen und zur Arbeit in einem Bordell gezwungen worden war, wo einer ihrer vielen Kunden sie schwängerte.

»Es ist nicht ihre Schuld, dass sie *enceinte* ist«, erläuterte Lily verdrossen. »Aber nun, da sie es ist, möchte sie das Baby bekommen, allerdings nur, wenn sie ihm eine anständige Zukunft bieten kann.«

Immerhin schien Heath ihre Bitte sehr ernst zu nehmen. »Will Betty, dass eine Heirat für sie arrangiert wird, damit das Kind nicht unehelich zur Welt kommt?«, wollte er wissen. »Ihr einen Ehemann zu suchen, wäre die übliche Vorgehensweise.«

Die Frage machte Lily vorübergehend sprachlos, denn diese Möglichkeit hatte sie nicht einmal in Betracht gezogen. »Das weiß ich nicht genau. Aber ich glaube nicht, dass sie heiraten will – und sie sollte nicht dazu gezwungen werden«, fügte sie eilig hinzu. »In einer unerwünschten Ehe gefangen zu sein, ist beinahe ebenso schlimm wie ihre gegenwärtige Situation, vielleicht sogar schlimmer.«

Ihre Vehemenz entlockte ihm ein träges Lächeln. »Ich bin deiner Ansichten über die Ehe durchaus gewahr, mein Liebes. Aber Betty könnte anderer Meinung sein.«

»Sie hat mir gesagt, dass sie sich ihren Lebensunterhalt verdienen will. Ihr Vater war Hauptgärtner auf einem großen Anwesen, und sie erzählte, dass sie recht geschickt im Gärtnern sei. Ich dachte, du könntest sie eventuell auf einem deiner Landgüter beschäftigen, wo sie ihr Kind in Sicherheit großziehen kann. Ein Baby ist auf dem Lande viel besser aufgehoben als in London.«

Zu ihrer Erleichterung nickte Heath. »Die Haushälterin meines Familiensitzes wird sie gewiss gern aufnehmen, aber ich müsste vorher mit Betty sprechen und von ihr hören, was sie sich wirklich wünscht.«

»Danke!« Lily stand auf. »Ich hole Betty sofort …«

Doch Heath hob seine Hand. »Es ist unnötig, sie zu solch später Stunde zu befragen. Mach dir keine Sorgen! Ich kümmere mich um die Angelegenheit.« Er neigte seinen Kopf und sah sie an. »Du hast hoffentlich bedacht, dass dies mir einen weiteren Punkt in unserem Spiel einbringen könnte.«

»Ja, vermutlich. Nun, Betty von einem Leben zu befreien, das sie verabscheut, ist den Preis wert.«

»Na schön«, sagte er leise. »Falls das alles ist, was du auf dem Herzen hast …«

Heath blickte sich zur Tür um, als wollte er gehen, und plötzlich stellte Lily fest, dass sie sich noch nicht von ihm verabschieden wollte.

»Da wäre noch etwas«, begann sie und trat einen Schritt auf ihn zu.

»Ja?«, fragte er erwartungsvoll.

»Es geht um eine andere Mieterin … die Angelegenheit ist jedoch ein wenig delikat.«

Da Heath nur schweigend abwartete, fuhr Lily rasch fort. »Du sagtest, dass du früher einige Mätressen hattest, deshalb habe ich gehofft, du wüsstest, welche Modistinnen sie frequentierten.«

»Wie bitte?« Er schaute sie an, als hätte er sie nicht richtig verstanden.

Prompt wurde Lily rot. »Nun ja, Peg Wallace ist furchtbar unglücklich, weil sie als Kurtisane arbeiten muss. Und obgleich ihr neuer Gönner sie bestens versorgen kann, möchte sie kein solches Leben führen. Also habe ich ihr versprochen, für sie nach einer Stellung als Schneidergehilfin zu suchen. Und ich dachte, falls du ein Vermögen für die Kleidung deiner früheren Mätressen ausgegeben hast, verfügst du über gute Beziehungen zu ihren Näherinnen, von denen du möglicherweise eine überreden könntest, Peg in die Lehre zu nehmen.«

Als Heath weiterhin schwieg, ergänzte sie hastig: »Ich kann Marcus nun, wo er mit meiner Schwester verheiratet ist, nicht nach seinen früheren Mätressen fragen.«

»Aber mich schon? Soll ich mich geehrt fühlen?«

Lily lächelte unsicher. »Ich glaube nicht. Ich möchte lediglich vermeiden, vor Arabella die Vergangenheit ihres Ehemannes anzusprechen. Und du bist der einzige Gentleman mit Erfahrung in derlei Dingen, den ich gut genug kenne, um ihn mit einer solch unanständigen Bitte zu belästigen.«

Wieder zuckten seine Mundwinkel und er schüttelte bedächtig den Kopf. »Du erstaunst mich stets aufs Neue, meine liebe Lily.«

»Na schön, vergiss bitte, dass ich es erwähnt habe! Ich kann gewiss auch selbst eine geeignete Stellung für Peg finden … Obwohl die Modistin, die meinen Schwestern und mir diesen Sommer die Garderobe fertigte, recht überheblich war und wohl kaum eine vormalige Kurtisane einstellen wird. Ich könnte auch Fannys Näherin fragen, die aber hauptsächlich für die Damen von Theater und Oper arbeitet, was für Peg nicht günstig wäre …«

»Ich werde sehen, was ich tun kann«, fiel Heath ihr ins Wort.

Lily stutzte. »Du erwägst demnach, Peg zu helfen?«

»Ja, ich helfe ihr, wenn ich kann. Ich gestehe allerdings, dass ich mich wenig mit Modistinnen befasse. Deshalb werde ich Eleanor Pierce fragen. Sie müsste wissen, wie man am besten vorgeht.«

Diese Idee ließ Lily die Stirn runzeln. Sie hatte Marcus' jüngere Schwester letzten Monat auf Arabellas Hochzeit kennengelernt, und die wunderschöne, lebhafte Lady Eleanor war ihr sehr sympathisch gewesen. Überdies war sie eine bedeutende Erbin, die sich ausnahmslos nach der neuesten Mode kleidete. Als unverheiratete Adlige hatte sie jedoch auch eine Reputation zu schützen.

»Lady Eleanor?«, fragte Lily skeptisch. »Sie möchte sich wohl kaum mit dem Schicksal eines Freudenmädchens abgeben.«

»Das wird ihr nichts ausmachen«, versicherte Heath. »Nell ist kein scheues Pflänzchen. Ich spreche sie gleich morgen an, dann sehe ich sie.«

»Besuchst du sie morgen?«, erkundigte Lily sich, die sehr interessierte, in welchem Verhältnis er zu Lady Eleanor stand.

»Ja, wir reiten zusammen im Park aus. Ich begleite sie recht regelmäßig zu ihren Ausritten, vor allem seit Marcus so viel Zeit in Danvers Hall verbringt. Sie ist übrigens eine ausgezeichnete Reiterin, obgleich sie es kaum mit dir aufnehmen kann.«

Lily wünschte, sie könnte mitkommen, was selbstverständlich ausgeschlossen war, wenn sie ihre Begegnungen mit Heath auf ein Minimum beschränken wollte. Gewiss war es der Umstand, dass sie zu wenig Zeit zum Reiten hatte, der in diesem Moment ihre Eifersucht weckte. Denn dass Heath sich anscheinend sehr gut mit Marcus' Schwester verstand, kümmerte sie nicht. Ebenso wenig, wie sie scherte, was er in der Zeit tat, in der er ihr nicht gerade den Hof machte.

Ihr einziges Interesse galt dem, was er für ihre jungen Freundinnen tun konnte, redete Lily sich ein.

»Ich wäre dankbar, wenn du Lady Eleanor fragst«, erklärte sie, »und ich hoffe sehr, dass ihr dadurch keine Unannehmlichkeiten entstehen.«

»Werden sie nicht. Sie ist sicher begeistert, dass du Peg helfen möchtest. Ich lasse dich wissen, was sie gesagt hat. Also, gibt es sonst noch etwas, das ich für dich tun kann?«

Lily blinzelte. Er konnte es offenbar gar nicht abwarten, sie zu verlassen. »Nein, aber lass mich dir danken …«

»Ich möchte deinen Dank nicht, Lily«, fiel Heath ihr ins Wort.

Dann verbeugte er sich kurz und ging. Lily stand da, schaute ihm nach und war hin und her gerissen zwischen Dank für seine Großzügigkeit und Bedauern, weil er keinen Moment länger bei ihr bleiben wollte.

»Aber sicher helfe ich«, stimmte Lady Eleanor zu, sobald Heath ihr von Peg berichtet hatte. »Und ich weiß auch schon die richtige Modistin, nämlich die, die mir meine Reitkleidung genäht hat.«

Er betrachtete Eleanor kritisch, die neben ihm über die Row im Hyde Park ritt. Sie trug ein modisches smaragdgrünes Kostüm mit einer passenden kleinen Kappe. Der Stil betonte ihre schwarzen Locken und den rosigen Teint vortrefflich. »Ja, du siehst ziemlich reizend aus«, konstatierte er.

Kleine Grübchen zeigten sich auf ihren Wangen. »Danke für das hübsche Kompliment, aber es gebührt Madame Gautier. Sie kann nicht bloß mit ihrer Nadel Wunder wirken, sondern hat auch noch ein untrügliches Gespür für Mode. Und wie es der Zufall will, ließ sie erst letzte Woche verlauten, wie schwierig es sei, gute Näherinnen zu finden. Madame wird entzückt sein, wenn diese Peg außer dem Handwerklichen auch noch etwas vom Entwerfen versteht. Ich vereinbare ein Vorstellungsgespräch mit ihr und gebe dir dann Bescheid.«

Heath lächelte. »Ich wusste doch, dass ich auf dich zählen kann.«

»Mein Beitrag dürfte verschwindend gering sein, gemessen an Miss Lorings. Ihr Mitgefühl mit diesen Frauen ist höchst bewundernswert. Mir war gar nicht bekannt, dass sie sich als Philanthropin engagiert. Ich wusste lediglich, dass ihre Freundin, Miss Blanchard, für mehrere wohltätige Organisationen arbeitet.«

Heath bewunderte Lilys Engagement nicht minder. Und dies war nur der jüngste Fall, in dem sie den Mittellosen und Benachteiligten beisprang.

»Lily sagte dasselbe über Miss Blanchard«, bemerkte Heath.

»Vielleicht frage ich Miss Blanchard, wie ich sie unterstützen kann«, überlegte Eleanor, bevor sie Heath einen neugierigen Blick zuwarf. »Heißt das also, dass dein Werben um Miss Loring Fortschritte macht?«

»Es geht«, antwortete er achselzuckend.

»Es geht?«, wiederholte die schwarzhaarige Schönheit mit gespielter Empörung. »Ist das etwa alles, was du mir verraten willst? Du bist grausam, Heath! Ich sterbe vor Neugier und muss unbedingt wissen, ob ich dir bald gratulieren darf!«

Unweigerlich musste er lachen. Die lebhafte, unverblümte Eleanor war für ihn wie die Schwester, die er nie gehabt hatte. Er kannte sie seit ihrer Geburt, und sie hatte es bereits als Kleinkind geschafft, ihn um den kleinen Finger zu wickeln.

In mancher Hinsicht ähnelte sie Lily sehr, teilte viele Eigenschaften mit ihr. Beide jungen Damen waren charmant und liebenswert, geradeheraus, unabhängig und großzügig. Mit ihren zwanzig Jahren war Eleanor ein Jahr jünger als Lily, verfügte jedoch über weit mehr Erfahrungen mit Verehrern, die ihr den Hof machten. Immerhin war Eleanor schon seit zwei Jahren auf dem Heiratsmarkt – und zweimal verlobt gewesen. Beide Male hatte sie die Verlobung gelöst, sehr zum Verdruss ihrer Tante, Lady Beldon.

»Bedeutsame Neuigkeiten über meine Brautwerbung wirst du selbstverständlich als eine der Ersten erfahren«, versprach Heath ihr.

»Das klingt nicht besonders vielversprechend. Bist du sicher, dass du beim Werben um Miss Loring auf meine Hilfe verzichten kannst? Schließlich konnte ich Drew bereits Rat geben, als er um Roslyn warb.«

»Eine junge Dame, die zwei Verehrer davonscheuchte, erscheint mir eine fragwürdige Kupplerin zu sein, Nell.«

Eleanor schmunzelte. »Schon möglich. Doch bloß weil ich beschlossen habe, ledig zu bleiben, bin ich noch lange nicht außerstande, der wahren Liebe auf den Weg zu helfen.«

»Ah ja. Ich vergaß, dass du eine hoffnungslose Romantikerin bist.«

»Das bin ich. Was der Grund ist, weshalb ich meine Verlobungen löste. Keiner meiner Verlobten hätte mich lieben können, wie ich geliebt werden will. Nachdem verblüffenderweise Marcus und Drew ihre Liebe gefunden haben, hoffe ich jedoch immer noch für mich – und für dich natürlich auch.«

Heath wusste darauf nichts zu sagen. Noch nie hatte er sein Herz verloren, und der Gedanke, dass Lily ihn in exakt diesen Zustand versetzen könnte, war zweifellos reizvoll. Wenn es einer Frau gelang, ihn zur Liebe zu verleiten, dann war es Lily.

»Vielleicht solltest du dich auf deine eigenen Herzensangelegenheiten konzentrieren und dich weniger um meine sorgen«, stichelte er.

Eleanor rümpfte die Nase. »Ich ahnte, dass du das sagen würdest. Dennoch bin ich erstaunt, dass du erwägst, dir Eheketten anlegen zu lassen.«

Ja, es erstaunte ihn ebenso sehr. Heath hatte nie an eine einzige Frau gebunden sein wollen. Bis vor kurzem war er ein überzeugter Junggeselle gewesen, der sein freies abenteuerliches Leben über alles schätzte und fest entschlossen war, niemals eine anstrengende, unbefriedigende, leidenschaftslose Bindung einzugehen, bloß um seinen Titel weiterzuvererben. Doch seit er Lily umwarb, kamen ihm die Ehefesseln beständig weniger erschreckend vor.

»Ich kann übrigens verstehen, warum dich Miss Loring bezaubert«, fuhr Eleanor fort und riss Heath aus seinen Gedanken. »Und nach allem, was ich bisher über sie weiß, glaube ich, dass sie die ideale Frau für dich ist. Ihr beide scheint sehr gut zusammenzupassen.«

Dem konnte Heath nur zustimmen. Niemals hätte er erwartet, einer Frau zu begegnen, die so hervorragend zu ihm passte wie Lily.

Seine eigenen Eltern waren kein ideales Paar gewesen. Seine Mutter war fröhlich und charmant gewesen und hatte gern gelacht, während sein Vater sehr gesetzt und streng war, beinahe grimmig. Letzterer Zug verfestigte sich noch nach Lady Claybournes Tod, als der Marquess sich vollständig in sich zurückzog.

Als Kind hatte Heath die Lebensfreude seiner Mutter genossen, obgleich sie ihr eigenes Vergnügen über alles andere stellte. Im Gegensatz zu Lily, die sich um jeden sorgte *außer* um sich selbst.

Er wollte sie zu seiner Frau. Und das nicht aus dem alleinigen Grund, dass sie ihm Erben gebar, wie er anfänglich dachte, seine Langeweile beseitigte oder ihm das Bett wärmte, was sämtlichst ausgezeichnete Gründe waren, sie zu heiraten.

Nein, er wollte Lily um ihretwillen. Ihre Lebendigkeit, ihre Intensität, ihre Leidenschaft betörten ihn. Lily weckte etwas in ihm, das noch keine Frau zuvor in ihm hatte wachrufen können.

Dennoch wäre es dumm, seine Gefühle für sie noch

erstarken zu lassen, solange sie ihr Herz gegen die Liebe verschloss. Zum ersten Mal im Leben war er einer Frau begegnet, deren Widerstand sich als unüberwindbar erweisen könnte.

Was ihn furchtbar frustrierte, denn er wollte, dass seine Verbindung mit Lily viel mehr war als eine kalte Vernunftehe.

Auch von seinem Werben um Lily wollte er, dass es mehr war als bisher. Er wollte sich mit ihr in der Öffentlichkeit zeigen, mit ihr durch den Park reiten, wie er es mit Eleanor tat, mit ihr ins Theater und auf Gartenpartys gehen und all die anderen kleinen Intimitäten genießen, die normalen Verehrern gewährt waren. Vor allem aber wollte er, dass Lily sein wurde.

Dieser Moment jedoch schien noch in weiter Ferne zu liegen.

Verdammt, vielleicht war seine Entscheidung, Lily nicht allzu offen zu umwerben, ein Fehler gewesen. Er hatte sich zurückgehalten, um ihr Zeit zu geben, sich über ihre Gefühle für ihn klarzuwerden. Derweil redete er sich ein, er könnte ihren Widerstand verringern, indem er sie weniger unter Druck setzte. Seine Strategie konnte allerdings auch vollkommen wirkungslos bleiben.

Heath verdrängte seine Enttäuschung und wandte sich wieder seiner charmanten Begleitung zu. So nahe er Eleanor auch stand, wollte er nicht mehr mit ihr über seine Beziehung zu Lily sprechen.

»Du verblüffst mich gleichfalls, Nell«, sagte er, um das Thema zu wechseln. »Seit wann trottest du lieber im Schneckentempo und plauderst über die Ehe, statt einen schönen Galopp zu genießen?«

»Ah, eine sehr treffende Bemerkung!«, antwortete Eleanor und fasste ihre Zügel fester.

»Wollen wir bis zum anderen Ende des Sees um die Wette reiten?«, fragte er.

»Und ob!« Mit diesen Worten schlug Eleanor ihrem Pferd die Fersen in die Seiten und ließ den amüsierten Heath in einer Staubwolke hinter sich. Auch hierin ähnelte sie Lily.

Am Nachmittag suchte er Lily auf, um ihr von Eleanors Fortschritten zu berichten: Peg sollte am nächsten Morgen zu einem Vorstellungsgespräch bei Madame Gautier erscheinen. Als sie in den Salon gerufen wurde, um die Neuigkeit zu erfahren, war Peg überglücklich. Sie dankte Heath gerührt.

Bettys Reaktion hingegen war zunächst eine ganz andere. Sie wirkte nervös und verunsichert, als Heath sie nach ihren Zukunftswünschen fragte, und antwortete nur stockend. Ja, My Lord, eine Heirat wäre eines Tages gewiss sehr schön, und, ja, sie würde sehr gern zurück aufs Land gehen. Aber fürs Erste wünschte sie sich nichts als Sicherheit und die Möglichkeit, ihr Kind ohne die Angst auszutragen, wieder in der Gosse zu landen. Als Heath ihr anbot, auf dem Anwesen seiner Familie zu leben, wo sie der Haushälterin unterstehen würde, starrte Betty ihn eine Weile mit großen Augen an, ehe sie in Tränen ausbrach.

Sogleich nahm Lily sie tröstend in die Arme, doch Betty entwand sich ihr und ging vor Heath auf die Knie.

»Ach, My Lord!«, schluchzte sie, ergriff seine Hand und küsste sie inbrünstig. »Sie sind ein Heiliger, genau wie Miss Loring. Sie werden es nicht bereuen, dass Sie mich aufgenommen haben, das schwöre ich! Und ich zahle Ihnen jeden Penny zurück, irgendwie schaffe ich das.«

Verstört ob ihres überbordenden Dankes, zog Heath das Mädchen behutsam wieder hoch und versicherte Betty, dass er keine Erstattung wollte und es vollkommen ausreichte, wenn sie seiner Haushälterin zur Hand ging.

Als Betty schließlich schniefend den Salon verlassen hatte, stand Lily da und sah Heath an.

»Ich kann dir gar nicht genug danken, Heath«, sagte sie leise.

Unterdessen verlor Heath sich in ihren großen dunklen Augen und rang mit dem Wunsch, sie in die Arme zu nehmen. »Reden wir nicht davon.«

»Oh, wir müssen sehr wohl darüber reden! Es ist gut möglich, dass du ihr das Leben gerettet hast, und das des Babys sogar ganz gewiss.« Lily zögerte. »Eine solche Großzügigkeit ist rar, vor allem bei einem Adligen.«

Wieder einmal machte sie seinen Stand schlecht. »Wie es scheint, bist du im Begriff, mich zum Philanthropen zu machen«, erwiderte er leichthin.

Lily neigte ihren Kopf und betrachtete ihn eingehend. »Das wäre durchaus etwas Gutes. Denk doch nur, Heath, du könntest deinen enormen Reichtum sinnvoll einsetzen. Es gibt so viele Menschen, die davon profitieren könnten ... ganz zu schweigen von der immensen Befriedigung, wenn man freundlich zu anderen ist.«

Ungleich befriedigender war, ihre Achtung zu gewinnen, dachte Heath. Wenn Lily ihn so ansah, war er bereit, all sein Vermögen hinzugeben.

Natürlich barg die Vorstellung, ein gemeinsames Ziel mit Lily zu verfolgen, einige Reize. Sie hatte ihm vorgeworfen, dass er den Helden spielen wollte, und das zu Recht. In ihren Augen wollte er ein Held sein. Und er wollte das Recht haben, ihre Drachen zu töten.

»Bleibst du zum Tee?«, fragte sie sanft.

Er hatte nicht vorgehabt, zu bleiben, stimmte aber dennoch zu. Und als Lily in Fleurs Privatsalon vorausging, hallten ihm ihre Worte durch den Kopf, seinen Reichtum sinnvoll einzusetzen.

Bisher war ihm dieser Gedanke noch nie gekommen – zweifellos, weil er zu sehr mit seinen eigenen Wünschen und Zielen beschäftigt gewesen war.

Von Geburt an genoss Heath große Privilegien und Wohlstand, empfing so vieles so leicht. Und zugleich hatte er kaum Verpflichtungen, die ihn einschränkten. Seine Mutter hatte ihn maßlos verwöhnt, und wie sie hatte er stets sein eigenes Vergnügen in den Mittelpunkt gestellt.

Als er dann mit zehn Jahren seine Mutter verlor, hatte er sich in Wut geflüchtet, bei jeder Gelegenheit gegen seinen Vater rebelliert, und rücksichtslos die Grenzen zivilisierten Benehmens gedehnt, wobei er sich bisweilen aus purem Trotz in ernste Gefahr begab.

Selbst in späteren Jahren nutzte er seine Talente wie seine Mittel nicht sonderlich weise. Er nahm das Leben als Spiel und erklärte Vergnügen und Abenteuer zu seinen obersten Zielen. Er war fest entschlossen gewesen, nicht wie sein Vater eine freudlose Existenz ohne Leidenschaft zu führen.

Jetzt allerdings erkannte Heath, dass er seinen Widerstand gegen den väterlichen Einfluss übertrieben hatte. Und er begriff, dass er mehr aus seinem Leben machen sollte.

Tatsächlich ging es ihm bei Lily erstmals im Leben so, dass er sich für etwas wirklich anstrengen musste. Und die Herausforderung, die sie ihm präsentierte, öffnete ihm die Augen. Dank ihr wollte er auch etwas Produktives in die Gesellschaft einbringen. Sie brachte ihn dazu, besser zu sein und zu handeln, sich ihrer würdig zu erweisen.

Vielleicht sollte er bei seiner Rückkehr einen Brief an Tess Blanchard schreiben und sie fragen, wie er ihr bei ihren wohltätigen Aktivitäten helfen könnte …

Heaths Überlegungen wurden in diesem Moment unterbrochen, denn sie erreichten den Salon. Zu seiner Überraschung weilte Fanny bei Fleur und Chantel. Die drei Damen unterhielten sich leise und verstummten vollends, als Heath hinter Lily in das Zimmer trat.

Sobald Fanny sich zu ihnen umdrehte, erstarrte Lily vor Schreck.

Fannys Unterlippe war aufgeplatzt und blutig, auf ihrem Kinn prangten blaue Flecken in Form verschwommener Fingerabdrücke.

»Gütiger Gott, Fanny! Was ist passiert?«, rief Lily mit einer Mischung aus Wut und Verzweiflung aus.

Sichtlich verlegen senkte Fanny den Kopf. »Es ist nichts, Lily, wirklich nicht.«

»Was meinst du mit *nichts?!* Jemand hat dich *geschlagen*!«

»Nein, so war es nicht … Mick hat einfach seine Kraft unterschätzt.«

Mit geballten Fäusten trat Lily einen Schritt vor, und Heath wusste, dass sie kurz davor war zu explodieren.

Dreizehntes Kapitel

Ich habe nicht die Absicht, ihn zu heiraten, aber ich gestehe, dass der Gedanke, seine Mätresse zu werden, gewisse Reize birgt.

Lily an Tess Blanchard

»Mick O'Rourke?«, fragte Lily sichtlich angewidert. »Hat er dir das angetan, Fanny?«

Heath bemerkte, wie Fanny die Schultern einzog. »Ja«, antwortete sie, »aber er wollte mich sicher nicht verletzen. Als ich mich weigerte, wieder seine Geliebte zu werden, wurde er wütend und versuchte, mich zu küssen.«

»Selbstverständlich wollte er dir wehtun!«, entgegnete Lily. »Der brutale Unhold hat Fleur schon verletzt, als sie ihn letzte Woche aufforderte, das Haus zu verlassen …«

»Weil sie ihn einen ungehobelten Grobian genannt hatte. Er wird sehr aufgebracht, wenn er glaubt, jemand würde ihn wegen seiner Herkunft geringschätzen.«

»Und ich werde sehr aufgebracht, wenn ein Mann eine viel schwächere Frau angreift!«

»Ich weiß, Lily«, sagte Fanny beschwichtigend. »Doch er meint es nicht böse. Er wuchs in Londons Bordellviertel auf und musste für alles kämpfen, was er brauchte. Demzufolge ist seine Vorstellung von zivilisiertem Verhalten eine andere als unsere.«

Heath fühlte, wie er unwillkürlich die Zähne zusammenbiss, um Fannys unangebrachter Rechtfertigung nicht auf der Stelle zu widersprechen. Unterdessen sah Lily ihre Freundin ungläubig an. »Willst du diesen Rüpel tatsächlich entschuldigen?«

»Nein«, antwortete Fanny ein wenig zerknirscht, »ich wollte nur seine Sicht der Dinge erklären.«

»Mir ist seine Sicht vollkommen gleich! Er hat kein Recht, dich zu schlagen!«

Fannys Lächeln wirkte gequält. »Mick sieht es nicht ganz so. Er glaubt, ich würde ihn abweisen, weil sein Geld nicht gut genug für mich ist, was überhaupt nicht zutrifft. Es ist seine herrische Art, die mir nicht gefällt. Aber eigentlich sorge ich mich weniger um mich als um Fleur und Chantel. Mick behauptet, seine Drohung wahrzumachen und sie ins Schuldnergefängnis zu schicken. Deshalb war ich in seinem Club und wollte ihn um weitere zwei Wochen Zeit bitten. Er weigerte sich, mich anzuhören.«

»Nun, mich wird er anhören!«, erklärte Lily energisch und wandte sich zur Tür. »Ich werde ihn dazu bringen, mir zuzuhören.«

Heath stellte sich ihr in den Weg. »Was genau ist deine Absicht, Lily?«

»Ich gehe zum Spielclub des Schurken und stelle ihn zur Rede. Wenn schon sonst nichts, will ich ihm zumindest erzählen, was ich von ihm halte.«

»Du tust nichts dergleichen!«

»Was in aller Welt meinst du?«, fragte sie.

Lily war so wütend, dass sie förmlich Feuer spie. Und offensichtlich konnte sie nicht klar denken. »Ich meine, dass du es mir überlassen solltest, mit O'Rourke zu sprechen. Er wird mich ungleich ernster nehmen als dich.«

Sie sah aus, als wollte sie ihm widersprechen, zögerte jedoch, denn anscheinend wusste sie, dass er Recht hatte.

Heath nutzte ihr Schweigen, um hinzuzufügen: »Du

kannst deine Krallen vorerst wieder einziehen, mein Engel. Ich verspreche, dass ich mich um ihn kümmere.«

»Das ist wahrlich nicht deine Angelegenheit.«

»Ich mache es zu meiner«, entgegnete Heath. »Und spar dir diesen Streit mit mir, Lily, denn den gewinnst du nicht!«

»Versprichst du, dass O'Rourke Fanny nicht wieder verletzt?«

»Du hast mein Wort.«

Er wartete, während Lily mit sich rang. Am liebsten hätte er sie in seine Arme genommen und sie vor sich selbst geschützt. In ihrem Zorn war sie beeindruckend, und Heath bewunderte ihre Loyalität. Aber O'Rourke in seiner Spielhöhle aufzusuchen, bedeutete zweifellos, Ärger heraufzubeschwören, wenn nicht gar reelle Gefahr. Das würde Heath auf keinen Fall zulassen.

Als Lily bloß einmal nickte, strich Heath ihr eine Locke aus dem Gesicht und verbarg sein erleichtertes, zufriedenes Lächeln.

Er hatte sich die Chance gewünscht, für sie Drachen zu töten; nun ergab sich die Gelegenheit ein wenig früher als erwartet.

O'Rourkes Spielclub lag in einer Seitenstraße der Bond Street, nicht weit von der Pension, so dass Heaths Kutsche kurze Zeit später vor dem Haus hielt. Alles war vornehm eingerichtet, nur ein bisschen zu protzig, wie Heath feststellte, als ihn ein muskulöser Diener hineinführte. O'Rourke saß am Schreibtisch seines Büros hinter den Spielsälen.

Mit seinem schwarzen Haar und der massigen Gestalt ähnelte O'Rourke den Grobianen, die Lily letzte

Woche in der Seitengasse gestellt hatte. Sein Gesicht mutete etwas viereckig und verlebt an, die Nase war mindestens ein Mal gebrochen gewesen.

Der Spieler wirkte überrascht und verärgert, erhob sich jedoch höflich.

»Lord Claybourne … womit verdiene ich die Ehre Ihres Besuchs?«, fragte er, merklich um eine gute Ausdrucksweise bemüht.

»Sie wissen also, wer ich bin«, erwiderte Heath.

»Selbstredend. Ich mache es mir zur Grundregel, alle Reichen in London zu kennen.« O'Rourke zögerte. »Und ich sah Sie letzte Woche im Haus der alten Mähren.«

Heath zog eine Braue hoch. »Mähren?«

»Fleur und Chantel. Sie standen auf der Treppe, als ich gerade ging.«

»Als Sie unsanft hinausgeworfen wurden, meinen Sie.«

O'Rourkes Wange zuckte, doch er beherrschte sich und wies auf den Holzstuhl vor seinem Schreibtisch. »Möchten Sie sich setzen, My Lord?«

»Danke, nein. Mein Anliegen ist schnell vorgetragen.«

Heath hatte seinen Hut und Gehstock nicht bei dem Diener gelassen, und O'Rourke musterte den Stock, bevor er seinem Gast wieder ins Gesicht sah. »Ich wette, dass ich den Grund Ihres Besuchs kenne, My Lord.«

»Ach ja?«

»Sie kommen im Auftrag der Kupplerinnen.«

»Teils. Mir geht es vornehmlich um Ihre Misshandlung von Miss Irwin.«

Der Spieler zog seine schwarzen Brauen zusammen.

»Was meinen Sie mit Misshandlung? Ich habe Fanny nicht angerührt!«

»Nein? Dennoch hat sie eine aufgeplatzte Lippe und Ihre Fingerabdrücke am Kinn.«

Seine Miene wechselte von ärgerlich zu verwirrt. »Ich wollte das nicht! Ich würde Fanny niemals wehtun. Ich liebe sie.«

»Sie haben eine eigenwillige Art, Ihre Liebe zu zeigen.«

»Habe ich das?«, entgegnete O'Rourke gereizt. »Was, bitte, schert Sie die Sache, Eure Lordschaft? Fanny hat nichts mit Ihnen, oder?«

»Falls Sie fragen wollten, ob ich ihre Dienste genieße: nein. Allerdings steht sie unter meinem Schutz, ist Miss Irwin doch die Freundin einer Freundin.«

O'Rourke nickte bedächtig und lehnte sich zurück. »Ah, verstehe. Sie sind scharf auf die kleine Hitzköpfige, die auf mich losgegangen ist.«

Heath musste sich bei der treffenden Bezeichnung für Lily ein Schmunzeln verkneifen. »So könnte man es ausdrücken. Ich hoffe, die kleine Hitzköpfige eines Tages zu meiner Frau zu machen, und weil das Wohlergehen ihrer Freundinnen ihr sehr am Herzen liegt, ist es auch mir entsprechend wichtig.«

»Hat sie Sie hergeschickt?«

»Ich bot mich freiwillig an«, antwortete Heath mit einem kühlen Lächeln. »Sie sollten sich glücklich schätzen, dass ich sie abhielt, selbst herzukommen. Sie war fest entschlossen, Sie bluten zu lassen.«

»Was Sie nicht sind?«

»Sagen wir, ich bin bereit, es bei einer Warnung zu belassen. Falls Sie Miss Irwin wieder verletzen, ihr auch nur ein Haar krümmen sollten, werden Sie es mit mir zu tun bekommen.«

Der Spieler betrachtete ihn ungerührt. »Und was würden Sie dann tun, Euer Lordschaft? Mich fordern? Das wäre wohl kaum fair, bedenkt man, dass Sie einer der besten Fechter Londons sind.«

»Ich würde sogar meinen, einer der besten Englands«, korrigierte Heath gelassen. »Und man sagt, ich würde auch recht passabel schießen.« In Wahrheit war er ein herausragender Schütze, wie O'Rourke wissen dürfte.

Der Mann blickte auf Heaths Hände, die er auf den goldenen Knauf seines Gehstocks aufgestützt hatte. »In dem Stock steckt ein Degen, nicht wahr?«

»Ich trete grundsätzlich keinem Gegner unbewaffnet gegenüber.«

»Ich bin nicht Ihr Feind, My Lord.«

»Der werden Sie sein, sollten Sie weiterhin Miss Irwin misshandeln.«

O'Rourke biss die Zähne zusammen. »Dann würden Sie mich eines Morgens bei Sonnenaufgang einbestellen?«

»Das wäre eine Möglichkeit. Es gäbe natürlich noch eine andere. Eventuell würde es Sie mehr schmerzen, wären Sie gezwungen, Ihren Club zu schließen.«

O'Rourkes Miene verfinsterte sich. »Sie meinen, Sie würden mich um mein Geschäft bringen?«

»Falls nötig. Ich empfinde keinerlei Skrupel gegenüber einem Mann, der Frauen misshandelt.« Heath machte eine Pause, um seine Worte wirken zu lassen, bevor er sehr ruhig fortfuhr: »Die Reputation eines Spielclubs ist äußerst fragil, Mr. O'Rourke. Stimmen Sie mir da zu? Falls sich herumspricht, dass gewisse betrügerische Machenschaften …«

»Ich betreibe ein ehrenwertes Etablissement!«

»Ja, das hörte ich. Doch Gerüchte von Schummeleien sind schwer zu widerlegen.«

O'Rourkes Wut war offensichtlich, doch er fragte nur: »Was wollen Sie von mir, Lord Claybourne?«

»Wie ich sagte, möchte ich, dass Sie die Finger von Miss Irwin lassen.«

»Na schön, das werde ich!«, zischte er.

»Und ich will, dass Sie Ihre Drohung zurücknehmen, ihre Freundinnen ins Gefängnis zu bringen.«

»Warum zum Teufel sollte ich das? Ihre Schulden sind unanfechtbar.«

»Mag sein, trotzdem ist deren Zustandekommen zweifelhaft. Sie haben die beiden Damen an den Faro–Tisch gelockt und sie mit Mitteln weit über dem ausgestattet, was sie sich leisten konnten. Doch ungeachtet dessen, wie es zu der Schuld kam, werden sie schon bald in der Lage sein, sie zu begleichen. Falls nicht, werde ich den vollen Betrag zahlen.«

Als O'Rourke nichts erwiderte, lächelte Heath. »Ich könnte Ihnen noch heute einen Scheck meiner Bank bringen, doch mein ›Hitzkopf‹, wie Sie die Dame nennen, ist recht stolz und unabhängig, weshalb sie das Problem auf ihre Weise regeln will. Folglich mische ich mich nicht ein, sofern es nicht unbedingt notwendig ist. So oder so, Mr. O'Rourke: Sie erhalten Ihr Geld.«

O'Rourke schüttelte verärgert den Kopf. »Ich will Ihr Geld nicht, My Lord.«

»Was wollen Sie dann?«

»Fanny. Ich will Fanny.«

Nun setzte Heath sich doch. Etwas in dieser Richtung hatte er bereits erwartet. »Möchten Sie sich näher erklären?«

O'Rourke zog eine Grimasse, die halb verwundert, halb reumütig wirkte. »Ich bin in Fanny verliebt, seit ich sie zum ersten Mal sah. Ich war sogar ihr erster Gönner, müssen Sie wissen.«

»Aber sie erwiderte Ihre Gefühle nicht.«

»Damals nicht«, gab der Spieler verbittert zu. »Selbst als ich ihr anbot, sie zu einer anständigen Frau zu machen, indem ich sie heirate, hat Fanny mich eiskalt abgewiesen. Sie war sechzehn und wollte ein pompöses Leben, das ich ihr seinerzeit nicht bieten konnte. Heute bin ich reich wie Krösus und könnte ihr jeden Luxus bescheren, doch immer noch will sie nichts von Heirat hören. Sie sagt, sie wolle mich nicht zum Mann, obwohl sie damit ein Vermögen ablehnt. Ich denke, sie fühlt sich zu fein für Leute wie mich. Aber ich weiß, dass ich sie zur Vernunft bringen kann, wenn ich nur hartnäckig genug bin.«

»Also benutzen Sie die Schulden, um Miss Irwin zur Rückkehr zu Ihnen zu bewegen«, folgerte Heath.

»Ja. Das Geld ist mir egal. Und ich würde die beiden alten Mähren auch nicht ins Gefängnis schicken. Aber Sie verstehen sicher, warum ich nicht will, dass Sie die Schulden begleichen. Wenn Sie zahlen, habe ich keine Chance mehr, Fanny zur Heirat zu überreden.«

Heath nickte. Immerhin konnte er das Dilemma des Mannes verstehen, denn er versuchte ja selbst, Lily zu überreden, *ihn* zu heiraten. Aber etwas zu verstehen, war nicht dasselbe, wie es gutzuheißen.

Als O'Rourke weitersprach, klang er versöhnlicher. »Sie scheinen mir ein vernünftiger Herr, My Lord. Gewiss können wir zu einer für beide Seiten annehmbaren Lösung finden.«

»Ich denke schon, sind meine Bedingungen doch recht simpel.«

»Ich werde Fanny nicht wieder verletzen, darauf haben Sie mein Wort.«

»Gut. Und falls Sie Ihre Bemühungen, sie zur Frau zu gewinnen, fortsetzen, werden Sie es tun, ohne ihre Freundinnen zu bedrohen. Heute Nachmittag schreiben Sie Fleur und Chantel und teilen ihnen Ihre Bereitschaft mit, so lange auf Rückzahlung zu warten, wie es nötig ist. Und Sie werden es freundlich formulieren.«

»Sehr wohl, My Lord«, stimmte O'Rourke widerwillig zu. »Ich schätze, Sie lassen mir keine Wahl.«

Heath lächelte. »Genau das war meine Absicht, Mr. O'Rourke. Ich bin froh, dass Sie ein so kluger Geschäftsmann sind.«

Lily hörte am Nachmittag von Heath, allerdings nur in Form einer kurzen Nachricht, der sie entnahm, dass er das Problem mit O'Rourke geregelt hätte. Gänzlich zufrieden war Lily nicht, denn sie wollte, dass der brutale Schurke richtig bestraft wurde, wohingegen sie vermutete, dass Heath ihn mit einer strengen Verwarnung davonkommen ließ.

Eine Stunde später jedoch erhielten Fleur und Chantel eine feierliche Entschuldigung von O'Rourke, in der er schrieb, wie sehr er bedauerte, ihnen Kummer bereitet zu haben, und beteuerte, nicht weiter auf einer sofortigen Rückzahlung ihrer Schulden zu bestehen. Mit dieser Lösung musste Lily sich begnügen.

Und sie war Heath wirklich dankbar für seine Hilfe. Er bewahrte ihre Freundinnen vor dem drohenden Gefängnis und schützte Fanny vor O'Rourke. Noch dankbarer war sie für das, was er für Betty und Peg tat. Als sie gesehen hatte, wie freundlich er die schluchzende Prostituierte tröstete, war Lily ganz warm ums Herz geworden. Heath versprach dem Mädchen, dass es in seinem neuen Leben sicher wäre, und Lily glaubte ihm.

Trotzdem wollte er offenbar keinen Dank für seine Freundlichkeit, denn er schlug Fleurs Einladung zum Abendessen in der Pension aus. Lily konnte nicht umhin, zu mutmaßen, dass *sie* der Grund für seine Absage war. Wie es schien, mied er sie absichtlich.

Und während seine verführerischen Spiele sie einst furchtbar durcheinandergebracht hatten, war es nun noch weit beunruhigender, dass sie ausblieben. Hatte er sich eine Mätresse genommen? Dieser Gedanke bereitete Lily größte Sorge. Unweigerlich dachte sie immerfort darüber nach, womit Heath sich dieser Tage seine Zeit vertrieb, und wieder und wieder stellte sie sich ihn in den Armen einer parfümierten Schönheit vor, mit der er seine körperlichen Bedürfnisse ebenso sinnlich befriedigte, wie er es *ihr* gezeigt hatte … möglicherweise in diesem Moment.

Unfähig, ihre lebhafte Fantasie zu zügeln, wälzte Lily sich die ganze Nacht schlaflos im Bett. Am Samstagmorgen beschloss sie, mit jemandem zu reden, der ihr Dilemma verstand. Daher lud sie Tess, die im Dienste einer ihrer wohltätigen Organisationen nach London kam, zum Mittagessen ein.

Sie setzten sich in den kleinen Garten hinter dem Haus, wo eine Ulme sie vor dem hellen Sonnenlicht schützte.

Lily erzählte Tess von Lord Claybournes großzügigen Bemühungen, bevor sie schließlich auf ihre widersprüchlichen Gefühle zu sprechen kam, was das mögliche Ende seines Werbens betraf.

Tess' erste Reaktion war Überraschung. »Ich dachte, du wärst froh, wenn er dir nicht mehr den Hof macht. Wolltest du das nicht die ganze Zeit?«

»Ich *bin* froh«, bestätigte Lily. »Ich meine ... ich werde sehr froh sein, wenn er nicht länger beabsichtigt, mich zu seiner Marquise zu machen.«

»Und was stimmt dich so melancholisch?«

»Ich weiß es nicht«, antwortete Lily achselzuckend. »Vermutlich bin ich nur gereizt, weil ich so wenig zu tun habe. Ich habe das Gefühl, dass ich London nicht verlassen darf, ehe die Schuld unserer Freundinnen bezahlt ist und sie außer Gefahr sind. Überdies ist Roslyns Hochzeit am Dienstag in St. George's, das Dinner, das Marcus zu Ehren des Brautpaares gibt, findet am Vorabend statt. Also ist es bloß sinnvoll, wenn ich beides noch hier abwarte. Und nicht zu vergessen, ist der Ausgang meiner Wette mit Lord Claybourne nach wie vor unklar. Die zwei Wochen, auf die wir uns einigten, enden erst am Montag. Gestern konnte er einen Punkt erzielen, weil er einer Mieterin ein neues Heim auf seinem Familienlandsitz in Kent gab, also hat er jetzt neun Punkte, beinahe genug, um zu gewinnen. Doch vielleicht liegt ihm auch nichts an einer Fortsetzung des Wettbewerbs.«

»Und deshalb sorgst du dich? Hegst du Gefühle für ihn und willst das Spiel daher nicht beenden?«

Lily zögerte. »Nun, ›Gefühle‹ ist wohl ein wenig übertrieben. Aber ich gestehe, dass ich ihn sehr anziehend finde.«

Als sie verstummte, betrachtete Tess sie prüfend. »Gibt es etwas, das du mir verschweigst, Lily? Was tat er, dass du dich zu ihm hingezogen fühlst? Hat er dich geküsst?«

Wieder einmal stellte Lily fest, dass Tess sie sehr gut kannte. »Was wir taten, war weit intimer als Küssen.«

»Intimer?«

»Ja, und ... ich habe entdeckt, dass es mir gefiel – überaus gut sogar.«

Tess kräuselte die Stirn. »Du hast doch nicht zugelassen, dass er das Bett mit dir teilt, oder?«

»Nein. Ich bin noch Jungfrau. Er wollte nicht weitergehen, bis ich zustimme, ihn zu heiraten. Aber die Wahrheit ist ... ich wollte weitergehen, Tess.« Lilys Stimme war nurmehr ein Flüstern. »Claybourne sagt, dass ich nicht mein Leben lang eine Jungfer bleiben will, und teils hat er Recht. Ich möchte wissen, wie es ist, mit einem Mann vereint zu sein, mit *ihm*. Ich möchte alles über Leidenschaft und Wonne erfahren.«

»Ja, ich auch«, seufzte Tess.

Lily sah sie verwundert an. »Du möchtest wissen, wie der Liebesakt ist?«

»Ja, schon seit einiger Zeit. Aber meine Skrupel sorgen dafür, dass ich keusch bleibe. Leider«, fügte sie hinzu. »Ich hätte mich Richard hingeben können, bevor er in den Krieg zog und getötet wurde, aber ich sparte mich für die Ehe auf. Das bedaure ich mehr, als du dir vorstellen kannst, Lily. Ich wünschte, ich hätte unsere gemeinsame Zeit ausgekostet, als ich die Chance dazu hatte.«

Lily legte ihre Hand auf die der Freundin. »Ach, Tess, ich bin grausam, dir gegenüber, die du deinen Verlobten verloren hast, von Leidenschaft und Liebe zu sprechen. Bitte vergib mir meine Gedankenlosigkeit!«

Tess rang sich ein Lächeln ab. »Da ist nichts zu vergeben, meine Teure. Ich habe lange genug getrauert. Zwei Jahre sind inzwischen vergangen, und ich kann mich nicht in meine Trauer und meinen Kummer vergraben. Richard hätte das nicht gewollt. Mir ist klargeworden, dass ich mein Leben weiterführen muss, trotz meines Verlustes.«

»Ja, das musst du«, pflichtete Lily ihr bei. »Und ich vermute, du hast deinen Wunsch, zu heiraten und Kinder zu bekommen, nicht aufgegeben.«

»Nein, ich wünsche mir eines Tages einen Ehemann und Kinder, selbst wenn ich Richard nicht haben kann.« Sie blickte verträumt in die Ferne. »Ich weiß nicht, ob ich je wieder so lieben kann. Man sagt, die wahre Liebe gebe es nur ein Mal …« Plötzlich schaute sie wieder zu Lily. »Aber genug von mir! Kommen wir zu deiner Zukunft, Lily. Was wünschst du dir? Weißt du es überhaupt?«

Lily lachte. »Also, wenn ich ganz ehrlich bin … ich hätte gern Lord Claybourne als meinen Geliebten.«

»Erwägst du nicht, ihn zu heiraten?«, fragte Tess unsicher.

»Nein, aber ich würde durchaus in Betracht ziehen, seine Mätresse zu werden. Schockiere ich dich, Tess?«

»Schockiert bin ich nicht, aber ein solches Verhältnis kann ernste Folgen haben.«

Diesmal war es Lily, die seufzte. »Ich weiß. Es ist unfair, dass Herren so viele Geliebte haben dürfen, wie sie wollen, während die Damen schon durch einen bloßen Hauch von Indiskretion ruiniert werden.«

»Ja, das ist unfair«, bestätigte Tess. »Doch das ist der Lauf der Dinge.«

»Dennoch, wenn ich glaubte, ich könnte eine Affäre geheim halten und einen Skandal vermeiden, würde ich nicht zögern. Und da ich nicht vorhabe, jemals zu heiraten, kann ich ruhig meine Unschuld verlieren.«

»Ja, da magst du recht haben.«

»Eine Affäre mit Claybourne würde nicht lange halten, dafür würde ich sorgen. Ich riskiere nicht, mich in ihn zu verlieben und es möglicherweise nicht enden lassen zu wollen.«

»Wäre es denn so schrecklich, dich in ihn zu verlieben?«

»Ja«, antwortete Lily voller Überzeugung. Sie wollte niemals das Elend und den Schmerz erleben, die mit der Liebe einhergingen. Zu viele Jahre hatte sie das Leid ihrer Mutter mitangesehen. Anfangs hatte ihre Mutter ihren Vater geliebt, und sie alle wussten, was ihr diese Liebe einbrachte.

Lily schüttelte energisch den Kopf. Bis heute bedauerte sie, dass sie ihre Mutter nicht vor dieser Pein hatte bewahren können. Aber sie war in der Lage, sich selbst zu schützen. Alles, was sie zu tun hatte, war, ihre Gefühle zu beherrschen.

Zugegeben, in der kurzen Zeit, die sie Heath kannte, war ihre Achtung für ihn deutlich gestiegen. Und sie war überaus dankbar, dass er ihren Freundinnen half, obgleich sie seine Hilfe so widerwillig annahm. Respekt und Dankbarkeit jedoch würden ihr Herz nicht berühren.

Eine Affäre mit Heath müsste nichts weiter als körperliches Vergnügen beinhalten. Sie konnte ihre brennende Neugier befriedigen, und außerdem würde sie hoffentlich von der frustrierenden Sehnsucht kuriert, die sie neuerdings so hartnäckig plagte. Überdies würde es ihn davon abhalten, Trost in den Armen einer anderen zu suchen.

Vor allem aber würde er gewiss die Absicht aufgeben, sie zu heiraten, sowie sie ihm anbot, seine Geliebte zu werden. Bei einem solch drastischen Schritt ihrerseits würde Heath endlich erkennen, wie fest entschlossen sie war, seinen Antrag abzulehnen, selbst wenn er ihr Spiel und damit das Recht gewann, öffentlich um sie zu werben.

Tess unterbrach ihre Gedanken. »Manchmal ist es weiser, dem Herzen zu folgen als dem Verstand, Lily.«

»In diesem Fall nicht.«

»Na dann … wenn du Claybourne als Liebhaber willst, solltest du besser sofort handeln. Eines habe ich gelernt, nämlich dass das Leben zu kurz ist und wir schlecht daran tun, abzuwarten, während es an uns vorbeizieht.«

Wieder nickte Lily, die ihrer Freundin aus tiefstem Herzen zustimmte. Es war Zeit, dass sie ihr Schicksal in die Hand nahm. Seit Tagen kämpfte sie gegen ihr Verlangen. Das musste enden.

Bei aller Entschlossenheit jedoch fehlte ihr die Erfahrung, wie sie es anstellen sollte.

»Das Problem ist, Tess, dass ich nicht weiß, wie ich es anfange. Fanny kann ich nicht um Rat bitten, denn sie wird mir nur sagen, ich solle Lord Claybourne heiraten. Ich weiß ja nicht einmal, wie ich es schaffe, mit ihm allein zu sein.«

»Das sollte nicht weiter schwierig werden«, entgegnete Tess. »Du kannst meine Suite im Darnley Hotel benutzen. Dort ist es still und sehr diskret. Gib dich als Witwe aus, und trage einen Schleier.«

Tess wohnte immer im Darnley, wenn sie über Nacht in London blieb.

»Dann wäre die nächste Frage, *wann*«, ergänzte Tess nachdenklich.

Lily schürzte die Lippen. Ihr lief die Zeit davon. Ihr Spiel war in drei Tagen vorüber, doch so lange wollte sie nicht warten. Wie aber konnte sie Heath sehen, solange er sie mied? Am Montagabend allerdings würde er gewiss zum Dinner in Marcus' Londoner Haus erscheinen …

»Ich bin sicher, dass er am Montag bei Marcus sein wird. Du kommst doch auch, nicht wahr, Tess?«

»Oh ja! Das will ich auf keinen Fall versäumen.«

»Ich beabsichtige, über Nacht dortzubleiben«, informierte Lily ihre Freundin, »damit meine Schwestern und ich vor Roslyns Hochzeit noch etwas Zeit zusammen haben.«

»Also müsste es vor Montag sein – vielleicht heute Abend.«

Der Gedanke, dass sie schon heute Abend mit Heath zusammen sein könnte, löste ein schockierendes Kribbeln in Lilys Bauch aus. »Aber wie bringe ich ihn dazu, mich in dem Hotel zu treffen?«

»Wir denken uns etwas aus«, sagte Tess zuversichtlich. »Und selbstverständlich musst du Vorsichtsmaßnahmen ergreifen, denn du willst ja nicht hinterher guter Hoffnung sein. Es gibt da Methoden … Nun, da können dir sicher deine Freundinnen hier Rat geben.«

Lily hatte gar nicht so weit vorausgedacht, wie sie beschämt feststellte. Aber jetzt, da sie es tat, schien ihr Peg die naheliegendste Wahl. Mit ihr könnte sie solch intime Details besprechen. Dennoch … »Woher weißt du von diesen Dingen, Tess?«

Ihre Freundin wurde rot. »Ich hatte eine recht ähnliche Unterhaltung mit Fanny, für den Fall, dass ich mir einen Geliebten nehme.«

Lily machte große Augen. Es wunderte sie, dass Tess eine derart skandalöse Möglichkeit auch nur in Betracht zog, war sie doch der Inbegriff der vornehmen Dame. Noch erschütternder fand sie, was Tess als Nächstes sagte.

»Falls Claybourne Bedenken hat, dich zu entehren, musst du darauf vorbereitet sein, ihn zu verführen.«

Nachdem sie ihren ersten Schrecken überwunden hatte, musste Lily lachen – nicht so sehr über die Vorstellung, Heath zu verführen, sehr wohl hingegen darüber, dass Tess es vorschlug.

Sie fragte sich, wie er reagieren würde, wäre *sie* zur Abwechslung einmal diejenige, die die Initiative ergriff.

Bei diesem Gedanken schmunzelte Lily. Sie als kühne Femme fatale und Heath als ihr Opfer. Gewiss würde das ein höchst interessantes Abenteuer.

Vierzehntes Kapitel

Ihn zu verführen, war schwieriger, als ich erwartete. Lord Claybourne kann ein rechter Sturkopf sein.

Lily an Tess Blanchard

Lilys Bauch fühlte sich sehr nervös an, als sie in den Zimmern des Darnley Hotels auf Heath wartete. Sie hatte ihm gleich nach dem Mittagessen geschrieben und ihn gebeten, sie hier um zehn Uhr abends zu treffen. Nun konnte sie nicht sicher sein, dass er kam.

Sie saß der Tür gegenüber an einem kleinen Tisch unweit des Kamins, hatte allerdings noch keinen Bissen des opulenten Abendessens angerührt, das ihr vor einer Weile gebracht worden war. Das große Himmelbett auf der anderen Seite des Zimmers raubte ihr den Appetit.

Als es leise an der Tür klopfte, zuckte Lily zusammen, benetzte sich die Lippen und bat herein. Ihr Herz pochte wie wild, noch bevor Heath eintrat und langsam die Tür hinter sich schloss.

In seiner eleganten Abendgarderobe sah er unglaublich gut aus, wie Lily bemerkte, die seinen burgunderroten Gehrock, die Weste mit Silberstickerei und die graue Satinhose musterte. Derweil betrachtete er sie. Lily trug ein schlichtes hochgeschlossenes Kleid aus saphirblauer Seide. Sie hatte ihren Schleier aufbehalten, um vor dem Personal anonym zu bleiben, und darauf verharrte nun Heaths Blick.

»Was beabsichtigst du damit, mich herzubitten, mein Engel?«

Lily nahm ihren Schleier ab und lächelte. »Ich wollte

dir gebührend für deine Großzügigkeit danken, nachdem du Fleurs Einladung gestern zum Abendessen ausschlugst.«

»Ich war anderweitig verpflichtet.«

»Ach ja?«, fragte sie gelassen. »Du wolltest mir nicht bloß aus dem Weg gehen?«

Sein Blick blieb rätselhaft. »Nein. Ich war zu einem Hauskonzert bei Lady Beldon geladen, Marcus' Tante.«

Diese Information erregte Lilys Neugier stärker, als sie sollte. »Ich vermute, Lady Eleanor war ebenfalls dort.«

»Selbstverständlich. Lady Beldon ist nicht nur Eleanors Tante, sondern auch ihre Anstandsdame. Nell wohnt bei ihr.«

»Und heute Abend? Hattest du vorher noch eine Verabredung?«

Heath wirkte skeptisch. »Ich war in meinem Club. Warum interessiert dich, was ich gemacht habe, Kleines?«

»Ich war nur neugierig«, antwortete Lily ausweichend.

»Was ist mit dir? Ich hoffe, du möchtest mir erklären, was du allein in einem Hotel tust, ohne Zofe oder Anstandsdame. Wissen deine Freundinnen, dass du hier bist?«

»Nein«, entgegnete Lily kopfschüttelnd. »Ich habe es nicht erwähnt, und Fleur glaubt, ich würde heute in Marcus' Stadthaus übernachten, um Roslyn bei den Hochzeitsvorbereitungen zu helfen – was nicht der Fall ist.« Sie lächelte unsicher. »Roslyn braucht meine Hilfe ohnehin nicht, und sie würde wohl eher fürchten, dass ich versuche, ihr die Heirat auszureden.

Möchtest du mir Gesellschaft leisten?« Sie zeigte auf den leeren Stuhl am Tisch.

Zwar blieb sein prüfender Blick, doch wenigstens kam er ein paar Schritte näher. »Ich habe keinen Hunger.«

»Ich schon. Den ganzen Abend bekam ich keinen Bissen herunter, weil ich so nervös war.«

Das war nicht gelogen. Sie zitterte innerlich vor Aufregung.

Heath schien ihre gespannte Erwartung leider nicht zu teilen. Vielmehr wirkte er eher ungeduldig. »Warum erklärst du mir nicht den Zweck deiner Einladung, Lily? Was zum Teufel führst du im Schilde?«

Sie schluckte. »Nun ja, ich ... ich wollte dir ein Angebot unterbreiten.«

»Was für ein Angebot?«

Sein Tonfall war so wenig der eines Geliebten, dass Lily spürte, wie ihre Lippen bebten, als sie wieder lächelte. »Ich weiß, dass es gewöhnlich der Herr ist, der die Dame um eine Affäre bittet, aber ... ich möchte dich als meinen Geliebten.«

Er runzelte die Stirn. »Ist das wahr?«

»Ja. Du hattest Recht, Heath. Ich möchte nicht mein Leben lang eine Jungfer bleiben. Und das ist allein deine Schuld. Du hast mir lediglich eine Kostprobe sinnlicher Leidenschaft gegeben, obwohl ich sie richtig erleben wollte. Doch nun hast du mich lange genug geneckt.«

»Du erwartest doch nicht allen Ernstes, dass ich dich entjungfere?«, konterte er. »Du bist eine vornehme Dame!«

»Richtig«, bestätigte sie mit einem amüsierten Schmunzeln, »doch ist dir mittlerweile auch bekannt, dass ich mich nie an die Anstandsregeln hielt. Und du hast selbst gesagt, dass du mich in deinem Bett willst.«

»Als meine Frau, nicht als meine Geliebte.« Heaths Miene wurde noch finsterer. »Was soll das, Lily? Gehört es zu unserem Spiel? Denn Fleur und Chantel werden mir sicher Punkte abziehen, wenn sie erfahren, dass ich dir deine Tugend nahm.«

»Nein, nein, ich habe nicht vor, ihnen davon zu erzählen! Und dies hier hat nichts mit unserem Spiel zu tun. Es geht einzig um mein Verlangen.« Lily stand langsam auf und sah ihm in die Augen. »Ich möchte dich zum Liebhaber.«

Er verschränkte die Arme vor seiner Brust. »Du kennst meine Bedingungen, Lily.«

Nachdenklich spitzte sie die Lippen. »Tess warnte mich, dass ich dich eventuell verführen müsste.«

Ihre kühnen Worte ließen ihn eine Braue nach oben ziehen, doch ansonsten rührte er sich nicht.

»Obwohl ich vermute«, fuhr Lily fort, »dass es dir nicht gefällt, wenn ich all die anderen Damen imitiere, die dir nachstellen, seit du aus der Schule bist.« Während sie sprach, begann Lily, sich die Nadeln aus dem Haar zu ziehen. Zufrieden bemerkte sie, dass Heath jeder ihrer Bewegungen folgte, als sie ihre dunklen Locken befreite und mit den Fingern kämmte.

»Begehrst du mich nicht, Heath?«, fragte sie.

»Du weißt sehr wohl, dass ich dich begehre.«

»Und ich dich. Wo also ist das Problem? Ich bin bereit, sogar erpicht darauf, deine Geliebte zu werden.«

»Ich hege nicht die Absicht, mit dir das Bett zu teilen, bevor du zustimmst, meine Frau zu werden, wie du bereits weißt.«

»Warum nicht?«

»Zum einen werde ich nicht riskieren, dass du guter Hoffnung wirst.«

»Ach, diese Frage habe ich schon gelöst. Wie man mir sagte, sind in Essig oder Brandy getauchte Schwämme sehr wirksame Gegenmittel. Peg gab mir ein paar, die ich heute Nacht benutzen kann.«

Immer noch rührte er sich nicht, sah Lily jedoch strenger an.

Sie beugte sich vor und zog ihre Abendschuhe einen nach dem anderen aus. Dann griff sie nach hinten und löste die Haken ihres Abendkleides. Sobald es vollständig aufgehakt war, ließ sie es zu Boden fallen und stieg heraus, so dass sie nur noch ein zartes Leinenhemd und Seidenstrümpfe trug.

Ihre Haut kitzelte, kaum dass sie Heaths Blick auf ihren Brüsten fühlte. Deren Spitzen waren fest aufgerichtet und zeichneten sich deutlich durch das dünne Hemdchen ab. Als Heaths Augen tiefer wanderten, wusste sie, dass er den Schatten ihrer dunklen Locken auf dem Venushügel sehen konnte. Sein Verlangen war unverkennbar, und es ermutigte Lily, mit ihrem Plan fortzufahren.

Mit einer Gelassenheit, die sie gar nicht empfand, löste sie ihre Strumpfbänder und rollte die Seide langsam ihre Beine hinunter.

»Lily, hör sofort auf!«, befahl er mit tiefer Stimme.

»Nein, das werde ich nicht tun, Heath. Wenn du mich nicht verführen willst, muss ich eben diejenige sein, die die Initiative ergreift.«

Er strengte sich sichtlich an, der Versuchung zu widerstehen, die sie ihm bot.

Da er weiterhin schwieg, fing Lily an, alle Lampen

im Zimmer zu löschen, bis nur noch der schwache Schein einer Nachttischleuchte das Zimmer erhellte. Sie zog die Bettvorhänge zurück, bevor sie leise zur Tür ging, sie von innen abschloss und den Schlüssel aus dem Schloss nahm.

Den Schlüssel an einem Finger in die Höhe haltend, drehte sie sich zu Heath. »Den wirst du mir wegnehmen müssen, wenn du entkommen möchtest.«

»Lily ...« Vorwurf und ein Anflug von Verzweiflung lagen in seiner Stimme, obschon er nicht aussah, als wollte er fliehen. Stattdessen stand er wie angewurzelt da und beobachtete jede ihrer Bewegungen.

Seine Augen waren dunkel vor Lust, wie Lily feststellte, was sie mutiger machte. Sie warf den Schlüssel zu ihrem Kleid hinüber, ging zu Heath und wickelte seine Krawatte auf.

»Lily, der Teufel soll dich holen ...«

Sie lachte. »Du darfst über mich schimpfen, so viel du magst. Ich werde trotzdem mit dir tun, was ich möchte.«

Ihr Lachen hatte eine größere Wirkung auf ihn als alles, was sie hätte tun können. Er sah Lily an, die ihm die Krawatte aufwand. Ein neckisches Lächeln umspielte ihre Lippen, wohingegen ihre Augen gleichzeitig unschuldig und teuflisch dreinblickten.

Ihr Anblick verzauberte ihn, jagte heiße Lustschauer in seine Lenden, und das noch ehe sie mit ihren Fingern seine Weste hinab bis zu der festen Wölbung seiner Erektion unter der Abendhose wanderte.

»Denkst du wirklich, du kannst mir widerstehen?«, murmelte Lily neckend. »Willst du es überhaupt versuchen?«

Ihre großen dunklen Augen funkelten vor Belustigung und noch etwas anderem: Verlangen. Sie hatte nicht gelogen, als sie behauptete, dass sie ihn begehrte. Und diese Erkenntnis erregte Heath noch mehr als ihre Berührung.

»Wie mir erzählt wurde, ist Verführung eine Kunst«, sagte Lily, die sich vor ihn kniete. »Und ich weiß aus erster Hand, dass du ein talentierter Künstler bist. Daher hoffe ich, dass du mir vergibst, wenn ich mich weniger begabt dabei zeige, dir Freude zu bereiten, als du dich erwiesen hast, während du mich erfreutest.«

Sie knöpfte seine Hose auf, worauf sein Glied hervorsprang, und Heath stieß einen weiteren Fluch aus, ehe er leise raunte: »Lily … ich bin nicht aus Stein!«

»Das hoffe ich doch«, hauchte sie und umfing ihn mit einer Hand. »Obgleich das hier sehr wohl an Granit erinnert.«

Dann fing sie an, ihn zu streicheln … den Schaft seiner Männlichkeit zu reiben, die runde Spitze mit ihren Fingern zu necken und seine schweren Hoden in der Hand zu wiegen.

Ihre Kühnheit raubte Heath den Atem. Noch nie hatte er Lily so erlebt. Sie hatte das gesamte Geschehen unter Kontrolle, spielte die Verführerin, die entschlossen war, ihn zu bekommen. Ihre Entschiedenheit entzückte und betörte ihn nicht bloß, sie weckte noch sehr viel stärkere Empfindungen in ihm, die er momentan unmöglich benennen konnte. Er hatte schon reichlich Mühe, sich zu erinnern, warum er ihrem sinnlichen Angriff widerstehen musste.

»Mache ich es richtig?«, wollte Lily wissen und blickte unschuldig zu ihm auf. »Du berätst mich lieber, sonst tue ich dir noch unabsichtlich weh.«

Er antwortete ihr nicht mit Worten; stattdessen ballte er die Hände zu Fäusten. Daraufhin wurden ihre Berührungen noch kühner, und sie drückte sein Glied, während sie es weiterrieb.

Heath biss die Zähne zusammen, denn er zitterte am ganzen Körper vor Erregung. Lilys erotische Zärtlichkeiten ließen ihn vor Hitze pochen. Und als sie sich vorbeugte und ihre Lippen an die Spitze seiner Erektion legte, zuckte er zusammen.

Er gab einen tiefen erstickten Laut von sich, sobald ihr Mund sich um sein geschwollenes Glied schloss und sie ihn mit der Zunge kostete. Gleichzeitig durchfuhr ihn ein Feuerstrahl, der die letzten Reste seines Widerstands vernichtete.

Heath schloss die Augen, tauchte seine Finger in Lilys Haar und gab sich ganz seiner Fantasie hin. Beinahe glaubte er zu fühlen, wie sein Schaft in ihre feuchte Scham glitt …

Das Feuer in ihm wurde beständig größer, je intensiver Lily ihn mit Zunge und Lippen liebkoste, ihn neckte und massierte, dass er erschauderte.

Schließlich unterbrach Heath sie, unmittelbar bevor er explodierte. Mit einem tiefen Stöhnen packte er ihre Schultern und zog sie zu sich nach oben. Das zufriedene Lächeln auf ihren Lippen ließ ihm gar keine andere Wahl, als sie an sich zu drücken und leidenschaftlich zu küssen. Er konnte sich unmöglich beherrschen.

Und genau genommen wollte er es auch gar nicht mehr, wie Heath in seinem Nebel der Erregung erkannte. Ihre Zungen vereinten sich zu einem ungeduldigen Kuss. Seine Strategie, Lily fernzubleiben, war offensichtlich erfolgreich gewesen, denn diesmal war sie zu *ihm* gekommen. Und nicht bloß bot sie sich ihm freiwillig an, sie verführte ihn auch noch, was von einem gewaltigen Fortschritt in ihrer Beziehung zeugte. Diese Runde durfte sie seinetwegen sehr gern gewinnen.

Eines Tages würde Lily sein Bett teilen, das war unvermeidlich. Und obgleich sie noch nicht zugestimmt hatte, ihn zu heiraten, würde sie es bald tun. Ihr heute zu geben, was sie wollte, könnte zweifellos alles beschleunigen, was bedeutete, dass sie umso eher seine Frau würde.

Mit diesem beruhigenden Gedanken zwang Heath sich, es langsamer anzugehen. Atemlos beendete er den Kuss, um ihr das Hemdchen auszuziehen. Dann trat er einen Schritt zurück, weil er sie ansehen wollte.

Im sanften Lampenschein sah sie wie ein Traum aus, der Wirklichkeit geworden war. Die kastanienbraunen Locken umrahmten ihr Gesicht, ihre Schultern und ihre Arme, und ihre Haut schimmerte blassgolden. Ihr Haar war ein wenig zerzaust, was sie umso bezaubernder machte. Vor allem aber war es ihr fantastischer Körper, der sein Herz zum Rasen brachte: ihre hohen runden Brüste, ihre schmale Taille, die wunderschöne Wölbung ihrer Hüften und ihre schlanken Beine. Er wollte die seidige Masse ihres Haars mit beiden Händen erkunden, während er jeden Millimeter ihrer samtigen Haut kostete. Vorerst jedoch übte er sich in Geduld und wartete, bis Lily ihn entkleidet hatte.

Als sie beide vollständig nackt waren, kam Lily näher und schmiegte sich in seine Arme. Hatte sie kurz zuvor noch amüsiert gewirkt, war sie nun sehr ernst. Sie schaute ihm in die Augen, während ihre Hände über seinen Körper glitten und ihn begierig erkundeten, was Heaths Verlangen befeuerte.

Er umfing ihre Brüste und streichelte sie, worauf Lily einen kehligen Laut von sich gab, der zu einem gehauchten Wimmern wurde, kaum dass er die festen Spitzen mit seinen Daumen neckte. Heath war wie gebannt von dem Gefühl ihrer Haut an seiner, und doch wollte er mehr.

»Komm!«, forderte er sie heiser auf und nahm Lilys Hand.

Er führte sie zum Bett, legte sich auf den Rücken und zog Lily auf sich. Nun ließ er sie wieder übernehmen. Ihr dunkles, herrlich duftendes Haar fiel wie ein seidiger Vorhang um sie herum und kitzelte ihn, als Lily sich hinabbeugte und Küsse auf seine Wangen, seinen Hals und seine Brust malte.

Ihre unschuldige Hemmungslosigkeit war überwältigend. Erotisch rieben sich ihre Leiber aneinander, und Lily wiegte ihre Scham auf seiner harten Erektion. Plötzlich jedoch hielt sie inne, hob den Kopf und sah ihn unsicher an.

»Heath … ich weiß, dass ich nicht über dieselbe Erfahrung verfüge wie andere Frauen«, begann sie zögerlich, doch er fiel ihr ins Wort.

»Schhh!«, machte er und lächelte. »Du besitzt alle Erfahrung, die wir beide brauchen.«

Zudem gab es gar keine anderen Frauen mehr, ergänzte Heath im Geiste. Nicht mehr seit ihrem ersten Kuss auf dem Stallboden. Seither existierte nur noch Lily.

Mit einer geschmeidigen, kräftigen Drehung rollte er sie unter sich. Er fühlte sich vollkommen von ihr gefangengenommen, während er sie ansah. Sie verzauberte ihn mit ihrem Feuer und ihrer Sanftheit, mit ihren glühenden Augen, ihrem göttlichen Mund … Bei

Gott, er begehrte sie unglaublich! Trotzdem musste er bedenken, dass sie jungfräulich war.

Mit einer Hand glitt er über ihren Leib hinunter zwischen ihre Schenkel, tauchte mit seinen Fingern in ihre Locken und feuchten Schamlippen ein. Sie war bereits heiß und geschwollen für ihn, noch ehe er die empfindliche Knospe ertastete und sanft streichelte.

Sie erbebte unter ihm und streckte sich seiner Hand entgegen, doch als er den Kopf neigte, um sie zu küssen, war es Lily, die ihn zurückhielt.

»Heath, die Schwämme … auf dem Nachttisch.«

Ihre gehauchte Mahnung weckte einen Anflug von Vernunft in ihm.

Stumm setzte er sich auf und griff nach dem Beutel auf dem Schränkchen, in dem sich mehrere Schwämme mit kleinen Bändern daran sowie ein Fläschchen befanden. Er tränkte einen der Schwämme, spreizte Lilys seidige Schamlippen mit den Fingern und führte ihn ihr vorsichtig ein.

Lily hielt hörbar die Luft an und spannte die Muskeln an, doch Heath murmelte beruhigend auf sie ein. Als er sich wieder auf sie legte, blickte sie ihn vertrauensvoll an.

Nun stützte Heath sein Gewicht auf die Unterarme, die Hüften zwischen ihren Schenkeln, und öffnete ihre Scham mit der Spitze seines Glieds.

»Ich könnte dir wehtun«, warnte er sie besorgt.

Sie lächelte matt und strich ihm über die Wange. »Ist schon gut«, flüsterte sie.

Die Zärtlichkeit, die er ohnehin schon für sie empfand, mehrte sich in dem Moment, indem er in ihr wunderschönes Gesicht blickte und zugleich sehr behutsam in ihre bebende Scham eindrang.

Lily gab keinen Laut von sich, und überaus vorsichtig glitt Heath ein winziges Stück tiefer.

Als sie das Gesicht vor Schmerz verzog, hielt er inne, um ihr unzählige Küsse auf die Stirn, die Wangen und die Lippen zu hauchen. Kurz danach fühlte er, wie ihr Körper sich wieder entspannte, und er wagte sich tiefer vor. Sein Glied dehnte sie und füllte sie mehr und mehr aus. Schließlich war er ganz in ihr, wo er vollkommen regungslos verharrte, damit Lily sich an seine pochende Erektion gewöhnen konnte.

Sie war stramm, feucht und wie eine perfekte Hülle, die ihn wärmend umfing. Allerdings wusste er, dass es nur für ihn herrlich war, nicht für sie – noch nicht. Lily lag wie erstarrt unter ihm.

Eine Weile später erst spürte er, wie sie sich merklich entkrampfte, als wäre alles Unangenehme fort. Und dann wiegte sie zaghaft ihre Hüften, während er sie klopfenden Herzens erproben ließ, wie es sich anfühlte.

»Besser?«, fragte er.

Der Anflug eines Lächelns auf ihren Lippen verriet ihm alles, was er wissen musste, noch bevor sie flüsterte: »Viel besser, danke!«

Erst jetzt fing er an, sich zu bewegen, ein Stück aus ihr herauszugleiten, um sogleich behutsam wieder in sie zu dringen. Es dauerte nicht lange, bis er merkte, wie sie vor Erregung erschauderte und ihre Hüften sich in seinem Rhythmus mitbewegten.

Heißes, drängendes Verlangen packte Heath. Er wollte sich wieder und wieder tief in ihr vergraben, doch er hielt sich zurück. Stattdessen blieb er bei langsamen, behutsamen Bewegungen, neckte sie und bereitete ihr Wonne, indem er sie mit unendlicher Zärtlichkeit verwöhnte.

Lily sprach wie erhofft darauf an. Ihre Haut war gerötet vor Leidenschaft, ihr Atem angestrengt, aber nicht vor Schmerz, sondern vor Erregung. Eine kleine Weile später stöhnte sie fiebrig, grub ihre Fingernägel in seine Schultern und spornte ihn an, den Rhythmus zu beschleunigen.

Es kostete Heath einiges an Kraft, die Beherrschung zu wahren, während er sich weiterhin langsam in ihr bewegte. Erst als sie unmittelbar vor dem Höhepunkt stand, steigerte er das Tempo, glitt fast vollständig aus ihr, um gleich darauf ganz in sie einzutauchen. Ihre Wonneschreie fing er mit einem Kuss auf, ohne innezuhalten. Sie wand sich unter ihm, bog sich ihm ungeduldig entgegen.

Dann plötzlich spannten sich ihre Muskeln um ihn an, und hilflos hob sie sich ihm im Orgasmus entgegen. Heath, der verzweifelt bemüht war, sein eigenes Verlangen im Zaum zu halten, wandte sein gesamtes Können auf, um ihre Ekstase zu verlängern, die ihren ganzen Leib in Wellen durchschüttelte.

Ihre entfesselte Leidenschaft war letztlich zu viel für ihn. Ein Beben ging durch seinen Körper, als er sich schließlich seiner Lust ergab. Mit einem heiseren Stöhnen drang er erneut tief in Lily ein und füllte sie mit all dem Verlangen aus, das er für sie empfand, seit er sie zum erst Mal gesehen hatte.

Er erschauderte mit derselben Heftigkeit wie sie und stürzte in einen Wonnestrudel, der so intensiv und stark war, dass er Heath vollkommen überwältigte.

Anschließend lagen sie beide herrlich ermattet da, hin und wieder von letzten Beben geschüttelt, bevor Heath sich neben Lily legte, sie in seine Arme nahm und fest an sich drückte.

Sie seufzte, worauf er ihre Schläfe mit seinen Lippen streifte.

Die Zufriedenheit, die er fühlte, war unbeschreiblich. Lily war sein, unwiderruflich sein. Nun gehörte sie ihm. Sie hatten ihre Vereinigung vollzogen, und es gab kein Zurück mehr.

Jubel erfüllte ihn, gepaart mit einem ungekannten Stolz.

Was ihn am meisten überraschte, war, wie übermächtig seine Reaktion auf sie gewesen war. Noch nie hatte er den Liebesakt so erlebt wie mit ihr.

Und Lily hatte es gleichfalls gefühlt, dessen war er sich sicher. Sie hatte sich ihm genauso leidenschaftlich hingegeben, wie sie es bei allem im Leben zu tun schien, das sie anging, und war von demselben Feuer erfasst worden. Ihre Lebendigkeit gab ihm das Gefühl, wahrhaft am Leben zu sein, erfüllte ihn mit etwas, das großer Freude ähnelte …

»Vielleicht glaubst du mir jetzt«, murmelte er in ihr Haar, »wenn ich dir sagen, dass du eine sehr leidenschaftliche Frau bist.«

Wunderbar befriedigt und matt küsste Lily ihn auf die Schulter. »Ich denke, du überschätzt mich. Du bist eben ein überaus begabter Liebhaber.«

Sein leises Lachen wurde von ihrem Haar gedämpft. »Bald wirst du genauso begabt sein.«

Das wäre gut möglich, dachte Lily, falls sie das hier wiederholten. Und sie wünschte sich sehr, dass sie es täten. Wie sie jetzt wusste, war die Sinnlichkeit so aufregend und wundervoll, wie Heath es ihr versprochen hatte.

Als sie an die Magie des Liebesaktes dachte, seufzte Lily erneut. Heath hatte das schmerzliche Verlangen in ihr gestillt und ihr Freuden eröffnet, die ihre kühnsten Fantasien übertrafen. Wie ein Teil von ihm hatte sie sich gefühlt, als ihre Körper eins geworden waren, Haut an warmer Haut, sein Leib an ihrem, sein Glied in ihr.

Und nun, da er sie fester in seine Arme nahm und ihr über die erhitzte Wange strich, schloss Lily die Augen und genoss das herrliche Gefühl, hier mit ihm zu liegen.

Auf einmal wurde ihr Hals beklemmend eng und sie musste schlucken. Da war wieder der beängstigende Schmerz, im Verein mit einem merkwürdigen Sehnen, das aus der Nähe ihres Herzens kam.

Das durfte nicht sein, ermahnte Lily sich. Sie durfte nicht zulassen, dass Heaths Zärtlichkeit sie übermannte und Gefühle in ihr weckte, die sie auf keinen Fall empfinden wollte. Sie wollte nichts als seine Leidenschaft.

Entschlossen, den Zauber zu brechen, mit dem er sie belegte, stemmte Lily ihre Hände gegen seine Brust und lockerte seine Umarmung.

»Also«, begann sie betont gelassen und sah ihn an, »wenn dir meine körperlichen Fähigkeiten zusagen, bedeutet das, dass ich als deine Mätresse in Betracht komme?«

Fünfzehntes Kapitel

Er weist mein Angebot kurzerhand zurück, seine Mätresse zu werden.

Lily an Fanny

Lily spürte sofort, wie Heath erstarrte. All seine entspannte Gelassenheit war dahin und er blickte sie an.

»Du kannst unmöglich annehmen, ich würde dich zu meiner Mätresse machen!«, antwortete er schließlich.

»Eigentlich habe ich exakt das vermutet.«

Er runzelte die Stirn, setzte sich im Bett auf und knuffte die Kissen hinter sich, so dass er seinen Rücken dagegenlehnen konnte. »Bist du vollkommen von Sinnen?«

Lily grinste. »Aber, My Lord, ich denke, dass ich durchaus Herrin meiner Sinne bin. Zumindest derjenigen, die nach dem, was du soeben mit ihnen angestellt hast, wieder bei Kräften sind.«

»Lily, verdammt nochmal ...«

»Dass du in meiner Gegenwart fluchst, scheint zu einer festen Gewohnheit zu werden.« Sie stützte sich auf einem Ellbogen auf. »Ich möchte deine *chère amie* sein, Heath.«

Ungläubig schüttelte er den Kopf, ehe er sehr langsam, als spräche er mit einem besonders begriffsstutzigen Kind, deutlich machte: »Aber *ich* will dich nicht als meine Mätresse, Kleines. Ich gebe mich nicht mit weniger als einer Heirat zufrieden.«

»Und ich schließe eine Heirat kategorisch aus, vor allem nach heute Abend ... nachdem ich nun weiß, wie es ist, mit dir das Bett zu teilen. Es war sogar noch besser, als du zuvor behauptet hast. Ich bin sicher, dass die Rolle deiner Mätresse eine deutlich befriedigendere ist als die deiner Ehefrau.«

»Nein, das ist sie nicht«, konterte Heath angespannt. »Und es ist unter deiner Würde, das auch nur vorzuschlagen.«

Lily staunte. »Unter meiner Würde? Warum? Ich halte es für die ideale Lösung für uns.«

Sie richtete sich auf die Knie auf. Sofort fiel sein Blick auf ihre nackten Brüste, wanderte jedoch gleich wieder zu ihrem Gesicht, als sie fortfuhr:

»Eine Mätresse hat zahlreiche Vorteile gegenüber einer Ehefrau, Heath. Vor allem genießt sie Unabhängigkeit, ohne Elend zu riskieren. Ich wäre frei, eine Affäre zu beenden, wenn ich es will, genau wie du. Und du wärst nicht ein Leben lang an mich gebunden.«

»Wie ich dir bereits sagte, *will* ich ein Leben lang an dich gebunden sein.«

»Und meine Wünsche sind unerheblich?«

»Nein, ich werde sie gewiss berücksichtigen.«

»Warum denkst du dann nicht einmal über mein Angebot nach?«

»Weil es nicht in Betracht kommt«, wiederholte er.

Mit diesen Worten stieg er aus dem Bett, ging zum Waschtisch und säuberte sich mit einem feuchten Tuch. Als er nackt zum Bett zurückkam, ertappte Lily sich dabei, wie sie seinen wunderschönen muskulösen Körper bewunderte – bis er sie anwies, sich auf den Rücken zu legen.

Sie errötete, als er vorsichtig die Spuren seines Samens und die wenigen Blutspuren von ihren Schenkeln und ihrer Scham wusch. Diese intime Geste ließ sie die Luft anhalten, obwohl Heaths Berührung nichts Verführerisches innewohnte.

Seinem Tonfall ebenso wenig, als er den Lappen zum Waschtisch zurücktrug. »Offenbar hast du die Folgen deines Angebotes nicht bedacht, Lily. Du würdest jedwedes Ansehen verlieren, wenn du meine Liebschaft wirst.«

»Unsere Affäre müsste selbstverständlich geheim gehalten werden.«

»Ein solches Verhältnis lässt sich nicht lange geheimhalten, abgesehen davon, dass es wenig erquicklich ist, sich dauernd verstecken zu müssen. Du könntest dich nirgends mit mir zeigen oder dich allein in der Öffentlichkeit bewegen. Du wärst gezwungen, dich immerfort zu verstecken, ähnlich wie jetzt.«

Heath kam wieder zum Bett und setzte sich neben sie. »Mit ein paar gestohlenen Stunden hie und da gebe ich mich nicht zufrieden. Was für ein Leben wäre das für uns? Was für eine Zukunft hätten wir? Ohne Heirat könnten wir nie eine Familie haben.«

»Ich vergaß«, murmelte Lily, die ihn am liebsten nicht ansehen wollte, »dass du ja Erben brauchst.«

»Irgendwann ja. Was ist mit dir, Lily? Willst du mir erzählen, dass du dir keine Kinder wünschst?«

Würde sie bejahen, wäre das eine Lüge; nur war ihr Wunsch nach Kindern nicht stark genug, um ihre Einwände gegen die Ehe zu überwiegen. »Nicht, wenn es bedeutet, dass ich heiraten muss.«

Er betrachtete sie nachdenklich. »Woher dieser plötzliche Sinneswandel? Warum bestehst du noch vor Ende unseres Spiels darauf, dass wir eine Affäre beginnen?«

Die Frage meinte er ernst, wie Lily erkannte, deshalb schuldete sie ihm Ehrlichkeit. »Um die Wahrheit zu sagen, ich will nicht, dass du dir eine andere Frau zur Mätresse nimmst.«

Für einen kurzen Moment schien er perplex. »Ich will keine andere Frau zur Mätresse. Ich will dich.«

»Das sagst du *jetzt*, doch ist die Tinte auf der Heiratsurkunde erst getrocknet, überlegst du es dir womöglich anders.«

»Ich werde weder mit dir streiten noch dir ewige Treue schwören, solange du mir ohnehin nicht glauben willst.«

»Schön, denn ich streite auch nicht mit dir, Heath. Aber ich verlange, dass du mich anhörst.« Sie lächelte und hob einen Finger an seine Lippen. »Ich weiß, dass es für mich noch ein weiter Weg ist, ehe ich auch nur hoffen kann, einen Mann von deiner Erfahrung und deiner Kunstfertigkeit zu befriedigen. Doch ich hoffe, mit der Zeit hinreichend geschickt zu werden. Du kannst mich alles lehren, was ich wissen muss.«

»Du befriedigst mich durchaus, Lily. Und ich vermute, du wärst besser als alle Mätressen, die ich je kannte. Aber ich bin nicht interessiert.«

Sie streckte ihre Hand aus und streichelte sanft sein erschlafftes Glied. »Dann lass mich dir wenigstens zeigen, wie dankbar ich für deine Großzügigkeit bin … wie sehr ich zu schätzen weiß, dass du meinen Freundinnen hilfst.«

Schlagartig wurde er noch ernster, und echte Wut flackerte in seinem Blick auf, als er ihr Handgelenk umfasste und ihre Hand von sich wegschob. »Ich werde dieses Angebot nicht einmal einer Antwort würdigen.«

Dann stand er auf, sammelte seine Kleidung vom Fußboden auf und fing an, sich anzuziehen.

»Gehst du?«, fragte Lily unsicher.

»Ja, und du auch.« Er hob ihr Kleid auf und warf es ihr zu. »Zieh das an!«

Unglücklich hielt sie sich das Kleid vor ihre nackten Brüste. »Aber ich dachte, wir verbringen die Nacht zusammen.«

»Dazu haben wir kein Recht. Wir sind nicht verheiratet.«

»Heath … ich möchte noch einmal mit dir vereint sein.«

Er warf ihr einen strengen Blick zu. »Was du möchtest, ist nebensächlich. Ich fasse dich nicht wieder an.«

Lily blickte verärgert gen Decke. »Ich habe meine Unschuld schon verloren. Es ist wohl kaum von Bedeutung, wie oft wir uns noch vereinen.«

»Es wird morgen für dich von Bedeutung sein. Du wirst dich nach diesem einen Mal hinreichend wund und empfindlich fühlen.«

Ihr Blick fiel auf den Tisch, wo die zugedeckten Teller standen. »Wir könnten wenigstens zu Abend essen. Ich möchte ungern das ganze Essen verschwenden.«

»Sie tragen es in die Küche zurück, wo das Personal es isst. Zieh dich an, Lily! Ich bringe dich nach Hause.«

Schließlich fand sie sich damit ab, dass sie ihn nicht umstimmen konnte, und sprang aus dem Bett. »Na schön. Aber du kannst mich nicht zur Pension zurückbringen.«

»Ich fahre dich ganz gewiss nicht zu Marcus' Stadthaus. Er bringt mich um, wenn er erfährt, was wir getan haben.«

»Heath …«, begann sie, doch er unterbrach sie.

»Kein Wort mehr, Lily! Zieh dich an!«

Höchst verärgert streifte sie sich ihr Kleid über und kämpfte mit den Haken, während die Gedanken sich in ihrem Kopf überschlugen. Der Abend war ein veritables Desaster ... mit Ausnahme der Tatsache, dass sie nun eine vollwertige Frau und Heath für einige magische, bezaubernde Momente zu ihrem Liebhaber geworden war.

Das konnte sie nicht bereuen, wie Lily mit einem verstohlenen Lächeln dachte, selbst wenn er es offensichtlich tat.

Und sie gab noch nicht auf. Inzwischen sollte Heath sie hinreichend gut kennen, um zu wissen, dass sie keine Frau war, die nach einer winzigen Niederlage klein beigab. Nein, er würde wieder ihr Liebhaber sein! Sie musste sich lediglich etwas einfallen lassen, wie sie seine Einwände zunichtemachte.

Bei aller Entschlossenheit war Lily doch ein wenig erleichtert, dass Heath sein beharrliches Schweigen brach, als seine Kutsche in der Nähe der Pension anhielt.

»Ich beabsichtige, dich morgen Nachmittag zu besuchen. Um ein Uhr, wenn es genehm ist.«

Sie erwog, abzulehnen. »Ja, ein Uhr ist genehm.«

»Trag eine Pelisse und einen Schleier. Wir machen eine Ausfahrt.«

»Aha?«, sagte Lily neugierig.

»Ich möchte dir etwas zeigen.«

Heath weigerte sich, Näheres zu erklären, half ihr aus der Kutsche und begleitete sie bis zum Dienstboteneingang der Pension. Eine seltsame Traurigkeit bemächtigte sich Lilys, als er ihr förmlich eine gute Nacht wünschte und wartete, bis sie im Haus war. Vor allem jedoch traf sie seine unerwartete Wut – die und das Gefühl, sie hätte ihn furchtbar enttäuscht.

Falls sie gehofft hatte, sie könnte unbemerkt in ihr Zimmer gelangen, wurde sie bald schon eines Besseren belehrt. Kaum wollte sie die hintere Treppe hinaufgehen, entdeckte sie Fanny, die ihr über den Korridor entgegenkam. Erstaunlicherweise lief Basil direkt hinter ihr.

»Kann ich dich kurz sprechen, Lily?«, rief Fanny ihr zu.

»Ja, natürlich.«

Basil blieb neben Fanny stehen. »Ich lasse euch dann allein. Falls du mich brauchst, Fanny, ich bin dir stets zu Diensten.«

»Ich danke dir, Basil«, antwortete Fanny mit einem sanften Lächeln. »Unsere kleine Unterhaltung hat mir sehr gutgetan.«

Basil sah sie merkwürdig an, beinahe schmerzlich, was Lily verwunderte. Die Spannungen zwischen Basil und Fanny waren nach wie vor spürbar, nicht aber die sonstige Gereiztheit, mit der sie einander ansprachen oder betrachteten. Anscheinend hatten sie ihre Zwistigkeiten beigelegt, zumindest vorerst. Und als Basil sich umdrehte und zur Treppe ging, war die Sehnsucht in seinen Augen unverkennbar.

Lily, die wissen wollte, was zwischen ihren beiden Freunden vorgefallen war, folgte Fanny zum Salon. Dort brannten alle Lampen, woraus Lily schloss, dass Basil und Fanny bis eben hier gewesen sein mussten.

»Was tust du hier, Fanny?«, erkundigte sie sich, kaum dass sie sich beide gesetzt hatten. »Ich hätte gedacht, dass du an einem Samstagabend beschäftigt bist.«

»Ich kam her, weil ich Gesellschaft brauchte, doch du warst nicht da«, antwortete sie fast vorwurfsvoll.

Lily zögerte, denn sie wollte ungern gestehen, wo sie gewesen war. »Hätten Fleur und Chantel dir denn nicht Gesellschaft leisten können?«

»Sie sind mit Lord Poole ausgegangen, um zu feiern.«

»Feiern?«, wiederholte Lily.

Fanny nickte. »Wie es aussieht, hat Lord Poole aufs Neue seine Zuneigung zu Chantel entdeckt, weshalb er darauf bestand, die gesamte Spielschuld in Höhe von dreißigtausend Pfund bei Mick O'Rourke zu begleichen.«

»Aber das ist ja wunderbar!«, rief Lily aus. »Das heißt, ihnen droht kein Gefängnis mehr.«

»Ja«, bestätigte Fanny düster, »nur will Mick nicht akzeptieren, dass ich ihn nicht heiraten möchte. Er kam heute Nachmittag zu mir nach Hause und bot mir sein gesamtes Vermögen, wenn ich seine Frau werde. Er war recht unglücklich, als ich ablehnte.«

Unwillkürlich beugte Lily sich in ihrem Sessel vor. »Hat er dich wieder tätlich angegriffen?«

»Nein. Heute benahm er sich wie der perfekte Gentleman.«

Lily beäugte ihre Freundin genauer. Entweder waren Fannys Blutergüsse verheilt, oder sie verbarg sie kunstvoll mittels Kosmetika. Auf jeden Fall wirkte sie unversehrt.

»Aber …?«, forderte Lily sie auf, fortzufahren.

»Aber Mick ist für sich genommen schon eine Plage. Er wollte mein Haus nicht verlassen, so dass ich genötigt war, hier Zuflucht zu suchen. Dabei sollte ich heute Abend einen preußischen Botschafter empfangen. Mick kostet mich also einen hübschen Batzen Geld, kann ich dir sagen. Wenn er so weitermacht, ruiniert er mir das Geschäft, was zweifellos seine Absicht ist.«

Lily überlegte. »Er will dich zwingen, ihn zu heiraten?«

»Ich vermute, er würde es nicht so ausdrücken«, seufzte Fanny. »Ich mag ihn eigentlich, doch ich will ihn nicht heiraten. Und er ist ein erbärmlicher Gönner – viel zu besitzergreifend.« Auf einmal kräuselte sich Fannys Stirn. »Was ist mit dir, Lily? Mir wurde gesagt, du verbringst die Nacht in Lord Danvers' Haus bei deinen Schwestern. Du wirst dir somit vorstellen können, wie überrascht ich war, dich in die Pension schleichen zu sehen.«

»Ich habe mich nirgends hin*geschlichen*«, entgegnete Lily. »Ich sah lediglich keinen Grund, Aufhebens von meiner Rückkehr zu machen.«

»Du warst mit Claybourne zusammen, stimmt's?« Als Lily erschrak, lächelte Fanny spöttisch. »Die Kutsche seiner Lordschaft fuhr vorbei. Ich erkannte sein Wappen auf der Tür.«

»Mein Zusammensein mit ihm ist wohl kaum ein Verbrechen, Fanny.«

Ihre Freundin seufzte. »Nein, dennoch sorge ich mich um dich. Was genau hast du mit ihm gemacht, meine Liebe? Deine Wangenröte verrät, dass ihr über das bloße Werben hinaus seid. Ihr seid Geliebte geworden, habe ich Recht?«

»Nun … ja«, gestand Lily, die Fanny nicht belügen konnte. »Heute Abend war das erste Mal, wenn du es wissen willst. Sorgen brauchst du dir übrigens keine zu machen, denn es wird nichts weiter geschehen. Ich bot Heath an, seine Mätresse zu werden, damit er die Idee aufgibt, mich zu heiraten. Er hat entschieden abgelehnt.«

»Oh, Lily!« Fanny klang weniger schockiert als unglücklich, was Lily verblüffte.

»Was ist los, Fanny? Gerade du solltest doch meinen Wunsch nach Unabhängigkeit verstehen. Als Mätresse könnte ich eine Freiheit genießen, wie ich sie als Ehefrau niemals hätte.«

»Ich weiß, und ich fühle mich schrecklich, weil ich dich zu solchem Denken verleitete. Mein Einfluss auf dich zeitigt verheerende Folgen, wie ich sehe. Niemals hättest du Claybourne einen derart skandalösen Vorschlag unterbreitet, wärst du nicht mit mir befreundet.«

Lily begriff überhaupt nichts mehr. »Dich trifft keinerlei Schuld. Und seit wann denkst du auf einmal so anständig und vornehm?«

»Seit du auf die abscheuliche Idee kamst, in meine Fußstapfen zu treten. Glaube mir, Lily, du willst niemandes Mätresse sein. Solch ein Leben wünschst du dir nicht!«

»Ich habe keineswegs behauptet, deinem Gewerbe nachzugehen, Fanny. Ich wollte lediglich meine Beziehung zu Claybourne auf eine Affäre beschränken, statt ihn zu heiraten.«

»Sei es drum, ich glaube, du würdest einen schrecklichen Fehler begehen.«

Lily musterte schweigend das wunderschöne Gesicht ihrer Freundin. Bei allen Einwänden verschwieg Fanny ihr etwas. Ihre Stimme klang wahrhaft verzweifelt und sie hörte sich sehr traurig an. Unlängst hatte sie davon gesprochen, dass sie einsam wäre, wie Lily sich erinnerte …

»Fanny, meine Liebe, was bekümmert dich?«

Zu ihrem Schrecken bemerkte Lily, wie Fanny mit den Tränen rang. Eine kullerte ihr über die Wange, und sofort sprang Lily von ihrem Sessel auf und kniete sich vor die Freundin, um ihre Hände zu ergreifen.

»Was habe ich gesagt, das dich zum Weinen brachte?«

»Es … war nichts, was du gesagt hast«, stammelte Fanny und wischte sich die Augen. »Es ist nichts, ehrlich! Ich schwelge schlicht in Selbstmitleid.«

»Warum, Fanny? Weil du einsam bist?«

Fanny kniff die bebenden Lippen zusammen und nickte zaghaft. »Ja, vermutlich. Und weil ich nicht weiß, wozu Mick noch fähig ist. Wäre ich klug, würde ich seinen Antrag annehmen.«

»Du kannst doch nicht denken, dass es klug wäre, diesen Grobian zu heiraten!«

»Zumindest würde ich als Micks Frau finanzielle Sicherheit genießen.«

Lily musste an sich halten, um nicht zu scharf zu erwidern: »Du fühlst dich bloß verwundbar, weil du deine sämtlichen Ersparnisse hergegeben hast, um die ersten zehntausend Pfund Spielschulden zu begleichen.«

»Mag sein, aber ich weiß, wie mein Los aussieht, wenn ich älter werde und meine Schönheit schwindet. Ich sehe die Straßendirnen in Covent Garden, die sich billig verkaufen, um Essen zu haben, und dennoch reicht es kaum.« Fanny erschauderte. »Ich will nicht so enden.«

»Deine Umstände sind ganz andere, Fanny. Du bist die begehrteste Frau in ganz London.«

»Im Moment, ja. In ihrer Zeit waren Fleur und Chantel ebenfalls die Königinnen der Stadt, und sieh sie dir heute an! Sie sind ganz allein. Nun … Chantel hat Lord Poole, was aber auch nicht lange andauern könnte.« Fanny schniefte dezent. »Wenn ich alt werde, habe ich niemanden. Meine Familie und meine früheren Freunde haben mich verstoßen – mit Ausnahme von dir und deinen Schwestern.«

Lily brach es das Herz, ihre Freundin so zu sehen. »Du weißt, dass du immer auf uns zählen kannst. Und du hast viele andere enge Freunde. Fleur und Chantel sind wie eine Familie für dich.«

»Ja, sie sind jetzt meine Familie. Aber das ist nicht dasselbe wie ein Ehemann und Kinder.«

»Du wünschst dir einen Ehemann und Kinder?«, fragte Lily verwirrt.

Fanny brauchte einen Moment, ehe sie antwortete: »Ich glaube ja, Lily. Ich versuche, mir einzureden, dass ich mit meinem Leben glücklich bin, wie es ist, doch ich möchte mehr. Ich wünschte, ich könnte mit nur einem Mann zusammen sein … einem Ehemann, den ich lieben kann. Ich wollte das muntere Leben des Freudenmädchens, aber für die wahre Liebe würde ich es sofort aufgeben.«

Lily wusste nicht, was sie erwidern sollte. Solange sie sich erinnerte, hatte Fanny Liebe als närrische Schwäche verteufelt, was gewiss auch an ihrem Gewerbe lag. Kurtisanen können sich kaum den Luxus echter Liebe leisten.

Zum Glück musste sie gar nichts sagen, denn Fanny fuhr mit einem verbitterten Lachen fort: »Vielleicht dachte ich bei der Arbeit an meinem Buch einfach zu viel über die Suche nach einem Bräutigam nach. Habe ich dir übrigens erzählt, dass dem Verleger mein Manuskript gefällt?«

Fast hatte Lily schon wieder vergessen, dass Fanny sich bemühte, ihr Einkommen mit Schreiben aufzubessern. »Nein, du hast mir nur gesagt, dass du die letzten Korrekturen vornahmst«, murmelte sie.

»*Ratgeber für heiratswillige junge Damen* von einer anonymen Dame«, zitierte Fanny. Ein trauriges Lächeln huschte über ihre Lippen. »Ich bin eindeutig keine Dame mehr. Und es scheint mir recht arrogant, mir anzumaßen, anderen Rat bei der Suche nach einem Bräutigam zu erteilen, wenn ich es nicht einmal für mich selbst schaffe.«

Lily drückte ihr die Hände. »Du gehst entschieden zu hart mit dir ins Gericht. Immerhin konntest du Roslyn sehr gute Ratschläge erteilen, und dank ihnen heiratet sie den Duke of Arden.«

»Ich hatte jedoch wenig Einfluss darauf, dass sie sich ineinander verliebten. Arden verlor sein Herz an Roslyn, weil er ihren Verstand und ihr charmantes Wesen mochte, nicht zu vergessen ihre Schönheit.«

Lily tätschelte Fannys Knie und stand auf. »Nun, ich denke, in einem Punkt hast du Recht: Du bist derzeit niedergeschlagen, weshalb du dir erlaubst, in Selbstmitleid zu schwelgen. Wir müssen uns etwas ausdenken, wie wir deine Melancholie vertreiben. Was für einen Ehemann wünschst du dir, Fanny?«

Fanny blickte verwirrt auf, während Lily sich wieder in ihren Sessel setzte. »Wie bitte?«

»Vielleicht solltest du deinen eigenen Rat annehmen und dir einen Bräutigam erobern. Ich bin gern bereit, dir zu helfen, so gut ich kann.«

Fanny machte große Augen. »Du, Lily? *Du*

willst mir helfen, einen Ehemann für mich zu finden?

Lily lächelte. »Ich weiß. Es strapaziert die Vorstellungskraft und verstößt gegen meine sämtlichen Prinzipien. Aber ich ertrage es nicht, dich so betrübt zu sehen.« Sie wurde ernst. »Was ist mit Basil?«

»Was soll mit ihm sein?«, fragte Fanny stirnrunzelnd.

»Du magst ihn, obgleich ihr zwei immerfort streitet.«

»Ich mag ihn nicht genug, um ihn zu *heiraten,* gütiger Himmel! Bist du von Sinnen? Basil ist die unausstehlichste, ärgerlichste Kreatur auf Erden!«

»Für dich schon. Ich würde jedoch vermuten, dass er sich absichtlich so gibt, um deine Aufmerksamkeit zu gewinnen. Andernfalls würdest du ihn gar nicht beachten.«

Ungläubig schüttelte Fanny den Kopf. »Nein, Basil ist ärgerlich, weil er nun einmal Basil ist. Er sieht mich nicht als liebenswerte Frau ...« Ihre Gewissheit schwand merklich. »Oder doch?«

»Nun, ich kann nicht behaupten, seine Gefühle zu kennen, doch bedenke ich, wie er dich bisweilen anschaut, wenn du es nicht merkst, würde ich sagen, er betet den Boden an, auf dem du wandelst.«

Fanny starrte Lily mit offenem Mund an. Anscheinend war ihr dieser Gedanke nie gekommen.

»Empfindest du auch nur den Hauch romantischer Zuneigung für ihn?«, bohrte Lily weiter. »Ich weiß, dass du seine Gesellschaft genießt, allein wegen eurer gemeinsamen Kindheitserinnerungen. Du und Basil, ihr wart früher die besten Freunde.«

»Ja, ich denke, ich genieße seine Gesellschaft«, antwortete Fanny gedankenverloren, ehe sie ihren Mund zu einem ironischen Schmunzeln verzog. »Bei Basil habe ich jedenfalls das Gefühl, ganz ich selbst sein zu können, statt stets auf der Hut zu sein. Er sieht mich nicht als wertvollen Besitz oder eine Ware, die zum Verkauf steht.«

Lily musste ihr zustimmen. Fanny wurde von der Hälfte aller Männer in London begehrt, wohingegen Basil sich weder von ihrer Schönheit noch von ihrer glamourösen Aura beeindrucken ließ. »Bei ihm kannst du ehrlich sein«, bemerkte sie.

»Ja«, bestätigte Fanny bedächtig. »Bei meinen Gönnern habe ich immerzu witzig, charmant und betörend zu sein.«

»Aber bei Basil kannst du sagen, was du denkst.«

»Stimmt«, gab Fanny versonnen zurück, »ich kann gereizt, launisch oder verärgert sein, wenn ich will. Aber das liegt einzig daran, dass ihm zu wenig an mir liegt, als dass er sich um meine Gefühle scherte.«

»Sie interessieren ihn sehr wohl«, widersprach Lily.

»Ich glaube, da irrst du. Basil könnte gar nicht schlechter von mir denken, als er es bereits tut. Mein Gewerbe ist ihm zutiefst zuwider, das steht außer Frage.«

»Weil er eifersüchtig auf all die Männer ist, mit denen du zusammen sein musst. Wärst du indessen willens, einen anderen Beruf zu ergreifen …« Lily ließ den Gedanken im Raum stehen, während Fanny überlegte. Dann fügte sie hinzu: »Falls du glaubtest, Basil würde dich wirklich lieben, Fanny, könntest du seine Zuneigung dann eines Tages erwidern?«

Über längere Zeit schwieg Fanny, ehe sie antwortete:

»Erstaunlicherweise, ja, ich könnte.« Doch fast sofort stieß sie einen verächtlichen Laut aus. »Ich muss verrückt sein, Basil anziehend zu finden! Wahrscheinlich begehre ich ihn bloß, weil er mich nicht begehrt.«

»Er *begehrt* dich, Fanny! Das jedenfalls ist für mich offensichtlich, auch wenn du es nicht bemerkst.«

Es war der klassische Fall von den Gegensätzen, die sich anzogen, dachte Lily. Fanny war lebhaft und fröhlich, durch und durch auf Vergnügen aus, während Basil nachdenklich, gelehrt und zumeist ernst war. »Zumindest würde er dich von deiner Einsamkeit kurieren.«

Fannys Lachen klang nun nicht mehr verbittert. »Mag sein, denn wir würden uns immerzu streiten. Nein, Lily, das ginge nicht. Ich könnte Basil niemals heiraten. Außerdem würden wir verhungern, wären wir zu zweit auf sein mageres Gehalt angewiesen. Ich habe einen erlesenen Geschmack, wie du weißt. Und er ist ein Schreiberling in einer Kanzlei, der erbärmlich wenig verdient.«

»Er könnte allerdings höhere Ambitionen haben, Fanny, und seine Zukunftsaussichten sind so schlecht nicht. Eventuell bekommt er eine Stellung als Sekretär eines Adligen, der in der Politik ist. Das Oberhaus erlässt andauernd neue Gesetze. Und diese müssen von jemandem aufgeschrieben werden, der unser Rechtssystem kennt. Warum nicht Basil? Als Sekretär eines Oberhausmitglieds bekäme er deutlich mehr als in seiner gegenwärtigen Position.«

»Das könnte sein. Es wäre aber immer noch nicht genug, um eine teure Gemahlin zu unterhalten. Nein, eine Heirat mit ihm käme nicht infrage. Sie wäre ein Desaster.«

»Dessen bin ich mir nicht sicher«, erwiderte Lily. »Du musst dich ja nicht jetzt entscheiden. Denk einfach einmal darüber nach, was dir Basil bedeutet.«

»Das könnte zumindest ein Heilmittel gegen meine Trübsal sein«, gab Fanny zu. Plötzlich setzte sie sich auf. »Wie kann es sein, dass wir vom Thema abkamen, Lily? Wir sprachen eigentlich über dich und Lord Claybourne.«

»Ich würde lieber über dich und Basil reden«, entgegnete Lily betont unbeschwert.

»Ja, das glaube ich. Trotzdem denke ich, du solltest Claybournes Antrag ernstlich in Betracht ziehen. Es ist gut möglich, dass du keine bessere Partie mehr findest.«

Was sogar höchst wahrscheinlich war, wie Lily dachte. Heath wäre zweifellos der beste Kandidat, sollte sie auf der Suche nach einem Ehemann sein. Sie musste gestehen, dass sie beide sehr gut zusammenpassten. Und wäre sie nicht so vehement gegen die Ehe eingestellt …

»Wenn wir einmal vollkommen ehrlich sind«, fuhr Fanny fort, »könnte ich dasselbe über dich und Lord Claybourne behaupten wie du eben über Basil und mich. Du scheinst die Gesellschaft seiner Lordschaft auch in hohem Maße zu genießen. Hast du ihn als Liebhaber ebenfalls genossen?«

Sie mochte seine Gesellschaft sehr, gestand Lily sich ein. Und was seine Qualitäten als Liebhaber betraf, standen diese außer Frage. Nie hatte sie Wonnen wie die gekannt, die Heath ihr bereitete. Sie konnte überdies nicht leugnen, dass sie die Nähe und die Zärtlichkeit gemocht hatte, die sie heute Abend mit ihm erlebte.

Heath war kein Liebhaber, der beherrschen oder kommandieren wollte, geschweige denn einzig auf sein Vergnügen aus war. Stattdessen war er bedacht gewesen, es für sie zu einem Erlebnis zu machen, wie es die wenigsten Frauen kannten. So viel wusste sie inzwischen aus den Erzählungen ihrer Freundinnen.

Er hatte sie als Ebenbürtige behandelt, obgleich er doch wusste, wie unerfahren sie war. Er lehrte sie, wie viel Vergnügen es bereiten konnte, anderen Wonnen zu bescheren. Er zeigte ihr, welche Freude es sein konnte, sich ihm als Frau hinzugeben, seiner Leidenschaft mit gleichem Feuer zu begegnen. Sie fürchtete sich nicht mehr vor seiner Zärtlichkeit – was ihr eine Warnung sein sollte …

Abermals unterbrach Fanny ihre Gedanken. »Claybourne zum Ehemann zu haben, könnte mehr als dein körperliches Verlangen befriedigen, Lily. Mit ihm hättest du eine Zukunft. Glaub mir, du willst im Alter nicht allein sein!«

Dasselbe hatte Winifred ihr erst jüngst gesagt.

»Kannst du aufrichtig behaupten, dass du vollkommen glücklich bist, wie es jetzt ist?«, drängte Fanny.

Sie war jedenfalls nicht *unglücklich*. Es gab Zeiten, in denen sie sich ein bisschen … leer fühlte. Lily runzelte die Stirn. Fühlte sie sich wirklich leer? Nein, natürlich nicht. Sie führte ein sehr erfülltes Leben, obgleich sie während der letzten Wochen in London ohne ihre Schwestern bisweilen einsam gewesen war.

»Ich bin vollkommen zufrieden damit, ledig zu bleiben«, antwortete sie schließlich.

Fanny seufzte. »Nun, dann solltest du achtgeben, dich nicht zu sehr auf Lord Claybourne einzulassen. Leidenschaft kann zu Liebe führen, Lily. Falls du nicht riskieren willst, dein Herz zu verlieren, solltest du jedwede Intimität mit ihm umgehend abbrechen.«

»Vielleicht habe ich gar keine Wahl«, erklärte Lily ein wenig ängstlich. »Er steht kurz davor, unser Spiel zu gewinnen, und in dem Fall ist ihm gewährt, mir offiziell den Hof zu machen.«

»Nur weil du seine Gesellschaft erdulden musst, brauchst du ja nicht gleich sein Bett zu teilen. Das nämlich wäre ein gravierender Fehler.«

Zweifellos hatte Fanny Recht. Falls sie weiterhin Heaths Geliebte war, würde sie Gefahr laufen, ihm ihr Herz zu schenken. Dann würde sie womöglich zustimmen, ihn zu heiraten, und sie wäre in einer ausweglosen Ehe gefangen, genau wie ihre Mutter.

Sie wusste, wie verführerisch Heath sein konnte, wie betörend sein Charme wirkte. Nein, es wäre eindeutig unklug gewesen, heute Nacht ein weiteres Mal mit ihm …

»Versprich mir wenigstens, dass du die idiotische Idee aufgibst, seine Mätresse zu werden!«, bat Fanny.

Lily nickte gedankenversunken. »Na schön«, lenkte sie ein, »ich verspreche es.«

Sie würde die Affäre mit Heath beenden, ehe sie begonnen hatte und noch während sich ihr Herz und ihr Leib danach sehnten, dass sie sich anders entschied.

Sechzehntes Kapitel

Du tatest recht daran, mich zu warnen, Fanny. Intimität mit ihm ist viel zu gefährlich. Ich muss unserer Affäre ein Ende setzen, bevor es zu spät ist.

Lily an Fanny

Da Heath sich weigerte, das Ziel ihrer Ausfahrt am folgenden Nachmittag zu verraten, waren Lilys erste Hinweise das Kreischen der Möwen sowie der Geruch von Salzwasser und Fisch. Und als sie aus dem Kutschenfenster schaute, konnte sie die Themse sehen.

Er hatte sie in den Londoner Hafen gebracht, wie sie verwundert feststellte.

Sein Schweigen dauerte fort, bis die Kutsche an einer Pier vor einer großen Brigantine hielt.

»Willst du mich auf eine Seereise entführen?«, fragte Lily, als er ihr beim Aussteigen half.

»Nicht unmittelbar«, erwiderte Heath.

Das Wetter war bewölkt, aber angenehm, und eine leichte Brise zurrte an ihrem Schleier und der Pelisse, als er sie auf die Gangway der Brigantine geleitete. Das Schiff schien verlassen, oder zumindest bemerkte Lily niemanden an Bord.

»Wo ist die Mannschaft?«

»Sie haben am Nachmittag Landgang. Wir sind allein bis auf ein paar Stewarts. Komm, lass uns unter Deck gehen.«

Neugierig folgte sie ihm über das blitzblanke Eichenholzdeck zu einer Luke, von der aus eine steile Leiter in einen engen Korridor hinunterführte. Heath ging voraus in einen Raum, der wie eine Passagierkabine anmutete, allerdings reichlich großzügig ausgestattet war. Poliertes Messing und Mahagoni umrahmten die Bullaugen, und die Tagesdecke auf dem breiten Bett bestand aus edelstem Brokat. In dem glasigen Licht, das durch die Bullaugen hereinfiel, erkannte Lily eine Karte, die auf dem kleinen Tisch in der Mitte der Kabine ausgebreitet lag.

Als Heath die Tür hinter ihnen schloss, hob Lily ihren Schleier und drehte sich zu ihm um. »Willst du mich noch länger auf die Folter spannen, oder verrätst du mir jetzt, warum du mich hereingebracht hast?«

»Ich wollte dir dieses Schiff zeigen, denn es ist mein Geschenk an dich.«

Lily blinzelte. »Du willst mir ein Schiff schenken?«

Mit wenigen Schritten war Heath bei dem Sekretär in der Ecke, zog eine Schublade auf und entnahm ihr ein dickes Bündel Pergament. »Hier ist der Kaufvertrag, Lily. Alles wurde vor zwei Tagen besiegelt. Und du bist als Eignerin eingetragen.«

Als er ihr den Vertrag reichte, sah sie benommen darauf und erkannte, dass ihr Name tatsächlich dort stand. Aber sie fragte sich, warum er das Geschäft vor zwei Tagen perfekt gemacht hatte? Heath musste die Verhandlungen demnach schon vor einer ganzen Weile aufgenommen haben, eventuell sogar vor dem Beginn des Spiels. Es fiel ihr schwer zu glauben, dass er derlei Anstrengungen auf sich nahm, um …

»Ein *Schiff*?«, fragte sie und sah zu ihm auf. »Ein Verehrer überreicht gewöhnlich kleine Geschenke wie Bücher oder Blumen. Das hier ist viel zu kostspielig und extravagant.«

Er lächelte nachsichtig. »Genau genommen war die *Zephyr* nicht übertrieben kostspielig. Ich konnte sie zu einem guten Preis erstehen, weil ich Beziehungen in der Schifffahrt habe. Ich glaube, ich erwähnte bereits, dass ich mehrere Forschungsexpeditionen finanziert habe, nicht? Die *Zephyr* wurde im letzten Jahr gebaut, hat ihre Jungfernfahrt hinter sich und sich als seetauglich erwiesen.«

Lily lächelte unsicher. »Was immer der Preis gewesen sein mag, es bleibt unangemessen, Heath. Aber natürlich sind dir derlei Ausgaben gleich. Du weißt sehr wohl, dass du damit die Punkte beisammen hast, um unser Spiel zu gewinnen.«

»Ich tue das nicht, um unser Spiel zu gewinnen, mein Engel.«

»Nein? Warum dann?«

»Um dir zu zeigen, dass ich deinen Wunsch nach Unabhängigkeit verstehe. Du hast mir erzählt, dass du dich immer nach großen Abenteuern gesehnt hast. Dieses Schiff ist deine Chance.«

Als Lily ihn nur wortlos ansah, ergänzte Heath gelassen: »Ich bin gleichfalls ein Abenteurer im Herzen, genau wie du, daher begreife ich, was du dir wünschst. Mit dem Schiff, das dir gehört, kannst du überallhin segeln, wo du willst. Du kannst die Welt bereisen und nach Herzenslust erkunden, wie du es dir immer erträumt hast.«

Ein bisschen benommen musterte Lily sein Gesicht.

»Du hast gesagt, dass du ein abenteuerliches Leben führen willst«, fügte Heath an, als sie hartnäckig schwieg.

»Ja, das sagte ich«, gestand sie, »aber dem ist nicht mehr so. Ich habe den Traum aufgegeben, als ich nach London kam.«

»Du hast ihn aufgegeben?«

Lily nickte. »Ich bin zu dem Schluss gelangt, dass ich eine Wahl treffen muss. Ich verfüge nicht mehr über die Mittel, um zu reisen, denn ich beschloss, mein bescheidenes Vermögen einer neuen Sache zu widmen, nämlich den bedürftigen Frauen zu helfen, denen andernfalls ein Leben in der Prostitution droht. Ich überlege, ein Heim für arme Frauen und unverheiratete Mütter zu eröffnen und ihre traurigen Umstände zu ändern, auf dass sie nicht mehr in einem Leben gefangen sind, das sie verabscheuen. Auch wenn einige der Mieterinnen der Pension meine Hilfe nicht mehr benötigen, gibt es doch so viele bedürftige und in Not geratene Frauen, die es tun.«

»Ja, das verstehe ich«, erwiderte Heath nachdenklich. »Allerdings musst du dafür deinen Traum vom Abenteuer nicht aufgeben, Lily. Als meine Frau kannst du beides tun – dir die Welt anschauen und bedürftigen Frauen helfen. Und das ist nur einer der Vorteile, die es mit sich bringt, mich zu heiraten.«

Lily lachte ein wenig gequält. »Die Nachteile sind jedoch nicht unbedeutend. Ich müsste dich erst heiraten.«

Heath schüttelte den Kopf. »An mein Geschenk ist es nicht als Bedingung geknüpft. Natürlich würde ich dich sehr gern auf deinen Reisen begleiten, doch liegt die Entscheidung bei dir.«

Sie hielt den Vertrag in die Höhe. »Was ist es dann? Ein Bestechungsversuch, damit ich deinen Antrag annehme?«

»Nein. Es ist genau, was ich sagte. Ich biete dir die Mittel, um deinen Traum zu erfüllen. Fraglos wünsche ich mir, du würdest erkennen, was für ein Abenteuer unser gemeinsames Leben sein könnte. Und ich wünsche mir natürlich auch, dass du erkennst, wie unbegründet deine Angst ist, jede Unabhängigkeit zu verlieren, wenn du mit mir verheiratet bist. Als meine Frau wärst du keinem diktatorischen Gatten unterworfen. Du könntest dein Leben so führen, wie du es willst.«

Lily war zwischen ihren widersprüchlichen Gefühlen hin und her gerissen. »Du weißt, dass ich ein solch teures Geschenk nicht annehmen kann. Ich stünde viel zu tief in deiner Schuld.«

Heath zuckte mit den Schultern. »Du hast die Wahl. Du kannst die *Zephyr* verkaufen und den Erlös einer von Miss Blanchards Organisationen spenden, wenn du willst. Oder du benutzt das Geld, um dein Heim für gestrauchelte Frauen zu gründen.«

Wieder meldete sich der seltsame Schmerz in Lilys Hals. Heaths Großzügigkeit rührte sie sehr, machte ihr aber zugleich das Herz schwer.

Er verstand ihre Sehnsüchte. Bevor sie die Frauen in der Privatpension kennengelernt hatte, war ihr größter Wunsch gewesen, durch die Welt zu reisen. Nach wie vor sehnte sie sich nach Abenteuern, obgleich inzwischen anderes an die erste Stelle gerückt war. Und Heaths Angebot war äußerst verlockend.

Als hätte er ihre Gedanken gelesen, nahm Heath ihre Hand und führte sie zu dem Tisch, auf dem eine Weltkarte ausgebreitet lag. Er schwenkte die Hand über die zahlreichen Kontinente und Ozeane. »Wohin würdest du zuerst reisen, wenn du könntest?«

Zögernd blickte Lily auf die Karte. Dort lockten Frankreich, Italien, Spanien, die Alpen sowie unzählige andere Orte, die sie einmal sehen wollte. Während der langen Jahre der Napoleonischen Kriege waren all diese Länder zu gefährlich für Reisende gewesen, doch nun, da die Kriege vorbei waren …

»Ich könnte dich hinbringen«, beschwor Heath sie leise, und seine Stimme klang entschieden zu verführerisch.

Lily strich mit ihrem Finger über die Karte und verharrte auf dem Mittelmeer. Im Geiste sah sie die überragende Schönheit vor sich, über die sie bisher nur gelesen hatte: azurblaues Meer, strahlender Sonnenschein, weiße Strände und Palmen, die in der warmen Brise wippten.

»Danke, aber nein«, entgegnete sie schließlich mit einem bedauernden Seufzer.

Als sie Heath den Vertrag zurückgab, legte er ihn auf den Tisch, bevor er ihr Hutband löste und ihr Hut und Schleier abnahm.

Lily sah ihn fragend an. »Heath … was tust du?«

»Ich ziehe dich aus.«

Sie erstarrte. »Hattest du nicht gesagt, du würdest mich nicht mehr anrühren?«

Er lächelte, während er ihr die Nadeln aus dem Haar zupfte. »Ich habe es mir anders überlegt.«

Ein wohliges Kribbeln regte sich in ihr. »Aber du willst doch nicht riskieren, mich *enceinte* zu machen.«

»Stimmt«, bestätigte er und zog einen kleinen Beutel aus der Innentasche seines Gehrocks, den Lily wiedererkannte. Es war der, den Peg ihr gegeben hatte.

»Ich habe ihn gestern Abend mitgenommen«, erklärte Heath.

Prompt bekam Lily Herzklopfen. »Heißt das, du erwägst doch, mich zu deiner Mätresse zu nehmen?«

»Nein, aber du darfst sowohl meine Mätresse als

auch meine Ehefrau sein, so leidenschaftlich und wild, wie du magst – und gleichzeitig ehrbar.«

»Heath …«, begann sie, doch er legte beide Hände an ihre Wangen und küsste sie sanft.

»Ich beabsichtige, dich auf einer Weltkarte zu nehmen, Lily. Gewiss wird dir die symbolische Implikation nicht entgehen.«

Sie konnte nichts entgegnen, weil ihr Hals plötzlich zu trocken war.

Seine Finger tauchten in ihr Haar und lösten die dichten Locken, die ihr über die Schultern fielen.

»Ich möchte dir zeigen, wie unsere Ehe sein kann«, murmelte er, »welche Wonnen sie uns bescheren könnte.«

Dann stand er da, betrachtete sie vertraut, wissend und liebevoll und wartete auf ihre Entscheidung. Schmerzliche Sehnsucht breitete sich in Lilys Brust aus. Sie hatte gewusst, dass Heath sie noch aus einem anderen Grund hergebracht hatte, und ihr war außerdem klar, dass sie keinen weiteren Liebesakt mit ihm wagen sollte. Fanny hatte Recht: Sie musste die Intimität zwischen ihnen beenden, ehe sie sich in ihn verliebte. Heath wurde mit jedem Tag unwiderstehlicher und somit gefährlicher, zumal seit er sie an Bord des Schiffes geführt hatte, um ihr sein erstaunliches Geschenk zu zeigen.

Lily kämpfte gegen ihr Verlangen und trat einen Schritt zurück. »Es wäre nicht klug von mir, dem zuzustimmen.«

»Wann hast du dich jemals von Weisheit lenken lassen, Lily?«, entgegnete er und kam näher. »Du begehrst mich genauso sehr, wie ich dich begehre.«

Was der Wahrheit entsprach. Sie brauchte Heath

bloß anzusehen, und schon regte sich Hitze zwischen ihren Schenkeln.

Lily stemmte ihre Hände gegen seine Brust, rang um Willensstärke, doch seine Erregung verlockte sie, und das übertrumpfte die Stimme der Vernunft, die sie warnte.

Vielleicht konnte sie es noch ein einziges Mal genießen, redete Lily sich ein. Bloß ein letztes Mal, und danach nie wieder …

Heath schien ihr Hadern zu spüren, denn er nahm sie fester in seine Arme, neckte und liebkoste ihre Lippen, bis Lily mit einem kleinen Seufzer nachgab und wehrlos seinen Kuss erwiderte.

Für einen Moment war er offenbar zufrieden, doch kurz darauf beendete er den Kuss und fing schweigend an, sie zu entkleiden. Geschickt hakte er ihr Kleid auf und streifte es ihr ab. Als Nächstes zog er ihr Korsett und Hemdchen, Schuhe und Strümpfe aus. Schließlich stand sie splitternackt vor ihm.

»Mich erstaunt immer wieder, wie wunderschön du bist«, flüsterte er ehrfürchtig.

Lily fühlte, wie sie unter seinem Blick errötete, und sie war froh, als Heath endlich seine eigene Kleidung ablegte.

Als er ebenfalls nackt war, ließ sie genüsslich ihren Blick über seinen geschmeidigen, athletischen Körper schweifen. Seine erigierte Männlichkeit ragte ihr stolz und hart entgegen. Sogleich spannten sich die Muskeln in ihrem Schoß ungeduldig an.

Sie schaute in sein atemberaubendes Gesicht, und hatte das Gefühl, ihrer beider Verlangen füllte den gesamten Raum um sie herum aus.

Seine Augen waren eine Nuance dunkler, wie sie bemerkte, als er auf sie zutrat, bis nur noch Zentimeter sie trennten. Lilys Herz pochte so sehr, dass sie das Flattern ihres Pulses an ihrem Hals fühlte, während sie deutlich die Hitze wahrnahm, die Heaths Körper ausstrahlte.

Mit seiner Fingerspitze malte er eine Linie entlang der Vertiefung zwischen ihren Brüsten, bevor er mit dem Handrücken sachte über die Spitzen strich. Mit welcher Mühelosigkeit er ihre Leidenschaft entfachte!

»Fühlst du, wie fest deine Brustknospen werden?«

Natürlich fühlte sie es! Ihre Brustspitzen verrieten, wie sehr er sie erregte, während ihre Brüste schwerer wurden.

Aber sie wollte ihn ebenfalls berühren. Lily streichelte Heaths Brust, die glatte heiße Haut, unter der sich harte Muskeln wölbten. Dann übernahm er wieder, zog Lily an sich, so dass ihr Busen an seine breite Brust und ihr Bauch an seinen gepresst war. Der warme samtige Druck seiner Erektion weckte einen dunklen Hunger in ihr, einen hohlen Schmerz tief in ihrem Bauch.

Sie atmete zunehmend angestrengter, während Lily sich wortlos von Heath auf den Tisch heben und auf den Rücken legen ließ.

Unter ihr war die Karte, deren Pergament sich kühl und rau anfühlte. Doch Heaths Blick war heiß und sehr maskulin, als er sie eingehend betrachtete.

Nervös benetzte Lily sich ihre Lippen. Es mutete schamlos an, seinen Blicken so ausgeliefert zu sein, die sie nicht minder erregten als die Warnung, die er nun aussprach.

»Ich möchte dich erregen, Lily. Ich will dich so verrückt vor Wonne machen, dass du es nicht mehr aushältst.«

Zunächst begann er mit den Händen. Er trat zwischen ihre gespreizten Beine, umfasste ihre Brüste und massierte sie sanft. Gleichzeitig neckte er die harten Knospen mit seinen Daumen.

Lily seufzte leise unter dem Kribbeln, das sich geradewegs von ihrem Busen in ihren Schoß übertrug. Dann bewegten seine Hände sich langsam über ihren Leib, streichelten sie zu sanft, weshalb Lily sich ihm unwillkürlich entgegenstreckte, wollte sie doch mehr von der köstlichen Wonne, die er ihr bereitete. Überall, wo er sie berührte, schien ihre Haut Feuer zu fangen.

Lily war rastlos und fiebrig, als er sie endlich wieder küsste. Seine Zunge tauchte in ihren Mund ein, während seine Hände abermals ihre Brüste liebkosten, sie zärtlich kneteten und die empfindlichen Spitzen rieben.

Ihre Sinne waren vollkommen auf ihn konzentriert, wie er schmeckte, duftete, sich anfühlte. Lily erzitterte unter seinen erotischen Küssen, der Wärme und Kraft seiner Hände, seinem festen Körper, der sie auf den Tisch drückte, und seiner Erektion, die an ihrer pulsierenden Scham kitzelte.

Vor Erregung stöhnte sie leise. Alles, woran sie denken konnte, war, wie Heaths fantastisches Glied sie ausfüllte.

Ein weiterer sinnlicher Schauer überkam sie, sobald sein Mund ihren verließ und ihren Hals hinabwanderte. Immer noch hielt er ihre Brüste umklammert, deren Knospen er nun mit seiner Zunge streifte, umkreiste und zärtlich mit den Zähnen neckte.

Als Lily wimmerte, hob Heath für einen kurzen Moment den Kopf. »Möchtest du, dass ich meine Liebkosungen intensiviere, meine Süße?«

»Ja!«, hauchte sie und vergrub ihre Finger in seinem seidigen Haar. Sie wollte alles, Hauptsache, sie konnte seinen Mund wieder auf ihrem Busen fühlen.

Folglich war sie unsagbar froh, als Heath eine der schmerzenden Knospen in den Mund nahm und sie vollständig mit seinen Lippen umschloss.

Sein Mund ähnelte einer sengenden Flamme auf ihren Brüsten, die er gleichzeitig verführerisch mit den Händen erforschte, und beides löste eine übermächtige Empfindung in Lily aus.

Wenig später bemerkte sie, wie seine Hand zwischen ihre Beine wanderte. Er legte sie über ihren Venushügel, was etwas Besitzergreifendes hatte, ehe er in ihre Schamlippen eindrang. Dort streichelte er die erregbarste Stelle mit seinem Daumen, während er mit einem Finger tief in ihre feuchte Hitze hineinglitt.

Lily war zum Zerreißen angespannt vor freudiger Erwartung und immer neue Feuer flammten in ihrem Innern auf.

»Heath, bitte …«

Deutlich spürte sie, wie sie ein Beben nach dem nächsten durchschüttelte.

»Wie du wünschst, meine Liebe.«

Er spreizte ihre Beine weiter, streichelte sanft über die Innenschenkel und hielt sie fest. Dann beugte er sich zu ihrem Bauch hinab. Seine Lippen bewegten sich quälend langsam vom Nabel bis hinunter zu ihrer Scham, wo er mühelos ihre empfindlichste Stelle fand. Derweil wurde Lilys Puls zu einem arhythmischen Rasen.

Auf die erste Liebkosung reagierte sie mit einem weiteren Wimmern.

»Ja, süßer Engel, lass mich dich hören!«

Seine Stimme kam einem heiseren Murmeln gleich, doch mehr sagte er ohnehin nicht, denn nun widmete er sich ganz ihr, malte mit seiner Zunge ihre inneren Schamlippen nach und verharrte auf der winzigen Knospe in deren Mitte.

Lily stieß einen stummen Schrei aus, griff mit beiden Händen in Heaths Haar und hielt seinen Kopf zwischen ihren brennenden Schenkeln. Während er sie mit seinem Mund verzauberte, streichelte er weiter ihre Brüste. Seine sengend heiße Zunge flatterte über ihre Klitoris, und mit jeder Berührung entzündete sie einen neuen Wonnerausch. Lily war bereits sehr erregt, doch wie sie nun entdeckte, gab es immer noch Steigerungen.

Als seine Lippen sich um die Knospe schlossen und an ihr sogen, erbebte Lily von Kopf bis Fuß. Heath machte weiter, liebkoste sie langsam, neckend, kostete sie genüsslich.

Lily biss die Zähne zusammen, denn die köstliche Qual war zu viel, und dennoch hielt sie seinen Kopf fest, als könnte sie gar nicht genug von Heaths sinnlichen Attacken bekommen.

Auf einmal drang seine Zunge in sie ein. Ihr Atem stockte mitten in einem Seufzer und sie hob ihm ihre Hüften entgegen.

Aber sein Mund reichte ihr nicht. Sie wollte mit ihm vereint sein, wollte ihn tief in sich. Sie musste das wilde Verlangen stillen, das Heath in ihr geweckt hatte.

Mit zitternden Händen zog sie behutsam an seinem Haar. Auf ihre stumme Bitte hin hob er den Kopf.

»Jetzt, Heath ... nimm mich jetzt!«

Mit einem trägen Lächeln auf den Lippen bereitete

er eines der Schwämmchen aus dem Beutel vor und führte es ihr ein.

Lily stöhnte kehlig, während er sich wieder zwischen ihre Schenkel stellte und die Arme zu beiden Seiten von ihr aufstützte, sein Glied unmittelbar vor ihrer Öffnung. Lily konnte an nichts anderes denken als an das, was nun folgen würde: wie es sich anfühlte, wenn seine Erektion sie ausfüllte, sich in ihr bewegte. Sie spürte, wie die Spitze sanft gegen ihre Schamlippen drückte …

Zu ihrer Enttäuschung zögerte Heath. Er war über sie gebeugt und schaute sie an, dass sie glaubte, unter seinem Blick dahinzuschmelzen. Seine Augen nahmen einen verträumten Ausdruck an, bei dem das Goldbraun sich verdunkelte und eine besondere Strahlkraft gewann.

Endlich drang er langsam in ihre weiche feuchte Scham ein. Lily hielt den Atem an, kaum dass er begann, sie zu dehnen und langsam immer mehr auszufüllen. Doch der Schmerz bleib diesmal aus. Stattdessen erahnte sie größte Wonne.

Sie seufzte vor Freude über das herrliche Gefühl, dass er in ihr war und sie sein pulsierendes Glied mit ihrer Scheide umfing. Lily fühlte sich auf eine überwältigende, wunderbare Weise eingenommen.

Nun beugte Heath sich weiter zu ihr hinunter, so dass sein Oberkörper ihren bedeckte. Nach wie vor schaute er ihr in die Augen und streichelte aufs Neue ihre Brüste, während er begann, sich in ihr zu bewegen.

Nachdem er aus ihr herausgeglitten war, um abermals tief in sie einzudringen, erschauderten sie beide vor Erregung.

Heaths Reaktion, der ehrfürchtige Ausdruck in seinem Gesicht, machte Lily innerlich jubeln, verzückt von der Heftigkeit seines Verlangens, dem ihr eigenes durchaus ebenbürtig war.

Sie wiegte sich ungeduldig mit ihm, spannte ihre Bauchmuskeln um sein Glied. Derweil bewegte sein fester Körper sich auf ihrem.

Ihr leises Wimmern verwandelte sich in ein Stöhnen, je lustvoller sie in den uralten elementaren Rhythmus ihres Liebesaktes verfielen. Sie hörte Heath, der flüsternd ihre Leidenschaft anpries. Gleichzeitig wurde er fordernder, stieß kraftvoller in sie hinein und versetzte sie in einen sinnlichen Taumel. Und sie konnte gar nicht genug von ihm bekommen.

Wild warf sie den Kopf zur Seite und schrie vor Wonne, dass es durch die Kabine hallte.

Trotzdem überkam ihr Höhepunkt sie wie aus heiterem Himmel. Mit einem Aufschrei vergrub sie ihre Zähne in Heaths nackter Schulter, als die Ekstase sie durchschüttelte.

Heath folgte ihr gleich darauf. Er hob den Kopf und tauchte ein letztes Mal vollständig in sie ein. Unter seinem Orgasmus gab er ein heiseres, kehliges Stöhnen von sich.

Lilys bebende Bauchmuskeln spannten sich wieder und wieder um sein Glied, während sie beide den Gipfel der Lust auskosteten.

Hinterher sank Heath auf sie. Ermattet hielten sie einander fest und warteten, dass das Feuer in ihnen abklang.

Die letzten Funken glühten noch in ihr, als Heath schließlich aufsah. Er wirkte so überwältigt, wie sie sich fühlte. Ein zärtlicher Schimmer lag in seinen Augen, als er ihr gerötetes Gesicht und ihre geschwollenen Lippen betrachtete.

»Habe ich dir wehgetan?«, fragte er leise.

»Nein«, antwortete sie mit einem verträumten Lächeln. »Ganz und gar nicht.«

»Gut.« Für einen Moment schlossen seine starken Arme sich um sie. Dann hielt er ihre Beine, die um seine Hüften geschlungen waren, und trug sie hinüber zum Bett, wo er sie hinlegte.

Unendliche Zärtlichkeit erfüllte ihn, als er sich neben Lily ausstreckte und sie an sich zog. Nach seinem erdbebengleichen Orgasmus war er noch erschüttert von dem, was eben zwischen ihnen geschehen war.

Keine Frau hatte ihn jemals so aus der Realität katapultieren können wie Lily. Als er in ihr gekommen war und gespürt hatte, wie sie um ihn herum erbebte, war ihm gewesen, als würde er in abertausend Scherben zerbersten.

Und Lily hatte ihren Liebesakt genauso intensiv erlebt, daran hegte Heath nicht den geringsten Zweifel. Sie war das pure Verlangen gewesen, wild und ungehemmt.

Auf ihr zartes Seufzen hin umarmte er sie fester. Das war es, wonach er sich sehnte, dachte er und spielte versonnen mit ihrem kastanienbraunen Haar. Lily zu spüren, warm und matt von ihrem Liebesakt, die sich an ihn schmiegte, und deren Herzschlag so schnell ging wie seiner.

Eine unbeschreibliche Freude erfüllte sein Herz bei der Erinnerung daran, wie unglaublich es gewesen war, in ihr zu sein. Wie richtig es ihm erschienen war. Die Heftigkeit seiner Reaktion versetzte ihn in Staunen.

Dieser unbändige Wunsch, mit einer Frau zusammen zu sein, war neu für ihn. Noch nie hatte er einen Menschen so begehrt wie Lily.

Und jetzt? Er musste zugeben, dass Lily ihm etwas bedeutete, was keine Frau ihm zuvor bedeutet hatte. Sie war alles, was er wollte, alles, was er sich wünschte.

Seltsam, dass er bis heute nie geglaubt hatte, einen anderen Menschen zu brauchen. Das Gefühl von Vollkommenheit, das sie ihm gab, ließ ihn erkennen, was er die ganzen Jahre über vermisst hatte.

Es war jedoch nicht nur ihre Nähe, das Leben mit ihr, was ihn ausfüllen könnte. Er wollte die Herausforderungen des Lebens mit derselben Intensität und Leidenschaft annehmen wie sie.

Ein Lächeln trat auf seine Lippen, als er erkannte, welche Empfindungen sich in ihm regten: Besitzwunsch und Zärtlichkeit. Ehrfurcht. Das Verlangen, sie allzeit zu ehren. Liebe.

Er liebte Lily, stellte Heath verwundert fest. Seit Tagen schon spürte er es. Sein Werben um sie mochte als Herausforderung begonnen haben, aber inzwischen war er ihr längst hoffnungslos verfallen.

Und sie als Ehefrau zu gewinnen, war kein Spiel mehr für ihn.

Sein Lächeln erstarb, kaum dass die Wirklichkeit ihr spöttisches Haupt reckte. Zwar betrachtete er Lily inzwischen als seine Frau, doch sie sträubte sich weiterhin mit Händen und Füßen. Er musste sie also noch dazu bringen, dass sie die Unausweichlichkeit ihrer Heirat einsah.

Zu diesem Behufe würde er seine Bemühungen verdoppeln, schwor Heath sich. Es war absolut notwendig, dass sie sich in ihn verliebte.

Leider war sie noch nicht bereit, ihr Herz zu verschenken. Vorhin allerdings hatte er für einen winzigen Moment etwas in ihren Augen gesehen, das ihm Hoffnung machte, etwas unendlich Zerbrechliches. Gleich darauf hatte die Leidenschaft übernommen und sie beide in einen Wonnetaumel gerissen.

Eines war gewiss, wie er entschied, während er sie noch fester in seine Arme nahm.

Er würde sie nicht gehenlassen.

Nie.

Siebzehntes Kapitel

Es ängstigt mich, dass er das Spiel gewonnen hat, denn nun bleiben ihm drei weitere Monate, um mir den Hof zu machen. Wie kann ich ihm so lange widerstehen?

Lily an Fanny

Wie erwartet, waren Fleur und Chantel verzückt, als Lily ihnen am selben Abend von Heaths neuestem Geschenk berichtete. Und beide waren tief von seiner romantischen Geste beeindruckt. Wie viele Verehrer schenkten ihrer Angebeteten schon ein Schiff?

Die Kurtisanen gaben Lord Claybourne mit Freuden einen weiteren Punkt, womit er die erforderlichen zehn erreicht hatte und zum Gewinner erklärt wurde. Was Lily vorübergehend in Panik versetzte. Die Vorstellung, dass Heath sie drei volle Monate umwerben würde, machte ihr Angst, traute sie sich doch nicht zu, ihm über solch eine lange Zeit widerstehen zu können.

Die letzten vierzehn Tage hatten ihr gezeigt, wie rasch sie vor seinem hartnäckigen Werben kapitulierte. Selbst wenn sie entschlossen war, ihr Herz vor ihm zu schützen, fürchtete sie, am Ende die Schlacht zu verlieren.

Sie wollte sich nicht in Heath verlieben, denn dann nahm sie womöglich seinen Antrag an.

Folglich musste sie ihn trotz seines Spielsiegs überzeugen, dass sie ihn nicht als Verehrer, Geliebten oder Ehemann wollte, überlegte Lily, die Mühe hatte, sich zu beruhigen.

Bis dahin musste sie ihn auf Abstand halten. Auf

keinen Fall durfte sie riskieren, wieder mit ihm allein zu sein. Sie wusste genau, wohin eine solche Intimität führen würde – das hatte sich heute auf dem Schiff gezeigt.

Die Ehre gebot, dass sie jeden Tag ein wenig Zeit für ihn erübrigte, angefangen mit dem Dinner morgen Abend, das Marcus für Roslyn und den Duke veranstaltete.

Verzweifelt auf der Suche nach Hilfe, fing Lily nach dem Abendessen Basil ab und bat ihn, sie am nächsten Abend zum Dinner zu begleiten.

Leider sah dieser sie an, als wäre sie nicht recht bei Trost. »Du weißt doch, dass ich nichts von eleganten Dinnerpartys halte. Und solche anlässlich einer Heirat sind die schlimmsten von allen.«

»Ja, ich weiß«, pflichtete Lily ihm bei, »aber ich will auf keinen Fall mit Lord Claybourne allein sein.«

»Warum nicht?«

»Weil ich dann etwas tun könnte, das ich ewig bereuen werde. Bitte, Basil, du musst mir helfen!«, flehte sie ihn an. »Du brauchst nichts weiter zu tun, als den Abend über an meiner Seite zu bleiben.«

Basil beäugte sie auf dieselbe Weise wie früher, in ihrer Kindheit, wenn sie ihn wieder einmal zu einem riskanten Abenteuer hatte überreden wollen. Schließlich seufzte er. »Na schön, aber dafür bist du mir einen Gefallen schuldig, Lily.«

»Ja, natürlich, was immer du willst. Du bist ein wahrer Gentleman, Basil!«

Zum Dank gab sie ihm einen Kuss auf die Wange und achtete gar nicht darauf, dass er errötete. Eilig lief sie zum Sekretär im Salon, wo sie eine Nachricht an Marcus schrieb, in der sie ihm mitteilte, dass er noch einen zusätzlichen Gast bei seinem Dinner einplanen müsste. Anschließend überdachte sie nochmals ihre Strategie, wie sie Distanz zu Heath wahrte.

Morgen Abend würde sie seine Anwesenheit so gut es ging ignorieren und sich vollkommen gleichgültig verhalten. Und sollte die Höflichkeit gebieten, dass sie mit ihm sprach, musste sie wortkarg und langweilig sein. Sie würde weder lächeln noch lachen, und ganz gewiss würde sie sich von Heath nicht provozieren lassen, wie er es anscheinend so gern tat.

Dennoch graute ihr vor der Begegnung. Basil wäre ihr einziger Verbündeter, denn sie konnte nicht darauf zählen, dass ihre Schwestern ihr beistanden, wenn es um Liebe und Heirat ging. Die beiden waren derzeit viel zu verliebt. Nach wie vor beabsichtigte Lily, nach dem Dinner dort zu übernachten, um noch ein wenig Zeit mit ihren Schwestern zu verbringen. Außerdem wollten Arabella und sie Roslyn am nächsten Morgen helfen, sich für ihre Hochzeit anzukleiden.

Den Montagnachmittag war Lily damit beschäftigt, sich einen Koffer zu packen, in den sie sowohl das Kleid legte, das sie am Abend tragen wollte, als auch das für morgen. Als Marcus' Kutsche um fünf Uhr eintraf, um sie abzuholen, war Lily bereit.

Roslyn und Arabella waren kurz vor ihr eingetroffen, und Lily war froh, dass sie sich im Gästezimmer einrichten und mit ihren Schwestern plaudern konnte, statt über Heath nachdenken zu müssen.

Vor allem wollte sie nichts sagen oder tun, das Roslyns Glück trübte. Roslyn leuchtete buchstäblich vor Freude, was sie noch bezaubernder aussehen ließ als ohnehin schon. Daher wich Lily der Frage, wie es ihr ginge, geschickt aus, wollte sie ihre Probleme doch lieber nicht erwähnen. Und wann immer das Gespräch auf Lord Claybourne kam, wechselte sie das Thema.

Glücklicherweise erschien Basil zeitig zum Dinner. Er hatte eine Droschke genommen. Lily, die bereits umgezogen war, erwartete ihn unten und führte ihn in den Salon, wo sich alle vor dem Dinner versammeln sollten. Sie erinnerte Basil nochmals daran, dass er ihr den ganzen Abend nicht von der Seite weichen durfte.

Als Arabella und Marcus sich zu ihnen gesellten, gefolgt von Roslyn und Arden, machte Lily Basil mit den beiden Adligen bekannt und erklärte, dass Mr. Eddowes ein alter Freund der Familie wäre. Arabella und Roslyn unterhielten sich mit Basil über ihre gemeinsame Kindheit in Hampshire, und gelegentlich trug auch Lily etwas zu dem Gespräch bei.

Kurz darauf kam Lady Freemantle. Eilig nahm Lily Basil beiseite, um ein Porträt von Gainsborough zu bewundern, weil sie Winifred ausweichen wollte, die sie gewiss auf Heath anspräche. Leider musste sie sich eingestehen, dass sie selbst gespannt auf das Eintreffen eines gewissen gutaussehenden Marquess wartete.

Sie spürte seine Anwesenheit in dem Augenblick, in dem er durch die Tür trat. Heaths breitschultrige Gestalt schien den gesamten Salon zu füllen und seine Anziehungskraft wirkte magnetisch. Als ihre Blicke sich begegneten, signalisierte sein verhaltenes Lächeln eine Vertrautheit, die ihr das Gefühl gab, sie wären die einzigen Menschen auf der Welt.

Es war ihr beinahe unmöglich, nicht zu ihm zu sehen, und ebenso schwer fiel es ihr, die Begrüßung auf ein bloßes Nicken zu beschränken, als Heath näher kam. Trotzdem blieb sie einsilbig und wandte ihre Aufmerksamkeit sehr bald anderen Gästen zu. Basil zog sie mit sich.

Die nächsten zehn Minuten fragte sie den Bräutigam nach seinen Plänen, Arden Castle in Kent zu besuchen. Der Familiensitz sollte die erste Station auf der Hochzeitsreise sein. Hinterher würde der Duke mit Roslyn nach Paris reisen und von dort in die Bretagne zu der früheren Lady Loring. Victoria hatte sich mit ihrem neuen französischen Ehemann auf der Halbinsel niedergelassen. Während des Gesprächs war Lily sich immerfort Heaths Nähe inne und wusste zu jeder Zeit, wo er sich gerade aufhielt.

Schließlich traf Marcus' Schwester ein, Lady Eleanor Pierce, zusammen mit ihrer Tante, Lady Beldon. Die lebhafte schwarzhaarige Schönheit küsste Marcus liebevoll auf die Wange, ehe sie zu Heath eilte und ihn ebenso herzlich begrüßte.

Es war grotesk, dass diese Geste Lily einen schmerzlichen Stich versetzte, und doch tat sie es – umso mehr, als ihr nicht behagte, dass Lady Eleanor zu Heath aufsah und entzückt lachte.

Lily besann sich wieder auf ihren Plan, drehte sich zu Basil und gab vor, an jedem Wort zu hängen, das ihm über die Lippen kam. Leider kam wenig später Lady Eleanor mit Heath zu ihnen und schaffte es irgendwie, Basil beiseitezuziehen, so dass Lily mit exakt dem Mann allein war, den sie um jeden Preis meiden wollte.

»Erlaubst du mir, dich zum Essen zu führen?«, war Heaths erste Bemerkung.

»Das ist sehr freundlich, My Lord«, antwortete sie betont gleichgültig, »aber Basil hat mir bereits seine

Begleitung angeboten. Du und ich werden ohnehin nicht nebeneinandersitzen.«

»Ich vermute, du hast für die entsprechende Tafelordnung gesorgt.«

»Nun … ja.«

»Dann sitze ich während der Hochzeit morgen neben dir.«

»Ich versprach, morgen neben Basil zu sitzen«, erwiderte Lily hastig.

Heath zog eine Braue hoch. »Du hast zwei Seiten, nicht wahr? Ich sitze zu deiner Rechten und er darf die Linke haben. Ich denke, dieses Privileg habe ich mir verdient. Wie Fleur mir mitteilte, wurde ich zum Gewinner unseres Spiels erklärt.«

»Ja, das wurdest du«, bestätigte Lily verdrossen.

»Dann wird es das erste Mal, dass man uns zusammen in der Öffentlichkeit sieht. Mir erscheint recht passend, dass es beim Besuch einer Hochzeit sein wird.«

»Wir werden sie nicht *zusammen* besuchen«, korrigierte sie. »Ich fahre mit meinen Schwestern zur Kirche.«

»Wie bei der Hochzeit deiner ältesten Schwester. Ich erinnere mich an den Moment, als du ankamst. Dein Lachen fesselte meine Aufmerksamkeit.« Heath lächelte, als wäre es eine angenehme Erinnerung.

»Ach ja? Ich erinnere mich nicht, *dich* dort gesehen zu haben«, log Lily.

Seine Augen funkelten belustigt. »Du verletzt mich, meine Liebe. Bin ich wirklich so leicht zu vergessen?«

Das war er keineswegs, dachte Lily und bemühte sich, nicht auf seinen teuflischen Charme zu achten.

»Du wirst aber wohl kaum behaupten, dass du unseren ersten Kuss auf dem Stallboden vergessen hast, oder alle anderen Küsse, die ihm folgten.«

»My Lord!«, zischte Lily entsetzt und schaute sich um, ob jemand ihn gehört hatte.

»Sind wir jetzt wieder bei ›My Lord‹? Was habe ich getan, um eine derartige Degradierung zu verdienen?«

»Du kannst wahrlich nichts gegen diese Anrede einwenden«, konterte sie. »Du weißt, dass ›My Lord‹ in feiner Gesellschaft die einzig angemessene ist.«

»Wie du meinst. Ich akzeptiere sie, solange du mich in privaterem Rahmen bei meinem Taufnamen nennst.«

Nervös wandte Lily sich ab und hielt Ausschau nach Basil.

»Erwartest du, dass Eddowes zu deiner Rettung herbeieilt?«, stichelte Heath. »Ist er neuerdings dein Beschützer?«

»In gewisser Weise«, antwortete Lily, der ihre eigene Verzweiflung nicht behagte.

»Du scheinst ihn sehr gern zu haben.«

»Ja, das habe ich. Wir kennen uns schon seit frühester Kindheit.«

Heath berührte ihr Kinn und drehte ihr Gesicht sanft in seine Richtung. »Ich glaube, mich hast du mittlerweile auch recht gern, Lily.«

Leugnen wäre unehrlich gewesen, egal, wie gern sie es getan hätte. »Wider besseres Wissen«, murmelte Lily und sah ihn an. »Aber dass ich dir zugetan bin, heißt nicht, dass ich dich heiraten oder den Rest meines Lebens mit dir verbringen möchte.«

»*Bist* du mir denn zugetan, meine Süße?«, wollte Heath wissen.

Lily kniff die Lippen zusammen. »Ich fürchte, ich habe mich missverständlich ausgedrückt. Ich betrachte dich als einen Freund, mehr nicht.«

»Ich würde sagen, wir sind weit über Freundschaft hinaus. Ich war in dir, weißt du nicht mehr?«

»Hörst du bitte auf damit!«, zischte Lily.

Weitere Provokationen blieben ihr zum Glück erspart, denn Marcus' Butler, Hobbs, verkündete in diesem Moment, dass das Dinner serviert wäre.

Noch dankbarer war Lily, dass Heath an diesem Abend nicht noch einmal versuchte, sich ihr zu nähern. Stattdessen widmete er sich die meiste Zeit Lady Eleanor. Eine unerwartete Entwicklung, die Lily befremdlicherweise nicht gefiel.

Das Bild der beiden, die gemeinsam lachten, verfolgte sie noch, als sie schlaflos im Bett lag. Es gelang ihr einfach nicht, *nicht* an Heath in Gesellschaft der lebhaften, liebreizenden Lady Eleanor zu denken.

Am nächsten Morgen wachte sie spät und übernächtigt auf. Doch sie strengte sich an, sich nach außen munter zu geben, als sie mit Arabella zu Roslyn ging, um ihr beim Baden und Ankleiden zu helfen. Es fiel ihr sogar leichter als erahnt, denn Roslyns heitere Stimmung war geradezu ansteckend. Dennoch war Lily ein bisschen traurig, ihre andere Schwester auch noch zu verlieren.

Roslyn entging ihre Melancholie nicht und sie sprach Lily darauf an. »Lily, ich weiß, dass es dir lieber wäre, ich würde Drew nicht heiraten, aber ich liebe ihn von Herzen – mehr, als ich es jemals für möglich gehalten hätte, jemanden zu lieben.«

»Das ist nicht zu übersehen«, bestätigte Arabella lächelnd. »So wie du ihn anschaust. Und den ganzen

Abend hat er dich angehimmelt. Wenn ich ehrlich bin, hätte ich nie gedacht, den distanzierten, zynischen Duke of Arden zu erleben, wie er seine Verliebtheit vor aller Welt zeigt.«

»Ich habe nichts dagegen, dass du ihn heiratest, wenn du glücklich bist, Rose«, erklärte Lily, der es beinahe die Kehle zuschnürte.

»Ich bin fürwahr glücklich. Und ich wünsche dir dasselbe Glück, Lily, mit einem Mann, der so wundervoll ist wie Drew.«

So wundervoll wie Heath, dachte Lily unwillkürlich. *Ein Mann, der zärtlich, großzügig, sanft und stark ist ...*

Für einen flüchtigen Moment ertappte Lily sich dabei, wie sie sich ausmalte, sie wäre diejenige, die sich auf ihren Hochzeitstag vorbereitete und es nicht erwarten konnte, Heaths Braut zu sein. Zweifellos waren es ihre verwirrten Gefühle, die ihr solch närrische Überlegungen einflüsterten. Sie sollte es wahrlich besser wissen!

Entschlossen verdrängte sie die unsinnigen Gedanken und rang sich ein Lachen ab. »Deine und meine Vorstellungen von Glück sind sehr unterschiedliche, Rose. Ich könnte nicht als Ehefrau glücklich sein, aber ich muss sagen, dass ich dich um deine Reise nach Paris und in die Bretagne beneide. Es ist sehr freundlich von Arden, mit dir zu Mama zu reisen.«

»Ja, das ist es. Er begreift, wie viel es mir bedeutet, nachdem wir ihr so lange entfremdet waren.« Roslyn schüttelte den Kopf. »Und dennoch haben wir ein warmherzigeres Verhältnis zu ihr als Drew zu seiner Mutter. Offen gestanden bin ich froh, dass die Duchess nach der Hochzeit in London bleibt.«

Lily verstand ihre Schwester, denn sie hatte gehört,

wie kalt und überheblich die Duchess of Arden war. »Der Duke erzählte mir gestern Abend, dass ihr die erste Woche eurer Hochzeitsreise auf Arden Castle verbringt.«

»Ja. Drew möchte seinen Familiensitz eine Weile für uns, weshalb er seiner Mutter ein Ultimatum stellte. Sie versprach, sich rar zu machen, solange wir in Kent sind.«

Arabella nickte verständnisvoll. »Überhaupt wirst du die Gesellschaft der Duchess wenig ertragen müssen, wenn ihr erst einmal verheiratet seid.«

»Zum Glück!«, entfuhr es Roslyn. »Wir werden die meiste Zeit hier in London wohnen, weil Drew zahlreiche Verpflichtungen im Parlament hat.«

»Alsdann«, verkündete Arabella, »hören wir auf zu plaudern und kleiden dich an, sonst kommst du noch zu spät! Lily, läutest du bitte nach Nan, damit sie Roslyn das Haar macht? Wir könnten es ja selbst tun, wie wir es jahrelang mussten, doch bei so viel Hochadel muss sie frisiert sein, wie es der Braut eines Dukes gebührt.«

Tatsächlich war reichlich Hochadel in der St.-George's-Kirche am Hanover Square versammelt, wie Lily bei ihrer Ankunft feststellte. Und die meisten Hochzeitsgäste staunten, dass der illustre Duke of Arden sich freiwillig die Ehefesseln anlegte – noch dazu heiratete er Miss Roslyn Loring, deren Familie in der Vergangenheit durch einige Skandale von sich reden gemacht hatte.

Die barocke Pracht der Kirche schuf den idealen Rahmen für das gesellschaftliche Ereignis, und Roslyn mit ihrer eleganten, goldenen Schönheit war die bezauberndste Braut, die man sich vorstellen konnte. Sie passte perfekt zu dem gutaussehenden hellhaarigen Arden, und dass sie heirateten, mochte einem beinahe wie das vollkommene Ende eines Märchens erscheinen.

Während der Zeremonie war Lily vornehmlich damit beschäftigt, ihre Nerven zu beruhigen. Dass Heath neben ihr saß, machte sie schrecklich nervös, zumal sie wusste, dass seine Nähe unweigerlich Gerüchte provozierte, dass es in der Loring–Familie bald eine dritte Heirat gäbe.

Sie sprach so wenig wie möglich mit Heath, und das nicht bloß, weil sie ihn nicht ermutigen wollte, sondern weil ihre Kehle sich furchtbar eng anfühlte. Als die Trauung endlich vorbei war und Lily sich ein letztes Mal von der Braut und dem Bräutigam verabschiedet hatte, war sie den Tränen nahe.

Stumm ging sie mit den übrigen Gästen nach draußen, wo sich alle unter dem riesigen Säulengang aufstellten, um dem frischverheirateten Paar nachzuwinken, das in der Kutsche des Dukes abfuhr. Der Wagen war mit weißen Rosen und Satinbändern geschmückt und wurde von sechs Schimmeln gezogen, deren Köpfe prächtiger Federschmuck zierte.

Heath stand neben Lily und blickte der Kutsche nach. Basil war irgendwo in der Menge verschwunden, doch hatte Lily es erst eben bemerkt. Fanny unterhielt sich mit Arabella, während sie auf ihre eigene Kutsche wartete.

Als sie zu Heath aufsah, schluckte Lily angestrengt. »Nun«, murmelte sie mit belegter Stimme, »ich denke, ich habe meine Pflicht dir gegenüber für heute abgegolten, My Lord … was die Zeit betrifft, die ich in deiner Gesellschaft verbringen muss.«

Nachdem er sie zunächst nur stumm angeschaut hatte, ergriff er plötzlich ihren Ellbogen und führte sie in die Kirche zurück.

Stumm vor Schreck ging sie mit ihm einen Seitengang hinunter. Als sie in einen kleinen Raum kamen, bei dem es sich um die Sakristei handeln musste, schloss Heath von innen die Tür und drehte sich zu Lily.

»Das ist das Problem zwischen uns, nicht wahr, Lily? Du siehst mich als eine leidige Pflicht.«

Unsicher blickte sie ihn an und fragte sich, warum er sie hergebracht hatte. »Wenn du schon fragst ... ja. Ich bin verpflichtet, deine formelle Werbung zu ertragen, weil du das Spiel gewonnen hast. Da ich den Bedingungen zustimmte, bleibt mir keine andere Wahl, als zu meinem Wort zu stehen.«

»Aber lieber würdest du dich mit kochendem Öl übergießen lassen.«

»Nun, das wäre wohl etwas zu drastisch ...«

Er lächelte ironisch. »Bist du jemals nicht drastisch?«

»Um ehrlich zu sein, Heath«, begann Lily erneut und bemühte sich, nicht so verzweifelt zu klingen, wie sie sich fühlte, »dein Werben um mich ist und bleibt zwecklos. Ich werde dich nie heiraten. Und ich glaube auch nicht, dass du mich wirklich heiraten möchtest.«

»Da irrst du dich, Lily«, entgegnete er mit einem zu prüfenden, irritierend aufmerksamen Blick. »Mein Wunsch, dich zu heiraten, ist größer denn je, denn ich habe mich in dich verliebt.«

Lily stockte der Atem. Sie musste sich verhört haben. »Das kannst du nicht ernst meinen!«

»Doch, ich kann. Ich liebe dich, Lily – sehr sogar.«

Ihre Verzweiflung wuchs zu Panik an. Wie konnte sie ihr Herz schützen, wenn er solche Dinge zu ihr sagte?

»Du liebst mich nicht, Heath! Das kannst du unmöglich. Du kennst mich ja kaum zwei Wochen.«

»Unsere erste Begegnung liegt deutlich länger zurück. Und bereits da wusste ich, dass du etwas ganz Besonderes bist: eine Frau, die sich als meine ideale Gemahlin erweisen könnte.«

»Aber *Liebe?*« Lily schüttelte den Kopf. Das durfte nicht sein! »Ich kann es einfach nicht glauben.«

Immer noch sah er ihr fest in die Augen. »Möchtest du wissen, warum ich mich in dich verliebt habe, meine Süße? Weil du voller Lebensfreude und Leidenschaft bist. Bei dir fühle ich mich lebendig, heiter und erregt. Mit dir freue ich mich auf jeden neuen Tag als ein Abenteuer. *Deshalb* liebe ich dich.«

Er lachte leise. »Ich habe mein Leben lang nach dir gesucht, Lily, auch wenn ich es gar nicht begriff. Und als ich dich gefunden hatte, konnte ich nicht anders, als dich lieben.«

Seine Liebeserklärung stürzte Lily in eine furchtbare Hilflosigkeit. Sie wagte nicht, seinen Worten Glauben zu schenken, waren sie doch entschieden zu verlockend, zu gefährlich und machten ihr Herz verwundbar.

Also sollte sie dringend wieder zum eigentlichen Gesprächsthema zurückkehren, ermahnte sie sich nervös.

»Du willst mich als deine Frau, weil du Erben brauchst«, behauptete sie.

»Nein, Lily. Früher dachte ich, mir würde genügen, dass wir in so vielerlei Hinsicht zusammenpassen. Aber das war falsch. Ich will eine Familie mit dir, Kinder, eine Zukunft. Vor allem jedoch will ich deine Liebe. Ich verlange sie nicht jetzt gleich, denn ich denke, sie wird mit der Zeit kommen. Für den Moment bin ich schon zufrieden, wenn du mir bloß eine Chance gibst.«

Er trat näher und legte eine Hand an ihre Wange. »Du füllst eine Leere in mir, von der ich nicht wusste, dass sie existierte, Lily. Und ich glaube, ich kann dieselbe Leere in dir füllen. Ich könnte dir ein guter Ehemann sein.«

Ihre Augen waren nach wie vor von seinen gefangen, als er ihre Wange mit seinem Daumen streichelte. Lily wollte protestieren, denn abermals regte sich eine unbeschreibliche Sehnsucht in ihr, von der sie ahnte, dass sie in Schmerz und Elend enden würde …

Als sie es endlich schaffte, ihre zarten Gefühle beiseitezudrängen und zurückzuweichen, nahm Heath seufzend seine Hand herunter. »Du wirst selbst zu dem Schluss gelangen müssen, Lily. Die Entscheidung, mich zu heiraten, muss deine sein, weil du es willst. Weil du den Rest deines Lebens mit mir verbringen willst. Weil du dir nichts anderes vorstellen kannst. Genau so empfinde ich für dich, Lily. Ich kann mir mein Leben nicht mehr ohne dich vorstellen.«

»Und ich kann mir mein Leben nicht *mit* dir vorstellen, Heath«, entgegnete sie verzweifelt. »Du weißt, dass ich niemals heiraten will.«

»Weil du Angst hast, verletzt zu werden.« Musste er sie so ansehen? »Ich kann dir nicht garantieren, dir niemals wehzutun. Ich kann lediglich schwören, dass ich dich nie betrügen oder dich im Stich lassen werde.

Für den Rest müsstest du mir vertrauen. Dazu kann ich dich nicht zwingen, ebenso wenig, wie ich dich dazu bringen kann, mir zu glauben, dass ich tiefe Gefühle für dich hege.«

Lily ballte die Fäuste und trat noch einen Schritt zurück. »Ich glaube nicht, dass du mich wirklich liebst«, sagte sie nachdrücklich. »Adlige deines Standes verlieben sich nicht.«

Ein amüsiertes Lächeln huschte über seine Züge. »Versuch das mal, Marcus und Drew zu erzählen!«

Lily erkannte, dass sie diese Debatte verlor, weshalb sie zu einem umso bemühteren Argument griff. »Selbst wenn du glaubst, du seist in mich verliebt, kannst du mir keine Treue versprechen. Mein Vater war furchtbar untreu in seiner Ehe, und du könntest genau wie er sein. Ich kann nicht darauf vertrauen, dass du deine unzähligen Geliebten um meinetwillen aufgibst.«

Plötzlich veränderte Heaths Blick sich, wurde merklich strenger. Er hatte sichtlich Mühe, seine Gefühle zu beherrschen, wie Lily auch an seinem Tonfall erkannte, als er antwortete: »Selbst wenn du meine Ehre infrage stellst, solltest du mehr Vertrauen in deine eigenen Fähigkeiten haben. Kein Mann, der deine Leidenschaft im Bett erleben darf, wäre jemals geneigt, sich anderweitig umzusehen. Eheliche Treue kann ich dir allemal versprechen.«

Wieder schüttelte Lily den Kopf. »Mir ist gleich, wie viele Versprechungen du mir machst, Heath. Ich gehe das Risiko nicht ein.«

Frustriert fuhr er sich mit einer Hand durchs Haar. »Deine hochgeschätzte Unabhängigkeit wird dir wenig Trost spenden, wenn du alt und grau bist. Eine einsame Jungfer zu sein, ist dir nicht bestimmt.«

Sie reckte trotzig ihr Kinn. »Ich war bereit, deine Mätresse zu werden, aber du hast mich kurzerhand abgewiesen.«

»Weil mir körperliche Freuden nicht genügen. Dir auch nicht, wie ich behaupten würde. Und das ist etwas, das ich dir beweisen kann.«

»Was meinst du?«, fragte sie unsicher.

Er trat näher und legte seine Hand auf ihren rechten Busen. Lily fuhr zusammen, als sie das unverkennbare Kribbeln spürte, das sie bei seinen Berührungen immer wieder wie ein Blitz durchfuhr. Während ihre Brustknospe sich aufrichtete, wich Lily zurück, wandte sich erschrocken ab und griff nach dem Türknauf.

Sie hielt bereits die Finger um den Knauf, als Heath wortlos hinter sie trat, ihre Taille fasste und sie an sich zog. Selbst durch die vielen Stoffschichten fühlte sie die Wärme seiner Schenkel.

Seine Stimme wurde zu einem raspelnden Murmeln. »Soll ich dir beweisen, dass ich dich will, süße Lily?«

»Nein, nicht …«

»Doch, ich denke, ich sollte.« Er schmiegte sich von hinten an sie, worauf eine Hitzewelle sich tief in ihrem Innern aufbäumte. »Ich könnte dich gleich hier nehmen, weißt du … von hinten, so dass ich nicht einmal dein Gesicht sehen müsste.«

Als er ihre Röcke hochzog, wurde Lily unruhig. Kühle Luft umwehte ihre nackten Schenkel und ihren Po. Sie konnte nicht glauben, dass Heath sich derart empörend benahm. Es wäre skandalös, dem Liebesakt in einer Kirche zu frönen.

Sosehr seine Verruchtheit sie schockierte, seine Kälte erschreckte sie umso mehr. Dennoch war sie außerstande, sich ihm zu entwinden. Sie blieb wie gelähmt stehen, duldete, dass er sanft über ihren Po strich, und auch, dass sein Knie ihre Beine spreizte.

Als seine Finger jedoch über ihren Innenschenkel huschten und ihre Schamlippen streichelten, holte Lily hörbar Atem. Gleichzeitig reagierten ihre Bauchmuskeln auf seine langen starken Finger, die sie liebkosten. Sowie er die Knospe ihrer Scham neckte, biss Lily die Zähne zusammen und kämpfte gegen jenen Teil von sich an, der sich nach Heath verzehrte. Es war beschämend, wie sehr sie ihn begehrte.

Dann glitt er langsam mit einem Finger in sie hinein, worauf ihre Knie nachzugeben drohten. Hilflos lehnte sie sich an ihn, unterdrückte ein Stöhnen und hielt sich am Türknauf fest, als hinge ihr Leben davon ab.

Er hatte Recht, wurde Lily durch den Nebel ihrer verwirrten Empfindungen klar. Körperliche Freuden allein reichten nicht. Seine Berührung war unbeteiligt, leidenschaftslos, berechnend. Sie hatte nichts mit dem zärtlichen Geliebten gemein, nach dem sie sich sehnte.

Und gleichermaßen distanziert klang seine Stimme, als er sagte: »Ich glaube nicht, dass ich dich so nehmen will. Siehst du, mein Engel? Wäre namenloser, gesichtsloser Sex alles, was ich wollte, würde es jede Frau tun.«

Mit diesen Worten verschwand sein Finger aus ihr und Heath ließ ihre Röcke fallen. Lily erschauderte vor Enttäuschung und Scham. Leider schien er mit ihr noch nicht fertig zu sein.

Er blieb von hinten an sie geschmiegt, während seine Lippen direkt an ihrem Ohr waren. »Ich könnte dich vor Wonne zum Schreien bringen, Lily. Aber am Ende wären nur unsere Körper vereint. Ich hingegen möchte dein Herz und deinen Kopf. Ich wünsche mir, dass deine Seele eins mit meiner wird.«

Ein stechender Schmerz fuhr ihr durch die Brust, und gleichzeitig stiegen ihr lächerliche Tränen in die Augen. Sie biss sich auf die Lippen, weil sie nicht weinen wollte, aber Heath redete weiter, scharf und leise.

»Du bist es, die ich will, Lily!«, wiederholte er. »Keine weitere Geliebte. Keine andere Frau. Keine andere Ehefrau. Aber ich beabsichtige, deinem Wunsch nachzukommen. Ich werde dir nicht mehr nachstellen und mir den Kopf an den Mauern anschlagen, die du um dich errichtet hast. Solange du nicht zustimmst, mich zu heiraten, werde ich mich von dir fernhalten.«

Seine Hände umfassten sachte ihre Schultern, bevor er sie ein Stück beiseiteschob, die Tür öffnete und in den Kirchengang hinaustrat. Als er sich zu ihr umsah, waren seine Augen dunkel wie die Nacht und glühten wie Feuer.

»Zwischen uns existiert etwas Einzigartiges, Seltenes, Lily. Nur ein Narr würde es wegwerfen. Ich hielt dich nie für eine Närrin, aber vielleicht habe ich mich getäuscht.«

Damit ließ er sie stehen. Er hätte sie kaum mehr aufwühlen können, hätte er sie geschüttelt. Sie fühlte sich benommen, unglücklich und elend.

Was überaus närrisch war. Heath sollte nicht die Macht besitzen, sie zu verletzen. Aber er war fort, wie Lily begriff, der Tränen in den Augen brannten.

Als sie sich ihrer Schwäche gewahr wurde, wischte sie sich energisch die Tränen weg. Sie würde keinen Mann beweinen, wie es ihre Mutter so oft getan hatte! Nein, sie hatte gar keinen Grund, zu weinen. Genau so hatte sie es sich doch gewünscht, erhofft! Heath ließ sie endlich in Ruhe.

Sie hatte richtig gehandelt, indem sie seinen Antrag ablehnte. Und sie hatte Recht, seinen zweifelhaften Liebesbekundungen zu misstrauen. Zwar konnte sie den entsetzlichen Schmerz nicht leugnen, der tief in ihrem Bauch wütete, aber ihr hätte ein ungleich größerer geblüht, hätte sie sich gestattet, Heath zu lieben.

Nachdem sie sich ein letztes Mal die Augen gewischt hatte, ging sie hinaus, um nach Basil zu suchen.

»Wo zum Teufel warst du?«, fragte er sie, als sie ihn draußen fand. »Du wolltest, dass ich dir nicht von der Seite weiche!«

»Schon gut! Kannst du mich bitte nach Hause bringen?«

Er sah sie besorgt an. »Was ist mit dir, Lily? Hast du geweint?«

»Ja, weil ich traurig bin, meine Schwester zu verlieren. Aber es ist alles bestens, wirklich, ich fühle mich gut.«

Das redete sie sich wieder und wieder auf der Fahrt zurück zur Pension ein, auch wenn sie es sich selbst keine einzige Sekunde glaubte.

Bei ihrer Ankunft wurde Lily jäh aus ihrem Gefühlswirrwarr gerissen.

Sie spürte sofort, dass etwas nicht stimmte, als Ellen ihnen aufgeregt entgegengelaufen kam. Anscheinend hatte die Zofe bereits auf sie gewartet.

»Ah, Miss Loring! Miss Delee möchte Sie umgehend sehen!«

»Was ist geschehen, Ellen?«, erkundigte Lily sich erschrocken.

»Ich weiß es nicht genau, aber ich glaube, es hat mit Miss Irwin zu tun.«

»Wo ist Miss Delee?«

»In ihrem Salon oben.«

»Ich gehe sofort zu ihr«, versprach Lily und wandte sich rasch um.

Sie eilte die Treppe hinauf, Basil dicht auf ihren Fersen. Oben im Privatsalon der Kurtisanen fand sie Chantel vor, die aufgeregt die Hände rang, während Fleur unruhig auf und ab ging. Eine weitere Frau saß auf dem Sofa, deren Gesicht tränennass war.

Lily erkannte Fannys Zofe, Joan Tait, sofort.

»Gott sei Dank, du bist hier, Lily!«, rief Chantel aus, und prompt hob Fleur ruckartig den Kopf.

»Wo ist Lord Claybourne, Lily?«, fragte sie unglücklich. »Wir brauchen ihn umgehend!«

»Warum?«, fragte Lily verwirrt, die von Fleur zu Chantel blickte. »Was ist passiert?«

»Dieser abscheuliche O'Rourke hat Fanny entführt, und wir brauchen Claybourne, damit er sie rettet!«

Achtzehntes Kapitel

Für einen Adligen ist Lord Claybourne ausgesprochen furchtlos und wagemutig, regelrecht heroisch.

Lily an Fanny

»Er hat Fanny entführt?«, wiederholte Lily, deren Magen sich vor Angst zusammenkrampfte.

»Ja«, antwortete Chantel weinerlich. »Dieser Teufel hat sie am helllichten Tage verschleppt. Joan hat alles mitangesehen.«

Lily bemühte sich, ihren Schrecken zu verbergen, als sie sich an Fannys Zofe wandte. »Erzähl mir genau, was geschehen ist! Du hast gesehen, wie Miss Irwin entführt wurde?«

Joan Tait schluckte ihre Tränen hinunter und nickte energisch. »Ja, gleich als Miss Irwin von der Hochzeit zurückgekommen war. Mr. O'Rourkes Kutsche wartete auf der Straße vor ihrem Haus. Ich habe vom oberen Fenster gesehen, wie er die Tür aufmachte. Dann sprangen zwei stämmige Kerle heraus, die Miss Irwin in die Kutsche schubsten, und dann fuhren sie weg. Ich habe alles mit eigenen Augen gesehen!«

»Sie ist also nicht freiwillig mitgefahren?«, hakte Lily nach, die sich vergewissern wollte.

»Nein, Miss Loring. Ich habe doch gehört, wie sie um Hilfe rief!«

Basil ballte wütend die Fäuste. »Dieser *Schurke*! Sollte er ihr etwas angetan haben, werde ich ihn umbringen, das schwöre ich!«

Lily fühlte genauso. Angst und Wut erfüllten sie bei dem Gedanken, was Mick O'Rourke Fanny in diesem Moment antun könnte. »Wie lange ist das her, Joan?«

»Zwanzig Minuten vielleicht. Ich kam sofort her, weil ich ja nicht wusste, wo ich sonst hinsollte.«

Als die Zofe erneut in Tränen ausbrach, tätschelte Chantel ihr tröstend die Schulter. »Du hast vollkommen richtig gehandelt. Lord Claybourne wird uns helfen.«

»Ich warte nicht auf Claybourne«, tat Basil entschlossen kund, machte auf dem Absatz kehrt und marschierte zur Tür.

»Basil, halt!«, rief Lily. »Du kannst nicht blindlings loslaufen! Wir brauchen einen Plan.«

»Mein Plan ist, O'Rourke zu finden und ihm den Garaus zu machen.«

Lily schüttelte den Kopf, während sie fieberhaft nachdachte. »Sie haben Recht. Lord Claybourne kann uns helfen.« Obwohl sie nicht sicher war, dass er ihr tatsächlich helfen wollte, nachdem sie sich vor nicht einmal einer Stunde im Unfrieden getrennt hatten. Andererseits wusste sie, dass Heath weit eher mit O'Rourke fertig würde als Basil und sie.

Offenbar dachte Basil anders. »Dann hol du ihn, Lily! Ich reite zu O'Rourkes Spielclub und suche nach Fanny.«

»Er wird kaum so naiv sein, sie dorthin zu bringen. Immerhin wird er ahnen, dass Fannys Freunde zuerst da nach ihr suchen.«

»Mag sein, doch ich fange beim Club an«, beharrte Basil. »Inzwischen fährst du zu Claybourne und kommst mit ihm hin. Ich werde Fanny aus den Klauen dieses Teufels retten!«, knurrte er und ging hinaus.

Lily vermutete, dass er sich auf direktem Weg zu den

Stallungen begab, um sein Pferd zu holen; also war es an ihr, zu Heath zu fahren.

»Ich brauche eine Kutsche«, sagte sie zu Fleur.

Joan Tait schaute auf. »Der Wagen, mit dem ich hergekommen bin, wartet noch draußen, Miss Loring. Es geht am schnellsten, wenn Sie ihn nehmen.«

»Danke, das mache ich«, entgegnete Lily und eilte ebenfalls hinaus.

Zuerst würde sie zu Heaths Haus fahren, beschloss Lily, als sie die Treppe hinunterlief. Falls er nicht dort war, würde sie es in seinem Club versuchen. Vielleicht war er auch noch bei Marcus und feierte.

Heaths Haus am Bedford Square war, wie Lily kurze Zeit später feststellte, beeindruckend elegant. Und der Claybourne-Butler war noch viel furchteinflößender. Er musterte sie von oben herab, als sie sich vorstellte und verlangte, den Marquess zu sprechen.

Es war verpönt, dass eine junge Dame einen Junggesellen zu Hause aufsuchte, insbesondere wenn sie nicht einmal verschleiert war. Doch ihr dringlicher Tonfall musste Eindruck auf den strengen Butler gemacht haben, oder aber er erkannte ihren Namen, denn er ließ sie sofort herein und führte sie in einen Salon, wo er sie zu warten bat.

Bis Heath erschien, vergingen nur wenige Augenblicke, und Lily war unsagbar erleichtert.

»Dem Himmel sei Dank!«, murmelte sie. Leider war sie fast ein bisschen zu froh, ihn zu sehen. Er hatte seinen Gehrock und die Krawatte abgelegt, trug ansonsten aber noch die formelle Hochzeitskleidung.

Zunächst wirkte er verwundert, doch sobald Lily ihm von Fannys Entführung erzählt hatte, wurde seine Miene finster.

»Ich habe ihn gewarnt«, brachte Heath schließlich gefährlich ruhig hervor.

»Basil ist zu O'Rourkes Club geritten und versucht, in Erfahrung zu bringen, wo Fanny stecken mag. Ob er sie ausfindig machen kann, ist allerdings höchst fraglich. Bitte, Heath, hilfst du uns, Fanny zu retten?«

»Musst du wirklich fragen?«, erwiderte er gereizt, machte auf dem Absatz kehrt und ging aus dem Salon.

»Wo willst du hin?«, erkundigte Lily sich, die ihm nachlief.

»Ein paar Waffen holen.«

»Ich habe draußen eine Kutsche.«

»Gut, dann muss ich meine nicht anspannen lassen. Warte draußen auf mich, Lily!«

Dankbar, dass er nicht zögerte, gehorchte sie ihm. Sie saß kaum in der Kutsche, als Heath auch schon kam. Er hatte sich seinen Gehrock übergezogen, auf die Krawatte jedoch verzichtet. Und er hatte zwei kleine Kästen bei sich, in denen sich wahrscheinlich Pistolen befanden, wie Lily annahm, sowie einen längeren Kasten, den sie von ihrem Fechtunterricht wiedererkannte.

Außerdem begleiteten ihn zwei Diener, die sich hinten auf die Bank der Droschke setzten.

»Verstärkung«, erklärte Heath knapp, als er zu ihr in den Wagen stieg.

Tatsächlich enthielten die kleinen Kisten jeweils ein Paar kleine Pistolen, wie sie sah, als Heath sie öffnete. In der längeren lagen anstelle der gesicherten Übungsflorette einige rasiermesserscharfe Degen.

Auf der Fahrt zur Bond Street lud Heath sorgfältig die Pistolen. Er wirkte zornig und war sehr schweigsam.

Lily versuchte, sich nicht von seinem Schweigen beunruhigen zu lassen. Sie durfte nicht über Heaths Distanziertheit nachdenken, solange sie sich furchtbare Sorgen um Fanny machte.

Schließlich wurde die Kutsche langsamer und hielt vor einem großen Gebäude, bei dem es sich um O'Rourkes Club handeln musste. »Ich möchte mit dir kommen«, sagte Lily unsicher.

Heath überlegte kurz, dann nickte er. »Na gut, aber du lässt mich vorausgehen!«

Kaum waren sie aus dem Wagen gestiegen, hörten sie Rufe, die vom Eingang kommen mussten. Lilys Herz setzte für einen Schlag aus, als sie sah, wie Basil grob aus dem Spielclub geworfen wurde. Er stürzte die Stufen hinunter und landete auf dem Gehweg, während hinter ihm die Tür zugeschlagen wurde.

Mit einem stummen Aufschrei rannte Lily zu ihm. Doch sie brauchte Basil nicht aufzuhelfen, denn der erhob sich sogleich mit geballten Fäusten und starrte wütend zur Eingangstür. Er hatte ein blaues Auge und eine blutige Nase und er kochte vor Zorn.

Hätte Heath ihn nicht zurückgehalten, indem er ihm eine Hand auf die Schulter legte, wäre Basil umgehend in den Club zurückgelaufen. »Nicht so stürmisch, Mr. Eddowes! Pistolen können weit überzeugender sein als Fäuste.«

Als Basil die geladene Waffe in Heaths Hand sah, ließ er die Schultern sinken. »Fanny ist nicht drinnen, O'Rourke auch nicht. Und seine verfluchten Rauswerfer wollen mir nicht sagen, wohin sie gebracht wurde.«

»Vielleicht verraten sie es mir«, meinte Heath, der auf die Tür zuging.

Lily folgte ihm. Dass ihr Freund verprügelt worden

war, erzürnte sie so sehr, dass sie O'Rourke und dessen Untergebene mit eigenen Händen erwürgen wollte.

In dem Moment, in dem Heath anklopfte, schwang die Tür auf. Der große bullige Kerl funkelte sie wütend an und hob drohend seine Fäuste. Offenbar hatte er erwartet, dass Basil zurückkommen würde. Als er jedoch die Pistole sah, die auf seine Brust gerichtet war, riss er die Augen vor Schreck weit auf.

Heath holte ein Taschentuch aus seiner Gehrocktasche und reichte es Lily. »Begleitest du bitte Mr. Eddowes in die Kutsche?«, fragte er. »Ich denke, es dauert nicht lange.«

Dann wandte er sich mit einem tödlichen Lächeln an den Diener und machte ein Zeichen mit der Pistole. Dieser wich vorsichtig zurück, und Heath trat ein. Leise schloss er die Tür hinter sich.

Sofort schimpfte Basil ungehalten, weil ihm die Revanche verwehrt war. Lily hätte es ihm gleichgetan, wäre ihr in der gegebenen Situation nicht wichtiger erschienen, Basil zurückzuhalten, ehe er abermals in den Club stürmte und noch übler verprügelt wurde.

Sie ermahnte sich, darauf zu vertrauen, dass Heath die Angelegenheit regelte, bugsierte Basil in die Kutsche und stieg ebenfalls hinein. Dennoch sorgte sie sich um Heath. Sie mochte gar nicht daran denken, in welcher Gefahr er sein könnte. Immerhin stellte er sich diesen Grobianen ganz allein, auch wenn er bewaffnet war.

Fünf unendliche Minuten lang sah Lily aus dem Kutschenfenster, während sie Basil das Taschentuch gegen die blutende Nase drückte und abwechselnd besorgt schwieg oder Basil beruhigte, dass Lord Claybourne gewiss erfuhr, wohin Fanny gebracht worden war.

Ihr Vertrauen wurde bald belohnt. Als Heath wieder hinauskam, war er unversehrt. Er gab dem Kutscher Anweisungen, bevor er einstieg und sich Lily und Basil gegenübersetzte.

»Ich konnte O'Rourkes Lakaien bewegen, mir zu erzählen, wo er ist«, berichtete er, sobald der Wagen anfuhr. »Wie es scheint, hat O'Rourke sich unlängst ein Haus in Marylebone gebaut und gestern mehrere seiner Bediensteten hingeschickt, um es für Gäste vorzubereiten. Im Club gab er Bescheid, dass er die nächsten paar Tage fort wäre.«

Marylebone war ein Bezirk im Norden Londons, unweit von Heaths eigenem Stadthaus.

»Also wird Fanny dort gefangen gehalten?«, fragte Lily.

»Das scheint zumindest naheliegend.«

»Wie befreien wir sie?«, wollte Basil wissen.

Heath sah den jungen Mann an. »Mir wäre es lieber, Sie würden mir alles überlassen.«

Basil biss die Zähne zusammen. »Nein, My Lord, das kann ich nicht. Ich würde mir nie verzeihen, sollte Fanny etwas zustoßen, während ich tatenlos danebenstehe.« Seine Stimme senkte sich zu einem Flüstern. »Es ist schon schlimm genug, dass dieser Schuft sie inzwischen missbraucht haben könnte.«

»Falls ja, wird er dafür bezahlen«, erklärte Heath entschieden. »Es besteht indessen immer noch die Möglichkeit, dass die Zofe sich irrte und es versehentlich für eine Entführung hielt.«

»Eine winzige Möglichkeit«, murmelte Lily. »Wahrscheinlicher ist, dass O'Rourke sich als veritabler Schurke erweist.«

»Dem stimme ich zu«, sagte Heath. »Und deshalb

werden wir angemessene Vorkehrungen treffen. Wie ich hörte, liegt das Haus in einer ruhigen Straße, also halten wir ein Stück entfernt und gehen das letzte Stück zu Fuß. Wir wollen O'Rourke nicht vorzeitig auf uns aufmerksam machen.«

Basil runzelte die Stirn. »Haben Sie vor, einfach an die Vordertür zu klopfen?«

»Das wäre die übliche Herangehensweise, um sich Zugang zu einem Haus zu verschaffen«, bemerkte Heath trocken, »obgleich ich nicht beabsichtige zu klopfen. Ich möchte ihn überraschen.«

»Und wenn die Tür verriegelt ist?«

»Dann schlage ich ein Fenster ein.«

»Hast du bedacht, dass O'Rourke eine ganze Armee von Raufbolden zur Bewachung abgestellt haben könnte?«, fragte Lily.

»Ja, das habe ich«, antwortete Heath. »Wir gehen bewaffnet hinein. Ich nehme den vorderen Eingang, und meine Diener bewachen die hinteren, um ihnen die Fluchtwege abzuschneiden.«

Basil blieb skeptisch. »Ich kann nicht glauben, dass Sie ins Haus schlendern wollen, als würden Sie einen Höflichkeitsbesuch abstatten.«

Heath zog eine Braue hoch. »Wäre es Ihnen lieber, wir würden hineinstürmen und um uns schießen? Dabei könnten Unschuldige zu Schaden kommen, vielleicht sogar Fanny.«

Sein Argument leuchtete Lily ein, und auch Basil nickte zerknirscht.

»Wie Sie wünschen, My Lord, aber ich will mitkommen«, beharrte er entschieden.

»Ich auch«, stimmte Lily ein.

Heath verzog das Gesicht und schaute sie eine Weile schweigend an. »Ich bezweifle nicht, dass du wagemutig und furchtlos bist, meine Süße, aber mir wäre es lieber, du würdest in der Kutsche bleiben. Du könntest in große Gefahr geraten …«

Sie unterbrach ihn. »Für dich ist es demnach legitim, den Helden zu spielen, aber nicht für mich, weil ich eine Frau bin?«

»Ich möchte nicht, dass du verletzt wirst. Der Gedanke allein ist mir ein Graus.«

Zwar rührten seine Worte sie, doch sie blieb entschlossen. »Heath, Fanny ist meine Freundin, und wenn sie in Schwierigkeiten steckt, will ich sie retten, nicht herumsitzen wie ein nutzloser Schmuckgegenstand. Außerdem brauchst du möglicherweise mehr als deine beiden Diener, um sie zu befreien.«

Nachdem er kurz die Augen gen Kutschendach verdreht hatte, seufzte Heath resigniert. »Na schön, aber du tust *genau*, was ich dir sage – ihr beide!«

»Ja, natürlich«, versprach Lily rasch, fürchtete sie doch, er könnte es sich sonst anders überlegen. »Und Basil auch.« Dieser schwieg hartnäckig, also knuffte Lily ihn mit dem Ellbogen. »Sag, dass du tust, was Lord Claybourne sagt!«

»Ja, ja, mach' ich!«, murrte Basil.

Grimmig schweigend hörte er zu, als Heath ihnen seinen Plan erklärte. Lily hingegen lauschte aufmerksam jedem seiner Worte, denn sie wollte Fanny auf keinen Fall in noch größere Gefahr bringen.

Ihr war ganz flau, als die Kutsche langsamer wurde. Sie befanden sich in einer breiten eleganten Straße. Ja, Marylebone gehörte fraglos zu den noblen Vierteln. Die meisten Häuser waren opulente Stadtvillen, die recht neu aussahen.

Ein Stück weiter hielten sie an. Der Kutscher sprang von seinem Bock und öffnete die Tür, um seine Passagiere herauszulassen. »Nummer zwölf ist gleich da vorn, Eure Lordschaft.«

Lily sah in die Richtung, die er mit seinem Finger wies. Das vornehme Stadthaus war von außen blendend weiß verputzt. Die klassischen Stuckaturen sowie die korinthischen Säulen verrieten, dass es von dem Architekten John Nash entworfen sein musste, der bereits für den Prinzregenten und andere wohlhabende Aristokraten gebaut hatte.

Heath nickte dem Fahrer zu, reichte seinen beiden Dienern je eine Pistole und eine weitere Basil, so dass für ihn noch eine blieb. Lily war mit einem funkelnden Degen bewaffnet. Zuvor hatte sie versucht, gegen Heaths Wahl zu protestieren, worauf er erneut drohte, sie in der Kutsche zu lassen. Wie er ihr erklärte, könnte sie sich besser mit einem Degen verteidigen als mit einer Pistole, die nur einen einzigen Schuss abfeuerte, und er wollte sich nicht auch noch um ihren Schutz sorgen müssen, sollten sie auf Widerstand stoßen.

Lily blieb somit nichts anderes übrig, als ihm zu versprechen, stets hinter ihm zu bleiben, wo es sicherer war.

Sie wartete, während seine Diener und Basil vorauseilten, um sich hinter das Haus zu schleichen. Dann folgte sie Heath zum Vordereingang.

Erstaunlicherweise war die Haustür nicht verschlossen. Offenbar erwartete O'Rourke so bald keinen Besuch, wenn überhaupt.

Heath bedeutete ihr stumm, zurückzubleiben, was sie auch tat, und öffnete langsam die Tür. Die Eingangshalle war leer, wie Lily feststellte, als sie den Kopf reckte und über Heaths Schulter blickte.

Doch kaum war Heath drinnen, ertönte ein Schrei links von ihm. Sie waren bemerkt worden; also hatte O'Rourke tatsächlich Wachen postiert.

Ein Riesenkerl von einem Mann kam fäusteschwingend den Korridor entlang auf Heath zugelaufen, doch Lilys Aufmerksamkeit wurde nach oben gelenkt, zum Ende der Treppe.

»Heath, da oben!«, rief sie unmittelbar, ehe ein zweiter Schurke seine Pistole auf Heath richtete und abfeuerte.

Lily wurde übel vor Angst, aber zum Glück gelang es Heath, gerade rechtzeitig zurückzuspringen und der Kugel auszuweichen. Diese pfiff an ihm vorbei und landete in der Wand neben seinem Kopf – zu Lilys unendlicher Erleichterung.

Heath selbst zielte deutlich besser. Er traf den Kerl oben an der Treppe, der sich mit einem Schmerzensschrei an die Schulter fasste, auf die Knie sank und die Stufen hinunterkullerte.

Die Schüsse hallten Lily noch durch den Kopf, als sie ihr Degenheft fester umklammerte und hinter Heath in die Diele trat. Nun hatte der andere Grobian von links ihn beinahe erreicht. Heath wappnete sich für den Angriff, aber der Kerl krachte mit voller Wucht in ihn hinein.

Lily sah mit an, wie beide Männer polternd zu Boden gingen und Heaths leere Pistole über das Parkett schlitterte. Als der grobschlächtige Kerl sich auf die Knie erhob und mit beiden Fäusten nach Heaths Gesicht ausholte, rollte Heath sich herum und sprang auf. Der andere tat es ihm gleich und stürzte sich auf ihn. Nun jedoch verteidigte Heath sich ebenfalls mit Fäusten.

Schießpulver brannte in Lilys Augen. Sie hob ihren

Degen und preschte nach vorn, weil sie Heath unbedingt helfen wollte. Leider konnte sie unmöglich einen Hieb landen, ohne Heath gleichfalls zu gefährden, denn die beiden Männer bewegten sich viel zu schnell.

Es war beängstigend, ihnen bei ihrem brutalen Kampf zuzuschauen.

Und der makabre Tanz wollte kein Ende nehmen. Beide schlugen unablässig aufeinander ein. Schließlich prallte eine massige Faust gegen Heaths Wangenknochen, so dass sein Kopf zurückschnellte und er beinahe nach hinten flog.

Lily schrie auf und hatte das Gefühl, der Hieb hätte *sie* getroffen. Dann schien die Welt sich befremdlich zu verlangsamen. Sie war wieder sechzehn und sah starr vor Angst mit an, wie ihr Vater auf ihre Mutter einprügelte. Ihr Herz pochte wie verrückt.

Aber nein, sie war kein hilfloses Mädchen mehr! Lily schüttelte die Bilder ab, stieß einen wilden Zornesschrei aus und stürzte sich auf den Schurken, ihren Degen erhoben. Erschrocken drehte er sich zu ihr um.

Die Ablenkung gab Heath genügend Zeit, um sich wieder zu sammeln. Flüche murmelnd, ging er erbittert zum Angriff über und versetzte dem anderen mehrere Schläge in kurzer Abfolge. Einer brachte den Kerl zu Boden, wo er unsanft aufschlug und vor Schmerz stöhnte.

In diesem Moment hörte Lily einen Pistolenschuss, der von irgendwo weiter hinten im Haus kam. Sie sah zu Heath.

»Geh!«, rief er ihr zu, denn sein Gegner rappelte sich brüllend wieder auf.

Lily gehorchte. Heath hatte noch mit dem anderen Kerl zu tun, doch wie es schien, würde er den Kampf gewinnen. Hingegen könnte Basil in großen Schwierigkeiten sein, wie auch Fanny …

Die Angst um ihre Freunde trieb Lily an, als sie den Flur zum hinteren Teil des Hauses hinuntereilte. Noch ehe sie ein Zimmer erreichte, das wie eine Bibliothek aussah, hörte sie die Kampfgeräusche.

In der offenen Tür blieb sie stehen und betrachtete die Szene, die sich ihr bot. Der Gestank von Schießpulver in der Luft legte den Schluss nahe, dass Basil auf O'Rourke gefeuert und ihn verfehlt hatte. Daraufhin war zwischen beiden Männern ein Faustkampf entbrannt.

Basil zog abermals den Kürzeren und steckte reichlich Hiebe ein, während er wild mit den Fäusten auf O'Rourke einschlug. Derweil stand Fanny hilflos da, eine Hand auf ihrem Mund, und musste alles entsetzt beobachten.

Ehe Lily etwas tun konnte, traf O'Rourke Basils Kinn mit solcher Wucht, dass dieser durch das halbe Zimmer flog, gegen den Eichenschreibtisch krachte und ächzend auf den Teppich sackte. O'Rourke packte Fanny, die sich heftig wehrte, und zerrte sie zu den offenen Glasflügeltüren.

Eine eisige Angst legte sich auf Lilys Brust, bevor sie in das Zimmer stürmte und O'Rourke anschrie, er solle stehen bleiben, während sie ihm mit erhobenem Degen nachlief.

Überrascht von ihrem schrillen Schrei, drehte O'Rourke sich um und starrte sie finster an. Aber er ließ Fanny nicht los.

Stattdessen griff er nach der nächsten Waffe, die er

finden konnte, der Bronzestatue eines griechischen Gottes, und schleuderte sie Lily mit aller Kraft entgegen. Obwohl sie versuchte, dem schweren Gegenstand auszuweichen, war er noch zu schnell, so dass die Figur sie an der Schulter traf.

Vor Schmerz hätte sie fast den Degen fallen gelassen, doch immerhin verschaffte sie Fanny die Chance, ihren Entführer zu überwältigen. Geistesgegenwärtig streckte Fanny einen Fuß vor, um O'Rourke ein Bein zu stellen, und schubste ihn gleichzeitig, so dass er weiter in das Zimmer zurückstolperte.

Damit gab sie Lily Zeit, um sich wieder zu fangen. Diese holte erneut mit dem Degen aus und hieb fest nach O'Rourke. Es gelang ihr, ihn mit dem Heft seitlich am Kopf zu erwischen, worauf er mit einem dumpfen Aufprall auf den Teppich fiel und sich nicht mehr rührte.

Zitternd und mit vor Erleichterung weichen Knien ging Lily zu Fanny und nahm sie in die Arme. Beide Frauen schluchzten und lachten abwechselnd, als Heath ins Zimmer gerannt kam.

Lily war unbeschreiblich froh, ihn wohlauf zu sehen. Er hatte eine kleine Platzwunde an der Wange, aber er war als Sieger aus seiner Schlacht hervorgegangen, genau wie sie.

Am liebsten wäre sie direkt zu ihm gelaufen, hätte ihn in ihre Arme genommen und sich um seine Wunde gekümmert, doch Fanny brauchte sie dringender. Also hielt Lily ihre Freundin weiter im Arm und beschränkte sich darauf, den Anblick von Heath zu genießen.

Nachdem er sie besorgt von oben bis unten gemustert hatte, um sich zu vergewissern, dass sie unverletzt war, lächelte er matt. »Fanny und mir geht es gut«, versicherte Lily dankbar und nickte zu O'Rourke. »Ich glaube allerdings, dass wir dasselbe von diesem Schurken nicht behaupten können.«

Heath ging zu dem regungslosen O'Rourke und bückte sich hinunter.

»Du hast ihn nicht umgebracht, wie ich sehe«, murmelte er.

»Nein«, gestand sie, »nur seinen Schädel ein bisschen eingedellt.«

»Erinnere mich daran, niemals zu heftig mit dir zu streiten, mein Engel.«

Ehe sie antworten konnte, hörte sie ein Stöhnen vom anderen Ende des Zimmers. Basil erwachte aus seiner Ohnmacht.

Fanny bemerkte ihn gleichzeitig mit Lily. Beide lösten ihre Umarmung, doch Fanny war als Erste bei Basil, weil sie sich an Lily vorbeigedrängt hatte. Sie kniete auf der einen Seite neben ihm, und Lily hockte sich auf die andere. Heath kam zu ihnen und blieb hinter Lily stehen.

Als Basil die Augen öffnete, zuckte er zusammen, weil ihn alle drei sorgenvoll anschauten. Dann jedoch wanderte sein Blick zu Fanny.

»Fanny … Gott, geht es dir gut?«, fragte er mit rauer Stimme.

»Ja«, antwortete sie und lächelte ihn sanft an. »Genau genommen scheine ich in weit besserer Verfassung als du.«

»O'Rourke?«, fragte er und versuchte, an ihr vorbei zu sehen.

»Er ist ohnmächtig. Du hast mich vor ihm gerettet, Basil«, erklärte Fanny liebevoll.

»Ich wohl kaum«, entgegnete er. »O'Rourke hat mir das Licht ausgeknipst.«

»Du hast mich sehr wohl gerettet. Du hast gegen ihn gekämpft und ihn davon abgehalten, mich von hier wegzubringen.«

Basil malmte mit dem Kiefer, sichtlich wütend auf sich, weil er es nicht geschafft hatte, O'Rourke zu überwältigen. Als er versuchte, sich aufzurichten, stöhnte er wieder und hob eine Hand an seine blutige Schläfe, als hätte er entsetzliche Kopfschmerzen.

»Bleib liegen!«, ordnete Fanny an und nahm seinen Kopf in ihren Schoß.

Lily ging das Herz für den armen Basil auf, dessen Gesicht blutig und geschwollen war, dessen Stolz hingegen noch viel schlimmer gelitten hatte. In der Hoffnung, ihn abzulenken, nutzte Lily die Gelegenheit, um Fanny zu fragen, was geschehen war. »Joan fürchtete, dass O'Rourke dich entführt hatte.«

»Was er auch tat«, bestätigte Fanny, deren Lippen für einen kurzen Augenblick zu zwei schmalen Linien wurden. »Er fing mich vor dem Haus ab und nötigte mich, mit ihm hierherzukommen.«

»Hat er dich verletzt?«, fragte Lily, deren Zorn erneut aufflackerte.

»Bis auf ein oder zwei blaue Flecken an meinen Armen nicht«, antwortete Fanny. »Und ich glaube auch nicht, dass Mick mir etwas antun wollte. Wie er sagte, wollte er mir das wunderschöne Haus zeigen, das er für mich bauen ließ.« Sie schwenkte eine Hand, um auf den luxuriös eingerichteten Raum zu verweisen. »Dies sollte mein goldener Käfig werden. Mick hatte geplant, mich hierzubehalten, bis ich einstimmte, ihn zu heiraten. Er hatte sogar schon eine Ausnahmegenehmigung und den Vikar bestochen, die Zeremonie kurzfristig vorzunehmen.«

»Du darfst diesen Schurken nicht heiraten!«, rief Basil wütend.

»Glaube mir, das werde ich nicht«, versicherte Fanny ihm aus tiefstem Herzen, strich ihm sachte über die Stirn und sah ihn lächelnd an.

Wie benommen streckte der verwundete Basil eine Hand aus, legte sie in Fannys Nacken und zog sie zu sich hinab, um sie zu küssen.

Für einen kurzen Moment erstarrte Fanny. Dann aber erwiderte sie den Kuss mit einer solch unerwarteten Innigkeit, dass Basil vor Schmerz das Gesicht verzog. Der Ärmste hatte leider eine aufgeplatzte Lippe.

Fanny richtete sich hastig wieder auf und wirkte ungewöhnlich verlegen.

»Vergib mir!«, murmelte Basil, der rot wurde. »Das hätte ich nicht tun dürfen.«

Lily war von der zärtlichen Szene so gefangen genommen, dass sie erschrak, als Heath ihr den Degen abnahm. Aber O'Rourke kam wieder zu sich.

Momentan verwirrt, stand sie auf und folgte Heath zu dem Mann.

Heath sank auf ein Knie herab, hielt jedoch den Degen zwischen sie, als er O'Rourke an die Schulter tippte, um ihn zu wecken. Nach eine Weile öffnete dieser langsam die Augen und stützte sich auf einen Ellbogen auf.

Benommen schüttelte er den Kopf, blinzelte zu Heath auf, bemerkte dann jedoch Lily und warf ihr einen angewiderten Blick zu. »Ich wusste, dass diese Teufelin mein Verderben sein würde!«

Heaths Lächeln war alles andere als amüsiert. »Das

hätte sie durchaus sein können. Und Sie waren ein Idiot, meine Warnung zu missachten.«

»Ich habe sie nicht missachtet, My Lord. Nur dachte ich, es wäre das Risiko wert, zu sterben, wenn ich Fanny haben kann.«

Ein verbitterter Zug legte sich auf seine Lippen, als er zu Fanny hinübersah, die nach wie vor Basils Kopf in ihrem Schoß hielt. »Ich dachte, ich könnte sie zur Vernunft bringen, dass sie mich irgendwann lieben würde, wenn wir erst verheiratet sind.« O'Rourke blickte noch einmal sehnsüchtig zu Fanny, bevor er sich Heath zuwandte und unglücklich weitersprach: »Aber ich begreife jetzt, dass ich mich irrte.«

Heath war ganz auf O'Rourke konzentriert. »Ich habe Ihnen gesagt, welche Folgen es hätte, sollten Sie je wieder Hand an sie legen, wissen Sie noch?«

O'Rourke verzog das Gesicht und nickte Heath zu. »Ja, das haben Sie. Und was werden Sie jetzt tun?«

»Sie den Behörden übergeben. Sie werden Glück haben, wenn man Sie nicht hängt und Sie lediglich im Newgate Prison landen.«

Mit diesen Worten übergab Heath den Degen wieder Lily, hievte O'Rourke hoch und fesselte ihm die Hände mit seiner Krawatte auf dem Rücken. O'Rourke leistete keinerlei Widerstand. Aller Kampfgeist hatte ihn verlassen.

Als Heath fertig war, wandte er sich zu Lily und flüsterte ihr zu: »Du solltest Fanny und Eddowes in der Kutsche nach Hause bringen.«

»Und was ist mit dir?«, entgegnete sie.

»Ich bringe O'Rourke in seiner Kutsche zum Amtsrichter in der Bow Street und schildere dort, was sich zugetragen hat.«

»Ja, sehr gut.«

Kaum jedoch fiel ihr Blick auf seine verwundete Wange, wurde sie unschlüssig. Er blutete noch von dem Fausthieb des bulligen Kerls vorhin.

»Heath, du bist verletzt. Deine Wange …«

Sie hob zaghaft eine Hand zu seinem Gesicht, doch er wich ihrer Berührung aus. »Es ist nichtig.«

In diesem Augenblick kamen seine beiden Diener herein, die berichteten, dass sämtliche Wachen O'Rourkes geflohen waren, einschließlich dem einen, den seine Lordschaft angeschossen hatte. Sie hatten ihren Herren im Stich gelassen, als sie sich einer überlegenen Macht gegenüberfanden.

Heath wies sie an, den Gefangenen aus dem Zimmer zu führen. Geneigten Hauptes ging O'Rourke mit ihnen und sah nicht einmal mehr zu Fanny, die ihm mit einer seltsamen Mischung aus Wut und Traurigkeit nachblickte.

Nachdem O'Rourke weg war, wandte Lily sich wieder zu Heath. Sie lüpfte den Saum ihres blassgrünen Seidenkleids – dasselbe modische Kleid, das sie morgens zu Roslyns Hochzeit getragen hatte und das nun von Basils Blut befleckt war – und riss einen Streifen von ihrem Hemdchen ab.

»Hier«, sagte sie und hielt Heath das Leinen hin, »du hast dein Taschentuch ja schon weggegeben.«

Zu ihrer Verwunderung zuckte Heath erneut zurück, als wollte er unter keinen Umständen von ihr berührt werden. Trotzdem nahm er den Leinenfetzen und drückte ihn sich auf die Wunde. »Kümmere dich um Eddowes, Lily! Er braucht dein Mitgefühl dringender als ich.«

Sein kühler Tonfall erschreckte sie. Stumm sah sie

Heath an, während sie sich bemühte, ihre verwirrten Gefühle zu bändigen. Sie empfand Dankbarkeit, weil er bereit gewesen war, ihr zu helfen, als sie ihn brauchte, ohne Fragen zu stellen oder zu zögern. Dann war da Ehrfurcht, weil er sein Leben riskiert hatte, um ihre Freundin zu retten, und Erleichterung, dass er weitestgehend unverletzt geblieben war. Außerdem wirkte die Angst vor der Gefahr noch nach, der sie sich gestellt hatten. Und nun kam Schmerz ob Heaths Kälte hinzu.

Für einen kurzen Moment stand sie unsicher da und wollte etwas sagen. Dann aber nickte sie bloß, worauf Heath sich umdrehte und seinen Dienern aus dem Zimmer folgte. Lily blieb zurück und fühlte sich, als hätte ihr jemand einen herben Schlag gegen die Brust versetzt – nahe ihrem Herzen.

Neunzehntes Kapitel

Ich hätte nie gedacht, dass es so furchtbar schmerzen würde, ihn zu verlieren.

Lily an Fanny

Fleur und Chantel, die vor Sorge halb von Sinnen gewesen waren, zeigten sich überglücklich, Fanny wohlbehalten wiederzusehen – und entsetzt angesichts des übel zugerichteten Basil. Die älteren Kurtisanen machten mehr Aufhebens um ihn als um Fanny, als sie beide in ihren Privatsalon bugsierten und Basil mit Kissen, heißem Tee und einem großzügigen Schluck Brandy versorgten.

Den Armen brachte die übertriebene Bemutterung der beiden sichtlich in Verlegenheit, weshalb Fanny es übernahm, seine Wunden zu säubern und ihm die rechte Hand zu verbinden.

Zwar ertrug er ihre zärtlichen Aufmerksamkeiten merklich gelassener, schien aber dennoch beschämt. Vermutlich fürchtete er, vor Fanny wie ein Schwächling zu wirken, dachte Lily, ganz gleich, in welch hohen Tönen sie und die Freudendamen seinen heldenhaften Einsatz lobten.

Lily war ebenfalls sehr stolz auf Basil, auch wenn sie ihrer Bewunderung momentan nicht ganz so wortreich Ausdruck verlieh. Teils lag es wohl daran, dass sie noch unter dem Eindruck der jüngsten Ereignisse stand. Ihre Gefühle waren nach wie vor erschüttert, nachdem sie mitangesehen hatte, wie Heath für sie sein Leben riskierte. Wie gern würde sie ihn wiedersehen und sich vergewissern, dass es ihm gut ging. Der

Hauptgrund für ihre innere Unruhe indessen war, dass sie nicht ertrug, wie sie auseinandergegangen waren.

Um sich und Basil abzulenken, leistete Lily ihm für den Rest des Nachmittags Gesellschaft, las ihm Byrons neuestes episches Gedicht vor, *Der Gefangene von Chillon*, und ließ sich in eine halbherzige Diskussion über die jüngsten Fehltritte des skandalösen Lords ein. Bei alledem täuschte sie ein Interesse vor, das sie gar nicht empfand, und blickte fortwährend zur Tür in der Hoffnung, Heath käme bald.

Als er am Abend endlich in der Pension erschien, um sich nach Fanny zu erkundigen und von der Verhaftung O'Rourkes zu berichten, hatte Lily keine Gelegenheit, mit ihm allein zu sein, denn Fanny bat, ihn unter vier Augen sprechen zu dürfen.

Gemeinsam verließen die beiden den Salon, und wenig später kehrte Fanny allein zurück.

»Ist Lord Claybourne schon gegangen?«, fragte Chantel enttäuscht. »Wir wollten ihn bitten, zum Abendessen zu bleiben, damit wir uns gebührend bei ihm bedanken können.«

»Ja, seine Lordschaft lässt sich entschuldigen«, antwortete Fanny. »Er muss sich Geschäftlichem annehmen, wie er sagte.«

Lily wurde noch elender zumute. Sie wusste genau, warum Heath ohne Abschied gegangen war: Er wollte sie meiden.

Kurzentschlossen sprang sie auf, um ihm nachzueilen.

Unten in der Eingangshalle war er nicht, wie Lily vom Treppenabsatz im ersten Stock aus feststellte. Also lief sie hastig die Treppe hinunter und riss die Vordertür auf.

Er stieg gerade in seine Kutsche und erstarrte für einen kurzen Moment, als sie nach ihm rief. Dann drehte er sich um und kam langsam auf sie zu. Selbst aus der Entfernung bemerkte sie seine verschlossene Miene, was wenig ermutigend war.

Lily hastete die Stufen hinab und den Gehweg entlang, so dass sie sich auf halbem Wege trafen – außer Hörweite des Kutschers und der Diener. Als Heath jedoch vor ihr stand, fröstelte sie angesichts seines kühlen Blicks.

Hilflos schaute sie zu ihm auf und fragte sich, was sie sagen könnte, um die schreckliche Kälte aus seinen Augen zu vertreiben. Wenigstens sah die Wunde auf seiner Wange nun, da sie gesäubert war, nicht mehr allzu ernst aus.

Nervös brach Lily das unangenehme Schweigen: »Du hast uns gar keine Gelegenheit gegeben, dir für Fannys Rettung zu danken.«

Sein eisiges Lächeln ähnelte einer Grimasse. »Ich habe dir bereits mehrmals gesagt, dass ich deine Dankbarkeit nicht will, Lily.«

»Nun, du hast sie trotzdem. Du hast meine Freundin gerettet, und dafür danke ich dir sehr.«

»Fanny hat mir angemessen gedankt. Wenn das dann alles ist …« Mit einer knappen Verbeugung trat er einen Schritt zurück, als wollte er sich zum Gehen wenden.

Verzweifelt hielt Lily ihn auf, indem sie eine Hand auf seinen Arm legte. »Willst du einfach so gehen?«

»Welchen Grund hätte ich, zu bleiben, Lily?«

Das scheußliche Gefühl in ihrem Bauch wurde noch schlimmer, vor allem als seine Stimme zu einem Raunen wurde. »Es ist offensichtlich, dass wir in einer ausweglosen Situation stecken. Ich kann dich nicht dazu bringen, mir zu vertrauen. Ich schaffe es nicht, dass du mich liebst. Folglich erkläre ich mein Werben um dich für beendet.«

Stumm schaute sie ihn an, worauf er hinzufügte: »Was ist? Wolltest du nicht genau das die ganze Zeit? Du solltest froh sein, dass du bekommst, was du dir gewünscht hast.«

Aber sie war ganz und gar nicht froh! Sie wollte nicht, dass er so ging, denn nun bliebe ihnen nicht einmal mehr die Chance auf Freundschaft. Und der Gedanke, ihn möglicherweise nie wiederzusehen, war ihr unerträglich. »Heath, bitte … ich wollte nicht, dass wir …«

»*Genug!* Es gibt nichts weiter zu sagen.«

Ihre Brust krampfte sich schmerzlich zusammen, während Heath sich abwandte, zu seiner Kutsche ging und Lily abermals stehen ließ.

Diesmal fühlte sich das Brennen in ihrem Herzen an, als könnte es nie wieder aufhören.

Lily stehen zu lassen, war das Härteste, was er jemals getan hatte, dachte Heath, als seine Kutsche abfuhr. Am liebsten wäre er heute Abend überhaupt nicht mehr hergekommen, und erst recht wollte er nicht allein mit ihr reden.

Seine Wut auf sie war kaum noch zu bändigen, und er war nicht sicher, ob er sein primitives Verlangen weiterhin kontrollieren könnte. Er wollte sie bei den Schultern packen und schütteln, bis sie zur Vernunft käme, bis sie endlich seinen Antrag annehmen würde. Er wollte sie festhalten, sie beschützen und sie für immer lieben …

Seine Reaktion war von Furcht motiviert, wie ihm sehr wohl klar war. Er hatte eine entsetzliche Angst, dass Lily ihm nie die Chance geben könnte, sie so zu lieben, wie sie es verdiente, geliebt zu werden.

Sie glaubte, die Ehe stellte ein Gefängnis für die Frauen dar, dass die Liebe ein Schicksalsschlag wäre, den man fürchten sollte. Ihre irrationale Phobie machte ihn rasend, weil er wusste, dass er diesen Kampf nicht gewinnen konnte.

Es zerriss ihn innerlich, dass Lily ihm nicht vertrauen wollte. Und deshalb hatte er sich gezwungen, fortzugehen. Machte er es ihr nämlich weiterhin leicht, sich der Frage einer Heirat zu entziehen, hatte sie keinen Grund, ihre Weigerung zu überdenken.

Er ging das größte Wagnis seines Lebens ein, doch er musste sie nötigen zu entscheiden, was sie wirklich wollte.

Der gequälte Ausdruck, den er eben in ihren großen dunklen Augen gesehen hatte, gab ihm ein wenig Hoffnung. Vielleicht traf jenes alte Sprichwort, nachdem die Liebe wuchs, je mehr man den anderen vermisste, in diesem Fall ja zu.

Doch würde Lily ihn so sehr vermissen, dass es sie in ihrem Entschluss umstimmte?

Er wünschte es sich sehnlichst. Die Rettung Fannys heute Nachmittag hatte Heath abermals bewiesen, was er längst wusste: dass er und Lily perfekt zusammenpassten. An seiner Seite hatte sie sich mutig der Gefahr gestellt. Ja, sein kleiner Wildfang war eine großartige Frau, die er für den Rest seines Lebens neben sich haben wollte.

Aber er konnte sie nicht zwingen, seine Gefühle zu erwidern.

Daher hatte er einen neuen Plan geschmiedet, von dem er allerdings nicht sicher war, ob er aufgehen würde.

In der Zwischenzeit gab es eine weitere verdrießliche Angelegenheit, um die er sich kümmern musste: Fannys Entscheidung, einen Handel mit Mick O'Rourke abzuschließen, statt ihn wegen der Entführung hinter Gitter zu bringen.

In dem Gespräch unter vier Augen hatte Fanny ihm ihre Argumente dargelegt. Mick hatte sie nicht ernstlich verletzt, als er sie in dem wunderschönen Haus gefangen hielt, das er eigens für sie hatte bauen lassen. Überdies konnte sie nicht vergessen, wie freundlich und großzügig er in ihren ersten Jahren als Kurtisane zu ihr gewesen war. Auf eine nostalgische Weise mochte sie ihn tatsächlich noch, wenn auch nicht genug, um ihn heiraten zu wollen.

Vielleicht gelangte sie mit Mick zu einer Einigung. Sie wollte ihm vorschlagen, ihn nicht wegen der Entführung anzuzeigen, wenn er ihr im Gegenzug versprach, sie künftig in Ruhe zu lassen, und ihr eine angemessene Entschädigung zugedachte. Zwar hatte er beinahe dasselbe bereits letzte Woche gegenüber Lord Claybourne zugesichert, aber nun glaubte Fanny, er hätte endlich begriffen, dass sie ihn nicht liebte.

Falls er auf ihr Angebot einging, blieben ihm ein Prozess und wohl Jahre im Gefängnis, wenn nicht gar Deportation oder Galgen erspart.

Fanny hatte Heath gebeten, sie am Morgen nach Newgate zu begleiten und bei dem Gespräch mit ihrem früheren Geliebten dabei zu sein.

Heath wollte Fannys Bitte entsprechen, nicht weil er es für die beste Vorgehensweise hielt, sondern weil er nicht wollte, dass Fanny allein hinging und eventuell eine Vereinbarung traf, die sie später bereute. Zudem musste er dafür sorgen, dass O'Rourke diesmal zu seinem Wort stand.

Vor allem aber lenkte es ihn von seiner Angst und Wut ab, wenn er sich für eine Weile mit Fannys Problemen befasste.

Nach einer weiteren schlaflosen Nacht fühlte Lily sich am nächsten Morgen niedergeschlagen und rastlos. Noch dazu hielt ihre finstere Stimmung über den ganzen Vormittag an. Nach den aufregenden Ereignissen des gestrigen Tages kam ihr die Privatpension übertrieben ruhig vor. Trotzdem hatte sie höflich abgelehnt, als Fleur und Chantel sie einluden, mit ihnen einen Einkaufsbummel in der Bond Street zu unternehmen – ein Geschenk von Lord Poole.

Stattdessen setzte Lily sich unten in den Salon und versuchte zu lesen, stellte jedoch fest, dass es ihr unmöglich war, sich zu konzentrieren. Ihre Gefühle waren in viel zu großem Aufruhr.

Sie kämpfte noch mit ihrer untypischen Niedergeschlagenheit, als Peg Wallace sie kurz nach dem Mittagessen besuchen kam.

Strahlend vor Glück berichtete Peg ihre guten Neuigkeiten. »Ich bin hergekommen, um Ihnen aus tiefstem Herzen zu danken, Miss Loring. Madame Gautier hat mir eine Stellung als ihre Helferin angeboten, und der Lohn ist ausreichend, so dass ich an der Royal Opera aufhören kann. Gestern Abend habe ich gekündigt.«

»Das ist ja wunderbar, Peg!«, jubelte Lily. »Ich freue mich sehr für dich.«

»Ja, und Betty Dunst hat geschrieben, dass ihre Stelle auf Lord Claybournes Landsitz ›verblüffend schön‹ sei. Das waren ihre Worte. Sie hilft dem dritten Gärtner im Gewächshaus. Ach, Miss Loring, Sie sind ein wahrer Engel!«

Das ungerechtfertigte Lob entlockte Lily ein mattes Lächeln. »Nein, ich bin kein Engel, Peg, ganz sicher nicht. Ich wollte lediglich, dass ihr beide ein besseres Leben habt.«

»Und Sie machten es möglich. Niemandem sonst lag daran, uns zu helfen. Sie *sind* ein Engel, wie auch seine Lordschaft. Würden Sie ihm bitte von mir danken?«

Lilys Lächeln erstarb. »Ja, ich richte es ihm aus, wenn ich ihn wiedersehe.«

Falls ich ihn wiedersehe, ergänzte sie in Gedanken, nachdem Peg gegangen war.

Lily war nicht sicher, ob sie Heath wiedersehen würde. Das Einzige, was sie mit Sicherheits wusste, war, dass sie sich verloren und elend fühlte. Nach nicht einmal einem Tag vermisste sie ihn bereits schmerzlich.

Ein schlechtes Zeichen, wie Lily sich eingestand. Wenn sie sich schon nach so kurzer Zeit so schrecklich fühlte, wie sollte sie dann ertragen, dass sie ihn nie mehr wiedersehen würde?

Doch Heath hatte ihr keine Wahl gelassen. Er stellte sie vor die Entscheidung, ihn zu heiraten oder ihn ganz aufzugeben, und eine Heirat wagte sie nicht in Betracht zu ziehen.

Was sie stattdessen mit ihrer Zukunft anfangen wollte, wusste sie allerdings auch nicht.

Seit ihrer Kindheit wünschte sie sich, Reisen zu unternehmen, sich in eine Welt voller Abenteuer zu stürzen. Nun jedoch hatte sie einen ganz anderen Wunsch.

Sie wollte sehr gern ein Heim für gefallene Frauen gründen.

Den Frauen zu helfen, Armut und Prostitution zu entfliehen, konnte durchaus zu ihrer neuen Leidenschaft werden. Ihr eigenes Leben war ihr immer schon recht oberflächlich und leer erschienen; jetzt aber hatte sie die Chance, etwas wirklich Bedeutsames zu tun, das ihr große Erfüllung bescheren könnte.

Auch wenn es die Leere wohl kaum ganz auszufüllen vermochte, die in ihrem Innern herrschte.

Zunächst jedoch stellte sich die Frage, wo sie fortan leben wollte. Sie konnte nicht ewig in der Pension bei Fleur und Chantel bleiben, und nachdem ihre Freundinnen vor O'Rourke sicher waren, bestand überhaupt kein Grund mehr für ihre weitere Anwesenheit.

Nach Danvers Hall zurückzukehren und bei Arabella und Marcus zu leben, war wenig reizvoll, auch wenn sie Lily gewiss mit Freuden aufnähmen. Nur käme sie sich dort furchtbar überflüssig vor und fand, das jungverheiratete Paar verdiente Zeit für sich.

Vielleicht konnte sie zu Tess ziehen, überlegte Lily. Deren hübsches Haus in Chiswick bot reichlich Platz. Und Chiswick lag nicht weit von London entfernt, so dass Lily von dort aus ihre Pläne umsetzen konnte, ein Haus für mittellose Frauen zu gründen. Zudem war das ruhige Landleben am ehesten geeignet, ihr gebrochenes Herz zu heilen.

Endlich hatte sie es sich eingestanden! Ja, ihr Herz war gebrochen, und das nur, weil Heath beabsichtigte, sie nicht mehr in seinem Leben zu wollen.

Wie erbärmlich schwach sie doch war, schalt Lily sich im Geiste. Auf keinen Fall durfte sie sich diesem jämmerlichen Zustand hingeben, um einen Mann zu trauern, der sie nicht wollte. Sie durfte sich nicht nach seiner Freundschaft sehnen, nach seiner Berührung, nach der Freude, die seine Nähe mit sich brachte.

Nein, schwor Lily sich energisch, sie musste sich und ihre lächerlichen Gefühle schnellstens wieder unter Kontrolle bekommen! Was bedeutete, dass sie nicht hierbleiben konnte, wo sie immerfort an Heath erinnert wurde. Sie brauchte einen Neuanfang und etwas, das sie viel zu sehr beschäftigte, als dass sie über ihren Verlust nachgrübeln konnte.

Entschlossen sprang sie auf, verließ den Salon und wollte nach oben gehen, um zu packen. Gleich morgen früh würde sie nach Chiswick abreisen.

Als sie in die Diele kam, traf sie Fleur und Chantel, die von ihrem Einkaufsausflug zurück waren. Obwohl die Kurtisanen sie überreden wollten, ihnen beim Tee mit Lord Poole Gesellschaft zu leisten, lehnte Lily höflich ab. Nach allgemeiner Heiterkeit stand ihr wahrlich nicht der Sinn.

Leider gelang es ihr nicht, beim Packen jeden Gedanken an Heath oder ihr wehes Herz zu verdrängen.

Kurz darauf erschreckte Basil sie, der an ihre offene Tür klopfte und hereinkam.

»Frauen! Ich werde sie nie verstehen!«, rief er aus und warf sich auf den einzigen Stuhl.

»Was ist geschehen?«, fragte Lily, die seine Vehemenz wie auch sein nach wie vor übel zerschundenes Gesicht ein wenig verstörend fand. Die finstere Miene ließ seine Schwellungen und Blutergüsse noch beängstigender wirken.

»Fanny! Sie ist so verdammt uneinsichtig, von sturköpfig und närrisch ganz zu schweigen.«

»Was hat sie denn getan?«, erkundigte Lily sich erstaunt.

»Sie hat mich bei der Arbeit besucht – um nach meinen Verletzungen zu sehen, wie sie vorgab. Aber eigentlich war sie da, um mir zu erklären, was sie vorhatte, ehe ich es von jemand anders erfahre.«

»Was erfahren, Basil? Kannst du bitte mit diesen Andeutungen aufhören, ehe ich dich erwürge?«

Lilys Drohung ließ ihn aufmerken, denn er setzte sich in dem Sessel auf und fuhr sich mit den Händen durchs Haar, als wollte er es sich büschelweise ausreißen.

»Fanny hat sich mit O'Rourke geeinigt, die Anzeige gegen ihn zurückzuziehen, wenn er Lord Poole die dreißigtausend Pfund zurückzahlt und ihr die zehntausend, die sie ihm bereits gab, sowie weitere zwanzigtausend an Fleur und Chantel, damit sie im Alter abgesichert sind.«

Lily sah ihn an und fragte sich, ob sie richtig gehört hatte. »Das heißt, O'Rourke geht nicht ins Gefängnis dafür, dass er sie entführt und gefangen gehalten hat?«

»Ja, genau das heißt es!«, knurrte Basil. »Der Mistkerl wird morgen wieder freigelassen. Claybourne hat es heute veranlasst.«

»Er lässt O'Rourke einfach *gehen*?«, wiederholte Lily ungläubig.

»Ja! Fanny hat Claybourne das eingeredet. Sie hat ihn um den kleinen Finger gewickelt, wie sie es mit jedem armen Kerl tut.«

»Aber O'Rourke hat ihr Leben bedroht! Und seine Diener hätten beinahe Lord Claybourne getötet!«

»Ich weiß. Fanny hingegen sieht kurzerhand über

die Schurkereien O'Rourkes hinweg. Sie behauptet, er hätte seine Lektion gelernt. Und er hat geschworen, finanziell für Fleur und Chantel zu sorgen. Wenn du mich fragst, hat Fanny sich für eine Verschonung entschieden, weil sie diesen Unhold liebt. Eine andere Erklärung für ihren Wahnsinn kann es nicht geben.«

Der Ekel in Basils Stimme konnte seine unterschwellige Verbitterung nicht übertönen. Er war furchtbar aufgebracht, wie Lily unschwer erkannte. Allerdings vermutete sie, dass er eher eifersüchtig auf den Spielclubbesitzer war als dass er sich wünschte, der Mann würde für seine Verbrechen bezahlen.

Lily verstand, wie tief Basil verletzt war. Vor zwei Wochen hätte sie es vielleicht nicht getan, aber heute konnte sie mit ihm fühlen. Ihre kurze Affäre mit Heath hatte sie deutlich empfänglicher für das Leid Liebender gemacht.

»Es tut mir sehr leid, dass Fanny O'Rourke so davonkommen lässt, Basil«, sagte Lily ruhig. »Aber ich glaube nicht, dass sie es aus Liebe tut.«

»Warum dann?«, fragte er fast flehentlich.

»Ich schätze, dass sie vor allem für ihre Freundinnen sorgen will. Zwanzigtausend Pfund sind ein beträchtliches Vermögen. Falls Fleur und Chantel es klug einteilen, können sie von dem Geld angenehm leben. Und Fanny muss sich nicht mehr um das Wohlergehen der beiden sorgen. Stattdessen kann sie sich um ihr eigenes kümmern.«

»Wie soll ihr Wohlergehen gewährleistet sein, wenn sie diesem Schurken alles nachsieht?« Basil schüttelte den Kopf. »Verflucht noch eins, mir reicht es! Ich ertrage es nicht, mir das länger anzusehen.«

»Was meinst du damit, Basil?«, wollte Lily wissen.

»Ich gehe so bald wie möglich nach Hampshire zurück. Gleich morgen werde ich meine Stelle kündigen.«

»Du willst London verlassen?«

»Ja!«, zischte er. »Ich kann hier nicht mehr bleiben. Es ist dumm, mich so zu quälen. Ich kann Fanny nie bekommen, das muss ich akzeptieren.«

»Du liebst sie.«

Der Blick, den er ihr zuwarf, war voller Schmerz. »Idiot, der ich bin, ja! Ich liebe sie seit Jahren. Was glaubst du, warum ich ihr nach London gefolgt bin? Ich wollte mich vergewissern, dass es ihr gutgeht. Ich wollte einfach nur in ihrer Nähe sein. Aber ich kann es nicht ertragen, sie mit anderen Männern zu teilen.«

Angesichts seines Unglücks dämpfte Lily ihren Tonfall. »Ich denke nicht, dass du aufgeben solltest, Basil.«

»Und wieso nicht? Welchen Sinn ergibt es, länger zu bleiben?«

»Ich weiß, dass Fanny dich sehr gern hat.«

Basil verneinte energisch. »Was sie für mich empfindet, ähnelt eher der Zuneigung zwischen Bruder und Schwester, genau wie bei uns beiden. Sie liebt mich nicht als Mann, und sie würde mich nie heiraten, selbst wenn sie mich liebte.«

»Basil, glaub mir, Fannys Gefühle für dich sind sehr viel tiefer! Dessen bin ich mir vollkommen sicher.«

Er sah Lily an. »Sind sie das?«

»Eindeutig! Sie hat es mir erst letzte Woche gesagt. Und das war, *bevor* du dein Leben riskiert hast, um sie zu retten. Ich hege keinen Zweifel, dass dein heldenhafter Einsatz ihr Herz noch mehr für dich erwärmte.«

»Glaubst du das ehrlich?«, fragte er, als wagte er nicht, ihren Worten zu trauen.

»Ja, ich glaube fest daran«, versicherte Lily. »Fanny kannte diese wagemutige Seite an dir bisher nicht. Doch nun weiß sie, dass in dir etwas schlummert, das jede Frau bewundert.«

Basil überlegte. »Na ja, mag sein.«

»Selbstverständlich besitzt du verborgene Qualitäten«, insistierte Lily lächelnd. »Und ich glaube, ihre Bedenken gegen eine Heirat sind eher praktischer Natur. Fanny denkt, sie könne es sich nicht leisten, dich zu heiraten, weil sie nicht weiß, wie sie dann ihren Lebensunterhalt bestreiten soll. Aber nachdem sie nun ihre Freundinnen nicht mehr unterstützen muss, sinken ihre Ausgaben beträchtlich. Und sie hat ihre Erparnisse zurück, dank des Handels mit O'Rourke. Könntest du eine Stelle finden, die dir ein höheres Einkommen sichert … Nun, dann wäre eine Heirat sehr wohl möglich.«

Als ein winziger Hoffnungsschimmer in Basils Augen aufflackerte, ermutigte Lily ihn sogleich: »Du siehst also, wenn du jetzt gehst, wirst du nie erfahren, was zwischen dir und Fanny sein könnte. Du musst noch ein wenig länger bleiben – ganz gleich, wie schmerzlich es dir momentan vorkommt.«

Erst jetzt hörte Basil auf, sich die Haare zu raufen, und nickte. »Ich glaube, du könntest Recht haben.«

»Ich weiß, dass ich Recht habe«, bekräftigte Lily.

Nachdenklich sank Basil auf dem Stuhl zurück. Plötzlich fiel ihm der Koffer auf, den Lily auf das Bett gelegt hatte und neben dem sich säuberlich aufgestapelte Kleidung befand.

»Warum zum Teufel packst du?«

Die Frage rief Lily ihre eigenen Probleme ins Gedächtnis, doch sie versuchte, sich ihr Unglück nicht anmerken zu lassen. »Ich kehre morgen früh nach Chiswick zurück. Ich habe beschlossen, für eine Weile bei Tess zu wohnen.«

»Du verlässt London?«

Lily wandte sich achselzuckend ihren letzten Kleidern zu, die sie zusammenlegte. »Warum nicht? Ich habe alles getan, was ich hier tun wollte, und mehr. Nun kann ich zufrieden abreisen.«

Was eine Lüge war. Sie war fraglos zufrieden, dass sich für ihre Freundinnen alles so gut gelöst hatte, ansonsten jedoch entsetzlich unglücklich.

»Eben hast du mir erzählt, ich könnte nicht gehen«, begann Basil. »Vielleicht solltest du deinen eigenen Rat annehmen.«

Lily konnte ihn nicht ansehen, denn wieder einmal hatte sie dieses scheußliche Brennen im Hals. »Das sind zwei gänzlich verschiedene Dinge.«

»Sind sie das, Lily? Ich glaube, unsere Umstände sind ähnlicher, als du dir eingestehen willst.«

Sie drehte sich zu ihm um und hockte sich auf die Bettkante. Es stimmte. Sie sollte London ebenso wenig verlassen wie Basil.

Mit London verließ sie Heath endgültig, und das war ein unerträglicher Gedanke.

Blind starrte sie auf den Teppich.

Da sie schwieg, wurde Basil beharrlicher. »Wie sehen deine Gefühle für Claybourne aus, Lily?«

Ihre Gefühle? Was antwortete sie auf solch eine schwierige Frage? Ihre Gefühle für Heath waren … kompliziert, stark, verwirrt, überwältigend und letztlich ganz einfach.

»Na komm, ich habe dir meine Seele auch entblößt!«

Sie nickte schwach. Basil war einer ihrer ältesten, teuersten Freunde, und sie würde nicht versuchen, ihn zu belügen, auch wenn sie sich selbst schon seit einiger Zeit belog.

Sie liebte Heath.

Sie war schrecklich, hoffnungslos, schmerzlich in ihn verliebt.

Während der letzten vierzehn Tage waren die Mauern, die sie so entschlossen um sich errichtet hatte, einige Male eingestürzt, worauf sie schutzlos seinem leidenschaftlichen Zauber ausgeliefert gewesen war.

Ja, sie hatte sich in ihren entschlossenen Verehrer verliebt.

Ihre Miene musste Basil alles verraten haben, denn sanft forschte er weiter: »Wenn du ihn liebst, nimmst du dann seinen Antrag an?«

Sie grub ihre Finger in das Kleid, das sie in den Händen hielt. »Ich hätte nie gedacht, dass ich heiraten würde!«, flüsterte sie.

Vor einer Woche noch hatte sie Angst gehabt, Heath zu heiraten, eine unwiderrufliche Verpflichtung einzugehen, die sie ein Leben lang an ihn band.

»Nicht alle Männer sind brutale Wüstlinge wie dein Vater«, sagte Basil leise.

Lily hob den Kopf und blickte Basil an. Er verstand ihre Furcht. Immerhin war er derjenige gewesen, der ihr beigestanden hatte, wenn sie sich früher in den Ställen versteckte, um den Streitereien ihrer Eltern zu entfliehen, oder mit ihr geritten war, wenn sie versuchte, alles im wilden Galopp zu vergessen. Er tröstete sie, nachdem sie ihren Vater bedroht hatte, weil dieser ihre Mutter verprügelte.

»Ich weiß.«

»Claybourne ist auch nicht wie O'Rourke, obgleich er seine Fäuste einzusetzen versteht.«

Auch das war wahr. Heath war kein Grobian. Er war ein starker Mann, der seine Kraft sorgsam und weise einsetzte, falls es nötig war.

Und bisweilen war Gewalt notwendig, dachte Lily, die sich erinnerte, wie befriedigend es gewesen war, O'Rourke bewusstlos zu schlagen, damit er Fanny nicht verschleppen konnte. Dasselbe hätte sie gern vor Jahren mit ihrem Vater getan, als er ihre Mutter schlug.

»Was also macht dir Sorge?«, fragte Basil. »Claybourne ist kein Mann, der Frauen verletzen würde, und das weißt du.«

Ja, das wusste sie. Heath würde ihr nie physische Gewalt antun. Er war stets so zärtlich und leidenschaftlich, so beschützend und großzügig.

Aber ihre Gefühle? Wenn sie ihn heiratete, gehörte sie ihm ganz und gar, mit Herz, Leib und Seele.

Basil hingegen sprach immer noch von der physischen Bedrohung, die ein Ehemann darstellen konnte. »Du kannst dich sehr gut gegen einen Mann durchsetzen, Lily«, erklärte er mit einem wehmütigen Lächeln, »ganz im Gegensatz zu mir. Du bist kein Schwächling.«

»Basil, du bist ganz gewiss auch kein Schwächling«, protestierte Lily. »Claybourne hat schließlich jahrelanges Training im Fechten und Faustkampf genossen.«

Basil nickte. »Ich weiß. Er fechtet bei Angelo und boxt mit Gentleman Jackson.«

»Ja, und dir war ein vergleichbarer Luxus verwehrt. Außerdem reitest du fast genauso gut wie er, und nimmst es an Klugheit durchaus mit ihm auf.«

Ihr Lob erfreute Basil sichtlich. »Du ebenfalls, Lily – wie du in vielerlei Hinsicht sehr gut zu ihm passt.«

Lily wandte den Blick wieder ab. »Das leugne ich nicht.«

»Was hält dich dann davon ab, ihn zu heiraten? Er wäre ein guter Ehemann für dich.«

Auch das konnte sie nicht leugnen.

»Hast du Angst, er würde deine Gefühle nicht erwidern?«

Lily schluckte. »Ja, das fürchte ich. Heath sagte, dass er mich liebt, doch was ist, wenn er es nicht ernst meint? Die feurigsten Liebeserklärungen eines Mannes können sich als falsch erweisen. Bedenke allein das Liebesgeständnis von Arabellas erstem Verlobten, dem Viscount Underwood.«

»Mit diesem erbärmlichen Wicht hat Claybourne nichts gemein«, tat Basil ihren Einwand ab. »Und ich bezweifle, dass er dir seine Liebe gestehen würde, wenn er es nicht ernst meint. Möchtest du denn von ihm geliebt werden, Lily?«

»Mehr als alles andere«, antwortete sie leise.

Sie hatte sich eingeredet, lediglich Heaths Leidenschaft zu wollen, aber sie wünschte sich seine Liebe, so sehr sogar, dass es wehtat. Unweigerlich presste Lily eine Hand auf ihren Bauch, um den Schmerz zu lindern.

Auf ihr Schweigen hin erhob Basil sich achselzuckend. »Nun, Lily, nur du allein kannst deine Ängste besiegen. Du musst entscheiden, ob das Risiko, Claybourne zu heiraten, den Gewinn wert ist.«

Mit diesen Worten ließ er sie allein. Gedankenverloren schaute Lily aus dem Fenster.

Brachte sie die Courage auf, Heath so vollkommen zu vertrauen?

Blieb ihr überhaupt eine andere Wahl? Selbst wenn eine Ehe mit ihm in Schmerz enden könnte, wäre ein Leben ohne ihn ungleich schlimmer.

Seit ihrer Trennung gestern fühlte sie sich einsamer denn je. Sie vermisste ihn furchtbar.

In einem Punkt hatte Heath auf jeden Fall Recht: Sie war nicht für ein Leben als Jungfer geschaffen. Sie wollte nicht für alle Tage allein sein und sich so leer fühlen wie jetzt.

Natürlich gab es noch zahlreiche andere Gründe, die für eine Heirat sprachen. Die meisten von ihnen hatte er ihr längst aufgezählt.

Ohne eine Heirat könnten sie nie die Intimität erleben, nach der sie sich verzehrte. Sie dürften sich nur heimlich sehen, könnten niemals Kinder, eine Familie haben.

Und Leidenschaft – egal, wie angenehm sie sein mochte – reichte nicht zum Glück. Auch in dieser Hinsicht behielt Heath Recht.

Was war mit ihrer Angst, wie ein Besitzgegenstand behandelt zu werden? Diese tat sie sogleich ab. Als Heaths Ehefrau wäre sie nicht an ihn gekettet. Er würde wohl kaum plötzlich anfangen, sie beherrschen zu wollen – nicht wenn er sie aufrichtig liebte. Vielmehr wäre er ihr Gefährte.

Und wenn sie ihn aufrichtig liebte und ihm vertraute, konnte sie ihre Ängste überwinden und das Risiko eingehen.

Sie liebte ihn, daran zweifelte sie nicht. Heath hatte erreicht, dass sie von einer Zukunft mit ihm träumte.

Bei dir fühle ich mich lebendig, hatte er ihr erst gestern gesagt, *fühle mich heiter und erregt. Mit dir freue ich mich auf jeden neuen Tag als ein Abenteuer.*

Und exakt so empfand sie für ihn.

Eine wohltuende Ruhe legte sich über sie, sobald sie beschlossen hatte, das Risiko einzugehen und Heath zu heiraten. Sie war bereit, seiner Liebe zu vertrauen.

Sie sah zur Uhr auf dem Kaminsims und fragte sich, wo er sich um diese Zeit aufhalten mochte. Sie musste ihm umgehend sagen, dass sie sich anders besonnen hatte.

Vielleicht musste sie ein wenig zu Kreuze kriechen, damit er ihr vergab, so kalt und distanziert, wie er sich zuletzt von ihr verabschiedet hatte. Aber sie würde ihm erklären, dass es ihr leidtat, so lange gebraucht zu haben, bis sie endlich zur Vernunft kam …

»Lily?«, unterbrach Chantels zitternde Stimme ihre Gedanken.

Lily schaute auf. Sie hatte nicht bemerkt, dass Chantel gekommen war. Nun stand die Kurtisane sehr blass vor ihr und hielt etwas vor ihrer Brust.

Die Zeitung, erkannte Lily verwundert. »Was gibt es?«, fragte sie.

»Du musst dir etwas ansehen …«

Ohne ein weiteres Wort reichte Chantel ihr die Abendausgabe des *Star*, die auf den Gesellschaftsseiten aufgeschlagen war.

»Dort«, sagte Chantel heiser und zeigte auf eine Annonce in der Mitte der Seite.

Der Marquess of Claybourne, las Lily, *gibt mit großer Freude seine Verlobung mit Lady Eleanor Pierce, Schwester von Lord Danvers und Nichte von Lady Beldon, bekannt. Die Hochzeitsfeierlichkeiten finden im nächsten Monat auf dem Familiensitz …*

Lily fiel die Zeitung aus der Hand, während sie spürte, wie sie kreibebleich wurde. Das musste ein Irrtum sein! Gewiss beabsichtigte Heath nicht, Lady Eleanor zu heiraten, auch wenn es hier schwarz auf weiß stand.

»Ich verstehe das nicht!«, jammerte Chantel. »Ich dachte, Lord Claybourne wollte dich heiraten, Lily.«

»Ja, das dachte ich auch.«

»Er hat euer Spiel gewonnen und das Recht, um dich zu werben. Warum verlobt er sich mit einer anderen?«

Die Antwort kannte Lily. Weil sie ihn zu oft abgewiesen hatte. Und jetzt zahlte sie den Preis dafür. Heath hatte entschieden, sie nicht mehr heiraten zu wollen.

Heath wollte Marcus' hübsche, lebhafte Schwester heiraten.

Er konnte Lady Eleanor erst vor kurzem den Antrag gemacht haben, vielleicht heute Morgen oder schon gestern. Später indessen nicht, denn sonst hätte er keine Zeit gehabt, die Annonce aufzugeben.

Lily hielt sich eine Hand vor den Mund, um ihren Schrei zu unterdrücken. Die Schuld an ihrem Unglück traf ganz allein sie selbst. Unzählige Male hatte sie Heaths Antrag abgelehnt, bis er am Ende akzeptierte, was sie sagte.

Wie er ihr gestern mitgeteilt hatte, gab er sein Werben um sie endgültig auf.

Für sie war ein lebenslanges Glück zum Greifen nahe gewesen, und sie hatte es weggeworfen.

Wie konnte sie ohne Heath leben? Schreckliche Angst legte sich wie ein Bleigewicht auf ihre Brust.

»Weißt du, was das Schmerzlichste ist?«, flüsterte sie. »Da ich endlich begreife, was mein Herz sich wünscht, ist es zu spät.«

Sie hatte ihn verloren, weil sie entschlossen gewesen war, ihm ihr Herz zu verschließen. *Gütiger Himmel …*

Nein, sie durfte ihn nicht verlieren! Sie würde Heath nicht kampflos aufgeben.

Abrupt sprang Lily auf.

»Wo willst du hin?«, rief Chantel ihr nach.

»Zu Lord Claybourne«, antwortete Lily. »Er wird Lady Eleanor nicht heiraten! Er heiratet mich!«

Zwanzigstes Kapitel

Er ist alles, wonach mein Herz sich sehnt. Das habe ich endlich begriffen.

Lily an Fanny

Auf dem Weg zu Heaths Haus am Bedford Square wuchs Lilys Verzweiflung, die ihren Höhepunkt erreichte, als sie dort ankam. Eine hübsche offene Damenkutsche stand vor der Tür, deren Grauschimmelgespann von einem livrierten Diener gehalten wurde.

Lily fragte sich, ob der Jagdwagen Heaths neuer Verlobter gehörte, Lady Eleanor, während sie aus ihrer Kutsche stieg, auf die Haustür zuging und den Klopfer betätigte.

Wenigstens erkannte Claybournes Butler sie und ließ sie umgehend hinein. Doch der hohle Schmerz in ihrem Bauch nahm zu, als er sie nicht wie gestern in den Salon führte, sondern in die Bibliothek.

Dort saß Lady Eleanor auf einem großen Ledersofa und las, die Beine angewinkelt, als gehörte sie hierher.

Unsicher blieb Lily auf der Schwelle stehen und überlegte, auf der Stelle kehrtzumachen und zu fliehen, ehe man sie bemerkte. Doch im selben Moment kündigte der Butler sie an, und so blieb ihr nichts anderes übrig, als ins Zimmer zu gehen.

Heath saß an einem wuchtigen Schreibtisch und schrieb etwas, von dem er nun aufschaute. Seine Miene verriet nichts von dem, was in ihm vorgehen mochte.

Sofern das überhaupt möglich war, wurde Lily noch mutloser.

»Miss Loring, wie schön, Sie zu sehen!«, begrüßte Lady Eleanor sie.

Lily rang um Fassung und erwiderte den Gruß höflich, ehe sie wieder zu Heath sah. »Dürfte ich Sie unter vier Augen sprechen, My Lord?«

»Warum unter vier Augen?«, fragte er ungerührt. »Ich bezweifle, dass Sie etwas zu sagen haben, das Eleanor nicht hören darf.«

»Ich sah die Annonce Ihrer Verlobung«, begann Lily nach kurzem Zögern.

Zu ihrer Überraschung war es Eleanor, die für ihn sprach. »Gehe ich recht in der Annahme, dass Sie Einwände gegen unsere Verlobung haben, Miss Loring?«

»Ja … das habe ich.« Unwillkürlich ballte sie die Fäuste, als sie zu der schwarzhaarigen Schönheit blickte. »Sie können ihn nicht haben, Lady Eleanor. Er ist bereits versprochen.«

Eleanor zog elegant die Brauen hoch. »Sie erheben Anspruch auf meinen lieben Heath?«

»Ja, das tue ich«, erklärte Lily fest.

Das sanfte Lächeln, das Eleanors Lippen umspielte, war sehr seltsam. »Ich habe es dir ja gesagt!«, wandte sie sich an Heath. »Du schuldest mir den fantastischen kastanienbraunen Hengst.«

Heath nickte nur knapp. »Was immer du willst, kleine Hexe«, entgegnete er, ohne den Blick von Lily abzuwenden. »Wenn es dir dann nichts ausmacht …«

Eleanor lachte. »Schon gut! Ich weiß, wann ich unerwünscht bin. Dann lasse ich euch zwei mal allein.«

Mit diesen Worten nahm sie ihr Buch, ihre Pelisse und ihren Beutel und stand auf. Als sie an Lily vorbeikam, flüsterte sie mit einem freundlichen Lächeln: »Viel Glück!«

Verwirrt schaute Lily wieder zu Heath. Er war aufgestanden, blieb jedoch hinter seinem Schreibtisch. Mit klopfendem Herzen und weichen Knien ging sie einen Schritt näher.

»Was hat sie gemeint?«, fragte Lily. »Was hieß, ›Ich habe es dir ja gesagt‹?«

»Das ist gleich. Warum bist du hier, Lily?«

Sein Tonfall war wenig ermutigend. »Um dir zu sagen, dass du Lady Eleanor nicht heiraten kannst.«

»Und warum nicht?«

»Weil ich deine Frau werden will.«

Eine halbe Ewigkeit verging, ehe Heath etwas sagte. »Aha. Was führte deinen Sinneswandel herbei? Ich erinnere mich, dir mehrfach einen Antrag gemacht zu haben, und du lehntest sie sämtlichst ab.«

»Ich weiß.« Lily wollte schlucken, doch ihr Hals war staubtrocken. »Aber mir ist klargeworden … Ich liebe dich, Heath.«

Seine Miene veränderte sich nicht, außer dass sein Blick schärfer wurde. »Ich bin nicht sicher, ob deine Liebe genügt, Lily.«

»N–nicht?«, stammelte sie.

»Ich sagte dir, dass ich auch dein Vertrauen will.«

»Du hast mein Vertrauen!« Millionen Worte gingen ihr durch den Kopf, die sämtlichst unangemessen schienen. »Ich weiß, dass es falsch von mir war, dich zu fürchten. Du würdest mir niemals absichtlich wehtun.«

Nun wurden seine Züge ein klein wenig weicher. »Wie erfreulich, dass du das endlich begriffen hast!«

Lily nickte. »Ich war eine Närrin, du hattest Recht.

Was wir haben, ist einzigartig und rar, etwas, das man höchstens ein Mal im Leben bekommt. Und ich will das alles nicht aus Angst fortwerfen.«

»Das wäre in der Tat närrisch von dir.«

»Ja. Gestern …« Sie unterbrach, weil ihre Stimme zu versagen drohte. »Gestern sagtest du mir, dass du mich liebst. Liebst du mich genug, um mir eine zweite Chance zu geben?«

Ihr Herz ging über, als sie die Wärme sah, die in seinen Augen aufschien, auch wenn er ihr nicht direkt antwortete. »Ich finde deine Nervosität äußerst reizend, meine Süße.«

Angst und Hoffnung fochten in Lily. »Ich bin nicht nervös. Ich habe schreckliche Angst, dass ich zu spät bin.«

»Dann ist das ein Antrag?«, fragte er, kam hinter seinem Schreibtisch hervor und stellte sich vor sie.

»Ja.«

Heath schürzte nachdenklich die Lippen. »Sprich die Worte aus, Lily! Ich habe dir weidlich Anträge gemacht, also würde ich meinen, dass du jetzt an der Reihe bist.«

Er betrachtete sie zärtlich und mit einem Anflug von Belustigung. Ja, er genoss ihre Reue, wie Lily ein wenig verärgert feststellte. Andererseits verdiente er ihre Entschuldigung. »Willst du, dass ich vor dir auf die Knie gehe?«

»Nein, ein simpler Antrag reicht vollkommen.«

»Heiratest du mich *bitte*, Heath?«

»Verrate mir, warum ich es sollte.«

»Weil ich dich von Herzen liebe und nicht ohne dich leben will.«

»Ich dachte, dir wäre deine Unabhängigkeit kostbar.«

»Ja, das war sie, aber sie ist es nicht wert, dass

ich mich elend fühle. Und ohne dich fühle ich mich schrecklich elend. Mein Leben wäre schmerzlich leer, wenn ich dich verlöre.« Lily hielt seinem prüfenden Blick stand. »Ich möchte dich zum Ehemann, Heath. Ich möchte den Rest meiner Tage mit dir, als deine Frau verbringen.«

Endlich nickte er, als wäre er zufrieden. »Dann nehme ich deinen Antrag an.«

Vor lauter Erleichterung drohten ihre Knie nachzugeben, erst recht, als Heath einen Schritt näher kam und sich zu ihr beugte.

Wunderbar sanft berührten seine Lippen ihre. Er schmeckte vertraut, köstlich und … nur leider wich er zurück, ehe Lily ihre Hände auf seine Schultern legen konnte.

Heath drehte sich um und holte ein Dokument von seinem Schreibtisch, das er ihr entgegenstreckte. Neugierig ging sie zu ihm und nahm es.

Es war eine Ausnahmegenehmigung zur Eheschließung, bei der Heath als Bräutigam und sie als Braut eingetragen waren.

Verwirrt sah sie ihn an. »Ich verstehe das nicht. Ich dachte, du wärst mit Lady Eleanor verlobt.«

»Weil ich wollte, dass du es denkst. Aber die Annonce, die du gesehen hast, war nicht echt.«

»Nicht echt?«

»Nein, und du hast die einzige Ausgabe bekommen, in der sie steht. Der Herausgeber des *Star* ist ein Freund, und ich bat ihn, ein einzelnes Exemplar mit der Verlobungsanzeige zu drucken. Ich wusste, wie gern deine Freundinnen die Gesellschaftsseiten lesen, daher war ich sicher, dass sie die Annonce entdecken und dir zeigen würden.«

Eine Weile starrte Lily ihn ungläubig an, dann schleuderte sie die Lizenz auf den Schreibtisch und stemmte ihre Hände in die Hüften. »Du hast mir vorgetäuscht, dass du Lady Eleanor heiraten willst? Was für ein abscheulicher, hinterhältiger Betrug!«, schimpfte sie. »Du hast mich halb zu Tode erschreckt!«

Heath schmunzelte. »Was nur fair war, nachdem du mich zu Tode erschreckt hattest, indem du beteuert hast, mich nie heiraten zu wollen.«

»Du hast nur so getan, als wolltest du eine andere?«

»Ich wusste, wenn dich etwas zur Vernunft bringen könnte und dich deiner Gefühle gewahr werden ließe, dann Eifersucht. Und Eleanor war so freundlich, mitzuspielen.«

Lily stach ihm mit dem Zeigefinger an die Brust. »Du bist ein übler Schurke, Heath Griffin!«

Zu seinem Schutz nahm er ihre Hand und hielt sie fest. In seinen Augen funkelten Amüsement und Herausforderung. »Du hast mir kaum eine andere Wahl gelassen, sturköpfiger kleiner Wildfang, der du bist. Was hätte ich sonst tun sollen? Liebesschwüre versetzten dich in Angst und Schrecken, und ich konnte dich nicht zwingen, meine Frau zu werden, Lily. Du musstest es selbst entscheiden.«

Er hob ihre Hand an seinen Mund und küsste sie sanft. »Aber ich wollte dich nie gehen lassen. Ich liebe dich zu sehr, als dass ich ein ›Nein‹ akzeptieren könnte.«

Lilys Zorn verflog angesichts seiner Worte und der Zärtlichkeit, mit der er sie ansah. Sie hatte Heath nicht verloren! Er liebte sie und war gewillt, ihr ihre Widerspenstigkeit zu vergeben.

»Du bist trotzdem ein Unmensch«, murmelte sie, wenn auch mit einem Lächeln.

Er erwiderte es überaus charmant. »Mag sein, aber es sollte dir zugleich beweisen, wie sehr ich dich liebe. Hätte ich sonst zu solch extremen Maßnahmen gegriffen?«

»Nein, wohl nicht«, gestand Lily. »Daher werde ich dir auch großzügig vergeben.«

Er streichelte ihr sachte mit dem Daumen über die Wange. »Du heiratest mich also?«

»Ja, Heath. Ich heirate dich … mit Freuden.«

»Gott sei Dank! Langsam schwand meine Hoffnung schon.« Er nahm sie in seine Arme, zog sie nahe zu sich und lehnte seine Wange an ihren Kopf. »Ich könnte nicht ohne dich leben, Lily, nun, da ich weiß, was Glück ist.« Mit einem leisen Lachen fuhr er fort: »Ich hielt mich für vollkommen zufrieden, bis ich dir begegnet bin. Da erkannte ich, wie viel mir gefehlt hatte. Und seit ich dich auf dem Stallboden küsste, war ich nicht mehr derselbe.«

Genau so war es Lily mit Heath ergangen. Er füllte die Leere in ihrem Herzen und ihrem Leben.

Sie schmiegte sich an seine starke Brust, genoss es, von ihm gehalten zu werden und zu wissen, dass er für immer ihr gehörte. »Ich bin zutiefst dankbar, dass du mich nicht aufgegeben hast.«

Sie hörte das Lächeln in seiner Stimme, als er antwortete: »Du solltest inzwischen wissen, dass ich ebenso dickköpfig sein kann wie du. Was beweist, wie gut wir harmonieren. Übrigens hast du mich verändert – und ich glaube zum Besseren.«

»Was meinst du?«

»Deinetwegen musste ich mich einigen unangenehmen Wahrheiten stellen. Ich begriff, dass ich deine Liebe nur gewinnen konnte, indem ich mich deiner würdig erwies.«

Lily verstand noch nicht und sah fragend zu ihm.

»Mir ist immer alles zugeflogen. Ich musste nie arbeiten für das, was ich wollte. Und dann kamst du, das Erste in meinem Leben, das ich nicht mit einem simplen Fingerschnippen kriegen konnte. Noch dazu erkannte ich deine Hingabe, dein leidenschaftliches Engagement für deine Freunde. Das hat mich bisweilen fast beschämt, mein Engel. Für mich war alles vorher eher wie ein Spiel. Ich dachte kaum über andere nach, nicht über die Menschen, die mir dienten, und schon gar nicht über junge Mädchen, die in die Prostitution gezwungen wurden. Dank dir begriff ich, dass das Leben nicht bloß ein Spiel ist und ich mit meinem Reichtum und meinen Möglichkeiten mehr tun kann: den weniger Glücklichen helfen.«

»Du hast bereits sehr geholfen«, entgegnete Lily ernst. »Du hast Betty und Peg ein vollkommen neues Leben geschenkt.«

»Das ist nicht genug. Doch künftig werde ich mein Vermögen sinnvoller einsetzen. Ich habe angefangen, Tess bei ihren Unternehmungen zu unterstützen, und ich möchte dir helfen, ein Heim für mittellose Frauen zu gründen, damit sie sich nicht verkaufen müssen, um zu überleben.«

»Ach, Heath!«, seufzte Lily, der das Herz überging, obgleich sie nicht glauben mochte, dass sie seine Ansichten so grundlegend verändert hatte. »Du hättest das alles nicht meinetwegen tun müssen.«

»Und ob ich musste! Ich will dir ein guter Ehemann sein, Lily, und deine Leidenschaft teilen.«

»Zweifellos wirst du der beste Ehemann, den sich eine Frau nur wünschen kann«, sagte sie und schlang ihre Arme um ihn. »Ich weiß sehr wohl, dass du kein wertloser Wüstling bist, wie so viele Männer deines Standes.«

Er grinste. »Ich bin froh, dass du so denkst.«

»Und ich stimme dir zu, dass wir perfekt harmonieren. Du bist kühn, furchtlos und wagemutig. Solche Eigenschaften schätze ich sehr an einem Mann und möchte sie unbedingt bei meinem Ehemann.«

»Da habe ich ja Glück.«

»Nein, ich bin die Glückliche, Heath. Ich glaube nicht, dass ich dich verdiene, aber ich liebe dich von Herzen und werde mich bemühen, dir eine gute Ehefrau zu sein.«

»Dafür werde ich gewiss sorgen, meine Süße«, entgegnete er mit einem verwegenen Unterton. »Ich liebe dich, Lily, und ich werde nie aufhören, dich zu lieben.«

Ihre alte Unsicherheit holte sie ein. »Und wenn du meiner dennoch eines Tages überdrüssig wirst?«

»Das wird in einer Million Jahre nicht geschehen.«

Als wollte er seinen Worten den gebührenden Nachdruck verleihen, umfasste er ihren Kopf und küsste sie.

Mit einem Freudenseufzer erwiderte Lily seinen Kuss voller Leidenschaft. Ihre Sinne hungerten nach ihm, war es doch viel zu lange her, seit sie ihn zuletzt geküsst hatte. Seine Zärtlichkeit vertrieb die letzten Ängste und entfachte ein feuriges Verlangen in ihr …

Zu ihrem Verdruss beendete Heath abrupt den Kuss. »Nicht so hastig, Liebes! Wir sollten zuerst ein paar Dinge klären.«

»Was für Dinge?«

»Wann du mich heiratest, zum Beispiel«, antwortete er und führte sie zum Sofa hinüber.

»Das Datum ist mir gleich«, antwortete sie, sobald sie saßen.

»Mir nicht. Ich möchte die Zeremonie möglichst bald, diese Woche noch, bevor du es dir wieder anders überlegst.«

Sie lächelte. »Ich verspreche dir, dass ich mich nicht umentscheide.«

»Das riskiere ich nicht. Möchtest du eine große Hochzeit wie deine Schwestern?«

»Himmel, nein!« Lily erschauderte. »Ich spare das Geld lieber für das neue Frauenheim. Dasselbe gilt übrigens für Hochzeitsgeschenke. Du darfst mir keine exorbitant verschwenderischen Geschenke machen wie dieses Schiff, Heath.«

»Na schön, keine verschwenderischen Geschenke mehr … vorausgesetzt, du nimmst die *Zephyr* als Zeichen meiner Liebe an.«

Sie schmunzelte. »Ich denke, dazu könnte ich mich bewegen lassen. Ich bin schließlich nicht so sturköpfig, dein höchst verlockendes Angebot abzulehnen, mit mir um die Welt zu segeln. Viele Jahre habe ich von Abenteuern und fernen Ländern geträumt, aber ich war bereit, den Traum für Wichtigeres aufzugeben.«

»Glücklicherweise kannst du als Marquise beides haben.«

»Ja«, lachte Lily, »ich kann beides haben!«

»Und wann immer du das Bedürfnis verspürst, den Ehefesseln zu entfliehen, steht dir ein Schiff zur Verfügung. Du darfst mich verlassen, wann immer du willst, egal aus welchem Grund.«

Lily wurde sehr ernst, als ihr die Bedeutung seines Geschenks aufging. »Deshalb hast du mir das Schiff geschenkt«, sagte sie langsam. »Nicht um Punkte in unserem Spiel zu gewinnen, sondern damit ich eine Fluchtmöglichkeit bekomme. Damit ich mich selbst dann noch frei fühle, wenn ich dich heirate.«

»Ja, meine Süße.«

Sie blickte zu ihm auf. »Ich glaube nicht, dass ich dir jemals entfliehen will, mein liebster Heath. Und ohne dich möchte ich nirgends hinsegeln. Aber vielen Dank.«

»Gern geschehen. Also«, wechselte er das Thema, »wo möchtest du als Erstes hinreisen? Ich schlage vor, dass wir unsere Hochzeitsreise zum Mittelmeer machen. Wir können auch deine Mutter in der Bretagne besuchen, wenn du magst.«

»Ach, Heath, das würde ich sehr gern! Ich wollte schon immer einmal Frankreich sehen … und Italien und Spanien …«

»Der Wunsch meiner wunderschönen Braut ist mir Befehl«, erklärte er galant.

Er küsste sie innig, worauf sich ein heißes Kribbeln in ihr regte.

»Sind wir uns einig?«, fragte Heath, als sie beide Atem schöpften. »Wir heiraten am Samstag. Die Zeremonie können wir an Bord der *Zephyr* abhalten.«

»Samstag müsste gehen. Bis dahin sollten wir Roslyn Bescheid gegeben haben, damit sie ihre Hochzeitsreise mit Arden unterbricht. Ich glaube nicht, dass sie etwas dagegen hat, denn sie sind noch bis nächste Woche in Kent, und ich möchte meine Schwestern bei der Hochzeit dabeihaben, wie auch Winifred und Tess, ach ja, und natürlich auch Fanny, Fleur und Chantel.«

»Selbstverständlich, denn sie haben mitgewirkt, uns zusammenzubringen. Und ich würde gern Eleanor einladen.«

Lily sah ihn prüfend an. »Solange sie jeden Anspruch auf dich zurücknimmt, ist sie willkommen.«

Heaths Mundwinkel zuckten. »Ich hatte niemals vor, sie zu heiraten, also hast du keinen Grund, eifersüchtig zu sein. Ich denke sogar, ihr beide könntet Freundinnen werden, sofern du Eleanor eine Chance gibst.«

»Ich mag Lady Eleanor eigentlich sehr, und trotzdem war ich willens, sie aufzuspießen, als ich glaubte, sie wolle meinen Platz einnehmen.«

»Niemand kann je deinen Platz einnehmen, meine bezaubernde Xanthippe.«

»Schön, denn ich habe nicht vor, dich zu teilen.«

Heath sah sie fragend an. »Ich hoffe, dass ich keinen Grund habe, eifersüchtig auf deinen Freund Eddowes zu sein, nicht wahr?«

»Basil?« Lily lachte. »Nicht im Geringsten! Basil ist wie ein Bruder für mich. Außerdem ist er hoffnungslos in Fanny verliebt.«

»Ja, das dachte ich mir schon, als er sich hartnäckig verprügeln ließ, um sie zu retten.«

»Hoffentlich können sie ihre Schwierigkeiten lösen und gemeinsames Glück finden«, ,meinte Lily.

»Ach ja? Du willst dich jetzt doch wohl nicht als Ehestifterin betätigen, mein Engel.«

Sie fühlte, wie sie rot wurde. »Wenigstens verstehe ich inzwischen, warum Winifred so erpicht ist, Paare zusammenzuführen.«

Nun war es an Heath zu lachen. »Ich würde sagen, du hast dich genauso gewandelt wie ich.«

»Mehr.«

Mit einem verträumten Seufzer lehnte Lily ihren Kopf an seine Schulter. Die Liebe hatte sie verändert, und das zum Besseren, wie sie glaubte, vor allem aber Heaths beharrliches, unerschütterliches Werben. Er hatte ihren Widerstand überwunden, bis ihr gar nichts anderes übriggeblieben war, als aufzugeben.

Und nun war ihre Liebe zu ihm übermächtig.

Ihr Glück war das größte von allen, dachte Lily, die Heath wortlos ihren Mund entgegenstreckte. Sie besaß die Liebe eines erstaunlichen Mannes, mit dem sie einer fantastischen Zukunft entgegenblickte.

Und Heath besiegelte sie mit einem jener Küsse, von denen Lily nie genug bekommen könnte. Sogleich überkam sie ein rauschhaftes Verlangen, wie sie es nur bei ihm erlebte.

Als sie jedoch seine Krawatte lösen wollte, hielt Heath sie ab. »Was hast du vor, meine Süße?«

»Dich lieben«, hauchte sie. »Ich mache dir ein Hochzeitsgeschenk: mich.«

Er hielt ihre Hand weiter auf Abstand. »Ein Geschenk, das ich fraglos immer zu schätzen weiß, aber ich nehme es nicht an, ehe wir nicht unwiderruflich vermählt sind.«

»Heath!«, hob sie flehend an.

»Ich bin nicht minder ungeduldig als du, dennoch darfst du mich erst verführen, wenn du meine Braut bist.«

»Hingegen erlaube ich dir sofort, *mich* zu verführen.«

»Bis Samstag wirst du dich mit Küssen begnügen müssen.«

»Nur Küsse?« Lily schmollte. »Du weißt, dass es eine Tortur wird, bis zur Hochzeitsnacht zu warten.«

Ein teuflisches Funkeln trat in seine braunen Augen. »Sie wird es wert sein, das verspreche ich dir.«

»Ach ja?« Sie strich mit einem Finger über seine Unterlippe, aber Heath blieb standhaft.

»Wir werden unzählige Hochzeitsnächte haben«, tröstete er sie.

»Na schön – doch ich nehme dich beim Wort!«

»Das hoffe ich, Liebes. Bis dahin«, raunte er ihr zu und überraschte sie, indem er ihr die Haarnadeln herauszupfte, »möchte ich sehen, wie einfallsreich wir beim Küssen sein können.«

Die magische Wärme seines Lächelns ließ Lilys Puls beschleunigen. Und als er abermals ihren Mund gefangennahm, gab Lily sich seinen Zärtlichkeiten mit einer Mischung aus Freude und Wonne hin.

Epilog

Du hattest recht, Fanny. Mein Glück liegt in der Heirat mit Lord Claybourne. Lebenslange Liebe und Erfüllung mit dem wundervollsten Mann, den ich kenne. Was könnte ich mir Schöneres wünschen?

Lily an Fanny

Dein Glück freut mich sehr, meine liebe Lily. Sollte mein neues Buch erfolgreich sein, genügen die Einnahmen voraussichtlich, dass auch ich mein Glück in der Ehe suchen kann. Wer weiß? Vielleicht wende ich mich ganz dem Schreiben zu. Ich hätte schon einmal die Geschichten, wie du und deine Schwestern wahre Liebe fanden, aus denen sich gewiss hübsche Bücher machen ließen.

Fanny an Lily

London, August 1817

Heath stand auf dem Achterdeck der *Zephyr* und betrachtete voller Stolz und Zuneigung seine Braut, die ihm seit drei Stunden vermählt war. Umgeben von ihrer Familie und ihren Freunden, sah Lily unsagbar glücklich aus. Ihre dunklen Augen strahlten vor Freude.

Wie er diese glühenden Augen liebte, dachte Heath. Und wie gern er diesen sinnlichen Mund küssen würde …

Obgleich er es nicht erwarten konnte, seine Braut ganz allein für sich zu haben, würde er warten müssen, bis alle Hochzeitsgäste das Schiff verlassen hatten. Und gegenwärtig schienen sie wenig geneigt zu gehen. Sie waren viel zu sehr damit beschäftigt, Champagner zu trinken, Trinksprüche auf das Paar auszubringen und überdies unterhaltsame Anekdoten über beide zum Besten zu geben.

Es wurde reichlich gelacht, was sie vor allem der kleinen Gesellschaft verdanken durften, die eine andere Vertrautheit mit sich brachte als die größerer Feste. Die Hochzeitszeremonie war im Vergleich zu Drews vor wenigen Tagen eher schlicht gewesen. Und die anschließende Feier mit einem Lunch, der von Heaths Bediensteten an Deck serviert worden war, war gleichfalls bescheiden ausgefallen – ganz anders als das opulente Hochzeitsbankett und der anschließende Ball bei Marcus' Hochzeit vor zwei Monaten in Chiswick.

Lily jedoch fand alles perfekt. Getraut wurden sie von dem Vikar aus Chiswick, demselben Geistlichen, der Marcus und Arabella getraut hatte. Und der Anblick unzähliger Schiffe auf der Themse steigerte Lilys Vorfreude auf die Hochzeitsreise, zu der sie nächste Woche aufbrechen würden.

Zu Heaths Amüsement achtete seine frischangetraute Frau darauf, nur ein halbes Glas Champagner zu trinken, weil sie erklärte, auf keinen Fall ihr schamloses Verhalten vom Stallboden wiederholen zu wollen. Lilys Entschlossenheit, anständig und bei klarem Kopf zu bleiben, mutete umso lustiger an, bedachte man, aus welchem Gewerbe ein beträchtlicher Teil ihrer Hochzeitsgäste stammte.

Fleur und Chantel waren mit Freuden gekommen, wie auch Fanny und Basil. Die älteren Kurtisanen hatten während der letzten Stunde ausgiebig über ihren Erfolg gesprochen, das Paar zusammenzubringen, während Lady Freemantle betonte, sie hätte die beiden überhaupt erst einander vorgestellt.

Ihre Ladyschaft verkündete mit der ihr eigenen kräftigen Stimme: »Du weißt, dass ich stets nur dein Glück wollte, meine liebe Lily.«

»Ja, das weiß ich, Winifred«, bestätigte Lily und umarmte ihre Freundin. »Deshalb werde ich dir deine bisweilen enervierenden Bemühungen als Ehestifterin verzeihen.«

»Hmph«, machte Winifred, »ich entschuldige mich gewiss nicht dafür, junge Dame. Hätte ich Lord Claybourne nicht ermuntert, dir nach Hampshire zu folgen – wo ich dich fälschlicherweise versteckt glaubte –, wärst du jetzt vielleicht nicht vermählt. Du warst so vehement gegen die Ehe, die du mehr als ein Mal als Gefängnis bezeichnet hast, dass er genötigt war, drastische Maßnahme zu ergreifen, als er um dich warb.«

»Ja, ich gestehe freimütig«, sagte Lily lachend, »dass ich mich sehr irrte, als ich die Ehe für ein Gefängnis hielt.« Sie blickte an ihrer Freundin vorbei, entdeckte Heath und schenkte ihm ein Lächeln, das purem Sonnenschein ähnelte.

Wie verzaubert sah Heath sie an. Ihr Blick traf ihn mitten ins Herz, und als ihre Augen sich begegneten, überkam ihn eine Zärtlichkeit, dass seine Knie beinahe nachgaben.

In diesem Moment gesellten Marcus und Drew sich zu ihm.

»Jetzt bist du also einer von uns«, stellte Marcus amüsiert fest und klopfte ihm auf die Schulter. »Warst du es nicht, der vor nicht einmal drei Monaten beteuerte, die Ehe wäre wie ein Galgenstrick, der dich deiner über alles geschätzten Freiheit berauben würde?«

Heath lachte. »Du hast Recht, alter Knabe. Aber wie ich seinerzeit ebenfalls anmerkte, brauchte es nur die richtige Frau, um mich umzustimmen.«

»Diese Lektion haben wir alle drei gelernt«, ergänzte Drew, dessen trockener Humor keine Spur mehr seines früheren Zynismus aufwies. »Obgleich es wahrlich wunder nimmt, dass wir alle drei unsere idealen Frauen fanden, die zufällig Schwestern sind.«

Als alle drei Herren sich nach den wunderschönen Loring-Schwestern umdrehten, wusste Heath, dass seine Freunde für ihre Ehegattinnen ebenso empfanden wie er für Lily.

»Trotzdem musste ich für meine Braut richtig arbeiten«, erinnerte Heath die anderen beiden. »Es war schon ein höllisches Unterfangen, Lily zu bewegen, mein Werben zu gestatten.«

»Dann war es überaus günstig«, mischte Lady Eleanor sich ein, die sich zu ihrem Bruder stellte, »dass du nicht aufgegeben hast, Heath. Lily und du, ihr seid füreinander geschaffen.«

Grinsend verneigte Heath sich vor ihr. »Und ich muss dir für deine Hilfe danken, Lily zur Vernunft zu bringen, indem ich eine Verlobung mit dir vortäuschte.«

Marcus legte einen Arm um Eleanors Schultern und fragte seine Schwester im Scherz: »Allmählich wird es unübersichtlich, Nell. War das deine dritte Verlobung?«

Sie zog eine Grimasse. »Ja, vermutlich, obgleich diese lediglich erfunden war und wenige Stunden andauerte.«

Marcus wandte sich wieder an Heath. »Ich hoffe, du hast die falsche Annonce mit der geziemenden Diskretion lanciert.«

»Das habe ich. Der Verleger und sein Drucker sind zu Stillschweigen verpflichtet.«

»Gut!«, sagte Marcus. »Sollte sich eine weitere gelöste Verlobung herumsprechen, stünde Eleanor endgültig in dem Ruf, jedem den Laufpass zu geben, was es umso schwieriger machen würde, sie je zu verheiraten. Und im Gegensatz zu Lily möchte sie nicht für den Rest ihres Lebens eine Jungfer bleiben, nicht wahr, kleine Hexe?«

Eleanor nickte vergnügt. »Möchte ich nicht, werter Bruder. Ich hätte nichts dagegen, die wahre Liebe zu finden, wie es dir, Heath und Drew widerfuhr. Und ich habe die Hoffnung noch nicht aufgegeben. Miss Irwins Buch, das angeblich jungen Damen Rat gibt, wie sie einen Bräutigam finden, wird bald gedruckt. Vielleicht hilft es mir, den idealen Gatten zu finden.«

Diese Bemerkung hatte Lady Freemantle überhört, die zu ihr hinüberrief: »Falls Sie Hilfe brauchen, Lady Eleanor, bin ich genau die Richtige für Sie!«

»Ich danke Ihnen, My Lady«, erwiderte Eleanor lächelnd. »Ihr Angebot ist sehr freundlich.«

Auch Fanny hatte mitgehört, worum es ging. »Lady Eleanor, Sie dürfen mein Buch gern schon vor der Veröffentlichung lesen. Falls Sie meinen Rat hilfreich finden, könnten Sie es Ihren Freundinnen weiterempfehlen.«

»Ich würde es mit Freuden lesen und weiterempfehlen, Miss Irwin.«

»Haben Sie vielen Dank. Ich hoffe, die Einkünfte werden hinreichend sein, um mir zu gestatten, mich ganz aufs Schreiben zu verlegen.«

Als Fanny zu Basil schaute, dessen Gesicht noch deutliche Blessuren zeigte, bestätigte ihr zärtlicher Blick nur Lilys Überzeugung, dass sie beide sich eine gemeinsame Zukunft wünschten. Heath hatte Lily versprochen, seinen Teil beizutragen, angefangen damit, dass er Basil eine besser bezahlte Stelle als die des Bürogehilfen verschaffte. Ihm schwebten derzeit drei mögliche Stellen für ihn vor.

Und Basil sah bereits wie ein geeigneter Privatsekretär aus. Die älteren Kurtisanen hatten ihn unter ihre Fittiche genommen und ihn in einen modischen jungen Herren verwandelt. Unter ihrer Anleitung hatte Basil seine Gehilfenaura ebenso abgelegt wie seine allzu schlichte Garderobe. Heute trug er einen sehr hübschen Frack, eine maßgeschneiderte Hose und polierte Stiefel. Zudem hielt er sich weit aufrechter, männlich geradezu, als hätte er fest vor, einer wunderschönen Mätresse wie Fanny würdig zu sein.

Die Menge trat beiseite, um Tess Blanchard durchzulassen, die auf Heath zuging. »Ich möchte Ihnen für Ihre Großzügigkeit danken, Lord Claybourne. Wir haben Glück, einen solch freigiebigen Förderer für unsere wohltätigen Unternehmungen zu haben. Und es freut Sie vielleicht zu erfahren, dass ich ein Haus entdeckte, welches sich bestens eignet.«

»Ach ja?«, mischte Winifred sich ein. »Aber seine Lordschaft hat bereits ein wundervolles Haus – mehrere, um genau zu sein.«

Lily antwortete für Tess: »Wir planen, ein Heim für gestrauchelte Frauen einzurichten, Winifred. Einen Ort, an dem verzweifelte junge Mädchen Zuflucht finden und Fertigkeiten erlernen, die ihnen respektable Anstellungen ermöglichen.«

»Wie bewundernswert!«, rief Winifred aus und sah Heath voller Hochachtung an.

»Dieses Lob gebührt mir nicht«, wies er sie ab und reichte Lily seine Hand. »Meine liebreizende Braut hatte die Idee.«

Lily nahm seine Hand und stellte sich zu ihm. »Aber du bist es, der sie verwirklicht. Es ist höchst bewundernswert, wie bereitwillig du für meine Sache eintrittst.«

Während die Unterhaltung zwischen den anderen weiterging, beugte Heath sich zu Lily und flüsterte ihr ins Ohr: »Das ist es, was die Liebe mit einem Mann anrichtete, mein liebes Weib. Sie macht ihn willens, für seine Herzensdame Drachen zu töten.«

Lily sah ihn mit einem funkelnden Blick an. »Bietest du mir an, Drachen für mich zu töten, mein werter Gatte?«

»Falls nötig, ja, obgleich ich meinen würde, du seist meistenteils kühn genug, sie selbst zu besiegen.«

»Das nehme ich als Kompliment.«

»Als welches es auch gemeint war«, erklärte Heath, der ihr einen sanften Kuss auf die Schläfe gab.

Und er hatte es wahrlich als Kompliment gemeint, dachte Heath, der sah, wie Lily ob der intimen Geste errötete. Er würde nichts an ihr anders haben wollen, vor allem nicht ihr leidenschaftliches Wesen. Sie würde sich jedem Schurken mit schwingenden Fäusten stellen, aber sie täte es an seiner Seite. Und sie würde ihn mit unerschütterlicher Loyalität lieben.

Ihm ging es genauso. Die Liebe, die er für Lily empfand, war intensiv, unbeherrschbar und von einem Verlangen getragen, das in seinem Herzen wurzelte.

Zufällig bemerkte Winifred Lilys gerötete Wangen und machte in ihrer Unverblümtheit die gesamte Hochzeitsgesellschaft darauf aufmerksam, dass es Lord und Lady Claybournes Hochzeitstag war. »Ich denke, wir sollten jetzt gehen und den beiden Turteltauben ein wenig ungestörte Zweisamkeit gestatten«, verkündete ihre Ladyschaft in der typisch direkten Art.

Heath stimmte ihr zweifellos zu. Eine halbe Stunde verging, bis die letzten Gäste gegangen waren. Inzwischen hatten seine Bediensteten das Deck weitestgehend freigeräumt und verluden Tische und Stühle in Pferdewagen.

»Weine nicht, meine Liebe«, flehte Roslyn, »sonst fange ich auch an!«

»Ach was!«, mischte Arabella sich halb scheltend, halb liebevoll ein. »Keine von euch hat Grund zum Weinen. Lily, es ist ja nicht so, als würden wir dich verlassen. Wir sehen uns in nicht einmal vierzehn Tagen in der Bretagne.«

Arabella und Marcus planten ebenfalls eine Reise in die Bretagne, so dass alle drei Schwestern sich bei ihrer Mutter wiedersehen würden. Sowohl Roslyn als auch Lily hatten geheiratet, nachdem Victoria und ihr französischer Ehemann England früher im Sommer besucht hatten, wo sie Arabellas Hochzeit beiwohnten.

»Ich weiß«, gab Lily ihrer Schwester Recht und musste sich dennoch die Augen tupfen.

Schließlich ließ sie ihre Schwestern gehen und blickte ihnen nach, als deren Ehemänner sie sicher die Gangway hinunter und zu den wartenden Kutschen begleiteten.

»Bist du immer noch traurig, deine Schwestern an ihre Ehemänner verloren zu haben?«, fragte Heath.

Lily hakte sich bei ihm ein und lächelte strahlend. »Nein, nicht mehr. Zwar beginnen wir alle neue Leben getrennt voneinander, aber ich bin nicht traurig, weil ich dich habe.«

Einen Moment lang blieb sie an der Reling stehen

und schaute den Kutschen nach. Unterdessen betrachtete Heath *sie*. Oft hatte er sich Lily am Bug dieses Schiffes vorgestellt, wie das Sonnenlicht ihr dunkles kastanienbraunes Haar beleuchtete, das sich im Wind bauschte. Im Moment herrschte wenig Wind, dafür zauberte die Sonne ein kupferfarbenes Funkeln in ihre Mähne.

Als Heath sie küsste, blickte Lily voller Bewunderung zu ihm auf. »Du brauchst dich nicht um mein Glück zu sorgen, Heath. Ich könnte gar nicht glücklicher sein. Und ich bin gewiss, dass unsere Hochzeitsreise das erste von vielen wunderschönen gemeinsamen Abenteuern wird.«

»Sofern mein Wille irgend von Bedeutung ist, wird sie es.«

Lily drehte sich zu ihm und schlang ihre Arme um ihn. »Weißt du, was ich denke?«

»Nein, meine Süße. Was denkst du?«

»Dass die Liebe das größte Abenteuer von allen ist.«

»Ich wäre geneigt, dem zuzustimmen.«

Er fing ihr Lächeln mit einem Kuss ein und zog sie näher zu sich. Es war viel zu lange her, seit er sie zuletzt so in den Armen gehalten hatte.

»Wollen wir in unsere Kabine hinuntergehen, My Lady?«, murmelte Heath, als er den Kuss beendete.

Lily sah ihn staunend an. »Aber, My Lord, was hast du nur vor?«

»Ich möchte meine Braut verführen. Ich versprach ihr eine erinnerungswürdige Verführung in der Hochzeitsnacht, nicht wahr?«

Das Glühen in ihren Augen verriet ihm, wie sehr sie ihn begehrte. »Fürwahr, das hast du! Warum trödeln wir hier herum?«

Lachend eilten sie über Deck, und bis sie ihre Kabine erreicht hatten, klopfte Lilys Herz gegen ihre Rippen.

In dem Moment, in dem Heath die Tür hinter ihnen geschlossen hatte, lagen sie einander in den Armen.

»Endlich!«, seufzte Heath, bevor er sie mit einer Inbrunst küsste, die Lilys in nichts nachstand. Wonnevoll reagierte sie auf jede seiner Berührungen, jeden seiner Küsse, seine fordernden Lippen und Hände. Mit jedem Atemzug wollte sie ihn mehr.

Ungeduldig entkleideten sie sich gegenseitig, warfen alle Kleidungsstücke achtlos beiseite. Endlich waren sie nackt.

Heaths Augen leuchteten vor Verlangen und Liebe, als er Lily zum Bett bugsierte, wo sie beide auf die Seidenlaken fielen, ineinander verschlungen, wild und zärtlich zugleich. Eine Hitzewelle schwappte über sie hinweg, als er in sie eindrang und sie eins miteinander wurden.

Lily erschauderte, weil Heath sie so vollständig ausfüllte und sich ein Pulsieren tief in ihr regte. Sie empfand ein Glück, das unsagbar süß war, sich wie schimmerndes Sonnenlicht anfühlte, und sie vor Freude und Staunen zu zerbersten drohte. Und als ihr Leib erbebte, tat es Heaths ihm gleich.

Hinterher hielten sie einander atemlos umschlungen, beglückt von ihrer glorreichen Vereinigung.

Schließlich raunte Heath ihr einen Fluch ins Ohr. »Verdammt, ich wollte, dass es langsam geschieht! Das war wohl kaum eine richtige Verführung.«

»Nein«, stimmte Lily ihm ermattet zu, »das war eher eine Feuersbrunst.«

Beide lachten leise, bevor sie sich erneut küssten.